映画篇

金城一紀

角川文庫
22325

映画篇　目次

太陽がいっぱい

PLEIN SOLEIL

僕のデビュー小説の映画化が決まり、映画のプロデューサーに招かれたこともあって、出版社の担当編集者と一緒に製作現場を訪ねて行った。

映画は、撮影所のだだっ広い敷地の中にある、やたらと天井の高い格納庫のようなスタジオで撮影されていた。僕たちが撮影所に着いた時、現場はクライマックスのアクションシーンの撮影準備に取り掛かっていて、スタジオの中には少し怖いような緊張感が漂っていた。

「ちょうど火薬を使うシーンになっちゃいましたね」とプロデューサーは申し訳なさそうに言った。「いまはこんな感じなんで、このシーンが終わったらスタッフやキャストをご紹介します」

僕たちは邪魔にならないようにスタジオの隅に居場所を見つけ、シーンに合わせて組まれたセットの様子と、せわしなく働くスタッフの姿を眺めていた。たまに僕たちに投げられるスタッフたちからの一瞥《いちべつ》は、明らかに部外者に向けるそれで、僕はなん

となく複雑な気持になった。

一時間近くの準備のあと、ようやく撮影が始まり、何回かの撮り直しを経て、監督のＯＫの声が掛かった。休憩時間に入ってすぐ、監督やキャストを紹介され、僕は彼らと簡単な挨拶《あいさつ》を交わした。

引き留めるプロデューサーに丁寧に礼を言い、僕と担当編集者はスタジオから出た。撮影所の出口に向かって歩いていると、突然、すいません、と後ろから声を掛けられた。僕たちは反射的に足を止め、声がしたほうへ振り向いた。すぐそばに僕と同い年ぐらいの、見覚えのない女の人が立っていた。でも、化粧っ気のない顔、大雑把に後ろでひとつに束ねてある髪、着古した感じのＴシャツにカーゴパンツ、それに腰に巻かれたウエストポーチという機能的な格好から、彼女が映画のスタッフの一人であることだけは容易《たやす》く想像できた。

急いで駆けてきたのか、彼女は胸を大きく動かしながら呼吸をしていたが、視線だけは少しも動かさずに、じっと僕を見ていた。彼女の眼差《まなざ》しには、かすかに記憶を刺激されるような光が点《とも》っていた。

「どうしました？」

彼女は、そう問い掛けた担当編集者にちらっと視線を走らせたあと、すぐに僕に視線を戻し、困ったように眉根《まゆね》を寄せた。何秒か気まずい沈黙が流れた時、担当編集者

が気をまわし、トイレに行ってきますね、と言って、僕と彼女のそばから離れていった。

　彼女の顔から険しさが薄れ、僕に向ける眼差しにほんの少し近しいものが混じったような気がした。ふと、彼女が僕の作品の熱心な読者で、サインでももらいにきたのかと思ったけれど、そんな想像をした自分に気恥ずかしさを感じて、すぐに頭からその想像を消し去った。

「どうかしましたか？」と僕は彼女に訊《き》いた。

　彼女は静かに呼吸を整えて、言った。

「——君、だよね？」

　懐かしい響きが彼女の口から聞こえたのと同時に、僕は軽い混乱と警戒を感じた。それは間違いなく僕の名前だったけれど、もう二十年以上も呼ばれたことのない名前だった。

　戸惑っている僕を安心させるように、彼女は親しみのこもった声で自分の名前を名乗った。

「永花《ヨンファ》だよ。覚えてない？」

　それもまた懐かしい響きを持つ名前だった。その響きはあっという間に僕の頭の奥のほうへと入っていき、長いあいだ閉じられたままだった記憶の部屋の鍵《かぎ》となって、

すっと鍵穴に収まった。そして、ゆっくりとドアが開き、中から出てきたのは小学生の頃の永花だった。

僕はまだ戸惑いつつも、現在の永花に軽い微笑みを向け、言った。

「ごめん。ぜんぜん気がつかなかった」

永花は照れたように僕の二の腕を軽く叩《たた》いた。

「あたりまえじゃないの。だって、最後に会ったのは中学の時でしょ。いまはもう四十過ぎたおばちゃんだもの」

「おばちゃんには見えないよ」と僕は本心で言った。「ぜんぜん」

永花は嬉《うれ》しそうに微笑んだあと、目を細めて僕を見つめ直し、ぜんぜん変わってないね、と言った。スタジオに入ってきた時にすぐに気づいたよ。男の子はどっかで時を止めちゃえたりするんだよね。ずるいよね。

永花の声には母親が子供を優しく諭す時のような響きが含まれていて、僕はなんだか恥ずかしいような気持になった。

彼女は時計を気にしながら、僕とこんな形で再会できて嬉しかったこと、自分がいまヘアメイク・アーティストとして働いていること、自分が参加した何本かの映画作品のこと、中学時代の何人かの友人の消息、それに、自分が五年前に結婚して一児の母親であること、などを一気に話した。

僕は、小説家としてデビューして二年が経つこと、ペンネームで作品を発表していること、本はまだ一冊しか出ていないこと、むかしの友人たちとはまったく連絡を取り合っていないこと、まだ結婚していないこと、などを短く話した。

　お互いの簡単な履歴を話し終えると、僕たちは話題に詰まってしまった。僕と永花は決して親しい間柄ではなかった。言葉を交わしたこともほとんどなかった。もし誰かに当時の関係を訊かれたら、迷うことなく、ただの同級生、と答えるだろう。ただ、僕と彼女には、ある共通の友人がいて、そいつの存在が二十年以上経ったいまでもこうして僕と彼女の関係をかろうじて繋《つな》ぎ止めていた。それに、こうして映画製作の現場で彼女と再会できたのも、そいつの力が強く作用しているように思えた。そして、彼女はきっとそいつの消息を知っているはずだった。あとは、僕がこう問い掛けるだけでいい。

——龍一《リョンイル》はどうしてる？

　でも、僕は永花に、こう問い掛けた。

「子供は男の子？　女の子？」

「男の子よ」永花は誇らしげに言った。「すっごく元気な子なの」

　スタジオのほうから、永花を呼ぶ声が聞こえた。

「行かなきゃ」彼女はすごく残念そうに言った。「打ち上げでまた会えるよね」

「たぶん」と僕は応《こた》えた。「よっぽどのことがなければ、顔を出すよ」

ふいに重い沈黙が訪れた。僕たちはすぐそばに龍一がいることに気づいていた。もう無視することはできなかった。僕が口を開こうとするより先に、彼女が口を開いた。

「その時に渡したいものもあるから、絶対に来てね」

「なに？」

「ブルース・リーのブロマイド」

僕は言葉を失くし、ただ永花を見つめた。永花はわざと明るい声で、ボロボロだから捨てようかどうかずっと迷ってたんだけど、捨てなくてほんとによかったぁ、と続けた。

相変わらず言葉を失くしたままの僕に、永花は慈しむような眼差しを向けて、言った。

「実はね、二年前にあなたに連絡を取ろうと思って、むかしの友達に連絡先を訊いてまわったんだけど、誰も知らなくて――」

龍一の消息を短く話し終えると、永花は駆け足でスタジオへと戻って行った。去り際に、こんな言葉を残して。

「この作品、きっといい映画になると思うよ」

　永花が去ってすぐ、担当編集者が戻ってきて、僕たちは出口への歩を再開した。当然のように、なんだったんですか、と担当編集者に訊かれた。僕は、むかしの同級生でした、とだけ答えた。担当編集者はいまいち納得していない様子だったけれど、彼女が僕たちの前で見せたためらいの意味を、いまは説明する気にはなれなかった。彼女は担当編集者の前で僕のハングルの響きの名前を呼び、昔話をすることで、僕の素性が仕事関係の人間に知られておかしなことにならないよう、気をまわしてくれたのだ。

　撮影所を出て最寄り駅までタクシーで行ったあと、電車に乗り、新宿《しんじゅく》駅に着いた。そのあいだ、担当編集者の話に簡単な相槌《あいづち》を打つだけで、僕はほとんど喋《しゃべ》らなかった。本当なら夕飯を一緒に食べるはずだったが、なんだか熱っぽいので、と嘘をついて断った。

「大丈夫ですか？」担当編集者は心配そうに訊いた。

「大丈夫です」と僕は答えた。「帰って、眠れば治ると思います」

　担当編集者と別れたあと、新宿駅を出て、最寄りのＤＶＤショップに入った。『太陽がいっぱい』を探したけれど、一軒目では見つからず、結局、三軒目のＤＶＤショップで見つけて買い、まっすぐ家に帰った。

　家に戻ってすぐ、以前に買っておいたまま見ていなかった、『大脱走』と『ドラゴ

ン怒りの鉄拳《てっけん》』と『酔拳《すいけん》』のDVDを棚から取り出して、『太陽がいっぱい』と一緒にリビングのセンターテーブルの上に置いた。そして、余計な光が入ってこないようにしっかりとリビングのカーテンを閉め切り、電気を消して、『大脱走』から見始めた。

『大脱走』、『ドラゴン怒りの鉄拳』、『酔拳』の三本を続けて見終えた時には、午前二時を少しだけまわっていた。いまは6月で、あと二、三時間もすれば夜が明けてしまうはずだった。画面の色を際立たせてくれる夜の黒が朝の光に消されないうちに『太陽がいっぱい』を見ておきたかったので、少し疲れていたけれど、休憩を入れずに『太陽がいっぱい』を見た。

何度見ても、素晴らしい作品だった。でも、むかし、龍一と夜が明けるまで話し合ったように、やっぱり結末だけは納得がいかなかった。

トム・リプリーは捕まってはいけないのだ。

絶対に。

1

僕と龍一は同い年で、同じ学校に通っていたけれど、小学校三年のクラス替えで一

緒のクラスになるまでは、お互いをほとんど認識していなかった。それに、その頃、人見知りがひどく、学校が嫌いで休みがちだった僕は、明るく活発でいつもクラスの輪の中心にいた龍一とは、クラスが一緒になっても言葉を交わしたことが一度もなかった。

　僕が初めて龍一と話したのは、スクールバスの中だった。僕たちが通っていたのは民族学校という、大雑把に言うと、在日朝鮮人の子供たちが通う小中一貫教育の私立の学校で、都内に住む生徒は小学校三年生まではスクールバスでの登下校を義務づけられていた。僕と龍一は同じ地域に住んでいたので、いつも同じスクールバスに乗り合わせていた。でも、僕は決まって運転席の真後ろの二人掛けのシートに一人で座り、龍一は決まって一番後ろの広いシートに仲の良い友人たちと座った。

　クラス替えから三ヵ月ほど経った、ある日の学校からの帰り道、僕はいつものように運転席の真後ろのシートに座り、窓の外をぼんやり眺めていた。外では激しい雨が降っていて、バスがスピードを上げるたびに雨粒が窓ガラスに強く当たり、バチバチという音が鳴った。鬱陶《うっとう》しい梅雨が始まっていた。

　バスが一時間ほど走った頃、車内の児童の数も減っていたし、雨の音が大きかったこともあって、僕はなんとなく気を抜いてしまい、まるで家にいるみたいに自然に、あるメロディを小さくハミングしていた。

「それ『大脱走』のテーマでしょ？」

後ろのシートから突然声を掛けられ、僕は全身を震わせて驚いてしまった。ハミングを聴かれてしまったバツの悪さもあり、一瞬、その声を無視しようかとも考えたが、無視した時のバツの悪さのほうが深刻のような気がして、結局、声がしたほうに恐る恐る顔を向けた。間近に龍一の顔があった。龍一は後ろのシートから身を乗り出しながら、食い入るような眼差しで僕を見ていた。

「『大脱走』でしょ？」

僕が、うん、と応えると、龍一は得意そうに微笑み、目の前に壁みたいに立ちはだかっているシートの背を軽々と跨《また》いで、僕のシートに移動してきた。ストン、とお尻《しり》から落ちてきて僕の隣に座った龍一は、少しだけ照れたように微笑んで、言った。

「先週と先々週、テレビでやったよね？」

「うん」

ノーカット放映と銘打たれた『大脱走』は、上映時間が長いために二週に分けて放送されたのだった。

「面白かったよね」と龍一が言った。

「うん」

「スティーブ・マックィーン、かっこいいよね」

「うん」

そこでいったん会話が途切れて沈黙が流れたけれど、決して気まずくはなかった。僕は『大脱走』の中のマックィーンの雄姿を反芻《はんすう》していて、龍一もきっとそうしていたのだと思う。

「マックィーンはね」と僕は言った。「『荒野の七人』もかっこいいよ」

「それ、見たことないよ」龍一は残念そうに言った。「今度、いつテレビでやるかなぁ」

僕はほんの少しだけ迷ったあと、言った。

「今度、うちに見に来る？」

龍一は意味が呑《の》み込めずに、不思議そうに僕を見た。

「ビデオに録画したやつがあるんだ」

「ほんと？　行く行く！」

龍一はシートの上で跳ねるように喜び、勢いのまま『大脱走』のテーマを口ずさみ始めた。音程も外れていたし、ところどころおかしなメロディだったが、それは間違いなく『大脱走』のテーマだった。

大きく手を振りながらバスを降りていく龍一に応えて、僕も手を振り返した。バスが発進し、傘を差して一人でとぼとぼと歩いていく龍一を追い越した。僕は少しだけ

シートから身を乗り出し、龍一を見送った。でも、龍一の姿は無数の激しい雨の線にかき消され、すぐに見えなくなってしまった。

その翌日、僕は担任の教師に職員室に呼び出され、放課後の居残りを命じられた。その新米の女教師は理由を告げなかった。

放課後、教室の中には僕と龍一、それに、永花だけが残っていた。教室の外では昨日と同じように雨が降っていた。空は安っぽい粘土みたいな灰色で、ひどく憂鬱に見えた。僕たちはそれぞれ自分の席に座り、女教師が職員室から戻ってくるのを待っていた。なんとなく不安を感じていた僕が龍一を見ると、龍一は昨日と同じように得意そうに微笑んだ。僕は龍一に笑みを返した。永花はうつむき加減で、とても心細げに見えた。

教室に現れた女教師は教壇に立って僕たちをゆっくりと見まわし、わざとらしい笑みを顔いっぱいに広げたあと、あなたたちは何も恥じることはないのですよ、と言った。父親がいないのはあなたたちのせいではないし、それに、偉大なる首領金日成《キムイルソン》元帥様があなたたちの本当の父親なのだから、寂しがることもないのですよ。

金日成とは当時の北朝鮮のボスで、僕たちが通っていた民族学校もついでに牛耳っていた。

少し前に家庭訪問を終えた女教師は、僕たちの家庭の事情を知り、ある種の使命感に燃えて僕たちに居残りを命じたのだろう。でも、その使命感はクソみたいに役立たずだった。僕は父親がいないのを恥じたことはないし、それに、父親なんて欲しくはなかった。ましてや、実際に見たことも触れたこともない男を父親と思えるはずがなかった。

女教師は、もしいじめられるようなことがあったらすぐに私に言ってくるのですよ、とせいいっぱいの慈愛を込めた目つきで僕たちを見た。永花がシクシクと泣き始めた。女教師は自分の慈愛が頑《かたく》なな心を溶かしたとでも思ったのか、ひどくいやらしい笑みを浮かべながら教壇を下りて永花に近づき、ハンカチで大袈裟《おおげさ》に涙を拭《ぬぐ》ってやった。まったくクソみたいな一人芝居だった。僕たちが子供だから騙《だま》されるとでも思ったのだろうか？

僕は視線を女教師から龍一に移した。龍一はひどく険しい目つきで女教師を見ていたが、僕の視線に気づき、こちらを向いた。龍一はバツが悪そうにすぐに僕から目を逸《そ》らした。

いまでも、僕はこの日のことをよく思い返し、こう考えてみる。もし、こんなひどい茶番劇に巻き込まれなければ、僕と龍一はもっと早く友だちになれただろうか、と。逆に、この日の出来事が結果的に僕と龍一の結びつきを強くしたのではないか、と。

答えはいまだに出ていない。

　どちらにせよ、その日の僕は新しくできかかっていた友人を失くしたと思ったし、龍一も同じように思っていただろう。僕たちはまだ幼く、自分の傷を抱えるのでせいいっぱいで、同じような傷を持つ相手に掛ける言葉を携えていなかったのだ。それに、僕たちは中途半端な救済の言葉を必要としていなかった。お互いの傷を塞《ふさ》ぐことができないなら、その人が痛がっているところを見ないように離れていくのが最低限の礼儀だと思っていた。

　女教師の醜悪な儀式から解放された僕たちは教室を出て、スクールバスに向かった。僕と龍一はいつもの席に座り、いつものように言葉も交わさず、いつものように別れの挨拶もせずにそれぞれにバスから降り、父親のいない家へと帰っていった。

　僕は家に戻ってすぐ、机の上に出しておいた『荒野の七人』のビデオを、テレビの下のビデオラックに戻した。

2

　僕と龍一の関係に新しい変化が起きたのは、夏休みが明けてすぐの体育の授業でのことだった。

その日の授業は男子と女子が分かれ、それぞれサッカーとミニバスケの試合をすることになった。僕と龍一は別のチームに組み込まれ、敵同士で闘うことになった。

試合が始まると、サッカーが苦手だった僕は、自分のところにボールが飛んでこないことを祈りながら、フィールドの中を適当に走りまわっていた。龍一はいつものように活躍し、シュートを決めてはチームメイトの祝福を受けていた。時々、僕と龍一は擦れ違い、ちらっとだけ視線を交わした。

龍一のチームの3点のリードで、試合は終盤に差し掛かった。そして、試合が終わる数分前、それまで一度もボールに触れていなかった僕のところに、敵がミスキックしたボールが飛んできた。足元でボールをもたつかせている僕のところへ、龍一がボールを奪いに近づいてきた。焦った僕は味方の誰かへパスしようと、とりあえずボールに向かって足を蹴《け》り上げた。でも、僕の足はうまくボールを捉《とら》えず、代わりにそばにいた龍一の脛《すね》を思い切り蹴ってしまった。龍一は痛みでその場にうずくまってしまったが、ボールが生きていたので試合は中断することなく続いた。

敵側に奪われたボールが選手たちと共に僕のそばから離れていき、僕のまわりには龍一しかいなくなった。痛そうに脛をさすっている龍一にどんな言葉を掛けてよいか分からず、僕はただ黙って龍一の前に立ちすくんでいた。いまから思えば、ただ、ごめん、と謝ればよかったのだけれど、その時はどういうわけかその一言が口から出て

こなかったのだ。

龍一は顔を上げて僕を睨《にら》んだあと、ゆっくりと立ち上がり、敵意のこもった声で言った。

「謝れよ」

突然の敵意に晒《さら》された僕は驚くと同時に咄嗟《とっさ》の反発も感じて、こう応えた。

「わざとじゃねぇよ」

龍一が僕の肩を軽く小突いた。

「いいから謝れよ」

僕も龍一の肩を小突き返した。

「わざとじゃねぇだろ」

「謝れよ」

「わざとじゃねぇって」

「謝れって！」

「だからわざとじゃねぇって！」

龍一が突然左手で僕の胸倉を摑《つか》んだ。僕もすぐに左手で龍一の胸倉を摑み、僕たちは一瞬だけ睨み合ったあと、ほとんど同時に空いている右手でお互いの顔を殴り始めた。試合展開に気を取られていた体育教師のせいで、僕たちはしばらくのあいだ、殴

り合わなくてはならなかった。僕たちはその場から一歩も動かず、お互いの胸倉を掴み合ったまま、ただひたすら真剣にお互いの顔にこぶしをぶつけ続けた。目の前で大きな火花のようなものがいくつも散った。でも、痛くはなかった。殴り合いをしている最中には痛みは感じないのだ。ただ、相手のこぶしが鬱陶しかったし、鼻血が出て息が苦しくなったので何度か挫《くじ》けそうになったけれど、龍一が殴っているあいだは僕もやめてはいけない気がして、必死にこぶしを前に出し続けた。

ようやく喧嘩《けんか》に気づいた教師に無理やり引き離された時には、僕と龍一の白い体操着の胸の部分はだらしなくだらんと伸びてしまっていたし、ところどころは血で赤く染まっていた。龍一の下唇は真ん中あたりでぱっくりと裂け、そこから血がドクドクと流れ出ていた。

僕たちは医務室に連れて行かれて治療を受けたあと、一人ずつ担任の女教師に呼びつけられてクソみたいな説教を聞かされ、ついでに一日の終わりの総括の時間に、暴力を振るったことに関して自己批判をさせられた。僕と龍一はクラス全員の前で、もう二度と暴力は振るいません、と誓わされた。

帰りのスクールバスに乗った頃、ようやく鼻血が止まった。腫《は》れている目を揉《も》みながら窓の外を眺めていると、僕の隣にストンと落ちてきたものがあった。僕は龍一の姿を確かめて、すぐにまた窓の外に視線を戻した。僕たちは信号十個分ぐらいを沈黙

のまま過ごした。

「ごめんな」

龍一のか細い声が聞こえた。僕は窓の外を見続けたまま、黙ってうなずいた。声を出したら、同時に色んなものが溢《あふ》れ出して、泣いてしまいそうな気がしたのだ。

ずいぶんあとになって、龍一はこの日の喧嘩のことを思い出し、こんなふうに言った。

「おまえの殴り方で、おまえがまっすぐな奴だって分かった。おまえとは親友になれると思ったよ」

僕たちのそれまでの人生の中にほんの短いあいだだけ存在した父親たち（もしくは父親になろうとした男たち）は、それが当たり前のように僕たちに暴力を振るった。幼い頃から剝《む》き出しの暴力に晒されてきた僕たちは、言うなれば暴力を振るわれるエキスパートだったので、相手の殴り方ひとつでそいつがどんな人間かを知ることができたのだ。

3

僕と龍一は少しだけ遠まわりをしたけれど、こんなふうにして友だちになった。

小学校四年に上がり、スクールバスから解放された僕と龍一は、自転車通学を始めた。

それぞれの誕生日にプレゼントで買ってもらった自転車を、僕はマックィーン号、龍一はブルース・リー号と名づけた。

学校までは急いで漕いでも三十分は掛かったけれど、ちっとも長く感じなかった。特に、前の晩にテレビで映画が放映された日の朝は、学校までがあっという間だった。

龍一のマンションの前で合流してすぐに、自転車を並べて走らせながら、僕がこう訊く。

「昨日、見た？」

「つまんなかった！」

龍一がそんなふうに答えるのを合図に、僕たちは学校に着くまでのあいだ、途切れる間もなく映画の話を続ける。

龍一の感想の基準は面白いか、つまらないかのどちらかしかなかった。そして、つまらない映画に関してはほとんど感想を喋らなかったが、反対に、面白かった映画のことは延々と喋り続けた。まぁ、感想とは言っても、ストーリーを始めから楽しそうに喋るだけなのだけれど。

僕は龍一が語るストーリーに、うんうんと耳を傾けながら、時々笑ったり、「あい

つ許せないよね！」と登場する悪役に対する怒りの声を上げたりした。龍一が好きなのは、いい奴と悪い奴の区別が分かりやすいアクション映画で、とりわけ主人公に父親、もしくは両親がいない設定の作品が大好きだった。

　前の晩に映画が放映されなかった日は、お気に入りの作品のストーリーを喋り直した。ちなみに、僕たちが一番たくさん喋った映画は李小龍《ブルース・リー》の『ドラゴン怒りの鉄拳』で、たぶん百回以上はストーリーを喋ったと思う。龍一は『ドラゴン怒りの鉄拳』の話をするたびに、自分の名前にブルース・リーと同じ《龍》の文字が入っていることを自慢した。僕はそのたびに悔しい思いをした。

　映画の話が一段落すると、好きな映画のテーマ曲を一緒に口ずさんだりしながら自転車を漕いだ。僕たちが特別に気に入っていたテーマ曲は、『戦場にかける橋』の「クワイ河マーチ」だった。これを口ずさみながら自転車を漕ぐと、どこまでも行ける気がしたのだった。

　学校の中では、僕と龍一が遊んだり喋ったりすることはほとんどなかった。龍一は相変わらずクラスの輪の中心にいたし、僕は輪からはみ出した位置でぽつんと立っていた。それに、龍一は四年生から始まるクラブ活動でサッカーを始めて放課後は忙しくなったので、帰り道は僕一人で自転車を漕いで帰った。ちなみに、僕はクラブ活動をやる気がなかったのだけれど、担任の女教師にほとんど強制的に美術クラブに入れ

られてしまった。ただ、僕と同じように顧問の年寄りの男性教師にもやる気がなかったので、いつも部室に顔を出すだけで、すぐに家に帰ることができた。

帰宅後は、まず宿題を適当に片づけたあと、ビデオで映画を見たり、本を読んだりしながら母親の帰りを待った。母親から電話があって帰りが遅くなることが分かると、ひとりで晩御飯を食べた。そして、風呂《ふろ》に入り、眠る準備が済んでも、母親が帰るまでは起きて待っていた。なぜなら、僕が家を守り、母親を守らなくてはいけないと思っていたからだ。僕は毎晩母親が無事に家に戻ったのを確認したあとに眠りに就いた。いまから思い返してみると、ただ起きて母親の帰りを待っていただけのことだけれど、その頃の僕は真剣だったのだ。

僕と龍一は小学校を卒業するまで、放課後にお互いの家に遊びに行ったことはほとんどなかった。お互いに誘い合うこともなかったし、そのことについて疑問に思ったりもしなかった。その頃、僕たちの目には世界がアクション映画のようにシンプルに見えていた。僕たちが愛し、守らなくてはならないものが味方。それ以外は敵。僕たちは勇敢なヒーローで、愛するものだけをまっすぐに見つめ、それが傷つけられることがないようにそばにいて守っていればよかった。

でも、徐々に時が経っていき、それにつれて僕たちの目も年老いていくと、これまで見えなかったものが見え始め、世界はシンプルではなくなっていった。敵も味方も

判然とせず、僕たちはもう現実では勇敢なヒーローではいられないことを悟るようになり、そして、アクション映画は僕たちの規範ではなく、救いになっていった。

残念だけれど、仕方がない。

本当に残念だけれど。

4

僕と龍一が映画館に通うようになったのは、五年に上がってからのことだった。先に誘ったのは龍一で、初めて誘われた時のことはいまでもよく覚えている。なぜなら、その日が一学期の終わる期末日だったからだ。

「今日、映画見に行かねぇ？」

教室の掃除をしている最中に、濡《ぬ》れた雑巾《ぞうきん》を持った龍一が僕のそばに寄って来て、低い声で言った。僕は乾いた布で窓拭《ふ》きをしていた。

「映画館に？」僕は手を止めて、訊いた。

龍一はうなずいて、言った。

「『酔拳』ていうカンフー映画がめちゃくちゃ面白いんだってよ」

「ブルース・リーのやつより？」

「それはわかんないけど」

僕は少しの間を置いて、訊いた。

「部活は？」

龍一は短く首を振って、答えた。

「今日は休み」

僕は返答に困っていた。これまで映画館に行ったことはなかったし、それに、母親から、危ないから大人になるまでは映画館に行ってはダメだ、と釘《くぎ》を刺されていたのだ。でも、映画館に行ってみたいとはずっと思っていたし、『酔拳』も見てみたかった。ロードショーを逃してしまうと、もしテレビ放映されたとしても最低でも一年以上は待たなくてはならなかったからだ。

煮え切らない僕にいらついたのか、龍一は持っていた雑巾を急に振りまわし始めた。手の先でプロペラのようにクルクルとまわしたり、右手から左手、左手から右手へと器用に持ち替えたりしながら、流れるような動きで振りまわし続けた。ブルース・リーがヌンチャクを操る時の真似だ。もちろん、顔もブルース・リーを真似ていた。時々、雑巾から水滴が飛び散り、クラスメイトから苦情が出たが、龍一はやめなかった。調子に乗った龍一が、アチョーッ！　と怪鳥音を叫ぶと、それを聞きつけた担任の男の教師が教室に入ってきて、龍一の頭に思い切りゲンコツを叩きつけた。

しょんぼりした顔で僕を見ている龍一を見てげらげらと笑ったあと、僕は言った。

「『酔拳』、どこの映画館でやってんの？」

　午前中で学校から解放された僕と龍一は、マックィーン号とブルース・リー号を走らせ、『酔拳』を上映している映画館に向かった。空の上からは凶暴な太陽が僕たちを睨みつけていて、五十分ほどかけて映画館に辿《たど》り着いた時には、僕たちの学生服は汗でびしょ濡れになっていた。

　映画館の窓口でタイムテーブルを調べると、次回の上映時間までには一時間ほどのあいだがあった。僕たちは最寄り駅の自転車置き場に行って自転車を停め、自動販売機で缶コーラを買ったあと、近くの公園のベンチに座って、それを飲んだ。

「そういえば、どうだった？　通信簿」

　龍一が唐突に尋ねた。

「まぁまぁかなぁ」と僕は答えた。

　龍一は、おまえ何気に頭いいもんなぁ、と独り言のように言って、コーラをぐびぐび飲んだ。

「おまえはどうだったんだよ？」

　僕がそう訊くと、龍一は缶コーラから口を離し、がぼっという豪快なげっぷをした

あとに答えた。

「どうもこうもないよ。学校にはサッカーしに行ってるようなもんだからなぁ」

「じゃ、今日は家に帰ったらオモニ（おふくろ）から説教だな」

僕が冗談を言っても、龍一は笑わなかった。龍一はコーラの缶を手で弄《もてあそ》びながら、軽く吐き捨てるような感じで言った。

「オモニは通信簿なんて見たことねぇよ。俺の成績なんて興味ないんだ」

僕が返事に困っていると、龍一は、アチョーッと小さく叫びながら、コーラの缶を片手で握り潰《つぶ》した。そして、少しバツが悪そうに僕を見て、言った。

「『酔拳』、面白いといいな」

映画館に入った僕たちがまずやったことは、前方と中央と後方の席にそれぞれ座ってみて、一番見やすいと思える席を選ぶことだった。その結果、一番後ろの列の席に決め、並んで腰を下ろした。龍一は初めての体験に興奮しているみたいで、まだ映画が始まっていないのに体を動かし、これは違うな、などとつぶやきながら、座る姿勢をあれこれ試していた。僕は興奮というよりも緊張していて、龍一とは逆に、身じろぎもせずに座っていた。座席は一割ぐらいしか埋まっていなかった。観客たちのおしゃべりの声もざわめきもなく、ただ静かなＢＧＭだけが漂っていた。

ようやく龍一の動きが止まると、それに合わせるみたいにBGMが途切れ、替わりに上映開始のベルが鳴った。

「始まるな」と龍一は独り言のように言った。

僕はスクリーンのほうを見つめたまま、黙ってうなずいた。

ベルが鳴り止み、明かりがゆっくり落ち始め、同時にスクリーンを覆っていたカーテンが徐々に左右に引かれていった。そして、とうとう明かりが消え、僕たちは暗闇に包まれた――。

映画館に通い始めてからしばらくのあいだ、僕たちは、僕たちをワクワクさせる暗闇の正体について何度か話し合った。もちろん、答えなんて出るはずはなかった。目に見えないものに名前をつけられるほど、多くの言葉を持っていなかったのだ。やがて僕たちは幼い言葉で語り合うことを潔く諦《あきら》め、ただ従順に暗闇に身を委《ゆだ》ねることに決めて足繁く映画館に通った。

小説家になったいまでも、僕はその暗闇の正体を名づけられずにいる。ただ、歳を取るにつれて獲得してきた言葉を使い、解釈をすることはできる。たとえば、こんなふうに。

「映画館の暗闇の中では、俺たちは在日朝鮮人でも在日韓国人でも日本人でもアメリカ人でもなくなって、違う人間になれるんだ。つまりさ、それはこういうことだよ。

明かりが落ちていく時の、今回はどんなお話を見れるんだろう、今回はどんな登場人物に会えるんだろう、っていう期待は俺たちの頭や体の中でどんどんと大きく膨らんでいって、完全に明かりが消えた時にはとうとう弾《はじ》けちまうんだ。その時、俺たちっていう人間も一緒に弾けていなくなって、暗闇そのものになるんだよ。そしたら、あとはスクリーンに放たれる光と同化すればいい。そうすれば、俺たちはスクリーンの中で動きまわる登場人物になれる。クソみたいな現実からほんの少しのあいだだけでも逃げられる。だから、俺たちは映画館の暗闇の中にいると、ワクワクするんだよ。どうだ？　おまえもそう思うだろ？」

『酔拳』は本当に面白かった。

一回目を見終わったあとに、龍一が、もう一回見ようぜ、と言ったので、僕はなんの異議もなくその提案にうなずいた。ただし、二本立てだったので、あいだに同時上映のつまらない邦画も見る破目になったけれど。

二回目を見終わって映画館を出た時には、空は夜の黒に染まり始めていて、繁華街のネオンの色がやけに眩《まぶ》しく見えた。僕たちは無言のまま、最寄り駅に向かって歩いて行った。僕たちの目の前ではまだジャッキー・チェンが元気に動きまわっていて、その姿を脳にしっかりと記憶させるのに忙しく、喋るどころではなかったのだ。

自転車を家に向かって走らせ始めてしばらくして、龍一がぽつりと言った。

「すごかったな」

「うん」

「映画館もよかったな」

「うん」

「また見に行きてぇな」

「うん」

龍一の住む町に入った頃には僕たちの興奮もだいぶ収まってきて、自分たちがひどい空腹を抱えているのに気づいた。龍一が晩御飯を一緒に食べたがったので、僕たちはパン屋でコロッケパンとコーヒー牛乳を買った。僕たちの全財産はその時点で底をついた。

龍一のマンションから十分ほど東に向かうと隅田《すみだ》川があって、そこには座って川を眺めるのにちょうどいい堤防があった。僕たちは近くに街灯がある場所に腰を下ろし、暗い川面《かわも》をぼんやり眺めながら、コロッケパンを食べ、コーヒー牛乳を飲んだ。時折強く吹く川風が、夏の夜の蒸し暑さを短いあいだだけ忘れさせてくれた。

晩御飯を食べ終わっても龍一は腰を上げようとはせず、堤防の上に寝転がり、このまま寝ちゃえそうだな、と冗談めかして言った。その時には、僕は龍一が家に帰りた

がっていないのに気づいていたので、龍一の気の済むまでつき合うことに決めていた。

「夜の川って怖いよね」僕は川面を見ながら、言った。「いつゴジラが出てきてもおかしくないように見えるよね」

龍一は慌てて上半身を起こし、川面をじっと見つめた。

「ほんとだ。すげぇ。こえー」

龍一はそう言って、楽しそうに足をばたつかせた。そして、いったん堤防を下り、手のひらの大きさほどの石を近くから拾ってきたあと、出て来いゴジラ！　と叫びながら、川に向かって石を思い切り投げた。遠くでボチャッという音が鳴り、すぐに消えた。僕たちはしばらくのあいだ耳をすまし、目をこらしたけれど、ゴジラが出てくる気配はなかった。僕たちは、ゴジラはいま南海のどこかでエビラと闘っていて東京にはいないのだろう、と結論づけた。

そのあと僕たちは、ブルース・リーとジャッキー・チェンのファイト・スタイルの違いについて話し合った。しかし、武術的や科学的な観点から考察をするには僕たちの知識や語彙《ごい》は乏し過ぎたので、結局は、二人が本気で闘ったらどっちが強いか、というシンプルな命題に落ち着いた。

僅差《きんさ》でブルース・リーの勝ち、という結論が出た頃には夜の十時を過ぎていた。二人きりでそんなに遅くまでいたのは初めてだったが、もし自転車に乗った警察官が胡《う》

散《さん》臭そうな目を向けながら僕たちのそばを通り過ぎなければ、僕たちは日付が変わっても話すのをやめていなかっただろう。

　龍一のマンションの前で龍一と別れたあと、僕はマックィーン号のペダルを休むことなく漕いで家に急ぎながら、別れ際の龍一の暗い顔を思い出していた。たぶん、またろくでもない父親候補が現れたに違いなかったけれど、またいつものようにすぐに姿を消すはずだったので、たいして心配はしていなかった。そいつが消えるまでのあいだ、龍一の気を紛らわすために僕が一緒に遊んでやればよいだけのことだった。それに、タイミングよく、明日からは夏休みだ――。

　僕はそんなふうに思っていた。でも、僕の幼い予想は外れ、そのろくでもない父親候補は長く龍一の前に居座ることになった。そして、その長く憂鬱な時間に侵食されるかのように、龍一にも徐々に変化が現れるようになっていった。

5

　僕と龍一が中学の三年間で見た映画の本数は、どれぐらいになるだろう？

　映画館に通い始めるのをきっかけに、僕は見た映画のタイトルと短い感想をノートにつけていたが、確か百本を超えたあたりでやめてしまった。その頃に龍一がサッカ

ー部をやめて放課後ががら空きになり、見る本数が一気に増えたこともあって、いちいちつけているのが面倒臭くなってしまったのだ。

　僕たちは母親から渡される小遣いや昼食代や晩飯代のほとんどと、休日や放課後や学校をさぼった平日の多くの時間とを費やして映画館に通い、映画を見た。ロードショー公開されたアクション映画はすべて見たはずだし、むかしのアクション映画を見るために名画座にも通った。僕たちは映画館がどんなに遠くてもマックィーンⅡ号とブルース・リーⅡ号を必死に漕いで、映画を見に行った。一度、八王子《はちおうじ》の映画館まで行った時は、映画を見に行くというより、サイクリングをしているような気分だったけれど。

　見た映画の本数には負けるが、喧嘩もたくさんした。映画館の中で同年代の学生に喧嘩を売られたり、こちらから売ったりもした。中学に上がった頃から龍一はひどく喧嘩っ早くなっていて、たとえば、映画館の近くの繁華街を歩いている時、肩がぶつかったといってサラリーマン相手に喧嘩を吹っかけたりした。もちろん、相手が複数の場合は、僕も喧嘩に参加した。

　喧嘩は勝ったり負けたりだった。一度、喧嘩に酔拳を使ってみようということになり、酔っ払いみたいにヨレヨレの足取りで相手に向かって行く途中に二人とも足首を挫いて転んでしまい、相手にボコボコにされたこともあった。

大学の空手部の連中に立てなくなるぐらいまで叩きのめされたこともあった。喧嘩の痛みはたいてい喧嘩が終わったあとに襲ってくるもので、負けた時は特にひどかった。痛みと敗北感と屈辱感で動けなくなるほどに体が重くなり、寝転がったまま地面に溶けて死んでしまいたくなった。そんな時、龍一はいつも先に起き上がり、僕のおなかのあたりをぽんと叩いたあと、血だらけの顔に微笑みを浮かべながら、決まってこんなふうに言った。

「次は勝てるよ、絶対」

その言葉と龍一の笑顔に、何度救われただろう。僕がどんな強そうな相手にも立ち向かっていけたのは、たとえ負けたとしても龍一がそばにいて救ってくれるのを信じていたからだ。

僕たちは一日の終わりには、いつもの堤防に座り、その日見た映画の感想などを夜が更けるまで語り合った。見た映画がつまらなかった時は、面白くなるようにストーリーを作り変えたりした。ほとんどの場合、ストーリーを変えていくのは僕の役割で、龍一は、「やっぱり主人公は父親がいないほうがいいな」とか、「悪役も父親がいないほうがいいな」と口を挟み、キャラクター設定を担当した。

時には、僕がオリジナルで考えたストーリーを、龍一に聞いてもらったりもした。龍一はいつも目を輝かせながら、僕のストーリーを聞いてくれた。ただし、「主人公

は父親がいないほうがいいな」と口を挟むことは忘れなかったけれど。

　堤防を下り、龍一のマンションの前で別れる時は、わざと明るく手を振って別れた。僕たちは相変わらずお互いの家庭の事情を詮索《せんさく》したり、悩みを相談したりもしなかった。そうすることで、暗く湿った依存関係になってしまうのを本能的に避けていたこともあっただろう。でも、いまになればその理由がはっきりと分かる。僕たちは、自分たちの家庭が普通であるかのように、カッコつけたかったのだ。カッコ良くいることが、友情を続ける最善の方法だと信じたのだ。だから、僕は時々龍一の目に暗い陰が浮かぶのを見ても、見ない振りをした。

　結局のところ、僕と龍一の関係は初めて出会った小学生の頃から、ほとんど変わっていなかった。僕たちが通っていた頃の民族学校は中学から男女別学になるので、女の子と仲良くなる機会なんてほとんどなく、僕たちのあいだに異性が入り込んできて、関係が壊れるようなこともなかった。

　僕たちは閉じた狭い円の中で寄り添い合いながらも、聖域とも呼べる場所には決してお互いを招き入れようとはしなかった。僕たちは映画以外の話にもきちんと耳を傾けられる年齢になってきていたし、何かのきっかけさえあればお互いの聖域に深く分け入っていき、ゆっくりと時間を掛けて理解し合いながら、もっと固い友情を結べたに違いなかった。

そして、そのきっかけは、中学三年の二学期の始業式のあとにようやく訪れた。しかし、僕たちに残された時間はあまりにも少なかった。

始業式のあと、僕たちは映画も見ず、喧嘩もしないでまっすぐに堤防に向かった。堤防に腰を下ろしてすぐ、龍一がズボンのポケットからラッキーストライクの箱を取り出した。スティーブ・マックィーンが『シンシナティ・キッド』で吸っていた銘柄だ。マックィーンが幼い頃に父親に捨てられたという事実を知って以来、僕たちにとってマックィーンは本物のヒーローになっていた。

龍一はタバコを一本だけ抜き出したあと、箱を僕に渡した。一本だけもらい、口にくわえ、箱を龍一に戻すと、代わりに100円ライターを手渡された。僕たちはまだ夏の太陽が居座っている空の下で、ゆっくりとタバコをふかした。

一本目のタバコの最後の灰が落ちた時、僕は言った。

「あのさ、俺、たぶん日本の高校に行くよ」

龍一は驚いたように目を細めて僕を見つめながら、タバコのフィルターを川面に向かって投げ捨てた。

「なんで？」龍一は少し戸惑ったような声で訊いた。

僕が民族学校に通っていた時代、ほとんどすべての学生はそのままエスカレーター

式に民族学校の高校に上がることになっていた。

「オモニがどうしてもって言うから……」

龍一はまたタバコに火をつけ、箱とライターを僕に渡した。

「おまえのオモニ、日本の大学出てるもんな」龍一は独り言のように言った。

確かに僕の母親は日本の大学を出ていたし、僕の進路に関しても日本の高校に進むことを望んでいた。ただ、僕が望まないのなら、そのまま民族学校の高校に進学しても良いと言っていた。僕は自分が責任を母親になすりつけている卑怯《ひきょう》者のような気がしたので、龍一には本心を言うことにした。

「俺、脚本家とか小説家とか、なんかそういうもんになりたいんだよね」

日本の高校に進んだからといって、そういうもんになれるとは限らなかったけれど、民族学校に進むよりは少しでも夢に近づける気がしたのだ。そう思ってることを龍一にきちんと説明すべきだったが、初めて夢を他人に話したことで照れ臭くなってしまった僕は話すのをやめ、急いでタバコに火をつけて煙を吸い込むことで沈黙をごまかした。

龍一は煙を吐き出しながら僕の顔をじっと見つめ、そして、優しい微笑みを浮かべて、言った。

「おまえならなれるよ、絶対。おまえ、お話作るのうまいもんな」

僕はその言葉にどうやって応えてよいか分からず、タバコを吸い終わるまで沈黙のまま過ごした。時々、込み上げてくるものをごまかすために、煙が入った振りをして目をごしごしとこすった。

二本目のタバコも吸い終わって、僕が龍一の将来の夢を訊き出そうと口を開きかけた時、龍一のほうが先に言葉を発した。

「うちのオモニ、結婚してる男とつき合ってんだよね」龍一は川面をぼんやりと見つめながら、言った。「もう三年ぐらい経つな」

僕は三本目のタバコに火をつけた。龍一は相変わらず川面を見つめたまま、話を続けた。

「その男、毎週金曜日に家に来るんだけどさ、これまでの男の中では一番まともなんだよな。服とか髪型とかもちゃんとしてるし、殴ったりもしないし……。それに、自分のことボクって言うんだぜ」

龍一は川面からゆっくりと僕に視線を戻し、伏し目がちに僕の反応を窺《うかが》った。僕が笑みを向けると、龍一はほっとしたように目の色を明るくした。

それからしばらくのあいだ、龍一は三年分の思いを一気に吐き出すように喋り続けた。たとえば、その男が金曜日のたびに自分と母親のために買ってくるプレゼントのこと、その男がリンゴの皮むきがうまいこと、その男のために母親が値段の高いコー

ヒー豆をたくさん買い置きしていること、自分が三年のあいだにその男の身長を追い越してしまったこと、などを。

「この前、その男が新製品のビデオデッキを買ってきてくれてさ、せっかくだからって三人で映画を見ることになったんだ」龍一は六本目のタバコに火をつけながら、言った。

「なにを見たと思う？」

僕は、わかるわけねぇじゃん、と冗談めかして答えた。

「『風と共に去りぬ』」龍一はがっかりしたように言った。「その男がビデオデッキと一緒にビデオを買ってきたんだ。長さが四時間近くもあるんだぜ。クソつまんなかったしよ。だいたいアクションシーンがひとつもないんだぜ。信じらんねぇよ。それなのに、オモニとその男は楽しそうに見てやがってよ……」

言葉の勢いとは裏腹に、龍一の目に少しだけ柔らかな色が浮かんでいた。龍一の気持が僕には痛いほど分かった。母親の相手がどんな素性を持っていたとしても、その男は龍一の前に現れた初めてのまともな大人だったのだ。龍一がその男を父親として欲しがったとしても、誰が責められるだろう。

龍一は吸いかけのタバコを人差し指で弾き飛ばして捨てたあと、堤防に寝転がった。

「ちゃんとすりゃいいんだよ。わけわかんねぇよ……」

そうつぶやいた龍一の声はか細く、たまたま通り掛かった遊覧船のエンジン音にすぐにかき消されてしまった。僕もタバコを弾き飛ばして、寝転がった。太陽は西に傾きつつあったが、まだ充分に眩しく、僕は目を閉じた。僕たちは空が薄いオレンジ色に染まるまでのあいだ、黙ったまま時を過ごした。

龍一が、とんぼだ！　と言って体を起こしたのをきっかけに、僕も起き上がった。龍一はとんぼの赤い色を目で追いながら、ナツアカネかなぁアキアカネかなぁ、とつぶやいた。僕が、見分けらんねぇって、と笑いながら突っ込むと、龍一もおかしそうに笑った。

僕たちはいったん堤防から下りたあと、近くの自動販売機で缶コーラを買ってきて堤防に戻り、コーラを飲みながら少し前に見に行った『死亡の塔』という映画の悪口を言い合った。それは、すでに死んでいたブルース・リーの、最新主演映画だった。僕たちは騙されるのを承知で見に行ったのだけれど、やはり口惜《くや》しくて、それ以降、ひどい映画を見ると、「『死亡の塔』みたいな映画だ」と言い合うのが決まりになっていた。

「『死亡の塔』みたいなやつじゃない映画をいっぱい見たいな」

龍一はコーラを飲み干し、がぼっという相変わらず豪快なげっぷをして、そう言った。

僕は、うん、と言ってうなずいた。

僕がコーラを飲み干すと、龍一は堤防から腰を上げた。

「帰ろうぜ」

龍一のマンションの近くまで来た時、龍一はブルース・リーⅡ号のスピードを落とし、隣を走っている僕に言った。

「近いうちに、オモニとその男にちゃんとしろって言おうと思ってるんだ」

僕は黙ってうなずいた。龍一は続けた。

「結果を報告するよ」

僕は龍一に笑みを向け、うなずいた。

龍一のマンションの前で、僕たちは初めて自然な感じで手を振って別れた。

気分良くマックィーンⅡ号を漕ぎながら、何気なくずっと先のほうを見上げると、暮れ残る濃いブドウ色の空に一際《ひときわ》光る星を見つけた。僕はその星を見つめながら、龍一に関するすべてのことがうまくいくようにと祈った。そんなことをしたのは生まれて初めてだった。

そして、僕はその時を境に、二度と星に祈るような子供じみた真似はしなくなった。

6

中学三年の二学期には、良い思い出はひとつもない。悪い思い出は三つある。

ひとつは、それでなくとも本格的に受験勉強を始めて頭が混乱しているのに、たった一人だけ日本の高校に進学する《裏切り者》の僕に対する教師たちのイジメが始まったこと。もうひとつは、母親が仕事で知り合った日本人の男と再婚すると言い始めたこと。そして、何よりも僕の心を暗くした最後のひとつは、龍一が僕と距離を置き始めたこと。

二学期の始業式の翌日から一週間、龍一は学校を休んだ。そんなに長く休んだのは初めてだったし、心配をして家に電話をしても、龍一は電話に出なかった。僕は毎日待ち合わせの時間に龍一のマンションの前に行き、遅刻してしまわないギリギリの時間まで待って、一人で学校に向かった。

新しい週になり、一人で登校すると、教室に龍一を見つけたので、カバンも置かず、まっすぐに話し掛けに行った。

「なんかあった？」

龍一は僕とまともに目を合わさないまま、首を横に振った。

「なんもねぇよ……」

　龍一は不機嫌そうに答えたあと、教室を出て行ってしまった。僕は自分の席につき、龍一がおかしくなってしまった原因を考えてみた。思いついたのは、教師たちに僕と距離を置くように強要された、ということぐらいだった。ただ、原因がなんにせよ、こんなことは長くは続かないという確信があったので、龍一がまた距離を縮めてくるまでほっておけばいいという結論を出した。というより、そうするしかなかった。その頃、僕が背負える荷物の重さは、すでに限界に来ていたのだ。たとえ、その唐突な龍一の変化が僕に対して初めて発した明確な《ＳＯＳ》であったとしても、僕にそれを読み取る余裕はなかった。

　二学期のあいだ、僕は一人で登下校を繰り返し、学校では教師たちと冷たい戦争を繰り広げ、家では僕と日本人の男を会わせたがる母親と口論を続けながら、映画もまったく見ずにがんばって受験勉強をした。

　龍一とは教室で時々目が合うぐらいで、言葉は一言も交わさなかった。龍一がタチの悪い同級生とつるみ始めたのは知っていたし、目にひどく暗い陰が落ちていることにも気づいていたけれど、僕から歩み寄っていこうとはしなかった。

　二学期が終わりに近づいた頃、龍一が警察に捕まった。他校の学生との喧嘩でやり過ぎてしまい、相手に全治一ヵ月の怪我を負わせてしまったのだ。龍一は家裁送りに

なったが、少年院行きは免れ、保護観察処分だけで済むことになった。

二学期が終わった日の帰り道、龍一のマンションに寄った。学校から停学を喰《く》らっていた龍一は、事件以来一度も僕の前に姿を現さなかったし、電話をしても出てくれることはなかった。

何度かインターホンを押したけれど、返事はなかった。龍一と会うのを諦め、カバンの中からブルース・リーのブロマイドを取り出し、ドアの新聞受けの中に差し入れた。ブロマイドはブルース・リーが両手を前に出してヌンチャクを構えている図柄で、前の日曜日に築地《つきじ》にある映画チラシの専門店に行って買ってきたものだった。裏に何か言葉を書くべきかどうか迷ったが、結局書かなかった。

年が明け、三学期が始まった。

龍一は学校に姿を現したけれど、みんなとは違う教室で特別授業を受けていて、言葉を交わす機会はなかった。それに、僕は学校からなんとか内申書をせしめたあとは、学校をズル休みして家で受験勉強に専念したので、受験が終わる2月の中旬までは龍一の姿を目にすることさえなくなった。

受験が終わり、どうにか合格することができたあと、久し振りに学校に行くと、民族学校の高校への進学試験シーズンの真っ只中《ただなか》だった。教師たちが露骨に僕の存在を

煙たがったので、結局学校に復帰した翌日から僕はまた学校をズル休みした。話し掛ける機会はなかったが、教室で龍一の姿を見たので、僕は安心して学校をさぼることができた。さぼっているあいだ、僕は毎日一人で映画を見に行った。隣の席から龍一の笑い声や、興奮した時に上げる唸《うな》り声が聞こえてこないのは、本当に寂しかった。映画館を出たあと、一人で家に向かってマックィーンⅡ号を漕いでいると、僕には友だちと呼べる存在が龍一しかいなかったことをイヤというほど実感させられた。

僕が再び学校に復帰したのは卒業式の前日で、担任の教師から予行演習に参加しろという連絡があったからだ。

予行演習が終わったあと、学校側の計らいで賞品つきの男女合同球技大会が催されたが、僕は参加せずに家に帰った。

翌日、卒業式が終わり、教室で机の中のものをカバンに詰め込んでいると、同級生の何人かが僕のそばに寄ってきて、日本学校に行っても俺たちのことを忘れるなよ、と声を掛けてくれたので、僕は、ありがとう、と応えた。そして、謝恩会の話で盛り上がっているみんなの声を背中で聞きながら教室を出て廊下を歩いている時、後ろから肩を叩かれた。足を止めて振り向くと、龍一が立っていた。龍一は少し照れ臭そうな笑みを浮かべて、言った。

「映画見に行こうぜ」

マックィーンⅡ号とブルース・リーⅡ号を走らせ、いくつかの映画館をまわったけれど、ロードショーの公開作品の中には見たい映画は見つからなかった。少し前に一人で見たジャッキー・チェンの『龍拳』を龍一と見直そうと思ったが、公開は終わってしまっていた。

僕が『龍拳』のストーリーを龍一に喋って聞かせながら、何度か行ったことのある名画座に向かった。上映していたのは、『太陽がいっぱい』と『太陽はひとりぼっち』というアラン・ドロンが主演する二本だった。僕たちは基本的にフランス映画が苦手だったし、容姿を売りにしているような印象のアラン・ドロンの映画は特に敬遠していた。でも、僕たちはチケット売り場の隣に貼ってあった『太陽がいっぱい』のポスターから、何かを感じ取った。うまくは説明できないけれど、それは毎日のように映画を見続けてきた中で培った勘のようなものだったと思う。

タイムテーブルを見ると、ちょうど十分後に『太陽がいっぱい』の上映が始まるスケジュールになっていた。僕たちは急いで自転車を置き、チケットを買って映画館に入った。

平日の昼間だけに、僕たち以外の観客は最前列に座っているスーツ姿のおっさん一人だけだった。僕たちはいつものように一番後ろの席に座り、映画が始まるのを待っ

ていた。

「報告するよ」

龍一が唐突に言った。龍一はスクリーンをまっすぐに見つめたまま、続けた。

「オモニと例の男、俺のせいでダメになっちゃったよ……」

僕は、そうか、とつぶやき、視線をスクリーンに戻した。龍一は軽く笑って、言った。

「大人の世界っつーのはむずかしいな」

僕も軽く笑ったあと、言った。

「うちは日本人の男と結婚するとか言ってるよ」

「どんなヤツ？」

「知らねぇ。まだ会ってないもん」

「まともなヤツだといいな」

「どーでもいいよ」僕は冗談めかして言った。「父親なんて必要ないよ。ぜんぜん」

「まったくそのとおりだな――」

龍一がそう言った時、上映開始を告げるブーッという無愛想なブザーが鳴った。場内の照明がゆっくりと落ちてゆき、『太陽がいっぱい』が始まった――。

『太陽がいっぱい』が終わったあと、僕たちは同時上映の『太陽はひとりぼっち』を見ないで映画館を出た。僕たちは『酔拳』を見た時のように、しばらくのあいだ無言で時を過ごした。

自転車に乗り、地元の方角に走り出して二十分ぐらいが経った頃、龍一がぽつりと言った。

「すげぇ面白かったな」

「うん、すげぇ面白かった」

「でも、あのラストはねぇよな」

「うん、あのラストはないな」

僕たちは映画が始まってすぐに、身寄りもなく貧しいけれど野心たっぷりで才能溢れる主人公、トム・リプリーに夢中になった。たとえ、リプリーが完全犯罪を目論《もくろ》んで友人を殺すようなキャラクターであったとしても。だから、リプリーが警察に捕まるラストに納得がいかなかったのだ。僕たちがこれまで見てきたアクション映画では、主人公が捕まることなんて起こり得なかった。ヒーローは自由を奪われてはならないのだ。絶対に。

地元に戻った僕たちは、コロッケパンとあったかい缶コーヒーを買い、堤防に向かった。そして、堤防に座ってコロッケパンを食べながら、どうすればリプリーが捕ま

らないで済むかを話し合った。二人でストーリーを最初から思い出し、細かい点も見逃さないようにしてリプリーの犯罪を検証していったが、何度話し終えてもリプリーの計画した犯罪は完璧《かんぺき》だった。まるでわざと計画を破綻《はたん》させるために用意された、取ってつけたようなどんでん返しさえなければ。

僕たちは散々話し合った挙句、《映画を作った奴らが悪い》、《だからフランス映画はダメなんだ》という二つの結論を導き出したけれど、まだ話し足りない気がしたので、いったん家に帰り、また堤防に戻ってくることにした。

帰宅すると母親がいたので、ただいま、とだけ言って自分の部屋に入り、すぐに着替えを始めた。学生服の上着を脱いでＹシャツの上から分厚いセーターを重ね着し、その上にダウンジャケットを着込んだ。机の上に置いてあった『龍拳』のパンフレットだけを持って部屋を出ようとしたが、思い直し、卒業証書の入った円筒形のケースも一緒に手にして部屋を出た。

キッチンで洗い物をしている母親の背中に、これ、と声を掛け、ケースをテーブルの上に置いたあと、龍一の家に泊まるかも、と付け加えて玄関に向かった。しゃがんでスニーカーの紐《ひも》を結んでいると、卒業式、行けなくてごめんね、という母親のか細い声が背中に降ってきた。僕は振り返らないまま、別にいいよ、と応えた。

「卒業と合格祝いで欲しいものがあったら言ってね」

「うん、考えとく」

僕は振り返らないまま、家を出た。

途中であったかい缶コーヒーを二本買って堤防に戻ると、首にぐるぐるとマフラーを巻いた龍一が、おにぎりと肉じゃがの入った大きなタッパーを抱えて待っていた。

「オモニが持ってけって」龍一は照れ臭そうに言った。「チョーセン人と肉じゃがって、似合わない気がしねぇ？」

僕たちはケラケラと笑ったあと、さっそくおにぎりと肉じゃがを食べた。両方とも温かくて、とてもおいしかった。食後にタバコと缶コーヒーで一服しながら、また『太陽がいっぱい』の話を始めた。トム・リプリーが捕まらないストーリーを考えるためだ。

夜が更けてくるとさすがに寒さが厳しくなってきたので、僕たちは時折話を中断して缶コーヒーを買いに行き、それをカイロ替わりに懐に入れたりして暖を取った。

東の空が黒から紺へと色を変えつつある頃、僕たちのストーリーは完成した。トム・リプリーは映画のストーリーよりもっと多くの金をせしめ（だいたい五億円）、警察なんかには捕まらず（激しいカーチェイスの末に逃げ切る）、南米（アルゼンチンあたり）へ高飛びする。そして、続編では、整形で顔を変えて別人になり（整形前

に南米に逃亡中のナチスの残党と対決する）、新たなる完全犯罪に手を染めることになるのだ――。

僕たちはほぼ完璧なストーリーの流れに満足しながら、タバコをふかした。空は急速に明るさを増していて、それにつれて気温も上がってきていた。驚くほど透き通って静かな空気の中、時々鳥たちの羽音とさえずりが響いて、僕たちの耳をくすぐった。

「完全犯罪の手口も考えなきゃな」龍一が煙を吐き出しながら、言った。

「そうだな」僕も煙を吐き出して、言った。

字が読めるほどの明るさになってきたので、龍一が『龍拳』のパンフレットを開いて読み始めた。僕はタバコを投げ捨てたあと、言った。

「ここんとこ暇だったから、新しい話を考えたんだよね」

龍一はパンフレットを閉じ、訊いた。

「どんなの？」

僕は新しいタバコに火をつけ、ストーリーを話し始めた。僕が考えたのは、《東京で起こるはずのテロ計画を知ってしまった、計画とはなんの関係もないテロリストが、愛する者を守るために命を懸けてテロを防ぐ》、といったような内容だった。もちろん、主人公のテロリストに父親はいない。

龍一は真剣に、そして、時々興奮しながらストーリーに耳を傾けてくれた。いつも

なら途中であれこれ文句をつけたりするのだけれど、そのストーリーに関しては一度もダメ出しをされるようなことはなかった。

僕が話し終えると、龍一は満足したように微笑んで、言った。

「いままでの中で一番面白いな。それ、脚本とか小説にしたら映画になるよ、絶対」

僕はその言葉に微笑み、黙ってうなずいた。僕はその時、僕がこれまでどれだけ龍一に救われてきたかを話し、感謝の言葉を口にすべきだった。いや、たった一言、ありがとう、と言えばよかった。でも、何よりも大切なことを話そうとすると、いつだって言葉は僕の口をすり抜け、音にならないままどこかに消えてしまう。僕はいつでも拙《つたな》い話し方のせいで大切な言葉がうまく伝わらずに、にせものの響きが宿ってしまうのを恐れた。そんな臆病《おくびょう》な僕が、一度だって龍一を救えたはずはなかった。誰よりも身近で、誰よりも最初に救わなくてはいけない存在だったはずなのに。

突然、朝陽でキラキラと光っている川面で小さな魚が跳ね、ポチャッという音だけを残し、あっという間に姿を消した。龍一が、マブナかなぁウグイかなぁ、とつぶやいたので、僕は、わかんねぇって、と突っ込んだ。

「しかし、ゴジラのやつ、いくら待っても顔を出しゃしねぇなぁ……」

龍一はぽつりとそうつぶやき、またタバコを吸おうとジャンパーのポケットに手を入れると、そうだ！　と声を上げ、タバコの箱の代わりに財布を取り出した。そして、

中から二つに折ったブルース・リーのブロマイドを抜き出し、折り目をまっすぐに戻したあと、眩しそうに僕を見て、言った。

「これ、ありがとな」

僕はなんだか照れ臭かったので、あぁ、とだけつぶやいた。

「それにしても」龍一はブロマイドを財布に戻しながら、言った。「俺たち、これまで何本ぐらい見たかなぁ」

「すげぇ見たはずだよ」

僕たちはどちらからともなく自然に、これまで見た中で面白かった映画を挙げ始めた。

「ロッキー！」

「ロッキー２！」

「シリーズもんは一本だけにしようぜ」

「ブルース・リーとジャッキー・チェンとマックィーンの作品はどうする？」

「全部殿堂入りにして、言うのはなし」

「分かった。それじゃ、マッドマックス」

「ニューヨーク１９９７」

「帝国の逆襲」

「日本映画とかアニメもあり？」

「あり」

「カリオストロの城」

「ちくしょう、言おうと思ってたのに……。蘇《よみが》える金狼《きんろう》」

「アルカトラズからの脱出」

「それも言おうと思ってたのに……。13日の金曜日」

「ハロウィン」

「シャイニング」

「グロリア」

「戦争の犬たち」

「ブルース・ブラザース！　戦争の犬たちと二本立てでやってるからって、八王子まで見に行ったんだよね」

「うん。でも、よく考えたらすごい取り合わせだよな」

「ワイルド・ギース」

「それって、名画座で見たよな。同時上映はなんだっけ？」

「ロンゲスト・ヤード」

「そうそう！　両方とも面白かったなぁ」

「チャンプ」

「……なに笑ってんだよ」

「おまえ、チャンプ見て泣いたもんな」

「泣いてねぇって！」

「泣いたって。俺、おまえが涙拭いてるとこ見たもん」

「嘘つけって。ふざけんなって。おまえが泣いたんだろ」

「泣くかっつーの。バカじゃねぇの」

「もういいよ。続けろよ――」

ダーティハリー、ジャッカルの日、スーパーマン、ワイルドバンチ、エクソシスト、オリエント急行殺人事件、エマニエル夫人、グローイング・アップ、がんばれ！ベアーズ、暁の7人、オデッサ・ファイル、猿の惑星、カプリコン・1、ジャガーノート、セルピコ、突破口！、ジャグラー／ニューヨーク25時、フレンチ・コネクション、ゾンビ、ナバロンの要塞《ようさい》、大列車作戦、第十七捕虜収容所、スティング、ミスター・ブー、片腕ドラゴン、ロイドの要心無用、天国二人道中、天国から来たチャンピオン、鷲《わし》は舞いおりた、特攻大作戦、ポセイドン・アドベンチャー、ジョーズ、タクシードライバー、駅馬車、アラビアのロレンス、ベン・ハー、夜の大捜査線、暴力脱獄――。

7

日本の高校に進んだ僕は、民族学校にいた頃とほとんど変わらない学校生活を送った。友人たちとはしゃぐようなことは一度もなかったし、そもそも、友人と呼べる存在もほとんどいなかった。男子高だったので、女の子と知り合う機会はまったくなかった。唯一変わったことといえば、日本語で書かれた本を堂々と校内で読めるようになったことぐらいだった。そんなわけで、僕は高校時代を通して、かなりの数の小説を読んだ。

学校以外の生活は、中学時代までとは一変してしまった。高校に入ってすぐの頃、母親が日本人の男と再婚したので、それまで住んでいたマンションから男の住む一軒家へと引っ越すことになった。そのことを龍一に知らせようと何度か電話をしたが、龍一は一度も捕まらなかった。卒業式の日の翌朝、すぐの再会を約束して別れたのに、まだ果たされないままだった。

引っ越し先の家は近くに川のない、気取った感じの住宅街にあった。日本人の男のことをどう呼んでいいか分からなかったし、できるだけ家にいたくなかったので、放課後はアルバイトに精を出した。バイト先の《ヒルツ》というレンタルビデオ屋の店

長は、東大出身の映画マニアのおっさんで、ソフト化されていない映画のビデオを貸してくれたり、映画に関する蘊蓄《うんちく》なんかをよく聞かせてくれた。そのおっさんの影響で、僕はヨーロッパの映画も進んで見るようになった。

休日やバイトがない日は、一人で映画館に通った。面白い映画を見ていると、必ず龍一のことを思い出した。あいつ、これ見たかなぁ、と思ったりしながら、スクリーンを見つめていた。

高二の夏休みの少し前、久し振りに龍一に電話をした。『スター・ウォーズ／ジェダイの復讐《ふくしゅう》』というスター・ウォーズ三部作の完結編が公開されることになり、前二作を一緒に見ていた龍一と見に行きたいと思ったからだ。しかし、電話は繋がらず、何度掛けても、この番号は現在使われておりません、という無機質な声しか返ってこなかった。心配になったので、中学時代の名簿を探し出し、龍一とつるむことの多かったクラスメイトに電話をした。

「何度か問題を起こして、高校を退学になったよ」そのクラスメイトは当然のように言った。「つーか、入学してすぐにやばい先輩に気に入られてつるみ始めてからは、ほとんど学校には来てなかったけどな」

退学して以降、そのクラスメイトも龍一と連絡が取れなくなってしまったらしい。僕は新しい電話番号を彼に告げ、もし龍一と連絡が取れたら伝えて欲しい、と頼んだ。

彼は快く引き受けてくれた。

公開が終わるギリギリまで龍一からの連絡を待ったが、結局、僕は一人で『スター・ウォーズ／ジェダイの復讐』を見に行った。

高三に上がったのをきっかけにバイトの時間を減らし、受験勉強を始めた。地方の大学に合格できれば、堂々と家を出て行けると思ったからだ。たまに息抜きで映画を見に行っても、龍一のことは思い出さなくなっていった。

受験が終わり、合格できたのは地方の大学を嫌がる母親を納得させるために受けた東京の大学だけだった。何度かの喧嘩のあと、母親は僕が家を出るのを許してくれた。家賃は日本人の男が出してくれることになった。僕は初めて日本人の男に礼を言った。

大学に入ってからは、まったく勉強をしなかった。生活費のためのバイトや映画を見ること、それに、読書のために起きている時間のほとんどを使った。たまにデートもするようになった。大学でできたガールフレンドと、初めてデートで映画を見に行った。その後も何度か女の子と映画に行ったけれど、なんとなくしっくりこなかったので、デートで映画を見に行くのをやめてしまった。

大学でも相変わらず親しい友人はできなかった。誰とも遊ぶことのない一人の休日や祝日には、むかし龍一と一緒に見て面白かった映画をよくビデオで見直した。見て

いると、作品ごとにそれを見た当時の記憶が鮮明に蘇ってきて、そのたびに僕はとても幸せな気持に包まれた。誓ってもいいが、子供時代の僕が幸せだったはずはない。龍一と過ごした幸せな時間よりも、もっと多くの不幸せな時間の中で僕は生きていた。でも、不思議なことに、龍一と見た映画を起点にして目の前に広がる記憶には、不幸せだった事柄がぽっかりと欠落しているのだ。映画の力で導かれた記憶の中の僕は、いつでも軽やかに笑い、素直に泣き、楽しそうに手を叩き、一心不乱に龍一と語り合い、はつらつと自転車を漕いでいた。

そして、映画を見終わるたびに僕は深い孤独感に襲われ、こう思った。

龍一はいまどうしてるんだろう？

成人式の一週間前、電話番号を託した中学時代のクラスメイトから自宅に電話があり、母親からそれを伝えられた。迷った挙句、彼に連絡をすることにした。彼の用件は、民族学校時代の同級生が集まる成人式のパーティへの誘いだった。

「龍一も来るかもよ」と彼は言った。「おまえ、永花って覚えてる？」

「覚えてるよ」

「永花が龍一を連れて来るんだって。つき合ってるらしいんだ、永花と龍一。で、おまえはどうする？」

僕はほんの少しの沈黙のあと、訊いた。

「龍一がいまなにをしてんのか知ってる？」

「俺も詳しくは知らないんだけど」と彼は前置きをして、続けた。「同胞が経営してる金融で働いてるって聞いたぞ。いわゆる暴力金融ってやつらしい。そこで借金の取り立てをやってるって。まぁ、ヤクザみたいなもんだな」

僕はまた少しの間を取り、言った。

「行くよ」

パーティは上野《うえの》にある五階建ての中華料理店の、三階の大きなフロアを借り切って開かれた。

僕は開始の時間より少し遅れて参加した。会場に入ってすぐに龍一の姿を探したが、見つからなかった。かといって、大袈裟に肩を叩き合って旧交を温めるような友人もいなかったので、僕はフロアの隅っこに置いてある椅子に座り、大人になっていっているクラスメイトの様子をぼんやり眺めていた。時々、僕の存在を認知したクラスメイトたちがそばに寄ってきて話し掛けてきたけれど、僕が日本の大学に通っていることを知ると、ほとんど例外なく全員がバツの悪そうな表情を浮かべ、強引にきっかけを見つけては僕のそばから離れていった。

一時間が経つのを待って椅子から腰を上げ、会場の出口に向かった。エレベーターフロアに出ると、ちょうどエレベーターが到着し、ドアが開いた。中から男が一人出てきて、僕のことを睨みつけるようにして見た。男は黒のロングコート、紺色の上下のスーツ、黒のタートルネックセーターという着こなしで、足には光沢のよい黒の革靴を履いていた。髪は短く刈り込み、少し太り気味だったが、その割りに肌の血色はよくなかった。そして、何よりも僕を睨《ね》めつけた両方の目に色濃く宿る険しさと暗さが、その男が僕が属している世界とは違う世界の住人であることを物語っていた。

僕はエレベーターから降りてきた男が放つ危険な匂いに反応し、関わり合いにならないよう視線をそらしながら、男と入れ替わりにエレベーターに乗ろうとした。僕の体が箱の中に収まろうとした瞬間、後ろから男に左の肩を強く摑まれた。僕の体はその強さに正直に反応し、情けないけれど、大きく震えた。僕が肩越しに男のほうを振り向くと、男の目からはさっきまであった色が消え、代わりにひどく悲しげな色が浮かんでいた。

「俺だよ」

男の声は少し荒れていて、やけに切なげに響いた。

僕はようやくエレベーターから降りてきた男の正体に気づき、閉まりかけていたエレベーターのドアを押し止《とど》めて、箱の外に出た。

僕と龍一は、ほんの短いあいだだけ、黙って対峙《たいじ》した。龍一の目には相変わらず悲しげな光が点っていて、僕はそれをどう消してよいのか分からず、途方に暮れて龍一と向かい合っていた。

「久し振りだな」と龍一は言った。「元気だったか？」

僕はうなずいて、答えた。

「なんとかやってるよ。そっちは？」

龍一は左の親指の先で顎《あご》のあたりを神経質そうにこすりながら、少しだけ目を伏せて答えた。

「こっちもなんとかやってるよ」

会話が途切れ、気まずいような雰囲気が漂った。龍一は眉間《みけん》に細い皺《しわ》を刻み、訊いた。

「帰るのか？」

僕はほんの少しためらったあと、軽い笑みを見せながら答えた。

「おまえがいなかったから、帰ろうと思ったんだよ」

龍一は照れ臭そうに人差し指で鼻をかき、少し怒ったように言った。

「ツレが待ち合わせに来なくてよ。結局、仕事で来れなくなったんだけど、そいつを待ってたら遅れちゃったよ」

廊下の奥にある会場のほうから、わーっという歓声のようなものが聞こえてきた。僕と龍一は同時に声がしたほうへ顔を向けた。いくら盛り上がっていようと戻る気にはなれなかったので、僕は龍一に言った。

「久し振りに会えてよかったよ」

別れの言葉だということに気づいた龍一は、不満そうに唇の端を吊《つ》り上げた。

「もう少しいろよ」

「いや、帰るわ」

「なんか用事でもあんのか？」

「別にないけど」

「じゃあ、いいじゃねぇか」

僕が返事に困って黙ると、龍一はさっきよりも太い皺を眉間に刻んだ。

「分かったよ」龍一は僕の肩に手を伸ばし、軽く叩いた。「また会えるといいな」

僕はうなずいた。龍一はもう一度僕の肩を叩いたあと、僕からゆっくりと視線を外し、踵《きびす》を返して会場のほうへと歩いていった。僕はエレベーターに向き直り、下りのボタンを押した。エレベーターは三階で停まっていて、ドアはすぐに開いた。箱に乗り込み、《1》のボタンを押した。ゆっくりと閉まりかかっていたドアが、ふいにまた開き始めた。ドアが完全に開くと、目の前に龍一の姿が現れた。龍一は肩で息をし

ながらも、顔に笑みを広げて、言った。

「映画見に行こうぜ」

上野の映画館ではろくなものがやってなかったので、銀座《ぎんざ》に出ることにした。山手《やまのて》線で有楽町《ゆうらくちょう》に出て、まず銀座のいくつかの映画館をまわったが、つまらなそうな作品ばかりを上映していた。唯一見たいと思った『トップガン』は、最終回の上映時間が過ぎてしまっていた。僕たちは銀座を諦め、日比谷《ひびや》へ向かった。

日比谷でも食指が動くような作品はやっておらず、まったくあてが外れてしまった。これから他の場所に移動したところで、最終回には間に合わない時間になっていた。たぶん、映画を諦め、食事にでも行けばよかったのだろう。でも、僕たちはどうしても映画を見なくてはならないような気持になっていた。だから、最後に辿り着いた映画館の最終回に間に合うのを知った時、僕たちはその映画を見ることがある種の必然のように感じられてしまったのだった。たとえばその作品が、僕たちの嫌いなフランス映画のラブストーリーだったとしても。

「この映画、評論家が褒めてたよ」僕は言い訳をするように、言った。「カンヌかなんかの有名な賞も獲《と》ったんじゃなかったかな」

龍一は興味がなさそうにうなずいて、言った。

「『太陽がいっぱい』みたいに、拾いもんだったらいいな」

五百ほどある座席は、二十席ぐらいしか埋まっていなかった。僕たちが一番後ろのシートに並んで座ったのとほとんど同時に、上映開始のチャイムが鳴り、明かりが落ちた。ＣＭが始まってすぐ、龍一は吐き捨てるように言った。

「映画館に来てまで、なんでテレビのコマーシャルを見させらんなきゃなんねぇんだよ」

僕は龍一の乱暴な言葉の響きにどう応じてよいか分からず、曖昧《あいまい》にうなずいた。愛と死と涙ばかりを売り物にしている、たくさんの映画の予告編がようやく終わり、本編が始まった。五分が経った頃には、僕にはそれがひどい映画だということが分かったし、たぶん、龍一もそうだっただろう。金持ちでインテリの主婦がアラブ系の労働者階級の若者と不倫をするだけのストーリーは、いかにも深い意味がありそうな哲学的なセリフと、絵葉書かＣＤのジャケットのような小綺麗《こぎれい》な映像を交えながら、淡々と進んだ。

「明日には世界が滅びる気がするの」

憂いを含んだ顔で時々そう言って、主婦は若者とＳＥＸをしたり、高級レストランでおいしいものを食べたり、高級外車でドライブをしたり、リゾートの海辺で子供みたいにはしゃいだりした。

まったくクソみたいな映画だった。作った連中もクソだし、こんな映画を褒める評論家連中もクソだし、カンヌだかなんだか知らないが、こんな映画に賞を与えるような世界こそ滅びてしまえばよかった。映画館に入る前に、こんなクソみたいな映画を擁護するようなことを言ってしまった自分が、ひどく恥ずかしく思えた。

映画が始まって一時間が経った頃、隣の龍一の様子をそっと窺った。もし龍一が僕と同じように苛立《いらだ》っていそうなら、出ようぜ、と促すつもりだったが、龍一はシートの背もたれにべったりと背中をつけ、苛立った様子もなく、まっすぐにスクリーンを見つめていた。僕はスクリーンに視線を戻し、クソみたいな映画を見続けた。

やがてクライマックスが訪れ、不倫関係に行き詰まりを感じていた主婦のもとに若者の死のニュースがもたらされた。若者は差別が原因で殺されたのだ。そうなることは分かっていた。なぜなら、クソみたいな連中が支配する世界で殺されるのは、いつだって俺らの側の人間なのだから。

二時間が経つと、スクリーンには、結局人種の壁を越えられなかった悲恋、といったように受け取れる余韻たっぷりのラストシーンが映し出されていた。

「明日には世界が滅びる気がするの」

めいっぱいおしゃれなカフェの窓際に座っている主婦が、そう独り言をつぶやいた。

僕は思わず鼻で笑ってしまったが、場内にいた女性客の何人かはすすり泣いていた。

甘ったるいクラシック音楽をＢＧＭにした無駄に長いエンドロールが終わり、場内が明るくなってすぐ、龍一が言った。

「出ようぜ」

映画館を出た僕と龍一は、ほとんど無言のまま歩き、日比谷から銀座へと向かった。食事のできる店を探したが、ほとんどはラストオーダーの時間を過ぎていた。銀座から新橋《しんばし》へ移動したが、酔っ払いのサラリーマンの大群にうんざりしてすぐに新橋を離れた。

あてもなく歩いていると、龍一が訊いた。

「いま、なにやってんだよ？」

「大学生やってるよ」

「そうか」

「そっちは？」

「金融の取り立て屋さんをやってるよ」

「そうか」

気がつくと、いつの間にか日比谷に戻ってしまっていたので、食事を諦め、とりあえず足を休めるためにあったかい缶コーヒーを買って日比谷公園に入った。ベンチの

いくつかをカップルたちが占領していたので、僕たちは大噴水のまわりを丸く囲っている縁に、少しだけ離れて並んで腰掛けた。少し離れた位置にある街灯から届く光は乏しく、大噴水のまわりはひっそりと暗かった。時々、日比谷通りのほうから聞こえてくる車のクラクションの音がなければ、東京の真ん中あたりにいるとは到底思えなかっただろう。

　コーヒーを半分ほど飲んだ時、僕は言った。

「ひどかったな。『死亡の塔』みたいな映画だったな」

　龍一は軽く笑った。僕はその笑みにほっとして、続けた。

「なんで才能のない奴に映画を撮らせるのかな。不思議だよな」

　龍一はコーヒーを一口飲んだあと、缶を縁に置き、コートのポケットからラッキーストライクと100円ライターを取り出した。そして、一本を口にくわえ、箱を僕に差し出した。僕は首を横に振った。

「タバコはやめたよ」

　龍一は、そうか、と小さな声で言って箱を缶の横に置き、タバコに火をつけた。

「才能がないわけじゃねぇんだよ」龍一は煙を吐き出しながら、言った。

「え？」

「映画を作れる環境にいるってだけで、それはもう才能があるってことなんだよ」

僕は黙って耳を傾けることで、龍一に先を促した。龍一は煙を深く吸い込み、吐き出して、続けた。

「才能っていうのは力のことだよ。でもって、力を持ってる人間は、それをひけらかすために使うか、誰かを救うために使うか、自分で選択できるんだ。さっきの映画を作った連中は、ひけらかすほうを選んだんだよ。たいして語りたいこともねぇくせに、自分の力だけは見せつけたくて映画を作るから、結果的にせんずりこいてるみたいなひとりよがりの作品ができあがるってわけさ」

龍一が険しい顔で深く煙を吸い込むと、火種が真っ赤な色を点らせた。龍一はため息のように、そっと煙を吐いた。

「俺んとこの社長は、抵抗しねぇって分かってる相手を殴る時、うっとりした顔してるよ。でも、ほんの少しばかしは美意識みたいなもんがあるから、自分がクソじゃないのを言い訳するみたいに、やたらと俺ら社員に説教垂れたり、事務所の中に標語みたいなもんをベタベタ貼りつけてやがるんだ。人間だからつまずくこともあるさ、みたいな標語だぜ。爆笑だよ。俺ら見事につまずいたからてめぇんとこで働いてるっていうのによ」

龍一は自分の語気の荒さを恥じるように、タバコを持った手の親指の先で顎のあたりをごしごしとこすったあと、コーヒーを一口飲んで、続けた。

「さっきの映画を作った連中もおんなじだよ。俺様の作った映画はどんなもんだって、客のほっぺたを一方的に引っぱたいてうっとりしてぇんだ。でも、引っぱたくのは悪いことだってほんとは分かってるから、自分の代わりに登場人物たちに俺らに通じねぇような小難しい言葉で言い訳させたり、わざとしかめっ面をさせたりしやがるんだ。そんなクソみたいな力で作った映画を、クソみたいな力しか持ってねぇ連中が自分たちには理解できる才能があるってひけらかしてぇから褒めたり賞をやったりするんだよ。まぁ、そういうクソみたいな連中に限って自分たちが作ったり褒めたりしたことで、いっちょ前に誰かを救ってるって勘違いしてるんだけどな。そうじゃなきゃ、クソみたいな映画が次々に作られるわけねぇもんな。そうだろ？」

僕は問い掛けには応えず、コーヒーを一口飲んだ。龍一もまたコーヒーを一口飲んだ。

「俺、高校をクビになって働き始めてから、おまえと見てた頃よりもっと映画を見るようになったよ。小説もやたらと読むようになったな。最初のうちは、なんでかは自分でもよく分かんなかったけど、とにかく、前よりももっと真剣に映画とか小説が必要になったんだ。そのうち、自分の人生がクソみたいになってるから、映画とか小説の世界に逃げ込んでるって気づいたけどな」

龍一が短くなったタバコを大噴水の中に捨てると、ジュッという火の消える音が小

さく響いた。

「でも、俺が見たり読んだりしたやつのほとんどは、俺の人生と同じでクソみたいだったよ。少なくとも、俺を救ってくれようとはしなかったな。まぁ、自分でクソみたいな人生に足を突っ込んどいて、誰かに救ってもらおうなんてムシがいい話だけど、こっちも金を払ってんだから、少しぐらいは見返りを期待したってバチはあたんねぇだろ？」

龍一はおどけるように眉尻を下げて微笑み、新しいタバコに火をつけた。僕はコーヒーを飲み干して、訊いた。

「おまえは、どんな映画とか小説がいいんだよ」

龍一は遠くを見るような眼差しを浮かべ、答えた。

「むかしとぜんぜん変わってねぇよ。俺の代わりにゲラゲラ笑ってくれたり、マジで怒ってくれたり、ワンワン泣いてくれたり、悪い奴と闘ってくれたり、とにかく分かりやすいやつかな。俺はもうブルース・リーにもマックィーンにもジャッキー・チェンにもなれねぇからな。誰かに代わってなってもらわねぇとよ」

龍一がまたおどけるように微笑んだ時、自転車に乗った見まわりの警察官二人がすぐそばを通った。もちろん、僕たちは警察官たちに胡散臭そうな一瞥を投げつけられた。僕たちを逮捕できなくて名残惜しそうな警察官たちの背中が遠くに消えたあと、

僕たちは顔を見合わせて、苦笑いを浮かべた。

龍一が吸いかけのタバコを大噴水の中に投げ入れ、立ち上がった。

「行こうぜ」

日比谷公園を出て、有楽町駅に向かっている途中、龍一が思い出したように言った。

「なんか変な話なんだけどよ、むかしおまえと一緒に見た映画をテレビとかビデオで見直してると、ガキの頃がまともだったような気がするんだよな。どうしてだろうな」

龍一は少し照れ臭そうに目を伏せながら、僕のほうに顔を向けた。僕は、俺もだよ、と答えたかったが、どういうわけか口から言葉が出てこなかった。俺もおんなじだよ――。

龍一は顔を前に戻し、ふっと軽く笑って言葉を続けた。

「でも、映画が終わると、ただのクソに逆戻りだけどな……。そういや、まだ脚本家とか小説家を目指してんのか？」

僕はうなずいて、答えた。

「目指してるだけだけどな」

「おまえならなれるよ、絶対。おまえの作品、楽しみにしてるからな」

龍一はそこまで言うと、見覚えのある微笑みを顔いっぱいに広げ、続けた。

「もしよかったら、俺らを救いに来てくれよな」

有楽町駅の改札口に辿り着いた。

「俺はタクシーで帰るよ」と龍一は言った。

「そうか」と僕は応えた。

龍一は何かを言い掛けて口を開けたが、それをごまかすように左手の親指の先で顎のあたりをこすった。

「またな」と僕は言った。

龍一は少し寂しそうに目を細め、あぁ、と言ったあと、右手を差し出した。僕は戸惑いながらも、右手で龍一の右手を掴んだ。それまで一度も龍一と握手をしたことはなかった。

龍一は手を放すと、じゃあな、と言って僕から目をそらし、足早に改札口から離れていった。龍一の背中はすぐに人混みの中に紛れ、消えてしまった。

8

なんとか四年で大学を卒業したあと、僕はある製薬会社に就職した。

選《え》り好みをせずに手当たり次第に就職試験を受け、最初に受かった会社だった。在日朝鮮人の僕を雇ってくれる会社なら、どこだってよかった。大学卒業を機に日本人の男からの家賃が打ち切られる約束だったので、金を稼がなくてはならなかったのだ。サラリーマンとしての生活は、僕にとってある種の緊急避難のようなものだった。ある程度の金が貯まったら会社を辞め、物語を書き始めるつもりだった。そのきっかけは、そう遠くない将来に訪れるはずだった。

しかし、会社というシェルターは思ったより居心地がよく、時間はあっという間に過ぎ去っていった。僕は総務の仕事を過不足なく覚え、上司や同僚と親しくつき合い、恋人を作って、日常にしっかりと足をつけていった。預金残高は着々と増えていき、最初に目標としていたある程度の金がいくらだったのか、いつしか判然としなくなっていった。そんな毎日は、正直なところ、僕のこれまでの人生において一番安らかな時期だった。ただ、頭の片隅には物語る欲求がずっと居座っていて、時々、僕の前に顔を出しては、いつ語り始めるんだい？　と僕をせっついた。僕はそいつに言い訳でもするように、時間を見つけては映画を見て、本を読んだ。それらの行為は次第に、僕にとって会社のノルマと同じような質しか持たなくなっていった。

会社勤めが十年目に入った時、僕は日常に完全に捕らわれてしまったことを、渋々ながらも認めざるを得なかった。あとは、いまだに頭の片隅に居座っている奴を、い

つ殺してしまうか決めるだけだった。

　会社に入って十五年目の、ある夏の日の昼下がりのことだった。その日は日曜日で、外出のためにマンションの部屋を出ようとしている時、珍しく居間の固定電話が鳴った。固定電話に掛けてくるのは母親ぐらいだったので、僕は面倒臭く思いながらも靴を脱いで居間に戻り、電話に出た。

「……もしもし」

　受話器から、ひどくかすれた男の声が聞こえた。まったく聞き覚えのない声だったので、僕は少し警戒しながら訊いた。

「どちら様ですか？」

　相手は僕の声のトーンを聞いて気後れしたのか、答えなかった。

「もしもし？」僕は強い口調で訊いた。「もしもし？」

「……俺だよ。龍一《リョンィル》だよ」

　久し振りに聞くハングルの響きが頭の中で意味としてうまく変換されず、僕はひどい戸惑いを感じた。そして、何秒かの末に最後に会った時の龍一の姿が目の中で像を結んだ時、自分でも驚くほどにうろたえてしまった。もうちょっとで、安っぽいドラマみたいに受話器を手から落とすところだった。

「どうやって番号が分かったんだよ？」僕は狼狽《ろうばい》したまま、不用意に言葉を口にした。

「ごめん」龍一は僕の口調に気圧《けお》され、反射的に謝った。「おまえのオモニに訊いたんだよ。実家の番号はむかし——の奴から教えてもらってたから」

龍一は、だいぶ前に僕が龍一への伝言を頼んだ同級生の名前を挙げた。謎が解け、狼狽が遠ざかっていくと、今度は警戒が頭をもたげた。

「どうしたんだよ、急に」

龍一は短いあいだ黙り込んで、言った。

「元気か？」

「……元気だよ。そっちは？」

「あぁ……」龍一は曖昧に言葉を濁し、続けた。「成人式のパーティの夜以来だから、話すのは何年ぶりになるんだっけ……」

僕が黙っていると、龍一は、とにかくものすげぇ久し振りだな、と独り言のように付け加えた。

「そうだな……」と僕は仕方なく相槌を打った。

重い沈黙が流れ、僕たちの二十年近くぶりの会話はどこへも行き着くことがないように思えた時、龍一がぽつりと言った。

「映画を見に行かないか？」

「え？」

「うちの地元の区民会館で今日の六時から映画の上映会をやるみたいなんだけど、なんかいい感じなんだよ」

言っている意味がうまく摑めずに少し苛立たしくなったが、僕は我慢して会話を続けた。

「地元ってどこ？」

龍一が答えた地名は、偶然にも僕の母親と日本人の男の家がある町の隣町だった。

僕は続けて訊いた。

「上映する映画はなに？」

「『ローマの休日』。見たことあるか？」

当然見たことはあったが、僕には、どうして龍一がそんなものに僕を誘うのかが理解できなかった。そう、僕は一度だって龍一の《SOS》を聞き取れたことがないのだ。

「悪いけど」と僕は言った。「今日は用事が入ってるんだ」

「……そうか」

消え入りそうな龍一のその声を聞いた時、自分がひどい間違いを犯しているような気がしたが、僕にはどうやってその間違いを正せばよいのか分からなかった。だから、

せめてもの罪滅ぼしのつもりで龍一の電話番号を聞き、近いうちに電話するよ、と告げた。龍一は、うん、とつぶやき、短く黙ったあと、子供の頃のいつかに聞いた威勢のよい声で言った。

「元気でな」

僕がその言葉に応える前に、電話が切れた。僕は受話器を握ったまま居間の窓を開け、ベランダに出た。その時になって、お互いがいま何をして暮らしているのかさえ話さずに電話を切ってしまったことに気づいた。そして、眼下に広がる景色を見た時、何よりも龍一に話すべきことがあったのに気づき、電話を掛け直そうかどうか迷ったが、結局は大きなため息をついたあとにベランダから居間に戻り、受話器を置いて、部屋を出た。

ぼんやりとした頭で電車に乗り、恋人の家に向かった。駅を降りて彼女に電話をすると、部屋の片付けが終わってないから一時間ほど時間を潰してきて、と言われたので、駅の近くに新しくできた古本販売のチェーン店に入った。本を探すともなく棚のあいだを歩いていると、百円で投げ売りされている文庫本の棚に懐かしいタイトルを見つけた。

僕は『太陽がいっぱい』を抜き出し、表紙を眺めた。上半身裸のアラン・ドロンが険しい表情でヨットの舵《かじ》の前に立っている、映画のポスターと同じ図柄だった。ペー

ジを開いて奥付を見ると、昭和四十六年の発行になっていた。原作があるのは知っていたが、これまで読むのを敬遠していた。映画も見直したりはしていなかった。うまく理由は言えないけれど、とにかく、『太陽がいっぱい』は僕にとって、そう簡単に触れてはいけないものだったのだ。ページを開くことなく文庫本を手にしたまま、レジに向かうかどうか迷っていると、ふいに龍一の顔が目の前に浮かんだ。それは成人式の夜のものでも、中学時代のものでもなく、初めて言葉を交わした頃の幼くてやんちゃな笑顔だった。今日、この文庫本を見つけたことが、偶然であるはずはなかった。僕はきっぱりと迷いを断ち切り、レジへと向かった。

彼女の家に行き、ビデオで恋愛映画を一本見て、彼女の手作りの晩御飯を食べたあと、長居をせずに彼女の家を出た。

帰りの電車の中で『太陽がいっぱい』を読み始め、家に戻っても着替えもせずに読み続けた。《リプリー》が《リップリー》と表記されていたし、訳も古めかしかったが、内容は間違いなく『太陽がいっぱい』だった。

読んでいる途中で雷が鳴り、一度視線を窓の外に向けた以外は、ページから一度も目を離すことなく、六時間ほどで読み終えた。いつの間にか夜は明けていて、普段ならベッドから起き出して会社に向かう準備を始める時間だった。僕はいったん本を閉じて、腹に入れるものを買いにコンビニエンス・ストアへ向かった。買い物を済ませ

て帰宅し、買ってきたおにぎりを食べながら、また本を開いて読み始めた。

今度は四時間ほどで読み終えて本を閉じたあと、会社に病欠の連絡を入れ、買って以来ほとんど使っていなかったパソコンを開き、文章を書き始めた。

ようやくきっかけが訪れたのだ。

僕は小説を書くことに決めた。うまくいくかどうかは分からなかったが、とにかく、頭の片隅に居座っている奴を自由にしてやらなくてはならなかった。いつまでも飼っておくわけにはいかないのだ。そして、作品を書き上げることができたその時は、龍一に電話をし、僕を突き動かしたきっかけについて、こんなふうに告げるつもりだった。

「知ってるか？　小説の中のリプリーは捕まらないんだぜ！」

9

会社を辞め、恋人と気まずくなりながらも、小説を書き続けた。朝から晩まで机に向かい、ただひたすら文章を書き続けた。僕は物語を紡ぐ喜びに満たされながら、またしても龍一に救われたことに気づいた。そして、龍一を救えるような物語を書こうと、休むことなく書き続けた。

そんな生活を始めて半年が経った頃に恋人から別れを切り出され、僕はそれを受け入れた。

一年が過ぎ、やっと作品を書き終えた僕は、締切りが一番近いミステリーの文学新人賞に原稿を送った。僕が書いたのは、《東京で起こるはずのテロ計画を知ってしまった、計画とはなんの関係もないテロリストが、愛する者を守るために命を懸けてテロを防ぐ》というストーリーの作品だった。そう、中学の卒業式の翌日の明け方に龍一に話した物語だ。もちろん、主人公のテロリストに父親はいないままだ。

応募して三ヵ月後に出版社から連絡があり、作品が最終選考に残っていることを知らされた。それから結果が出るまでのひと月のあいだ、希望と諦めが入り混じった毎日を送った。

受賞の連絡が入った日、僕は『太陽がいっぱい』の文庫本のあいだに挟んでおいた電話番号のメモを取り出し、龍一に電話をした。電話は繋がらなかった。何度掛けても、この番号は現在使われておりません、というむかしから聞き覚えのある無機質な声が返ってくるだけだった。

受賞から三ヵ月が経ち、僕の作品が本屋に並んだ時、僕は誰よりも龍一が手に取ってくれることを望んだ。そして、読み始めてすぐに作者が僕だということに気づいて、連絡をくれることも。

しかし、出版から一年が過ぎても龍一からの連絡はなかった。

そして、さらに一年が経ち、作品の映画化が決まって撮影所に赴いた僕は、思いがけず永花に再会した——。

*

ようやく現在に辿り着いた。

撮影所で永花に再会し、家に帰った僕は『大脱走』と『ドラゴン怒りの鉄拳』と『酔拳』と『太陽がいっぱい』を見終えたあと、すぐにパソコンに向かって僕と龍一の話を書き始めた。そして、二日間一睡もせずに、僕が小説家としてデビューするところまでを書き上げた——。

僕は続きを書く手をいったん止め、新鮮な空気を吸おうと、ベランダに出た。

いまにも夜が明けようとしている東の空には、一際輝く星がひとつだけ残っていた。むかし、僕が祈りを捧《ささ》げた星だ。いまの僕はその星が金星であることも知っているし、むかしに祈るようなこともしない。視線を空から下ろし、少し先のほうへ向けると、この川沿いの比べて格段に綺麗になった隅田川の水が悠々と流れているのが見える。

マンションに住み始めて十五年近くのあいだ、ほぼ毎日ベランダに出て川を眺めているが、相変わらずゴジラの姿を見掛けたことはない。最後の電話で、龍一にそのことを報告し忘れてしまった。僕が何よりも伝えたかったことだ。

　僕はベランダから室内に戻ったあと、財布と自転車のキーだけを手に、部屋着のままでマンションを出た。マックィーンV号に乗って近所のコンビニに行き、缶コーヒーとラッキーストライクと100円ライターを買って、マンションに戻った。そして、それらを持ってまたベランダに戻り、隅田川を眺めながら缶コーヒーを飲み、タバコを吸った。久し振りのタバコに慣れるのに時間が掛かったが、急ぐ理由は何ひとつとしてなかった。それがただの感傷的な行為であるのは分かっていても、僕は時間を掛けてそれをする必要があった。なぜなら、いまから龍一を救いにいかなくてはならないからだ。いまとなっては龍一を救えるのは僕しかいない。僕だけが龍一を救うことができる。ようやくだ。ようやく救うことができる。たとえ今回うまく救えなかったとしても、物語を語れるうちは何度でも諦めることなく龍一を救いに行くだろう。そう、クソみたいな現実が押しつける結末を、物語の力でいともたやすく変えてやるのだ。物語の中では、死者は当然のように蘇り、まるで死んだことさえなかったように動きまわれることはおろか、空を羽ばたくことさえできるのだ。そして、現実はいずれ物語の力にひれ伏し、俺らの物語は事実として語られ始めるだろう。

二十本目のタバコに火をつけた。このタバコを吸い終える頃には、龍一を救える力が体に満ちていることだろう。眠気はない。疲れもない。朝の光が少し眩しいぐらいだ。

タバコを吸い終えた。

さあ、救いに行こう。

☆

あの夏の日、一人で区民会館に『ローマの休日』を見に行った龍一は、映画を見終わったあと、いまのクソみたいな生活から脱け出ることを決心した。一緒に映画を見ていたたくさんの子供たちの、スクリーンをまっすぐに見つめる目がキラキラと光っているのを、暗闇の中で見つけてしまったからだ。

翌日、会社を辞めるのに高額な違約金が必要なのを社長から告げられた龍一は、腎臓を売ることにした。貯金ではその額は賄えなかったからだ。龍一は左の腎臓を失くすことで、これまでの生活で踏みにじってきた多くのものに対する代償を支払った。違約金を払い終えた龍一の手元には、百万円が残った。

退社した龍一は体調が回復するまでのあいだ、毎日映画館に通った。気に入るような作品はほとんどなかった。夜になると、元同僚や素行のよくない友人たちから、たちの悪い誘いの電話が掛かってきた。龍一は考えた挙句、東京を離れることにした。母親とは絶縁状態だったし、永花とはすでに別れていたから、心を残すようなものは東京にはもう何もなかった。面白い映画もやっていないし。

寒いのが嫌いだった龍一は、身ひとつで南へ向かった。太陽にゆっくり近づいてい

こうと、レンタカーを借りて陸路で鹿児島まで行き、海路で沖縄へ渡った。本島は少し騒がし過ぎるような気がしたのですぐに離れ、離島を巡っているうちに、宮古島《みやこじま》へ辿り着いた。そして、島内をあてもなく見てまわっていると、ある牧場に行き当たった。そこでは天然記念物の宮古馬を育てていた。宮古馬の美しさと穏やかな気性にすっかり魅入られてしまった龍一は、牧場主にどうしてもと頼み込み、臨時の従業員として雇ってもらうことにした。

一年間は下働きとして草刈りや水汲《く》みや掃除だけをして過ごし、真面目な働きぶりを認められた龍一は、二年目に正規の従業員として雇われることになった。ようやく宮古馬と触れ合えるようになった龍一は、いずれ『荒野の七人』や『ジュニア・ボナー』でのマックィーンのようにカッコよく馬を扱えることを夢見始めた。

ひたすら真面目に働いていた龍一は、ある日、本島から実家のある宮古島へ戻ってきたばかりの、ある母子《おやこ》と知り合った。病で夫と父親を同時に亡くした、まだ若い母と幼い男の子だった。龍一と彼女は初対面から運命的なものを感じたが、お互いの辿ってきた決してなだらかではない道筋のせいでしっかりと見つめ合うことを恐れ、ややもすればひどい遠まわりをするところだった。しかし、男の子が龍一と一緒にいる時間を何よりも好むようになり、必然的に龍一と彼女の距離は縮まっていった。

龍一は男の子にこれまで見てきた面白い映画の話をよく語って聞かせた。特に、ブ

ルース・リーの映画の話を何度も。男の子はこれまでブルース・リーの映画を見たことがなかったけれど、龍一の影響で、大きくなったらブルース・リーになる、と言い出すまでになった。そんな男の子に、龍一はずっと肌身離さず持ち歩いていたブルース・リーのブロマイドをプレゼントした。男の子はしわくちゃのそのブロマイドを小さな額の中に入れ、机の上に飾った。

働き始めて三年が経った頃、龍一は彼女に自分が在日朝鮮人であることと、左の腰にある傷跡の由来について話した。龍一を間近で見続けてきていた彼女は、その告白を柔らかい微笑みで受け止め、龍一を堅く抱き締めた。龍一は生まれて初めて《救い》を感じた。それは強くて、暖かくて、何ものにも代え難い光を放っていた。龍一は命を懸けて彼女と男の子を守ることに決めた。

新しい生活のための買い物をしに本島に出た龍一たちは、映画が見てみたい、と言い出した男の子の言葉を聞き入れ、シネマコンプレックスの施設があるショッピングセンターへ向かった。

男の子が見たがったアニメの上映時間まで間があったので、彼女と男の子はアイスを食べに行き、龍一は久し振りに本屋に入ることにした。店の中をあてもなく歩きまわっていた龍一の目は、当然のようにある小説の表紙に吸い寄せられた。本には、《映画化決定！》という文字の躍る帯が掛かっていた。龍一は本を手にして開き、数

ページを読んだあと、本を持ってレジへ向かった。

本島にいるあいだに本を読み終えた龍一は、便箋《びんせん》と封筒とペンを買って宮古島へ帰った。

出版社から僕の元に龍一の手紙が転送されてきたのは、映画が公開されるちょうど一週間前のことだった。手紙を読んだ僕は、すぐに宮古島行きの飛行機のチケットを手配し、旅行の準備を始めた。

手紙を読んだ三日後に宮古島で龍一と再会した僕は、龍一とたっぷり時間を掛けて旧交を温めたあと、映画の公開日に龍一と二人で本島に渡り、僕のデビュー作の映画化作品を見た。

映画を見終えた龍一は、やっぱり主人公に父親がいないのがいいな、と満足そうに微笑んだ。


龍一はいまでも太陽の光が満ち溢れている宮古島で、家族とともに幸せに暮らしている。

僕は毎年長い休みを取って宮古島へ向かい、龍一の家族が住む、小さいけれどとても明るくて風通しの良い海辺の家で過ごすことにしている。昼は龍一の仕事が終わるのを待ってビーチで龍一の息子と遊び、夜は庭に椅子を二つ並べて龍一と座り、眩し

いほどの星空の下でこれまで見てきた映画の話や自分たちで作ったオリジナルの物語を、時間を忘れて話し合う。時々話をやめ、龍一の奥さんが作ってくれた沖縄料理を食べながら、かすかに聞こえてくる波の音に耳をすます時、僕たちは無上の喜びを嚙《か》み締める。そして、また物語を語り始める。夜が明けるまで。

龍一が考えた物語のいくつかは本当に面白いので、僕はノートパソコンとシナリオの教則本を龍一にプレゼントした。

龍一は悪戦苦闘しながらも、仕事の合間を縫ってせっせと物語ることを続けている。父親のいない主人公のとびっきりのアクション映画を、かつての僕たちのような子供たちが映画館で目にする日も、そう遠くはないだろう。

ドラゴン怒りの鉄拳

精武門

夜が明け、暗闇が去っていたので、眠る準備に取り掛かった。

探偵がいまにも犯人を指摘しようとしている場面の本を閉じ、歯を磨き、パジャマに着替え、ソファに横たわってタオルケットを体に掛けたあと、リモコンを使ってリビングの照明を消した。まだ朝の五時だというのに、強い光がレースカーテンを突き抜けて部屋に満ち始めている。暗くて憂鬱《ゆううつ》な梅雨は二日前に明け、夏が駆け足で近づいてきていた。

まぶたを閉じても、ほのかな光が見えるような気がした。わたしは安心して短い息をつき、眠りの穴のまわりを少しだけ用心深く歩いたあと、ゆっくり片足ずつを入れ、一気に奥深くへと滑り落ちていった――。

いつものように張りつめた糸がぷつんと切れるみたいにして、唐突に眠りから覚めた。

センターテーブルの上の目覚まし時計を見ると、確かめるまでもなく《11：46》という数字がきちんと並んでいた。この五ヵ月ほど、毎日同じ時刻に目が覚めている。ある日に、たまたま起きた時刻を体が覚えてしまい、それ以来、同じ時間が来るとまるでそれが義務のように、わたしを起こし続けている。人間の体は賢くて愚かだ。ソファから下りてレースカーテンを開けると、鋭い日差しが目を刺した。空気を換えるために窓をほんの少しだけ開けた途端、生ぬるい風と熱気が、まるでゼリーのような質感で部屋の中に入り込んできて、体にまとわりついた。慌てて窓を閉め、クーラーのスイッチを入れたあと、シャワーを浴びにバスルームに向かった。

ちょうど髪を乾かし終えた時に、インターホンのチャイムが鳴った。インターホンの受話器で相手の身元を確かめ、ゴムで髪を束ねながら、玄関に向かった。

ドアを開けると、いつもと同じ宅配便のおじさんが立っていた。おじさんは相変わらずほとんどわたしと視線を合わせることなく、無愛想に荷物を次々と手渡し、受け取りのサインをもらうと、いつもありがとうございます、とつぶやくように言って、去っていった。ここのところずっとノーメイクで過ごしているわたしにとっては、理想の配達員だった。

食料品の荷物はキッチンに置き、残りはリビングに持っていって中身を取り出した。インターネットで注文したミステリー小説やアメリカの連続ドラマのDVDが、セン

ターテーブルで小さな山になった。これで当分は退屈せずに済むだろう。

　キッチンに戻り、荷物を開け、お米や缶詰やレトルト食品やミネラル・ウォーターを取り出した。お米の入った段ボール箱の底に、母からの手紙が寝ていた。封筒の中には便箋《びんせん》が一枚入っていて、そこにはこう書かれていた。

《約束の日からもう二週間が過ぎています。梅雨も明けたことですし、今日中に電話線を繋《つな》いでください。》

　後ろの文章がおかしくて、軽く笑ってしまった。便箋を封筒にしまい、コーヒー・メーカーのスイッチを入れた。

　時間をたっぷりかけてコーヒーを飲んだあと、リビングの隅っこに置いてある電話台に向かった。ＦＡＸ機能付きの、ゴツゴツして不格好な電話機が、台の上に埃《ほこり》をかぶって載っていた。電話機のお尻《しり》のあたりから垂れ下がっている電話線を掴《つか》み、徐々に下へと辿《たど》っていきながらしゃがみ込んだ。電話線の端っこに辿り着き、プラグの部分をつまんで、壁の差込み口を見つめた。

　梅雨も明けたことだし。

　そうつぶやいて、深呼吸をし、プラグを差込み口にゆっくりと近づけていった——。

*

連れ合いが死んだのは2月の、体が芯《しん》まで凍えてしまうような、そんなひどく寒い日のことだった。

その日の夕方、買い物から戻ったわたしは、コートをクローゼットにしまおうと二階の寝室へと向かった。そして、寝室のドアを開けたわたしの目にまず飛び込んできたのは、暗闇だった。一瞬で網膜を真っ黒く染めてしまうような、ひどく濃い。

買い物に出る前までは開けてあったはずのカーテンは、一筋の光の侵入も許さないように、いつの間にかぴったりと閉め切られていた。普段なら、連れ合いが会社から帰ってきている時間では絶対になかった。わたしはすぐに不吉な予感に囚《とら》われたが、それはひどく単純で俗なものに結びついた。

泥棒に入られたのかと思ったわたしは、咄嗟《とっさ》の反応に従い、異変を探すために暗闇に目を凝らした。大きな変化を認めることはできなかった。しかし、相変わらず得体の知れない不安に駆られていたので、一刻でも早く不吉な暗闇を追い払ってしまおうと、すぐそばの壁に手を伸ばし、照明のスイッチを押した。光は点《とも》らなかった。時々、リモコンとの互換性の不具合で、スイッチが機能しないことがあった。

ほんの少し闇に慣れてきた目で、また部屋の中を見まわした。ベッドサイド・テーブル、ベッド、クローゼットの順にぼんやりとした視線を移していくと、クローゼットのドアのあたりで赤く光る二つの点を捉《とら》えたような気がした。不思議に思いながらも、それらがあったあたりに視線を据え、深く目を凝らした。

二つの赤い点が連れ合いの充血した目であるのに気づいたあと、それまで規則的に保たれていた時間の感覚は、急にひどく曖昧《あいまい》なものになった。わたしはどれほどの時間、ドアの取っ手にネクタイを結んで首を吊《つ》っている連れ合いの姿を見つめていたのか、覚えていない。連れ合いの体をどうにか床に下ろし、人工呼吸を施したが、どれほどの時間、それを続けたのかも覚えていない。そして、救急車を呼ぼうとして立ち上がった時に貧血を起こして倒れ、額をベッドの角に打ちつけたあとは、時間の感覚どころか記憶さえも曖昧になった。

翌日の明け方までにあったことで断片的に覚えているのは、駆けつけた救急隊員の一人が連れ合いの体に触れてすぐに、もう一人の救急隊員に向かって首を横に振ったこと、いつの間にか現れた警察に何かを訊《き》かれ何かを答えたこと、救急車に乗ったこと、ぐらいだ。深夜に、連れ合いの死亡が医師によって正式に確認されたあと、わたしは自宅に戻ったけれど、どうやって戻ったのかはいまだに思い出せない。

わたしの時間と記憶が正常に戻ったのは、インターホンのチャイムを耳が捉えた時

からだった。気がつくと、わたしは玄関先の廊下で両足を抱え、寒さに縮こまりながら座っていた。玄関や廊下の照明はすべてつけっぱなしで、目を細めないと眩《まぶ》しいぐらいだった。

　いつまで経っても鳴り止まないチャイムに急《せ》き立てられるようにしてゆっくりと立ち上がり、素足のまま玄関に下りて、ドアを開けた。まだ薄暗い朝の空を背景に、ひどく心配そうに眉《まゆ》のあたりを曇らせている母が立っていた。

「十分も鳴らしてたのよ」

　母は怒ったようにそう言って、目に涙を浮かべた。わたしは母の顔をぼんやり見ながら、いったい誰が、いつ呼んだんだろう？　と考えていた。

　母はドアの向こうに立ったまま、いまにも涙がこぼれ落ちそうな目でわたしを見つめ、だいじょうぶなの？　とつぶやいた。わたしが黙っていると、母の目からとうとう涙がこぼれ落ちた。それを見ているわたしの視界がぼやけ、母の輪郭が徐々に歪《ゆが》んでいった。母は突然思い出したかのように家の中に足を踏み入れ、わたしを抱き締めた。わたしの目から落ちた涙が母の肩に何滴も落ち、ベージュのジャケットに小さくて透明な染みを作った。母はわたしの背中をさすりながら、独り言のように言った。

「なにがあったの？　どうしてこんなことになったの？」

　確かにそのとおりだ。

なにがあったんだろう？

どうしてこんなことになってしまったんだろう？

＊

電話線のプラグを差込み口に入れると、カチッという音とともにぴったりと収まった。

軽く息をついて立ち上がり、電話機に積もっていた埃を軽く手で払っていると、唐突にベルが鳴り出した。わたしの体は反射的に大きく震え、それと同時に、短い悲鳴を上げてしまった。気を落ち着かせながら電話機の中央にある表示窓を見ると、《非通知》という文字が浮かび上がっていた。小さくため息をついた。母は何度言っても面倒臭がって番号通知設定に変えてくれない。マスコミからの可能性もあったけれど、荷物が届いたタイミングだったので、母からの電話だとほとんど疑うことなく、受話器を上げた。

「もしもし」

聞こえてきたのは男の声だった。

「河本《かわもと》さんのお宅ですか？」

わたしが返事をためらっていると、短い沈黙のあと、また男の声が聞こえてきた。

「もしもーし。河本さーん」

一瞬で警戒心をほどいてくれるような、そんな声だった。わたしは、返事をした。

「河本《こうもと》です」

「え？」

「かわもとじゃなくて、こうもとって読むんです」

「あ、そうですか。ごめんなさい、間違ってしまって」

男は挫《くじ》かれた出鼻を立て直すかのように、えーと、と前置きを入れ、続けた。

「こちらはレンタルビデオショップの《ヒルツ》ですが、河本さんがお借りになったビデオの返却が大幅に遅れていまして……」

男の声が、ひどく申し訳なさそうな響きを帯びた。まるで、友だちに返却を催促している時のような。

「そうですか……」とわたしは応《こた》えた。

《ヒルツ》には前に何度か行ったことはあったけれど、最低でもこの半年間は利用していなかった。

「もしかしたら――」わたしはいったん言葉を止めて、続けた。「連れ合いが借りたかもしれません。調べてみますんで、こちらからまた掛け直してもいいですか？」

「ぜんぜんかまいませんよ」男の声が明るくなった。「ここの電話番号はご存知ですか？」

連れ合いの財布を探せば会員証が出てくるはずだったが、念のために電話番号を聞いて、メモ用紙に書き取った。

「僕は鳴海《なるみ》って言います。連絡、待ってます」

電話を切ったあと、書斎へ向かった。ビデオテープがどうか書斎にありますように、と祈りながら。

書斎に入り、本棚や戸棚や机のまわりを探したが、ビデオテープは見つからなかった。少し前に書斎の中を大掃除した時に捨てた記憶もなかった。

わたしは大きくため息をついた。寝室でも目にした覚えはなかったが、それを確かめるためには中に入らなくてはならないのだ。この五ヵ月ほど、一歩も足を踏み入れていない場所へ。

寝室へ向かう勇気が湧かず、書斎の机に肘《ひじ》をついてどうするあてもなく座っていると、ふと思いついたことがあって、急いで書斎を出た。リビングに入り、テレビ台を兼ねたラックの前に座った。テレビの下に置いてあるビデオとDVD兼用のプレーヤーの電源を押すと、低いモーター音とともに、ガチャッという音が鳴った。いつも気になっていた音だ。わたしは祈るようにして、プレーヤーの左端にあるビデオテープ

のイジェクト・ボタンを押した。挿入口の奥から勢い良くビデオテープが飛び出してきたのと同時に、嬉《うれ》しくて手を叩《たた》いた。

ビデオテープの背には、見覚えのある整理用の番号が記された小さなシールが貼ってあり、《ヒルツ》でレンタルされたものに間違いなかった。作品は連れ合いが好きだったフランス映画だった。確か、何か有名な賞を獲《と》っていたはずで、著名人や文化人の類《たぐい》の人々が好きな作品としてよく名前を挙げる映画だった。一度、連れ合いに薦められて一緒に見たことがあった。見終わって感想を求められ、正直な感想を口にした時の連れ合いの残念そうな表情はいまでも鮮明に覚えている。普段はほとんど感情を表に出さない人だったので、その時の反応を見たわたしは、ひどく後悔したものだった。

ラックの中を覗《のぞ》き、ビデオテープのケースを探した。半透明のケースが端に立て掛けてあり、それを取り出すと、ケースの中にレシートが入っているのが見えた。ケースの隙間に指を入れ、レシートをつまんで抜き出した。そして、それから何分かのあいだ、わたしはレシートの内容を見続け、記されている内容を何度も確認し、深いため息をついた。ビデオテープが借りられたのは、連れ合いが死んだ日だった。連れ合いは死を選ぶ前に《ヒルツ》に行き、ビデオテープを借りて家に戻り、一人で映画を見たのだ。もしくは、わたしが家にいたら一緒に見ようとした？　わたしがいなかっ

たから、死を選んだ？

ビデオテープの正面の透明な二つの小窓を見ると、テープの量が左右均等になっていて、映画がまだ途中だったことが分かった。連れ合いは映画の途中で急に死を思い立ち、プレーヤーのスイッチをオフにして、寝室へと向かったのだろうか？　それとも、映画の中に死を促すようなシーンがあったのだろうか？

ビデオテープを再びプレーヤーに差し込み、映し出される映像を確かめてみたい欲求に駆られたけれど、そうしなかった。わたしはビデオテープをケースに入れ、大きく深呼吸をしたあと、立ち上がった。

《ヒルツ》に電話をすると、さっきと同じ声が迎えてくれた。

「ありました」とわたしは言った。「長く借りてしまって、申し訳ありませんでした」

「とんでもないです」と男は嬉しそうに応えた。「あってよかったぁ」

わたしは男に聞こえないように深呼吸をして、言った。

「あとで返しに行きます」

＊

連れ合いは、遺書を残さなかった。

死の三日後に検死が終わり、ただの自殺として警察に認定された頃には、わたしとわたしの家族と連れ合いの家族は連れ合いの死の理由に関して途方に暮れ始めていた。義母は時折わたしに訝《いぶか》しげな視線を向けた。わたしの非を見つけることが一番たやすい解決方法だとわたしにも分かっていたけれど、思い当たる節はなかった。三年間の結婚生活で一度も大きく争ったことはなかったし、小さな口喧嘩《げんか》さえなかった。そもそも歳が八つも離れていたので、つき合っていた頃から、わたしは連れ合いの名前にさんを付けて呼んでいた。それは結婚したあとも変わらず、わたしたちのあいだにはいつも二文字の分だけ距離が空いていたが、その距離感は決して居心地の悪いものではなかったので、わたしたちはそのままにしておいた。

　連れ合いは大手の製薬会社に勤め、上司にもきちんと目を掛けてもらっていて、順調にキャリアを築いていたはずだった。たまに深酔いをした時には、ぼくは重要な仕事を任されてるんだ、と誇らしげに言うこともあった。わたしが、たとえばどんな仕事なの、と問い掛けても、曖昧に笑って答えてはくれなかったけれど。

　わたしは結婚を機に勤めを辞め、家庭に入った。はっきりそうしろとは言わなかったが、連れ合いは結婚を意識し始めた頃から、君は会社勤めには向いてないよ、とよく口にするようになった。わたしがその言葉に反発を感じるようなことはなかった。わたし自身もそう思っていたし、社内でわたしのさえない様子を見ていたはずの連れ

合いの言葉は、きっと正しいのだとも思った。ひどい人見知りで、人付き合いが苦手だったわたしは、会社では浮いた存在になっていたのだ。

プロポーズをされた日、連れ合いはわたしにこう言った。

「人には好むと好まざるとにかかわらず、天から与えられた役割というものがあるんだ。一所懸命仕事をして君を養うというのがぼくの役割で、ぼくのためにきちんと家を守ってくれるというのが君の役割なんだよ」

「どうしてそんなに確信を持って言えるの？」わたしは少しの反発を感じて、言った。

「あなたは神様ではないでしょ」

連れ合いは動じることなく自信たっぷりに微笑み、ぼくには分かるんだよ、と言った。わたしはそれ以上抗《あらが》うことはせず、代わりにその自信に寄り掛かり、明るい展望の見えない会社生活を二年目で終わらせた。

会社を辞めたことで連れ合いに弱さを見せてしまったような気がしたわたしは、家事を完璧《かんぺき》にこなすことで強さを示そうとした。わたしの働きぶりに関して、連れ合いの口から不満や労《ねぎら》いの言葉が出たことは一度もなかった。そもそも連れ合いは感情をほとんど表に出さない人で、たとえば、映画を一緒に見ていても、何かに感心してうなずくようなことはあっても、笑ったり泣いたりするようなことは一切なかった。そして、映画が終わると、わたしが気づかずにいた映画の中のディテイルやメタファー

について、少しだけ得意げに解説してくれた。つき合い始めた頃はそれが新鮮で、連れ合いへの尊敬や好意へと素直に結びついたけれど、時が経ち、生活を共にし始めると、わたしはそんなものを必要としなくなった。わたしが求めたのは知識の共有ではなく、感情と記憶の共有だった。面白かったね、と笑い合い、悲しかったね、と慰め合い、あの映画のこと覚えてる？　と手を握り合いたかった。かといって、わたしのほうから積極的にそれを求めるようなことはしなかった。夫婦として時を経ていけば、いつか自然にそうなるだろうと無邪気に信じていた。

「正直に言って。あの子とはうまくいってたの？」

お通夜の席で義母にそう訊かれた時、すぐに答えを返せなかった。目に見える問題は何ひとつとしてなかったが、それが一番の問題だったような気がしたからだ。でも、そんなことを言っても、分かってもらえるはずはなかった。義母が求めているのは、もっと分かりやすく、目の前に取り出して議論ができるような事柄のはずだった。

「はい」わたしは義母の目を見つめて、言った。「うまくいってました」

連れ合いの死の理由がおぼろげながらにでも見えてくるのには、そう時間は掛からなかった。

斎場での告別式の最中、連れ合いの直属の上司だった部長の勝田《かつた》に人気《ひとけ》のない場所

へと連れ出された。わたしはてっきり弔慰の言葉を掛けてくれるのだと思っていたが、違った。勝田は、大切な書類を河本君が持ち帰ったままの可能性があるので見つけ次第返して欲しい、とわたしに告げた。勝田はひどく憔悴《しょうすい》した顔だったが、目には異様な力が点っていた。わたしは不審に思いながらも、勝田の言葉に素直にうなずいた。

「くれぐれもよろしくお願いしますよ」

勝田は威嚇するような声の強さで、そう締め括《くく》った。

告別式が終わって連れ合いのお骨とともに自宅に帰り、玄関の門扉を開けている時、一人の男がわたしに近づいてきた。男は、あるゴシップ週刊誌の記者だと名乗ったあと、こう言った。

「ご主人の死に関して、お話を伺いたいのですが」

突然のことに戸惑っているわたしを守ろうと、そばにいた父がわたしの代わりに男に対応し、わたしや母や連れ合いの家族は逃げ込むようにして家の中に入った。しばらくして家に入ってきた父は、男の名刺を不潔なもののように指先でつまんでいた。

詳しくは話してくれなかったけど、と父は前置きして、言った。

「ご主人の弔い合戦をしませんか、って、おまえに伝えてくれって」

告別式の二日後、ゴシップ週刊誌の最新号が発売され、そこには連れ合いの会社の薬害死亡事件の疑惑と犠牲者の遺族のインタヴューが、スクープとして扇情的に書き

立てられていた。そして、検察がすでに捜査に着手しているとも。その日から、色々な週刊誌の記者と勝田からの電話が引っ切りなしに掛かるようになった。

　翌週、いくつかのゴシップ週刊誌に連れ合いが会社に死を強要されたという殉職疑惑の記事が載り、その翌週に連れ合いが薬害の隠蔽《いんぺい》工作に関わったという疑惑が載ると、週刊誌や勝田だけではなくテレビ局からも電話が掛かるようになり、家の外にはマスコミの姿があからさまに見え隠れするようになった。時々インターホンのチャイムを鳴らすマスコミには、告別式の日から家に残ってくれている母が対応してくれた。何もお答えすることはありません、お帰りください。何もお答えすることはありません、お帰りください。何もお答えすることはありません、お帰りください——。

　勝田が言っている《大切な書類》を捜してみたけれど、どこにも見当たらなかった。寝室には一人で入りたくなかったので、母と一緒に入り、ベッドの下まで覗いてみたが、見つけることはできなかった。その時に衣服や身のまわりのものをすべてリビングに持ち出して以降、寝室には入っていなかった。

　勝田の電話の声は日に日に逼迫《ひっぱく》した響きが増していき、最後の電話では、わたしにこう言った。

「それを持ってると、あなたのためにならないですよ」

　わたしはその電話を切ったあと、電話線を引き抜き、ずっと電源を切ってあった携

帯電話もキッチンの床下収納庫にしまい込んだ。

連れ合いが死んで以来、わたしは家から一歩も外に出なくなった。母が一緒にいてくれたひと月のあいだは、買い物や外に出なくてはならない用事をすべて母に任せ、母がいなくなったあとはインターネットを使って身のまわりのものを賄うようになった。

そして、夜に眠れなくなった。照明を落とし、夜の闇に身を浸すと、二つの赤い点が目の前に浮かんでくる気がするのだ。それは目を閉じていても同じだった。最初のうち、わたしは真剣に闇を恐れ、照明の光の中で何もせずにただじっと夜が過ぎていくのを待ち、朝の光が闇を完全に消し去ってから眠りに就いた。それでも二つの赤い点は頻繁に眠りの中にまで現れ、わたしはそのたびに悲鳴を上げながら飛び起きた。

何度も何度も。

*

四十五分ぐらい掛けて着る物を選び、それからまた四十五分ぐらい掛けてどれほどのメイクをするか悩んだ。なにしろ五ヵ月ぶりの外出なのだ。

紺色のＴシャツにジーンズ、パウダーにリップクリーム。

一時間半近くも掛けるような装備ではなかった。バカみたいだ。長くなった髪は簡単に束ねるだけにした。

お財布とビデオテープを持って玄関に出て、靴箱の中を覗いた。時間を掛けないように気をつけながらも、結局選ぶのに十五分も掛けてしまった。

いつも車を運転する時に履く汚れ気味のスニーカーを履いたあと、車で行くかどうか少しだけ悩み、徒歩を選んだ。久し振りの外出なのに、狭い場所に閉じこもって移動したくはない。

玄関のドアをゆっくりと開けた。光が大きな塊になってぶつかってきた。目に入ってくる光の量をうまく調整できず、思わず目を閉じてしまった。深呼吸をし、徐々にまぶたを持ち上げていった。空の色が目に映った。青い。泣きたくなるぐらいに青い。また深呼吸をして、ドアに鍵《かぎ》を掛け、門扉を開けて道路に出た。左右を確認したけれど、マスコミの人間らしき姿は見えなかった。門扉を閉め、《ヒルツ》の方向へと歩き出した。

できるだけゆっくりと歩き、三十分ほどを掛けて《ヒルツ》が入っているショッピングモールに着いた。背中にひどく汗をかいてＴシャツが濡《ぬ》れてしまい、少し心地が悪い。

　ほぼ半年ぶりのショッピングモールは、ほとんど何も変わっていなかった。わたしはどこにも寄り道せず、まっすぐ《ヒルツ》に向かった。

《ヒルツ》に着き、自動ドアの入口から店内に入って、正面にあるレジカウンターへと歩いた。そこそこ広いお店の中には主婦らしき女の人が二、三人ほどいて、ビデオの棚を真剣に眺めていた。カウンターの中には大学生ぐらいに見える男の子がいて、入口に向かって立っていたが、視線は斜め右上を向いていた。歩きながらその視線を追うと、ディスプレイ用に設置してある小型テレビに辿り着いた。角度のせいで画面が見えず、何が映っているかは分からなかったけれど、派手な爆発音が鳴っていたので、アクション映画に間違いはなかった。

　歩を止めてカウンターの前に立っても、男の子はわたしに視線を向けてはくれなかった。あまりにまっすぐな目で画面を見つめているので声を掛けるのがためらわれるほどだったが、十秒ほど待ったあと、驚かせないように小さな声で話し掛けた。

「あの――」

　男の子は驚いて少しだけ肩を震わせながら、慌ててわたしに視線を向けた。男の子はかすかに首をかしげてわたしを見つめ、すぐに笑みを浮かべた。無防備な笑い方のせいか、短い髪で丸見えになっている広めの額に光が点ったように見えた。

「河本さんですね？」

わたしはうなずいた。男の子は笑みを深めて、続けた。

「さきほど電話でお話しした鳴海です」

鳴海の微笑みに戸惑いつつ、わたしはできるだけ無防備な顔を見られないようにうつむきながら了解の意味を込めて小さくうなずき、ビデオテープをカウンターに置いた。

鳴海はビデオテープを手に取り、ケースから半分ほど抜き出して正面に貼ってあるバーコードに読み取り機をあてた。ピッという音が鳴り、レジの内容表示画面を見ていた鳴海はひどく残念そうな表情を浮かべ、切り出しづらそうに言った。

「延滞料金なんですが……」

「おいくらですか？」

鳴海が口にした数字は五万円を超えていたけれど、覚悟はしていたので、ためらうことなく財布からお金を取り出し、鳴海に渡した。鳴海はお金をレジにしまいながら、店長が何度か河本さんの家に電話をしたみたいなんですけど繋がらなかったみたいで、と言い訳のように言った。

「気にしないでください」とわたしは言った。「遅れてしまって、すいませんでした」

お金をしまい終えた鳴海はレシートを手にしたまま、またかすかに首をかしげてわたしを見つめた。目を通してわたしの中に入ってこられそうな気がしたので、慌てて

鳴海の目から視線を逸《そ》らした。鳴海は、ちょっと待っててくださいね、と言って、レシートを持ったままカウンターの中から出て、ビデオの棚のほうへと走っていった。一分も掛からずに戻ってきた鳴海は、持っていたビデオテープをわたしに手渡して、言った。

「これ、サービスです。もしよかったら、見てください」

わたしが躊躇《ちゅうちょ》していると、鳴海は、それすっごく面白いですよ、と言って、唇の両端がきゅっと上がる微笑みを浮かべた。結局、最後まで鳴海の無防備な微笑みに抗えず、わたしはビデオテープを手にしたまま《ヒルツ》を出た。

薄い闇が降り始めた午後六時頃、カーテンを閉め、リビングのすべての照明を点《つ》けたあと、昨日から読んでいたミステリー小説の最後の二十ページを読み終えた。探偵が指摘した犯人はわたしが予想した通りの人物で、動機やトリックもたいしたことはなかった。

読み終えた本をリビングの隅でそびえている本の山の一番上に置き、ソファに戻った。おなかは空《す》いていなかったので、新しい小説を読み始めるか、連続ドラマのDVDを見るか、鳴海が貸してくれたビデオを見るかのどれかにすることに決めた。悩んだ挙句、見たことも聞いたこともない『フライングハイ』というタイトルのビデオテ

ープを手にして、プレーヤーに差し込んだ。

『フライングハイ』は、真剣にくだらないコメディ映画だった。

九十分足らずの作品時間の、八十分ぐらいは笑っていた気がする。残りは最初に戸惑っていた十分だ。『フライングハイ』はわたしがこれまでに見たことのないタイプの映画だったので、始まってすぐにはどんなふうに見ればよいのか分からなかったけれど、十分が過ぎた頃には自然と笑い声を上げていた。

映画が終わっても、なんだか名残惜しくてなかなかストップのボタンを押せずにいると、自分が久し振りに笑ったのを思い出した。たぶん、最後に笑ったのは、連れ合いが死ぬ以前のいつかだろう。そのいつかがいつだったかは思い出せないけれど。

ストップのボタンを押し、続けて巻き戻しのボタンを押したあと、ソファを立ってキッチンへ向かった。コーヒーを入れてソファに戻り、再生のボタンを押してまた最初から『フライングハイ』を見始めた。今度は八十五分ぐらいは笑った気がする。途中で何度もコーヒーを噴き出しそうになりながら。

*

連れ合いが死んでひと月が経ち、母が実家に戻ると、夜の長さがそれまでの何倍に

も感じられるようになった。母は一緒に実家に戻ることを勧めたが、わたしは首を横に振った。一人になってやらなくてはならないことがあったからだ。

母は家を出て行く時、わたしの手を握り、おまえのせいじゃないんだからね、と言った。家族のあいだでは、連れ合いの死の理由を、《薬害事件に関わった罪悪感》、ということで落着させようとしていた。ただ、息子の死を諦《あきら》め切れない義母は、悩みを打ち明けられる人がいなかったのね、とそれとなくわたしを非難したけれど。

わたしは一人の長い夜を存分に使って記憶の中に入っていき、連れ合いと一緒に過ごした時間を最初から反芻《はんすう》していった。その流れのどこかに、わたしが気づかずにいた連れ合いの死の理由や兆候を見つけ出そうと思ったのだ。でも、とうとう見つけることはできなかった。そもそも記憶はところどころに穴が開き、色褪《あ》せ、それに驚くほど単調で、自分がいまどのあたりをさまよっているのかも見失ってしまうほどに目立った特徴がなかった。わたしは何度もどこでもない地点で立ち止まり、無表情にわたしを見つめている連れ合いを見つめ返しながら、こう自問した。

――わたしはこの人を愛していたのだろうか？

ようやく記憶に見切りをつけた頃、季節は春になっていた。夜はほんの少しだけ短くなったが、することがなくなったわたしは書斎に入っていき、連れ合いが好んだ本やCDやDVDを片っ端から読み、聴き、見ていった。連れ合いが一番好きだと言っ

ていたジャック・ケルアックの『路上』は、わたしにとっては単なる退屈な読み物でしかなかった。フィリップ・グラスの音楽は頭が痛くなっただけで、『去年マリエンバートで』は何が言いたいのかわたしには理解できなかった。アレン・ギンズバーグも三島由紀夫もゴダールも、何もかも好きではなかった。書斎にある連れ合いのすべてのものはよそよそしく、冷たく、無愛想で、わたしを連れ合いからさらに遠ざけようとしていた。

梅雨に入った頃、すべてのノルマを終えてしまい途方に暮れたわたしは、ふとデスクの引き出しを開けた。書類の束に埋もれた一番下に大きな封筒が横たわっていて、その中にはわたしの知らない保険証書が入っていた。連れ合いが三年前に加入した生命保険の証書で、受取人はわたしになっていた。受取額はびっくりするような数字で、自殺の場合でも保険金が下りる規約になっていた。加入した日にちは、結婚した日からちょうどひと月後だった。

わたしは保険証書を封筒の中に戻し、書類の束の底に再び差し入れて引き出しを閉めたあと、空の段ボール箱を書斎に運び、処分するために連れ合いのものを詰めていった。

保護者の姿を見失った幼い迷子はまずは不安でうろたえ、泣きわめき、やがては自分を見知らぬ場所に置き去りにした保護者に腹を立て、ようやく迎えに現れた保護者

にめいっぱいその怒りをぶつける。でも、保護者がいつまで待っても現れないと分かってしまった幼い迷子は、どうすればいいのだろう？　簡単だ。うろたえるのも泣くのも腹を立てるのもやめ、一人で生きていくために歩き出せばいい。理由を告げず、卑怯《ひきょう》にも姿を消した人間のことなど記憶の片隅に追いやり、やがては消してしまえばいい。いくら時間が掛かろうとも、取り残された者が生きていく術《すべ》はそれしかないのだ。

　寝室以外に存在する連れ合いの持ち物をすべて処分したあと、わたしは体の中に澱《おり》のように溜《た》まっていた連れ合いの痕跡《こんせき》を消すために、連れ合いが好まなかった種類の本やＣＤやＤＶＤを取り寄せ、梅雨の陰鬱な夜を使ってそれらを取り込んでいった。

＊

　三十分ぐらい掛けて悩んだあと、化粧は昨日よりもほんの少しだけ強くパウダーをはたくだけに留《とど》め、眉の手入れはしなかった。着る物は悩まず、Ｔシャツとジーンズ。そして、冷蔵庫から取り出したミネラル・ウォーターの500mℓのペットボトルと『フライングハイ』とお財布を持って、家を出た。

　昨日よりももっとゆっくり歩いた。時々立ち止まってミネラル・ウォーターを飲み、

まわりの風景に目をやった。青、白、緑、赤、すべてが濃く映り、目に眩しい。すぐそばにいる夏がやってくれれば、もっと色が増えるだろう。

《ヒルツ》が近づいてきたので、目に垂れていた前髪を耳のほうにきちんと掻《か》き分けた。お店の中に入っていき、正面にあるカウンターを見ると、店長らしきおじさんが立っていた。念のために昨日と同じ時間に着くようにしたけれど、だからといって鳴海が必ずいるとは限らなかったのだ。

　少しがっかりしながら、なんと言ってビデオを返すべきか思いを巡らせていると、右隣のほうから、こんにちはー、という明るい声が聞こえてきた。声がしたほうに視線をやると、鳴海が笑みを浮かべてビデオの棚と棚のあいだの通路をこちらへと歩いてきていた。

　鳴海がすぐそばで足を止めたので、わたしは鳴海にきちんと向き合い、これありがとうございました、と言って、『フライングハイ』を手渡した。

「面白かったですか？」鳴海は少し不安そうに訊いた。

　わたしははっきりとうなずいて、言った。

「とても面白かったです。映画を見て、あんなに笑ったのは初めてでした」

　鳴海は唇の両端をめいっぱい上げて微笑み、よかったぁ、と喜んだ。そして、昨日と同じように首を少しだけかしげてわたしを見つめた。わたしはその視線に耐え切れ

ずにうつむいて、言った。

「本当にありがとうございました」

その言葉をきっかけにしてその場を離れるべきかどうか迷っていると、鳴海は、ちょっと待っててくださいね、と言って、足早に通路を戻っていってしまった。言われたとおりに待っていると、昨日と同じように一分も掛からずに鳴海は戻ってきて、これもすっごく面白いですよ、と言いながら、ビデオテープをわたしに差し出した。わたしはビデオテープを受け取り、それじゃ見てみますね、と鳴海に自然な笑みを向けた。鳴海は少し照れたように、目を細めて眉根を寄せた。二人のあいだに無言が横たわり、おかしな雰囲気になってしまったので、わたしが小さくお辞儀をしてカウンターに向かおうとすると、鳴海に呼び止められた。鳴海の顔には優しげな笑みが浮かんでいた。

「それもサービスですから」

お店を出て、ビデオテープのタイトルを確かめると、『キングピン／ストライクへの道』と書いてあった。

そもそも、鳴海はどうしてこんなおかしなタイトルの映画を見る気になれるのだろう？

＊

強い雨の降る梅雨のある日、実家から母がやって来た。

母は整理整頓されていないリビングの様子を見て少しだけお説教をしたあと、キッチンに入り、手料理を作ってくれた。そして、二人で晩御飯を食べている最中、ふと思い出したかのように言った。

「名字はそのままにしておくの？」

わたしがその話題をあからさまに嫌がらないことを見て取ると、母はそれからしばらくのあいだ、本や知人を通して調べた戸籍に関する知識を披露した。連れ合いの死亡届を役所に出したことで自動的に婚姻関係が解消されたこと、《復氏届》というものを役所に出せば結婚前の名字に戻り、籍を実家に戻すか新しい戸籍を作るかのどちらかを選べること、それに、《姻族関係終了届》というものを出せば連れ合いの家族との関係を切れること、などなど。

「おまえはまだ若いんだから、これから先の人生のことを考えないと」

母は付け加えるように、そう言った。母の気持は理解できたので、わたしは曖昧にうなずいておいた。

母はたっぷり一晩を使って、家のローンやこれから先の生活費の心配を口にした。お金の話はあまりしたくなかったので、母には連れ合いの生命保険のことは話さず、もう少ししたら真剣に考えるから、と言って言葉を濁した。

一泊して家を出て行く朝、母は7月1日から普通の生活に戻ることをわたしに約束させた。

「電話線もちゃんと繋ぐのよ。その日に電話するからね」

わたしは約束を守らなかった。

*

ショッピングモールの駐輪場に買ったばかりの自転車を置き、カゴの中のビデオテープとお財布を持って《ヒルツ》に向かった。

お店の中に入っていくと、カウンターに人の姿がなかったので、通路を覗いてまわった。アカデミー賞の受賞作コーナーの前で、鳴海と小学生ぐらいの男の子がしゃがみ込んでいるのを見つけた。二人は棚をじっと見つめながら、何事かを真剣に話し合っていた。二人の目の輝きがほとんど同じだったので、軽く笑ってしまった。わたしは二人の邪魔をしないように、お店の中を適当に見てまわることにした。

連れ合いが借りたままにしておいたビデオを返しに行って以来、毎日《ヒルツ》に通うようになって、すでにひと月以上が経っていた。鳴海は毎日同じ時間にお店にいて、わたしにお薦めのビデオをサービスで貸してくれた。悪いから、と料金を払おうとしても、いつも笑顔でかわし、その代わり感想を聞かせてくださいね、と付け加えた。わたしは約束を守り、毎日、拙《つたな》いながらも感想を伝えた。

　このひと月のあいだに、いくつかの変化があった。よく外出するようになったこと。自転車を買ったこと。髪を切ったこと。鳴海のわたしに対する呼び掛けが、こーもとさん、こーもっさん、もっさん、に変わっていったこと。わたしが鳴海のことを、鳴海くん、と呼ぶようになったこと。

　変わらないこともいくつかあった。暗闇が怖いこと。寝室には入らずにいること。夜に眠れないこと。《11:46》に起きていること。メイクをほとんどしていないこと。母が非通知で電話をしてくること。

　レジのほうから、ありがとうございました、と礼儀正しい男の子の声が聞こえてきてすぐに、鳴海がわたしを見つけてそばに駆け寄ってきた。わたしの前に立つと、鳴海はさっきの目の輝きを残したまま、微笑んだ。

「さっきの子、夏休みの自由研究で映画の感想を書くとか言ってて」鳴海は言い訳するみたいに言った。

「で、手伝ってあげてるの？」

鳴海は首を横に振った。

「手伝うっていうか、面白い映画を薦めてるだけっすね」

鳴海はそう言ったあと、いつものように首を少しかしげて、わたしの目を見つめた。ひと月が経ち、その視線にもだいぶ耐えられるようになった。わたしは鳴海の視線を受けたまま、ビデオテープを差し出した。

「すっごく面白かった」

昨日借りた映画は『LOVE GO GO』といぅ台湾映画で、たぶん、鳴海が薦めてくれなかったら一生見ることのない作品だった。

「登場人物がみんな愛《いと》しい感じ」

鳴海はビデオテープを受け取りながら、よかったぁ、と言って、とても嬉しそうに微笑んだ。わたしは毎日の感想をできるだけ正直に伝えるようにしていた。これまで借りた中には何本か趣味に合わないものもあって、それらの感想を言った時の鳴海の反応はひどく残念そうだった。わたしは、わたしの感想にきちんとシンクロして感情を動かしてくれる鳴海の様子を見るのを、毎日楽しみにしていた。

鳴海は、今日はですねぇ、と楽しそうに言いながら、通路を先に歩いていき、わたしは鳴海のあとを追った。鳴海が立ち止まったのは、カンフー映画のコーナーだった。

鳴海は棚の中からあるビデオテープを抜き出し、わたしに手渡して、言った。

「僕の一番好きな映画です」

タイトルは、『ドラゴン怒りの鉄拳《てっけん》』だった。主演のブルース・リーのことは知識として知ってはいたけれど、映画を見たことはなかった。

鳴海は真剣な顔で、言った。

「これを見たら、もっさんの体にパワーが満ち溢《あふ》れますよ」

「ほんと？」

わたしが目を覗き込みながら訊いても、鳴海は自信を揺るがせることなく、しっかりとうなずいた。わたしも鳴海に合わせてうなずき、ありがとう、じゃあまた明日ね、と言って、通路をお店の出口へと歩いていった。お店を出て十歩ほど歩いた時、走って追い掛けてきた鳴海に後ろから声を掛けられた。

「あの、今日はバイトを早く上がれるので、もしよかったら、お茶でも飲みませんか？　えーと……」

ひどく緊張した顔の鳴海がどんな言葉を続けたいのかは分からなかったけれど、わたしは先を続けさせることなく、うなずいて、言った。

「いいですよ」

鳴海のバイトが終わるまでのあいだ、ショッピングモールの中の本屋に入ってミステリーの文庫を買い、待ち合わせ場所の本屋の並びのコーヒーショップでコーヒーを飲みながらそれを読んで時間を潰《つぶ》した。時々、鳴海のことを考えると、活字を追えなくなった。わたしが鳴海に関して知っているのは、鳴海が二十歳になったばかりでわたしと八つも歳が離れていること、大学生なこと、ぐらいだった。反対に、鳴海がわたしについて知っているのは、毎日ビデオを借りに来る主婦ということぐらいだろう。鳴海がどんなつもりでわたしをお茶に誘ったのかは分からなかったが、わたしは鳴海が男であることを強く意識していた。

　文庫本を閉じ、お店の壁に掛けてある時計を見ると、約束の午後五時を五分過ぎていた。帰るべきかどうか迷っていると、お店のガラスの壁の向こうに、ダッシュで走ってくる鳴海の姿が見えた。必死で真剣な鳴海の顔を見たわたしは、椅子にきちんと座り直して、鳴海の到着を待った。

　結局、わたしたちはお茶を飲まなかった。

　鳴海がわたしの自転車を引き、わたしは自転車の隣を歩き、わたしたちは自転車をあいだに挟んで、徐々に陽が暮れてゆく町を散歩した。少しだけ蒸し暑いのを除けば、ほぼ完璧な夏の夕暮れだった。

わたしたちは水分の補給のためにミネラル・ウォーターやお茶を買う時以外は立ち止まらず、映画の話をしながら歩いた。鳴海はアクション映画の話を始めると、バーン！　とか、ドカーン！　とか、幼い子供の語彙《ごい》を使って夢中で話した。ただし、散歩中の犬が視界に入ると必ず話を止め、犬だぁ、と嬉しそうに言って、わたしの顔を見た。五回目に、犬だぁ、と報告された時、どうして必ず報告してくれるんだろう？　と不思議に思うと、鳴海はわたしの感情の動きに気づき、なに？　という顔でわたしを見つめた。わたしは鳴海に気づかれないようにどうにか隙を見つけ、声を出さずに短く笑った。

　鳴海は好きな映画の話の合間に、自分の生い立ちを少しずつ織り込んでいった。山口県出身、父親を知らない、大学入学を機に上京、大学はつまらなくてほとんど通っていない、などなど。

「どうしてレンタルビデオ屋でアルバイトをしてるの？」とわたしは訊いた。「やっぱり映画が好きだから？」

　鳴海はうなずいた。

「大学で映研に入ってたんですけど、なんか違うなーって思って」

　大学の映研が違うのと、レンタルビデオ屋でのアルバイトを結びつけられずにいると、鳴海はすぐにわたしの疑問に気づいて、付け足した。

「映研て、映画を撮るサークルだと思ってたら、映画を解釈するために集まってるような奴らばっかりで。最初の頃はみんなと話してると、そんな見方もあるんだぁ、ってためにもなったけど、そのうちに粗探しするみたいに映画を見るようになっちゃって。あ、犬だぁ。パットン将軍の愛犬ですよ」

鳴海は前方に発見したブルテリアを蘊蓄《うんちく》も添えてわたしに報告し終えたあと、話を続けた。

「俺は映画を撮りたかったんですよ。高校時代に友だちと映画を撮ってたから、大学でもそのつもりでいて……」

「もう撮らないの？」

鳴海は激しく首を横に振った。

「撮ります。近いうちに必ず。そのために映研もやめたし」

「どうして？」

「映研にどっぷり浸《つ》かっちゃったら、いつか映画を撮る時に心で映画が撮れなくなるなぁ、って思ったから」

なんとなく分かるような気がして、わたしは軽くうなずいた。鳴海は、続けた。

「レンタルビデオ屋でバイトすることにしたのは、映研の反動なんです」

わたしが、どうして？　という顔を向けると、鳴海は答えた。

「レンタルビデオ屋に来るのは、本当に映画を求めてる人たちでしょ？　映画館の料金が高くて行けないけど映画を見たい人とか、夜中に急に映画を見たくなった人とか、なんとなくでも映画を見たくなった人とか、理屈じゃなくて心で映画を見たがってるようなそんな人たちが見たがる映画のことを知って、俺もそれを見てみようと思って。それに、生活のためにお金も稼がなくちゃいけないし。ほんとはそっちの理由のほうが大きいんだけど」

鳴海がそう言って少し恥ずかしそうに目を伏せた時、右のほうから車のクラクションが聞こえた。わたしたちは赤信号に気づかずに横断歩道を渡ろうとしていた。わたしたちは慌ててバックをし、歩道に戻った。ふと気づくと、わたしの家からは遠く離れ、隣町にまで来ていた。わたしが深い意味はなく、どこに住んでるの？　と訊くと、鳴海は急に眉のあたりを曇らせ、自転車をＵターンさせて歩き始めた。たぶん、鳴海の家が近いのだろう。鳴海におかしな下心がないことは分かっていたけれど、間接的に指摘したみたいになってしまった。

わたしは鳴海に追いつき、明るい声で言った。

「わたしに薦めてくれたのは、お客さんに人気があった作品？」

鳴海は少しだけ不安そうにわたしの目を見つめたあと、ほっとしたように微笑み、答えた。

「半分ぐらいは。残りの半分は俺が自分で探し出して気に入った作品です」

「そういえば」とわたしはずっと抱えていた疑問を口にした。「初めのほうに貸してくれてたのはコメディばっかりだったでしょ？　どうして？」

「バイトを始めて三ヵ月ぐらい経った頃から、お店に入ってきたお客さんの雰囲気で、あ、このお客さん、今日はホラーを借りるな、とか分かるようになってきて」

　鳴海がビデオを選んでくれる前にいつも首をかしげてわたしを見つめた理由が、ようやく分かった。

「いまでは百発百中？」

「そこまではいかないけど……。あ、でも、アダルトを借りに来た男の人は百発百中です」

　わたしたちは声を上げて短く笑った。わたしは笑いを収めたあと、ついさっきできた疑問を口にした。

「なんでこの町のお店じゃなくて、あそこのお店に決めたの？」

「バイトを募集してる店を何軒かまわったんだけど、どの店も棚に個性がなくて。でも、《ヒルツ》の棚は気に入ったから、あそこに決めたんです」

「どんなふうに気に入ったの？」

「『エレファント・マン』がホラーの棚に置いてあったから」

わたしたちは顔を見合わせて、控え目に笑った。

「ここの店長はたぶんいい人だろうなぁ、って思ったら、思ったとおりでした。東大出てるくせに映画が好きでレンタルビデオ屋始めて、一番好きな映画は『がんばれ！ベアーズ』とか言ってる五十歳のおっさんなんですよ。ちょっとゆるくて抜けてるところもあるんすけど、でも、若者に媚《こ》びてるような気持悪い大人じゃなくて、なんていうか、肝心な時には狼みたいに背筋をぴんと伸ばして吠《ほ》えることができる人なんすよねぇ」

鳴海はそう言って、自分の背筋もぴんと伸ばしたあと、この前ミカジメ料をたかりに来たヤクザを店長が毅然《きぜん》と追い返した話を、自分のことのように誇らしげに話した。わたしは鳴海の楽しそうな声を時々くすぐったく感じて、気づかれないように気をそらしたりしながら、耳を傾けていた。

わたしの家から歩いて十分ぐらいの距離にあるコンビニエンス・ストアの前に差し掛かった時、鳴海が急に足を止めて、訊いた。

「家にはあとどれぐらいで着きますか？」

「あと十分ぐらいかな」

「それじゃ」鳴海はまっすぐにわたしを見つめ、きっぱりと言った。「俺はここで帰りますね」

少しだけ名残惜しかったけれど、それよりもまっすぐな視線が嬉しくて、わたしはしっかりとうなずいた。

「送ってくれてありがとう。お散歩、楽しかった」

家に戻ってもあまりおなかが空いていなかったので、晩御飯を抜きにして鳴海に借りた『ドラゴン怒りの鉄拳』を見ることにした。リモコンでＤＶＤプレーヤーとテレビの電源をつけたあと、コーヒーを取りにキッチンに行って再びリビングに戻ってきた時、目と耳に飛び込んできたもののせいで、思わず足を止めてしまった。テレビの画面とスピーカーからは、勝田の写真と女性のキャスターが発する《勝田容疑者》という声が流れ出ていた。わたしは軽く息をつき、民放のニュースショーにきちんと目と耳を向けた。

キャスターの女の人は、検察が捜し続けていた証拠書類が見つからずに長引いていた勝田たちの保釈が近々決定しそうだ、と告げた。勝田たち容疑者全員は、薬害の事実は治験の不備等で結果的に起こった不測の事態であり、薬品が引き起こす重大な副作用に関しては一切認知していなかった、と終始主張しているらしい。

「検察側は一部失われているとされる治験データの捜索に全力を注いでいますが、いまのところ発見の見通しは立っていない模様です」と言ってキャスターの女の人はニ

ュースを締めた。

わたしはいったんテレビを消し、たっぷりと時間を掛けてコーヒーを飲んだ。そのあいだ中、頭の中では、ふた月ほど前のニュースショーで聞いた悲痛な声の響きが繰り返し鳴っていた。

「あの子には生まれてからずっと病気のことでつらい思いをさせてばかりで――」

*

梅雨の訪れとともに書斎の片付けを始めたわたしは、いままで見ないようにしてきた事実と向き合うためにテレビのニュースを見ることにした。わたしはその時になって初めて、連れ合いが深く関わったかもしれない薬害事件のあらましを知った。

連れ合いの製薬会社が製造したある新薬の抗生剤は、扁桃《へんとう》炎や副鼻腔《ふくびくう》炎や中耳炎によく効くクスリとして医療機関に販売されたが、インスリンを定期的に摂取している糖尿病患者がそれを併用すると、強い副作用で低血糖作用が引き起こされ、意識障害から死に至る可能性の高まることが分かった。特に、児童に現れる副作用は顕著で、クスリを飲んだ糖尿病患者の児童の八割が死亡していた。ただ、子供たちの死因は当初、インスリンの過剰摂取による副作用と見なされていた。

　薬害死亡事故が発覚したのは、糖尿病患者の児童を持つ親たちの相互扶助を目的として結成された《新芽会》という組織が、突然増えた死亡事故を不審に思い、亡くなった児童たちのリサーチを始めたのがきっかけだった。リサーチの結果を見て、当然のようにクスリに疑問を持った《新芽会》は、信頼している医師に相談を持ち掛けた。医師は調査を快諾し、厚生労働省の承認前にクスリの治験を行った医大とは別の医大に、新たな治験を依頼した。それがひどいクスリであるとの結果が出るには、半年も掛からなかった。

　医師と《新芽会》はさらなる被害者を増やさないために、いますぐに連れ合いの製薬会社にクスリの販売中止の行政指導をするよう厚労省に働き掛けたが、お役所の反応は鈍く、お抱え機関での再度の調査を約束しただけだった。

　新たな死亡事故が立て続けに起こっていることを知った《新芽会》は、急遽《きゅうきょ》ホームページを作り、糖尿病患者の子供を持つ全国の親にクスリの服用をやめるよう呼び掛けた。ホームページの存在を知った連れ合いの製薬会社は抗議文を送ったが、《新芽会》は断固として掲載をやめなかった。

　《新芽会》と連れ合いの製薬会社の闘いが始まってすぐの頃、糖尿病患者の子供を持つある弁護士が参戦を決めた。弁護士はジャーナリストや出版社などのマスコミを味方に引き入れてキャンペーンを張る用意を進める一方で、検察に意見書を提出するこ

とにした。検察が一介の殺人事件に重い腰を上げないことは分かっていたが、事件が官僚を巻き込む大きなものになれば別だ。弁護士は一向に行政指導をしようとしない厚労省にひどくきな臭いものを嗅《か》ぎ取っていたので、まずは意見書で布石を打ち、検察の目をこちらに向かせるつもりだった。検察に意見書が届くと、連れ合いの製薬会社は厚労省の突然の行政指導によってクスリの販売を止め、回収に乗り出した。

　そして、キャンペーンの手始めとして週刊誌がスクープの準備をしている時に連れ合いが自殺をし、それを知った記者が告別式の日にわたしの前に現れた――。

　梅雨に入って二週間が経った頃、勝田は厚労省からの天下りの上司二人とともに、業務上過失致死の容疑で検察に逮捕された。《新芽会》がクスリに疑問を持ち、リサーチを始めてから約一年半が経っていた。

　それをきっかけにマスコミがわたしの家に押しかけ、インターホンのチャイムが引っ切りなしに鳴るようになったが、一切対応しなかった。一度、宅配便の荷物を受け取る際に、どさくさに紛れてマスコミが玄関先まで押しかけたことがあったけれど、いつもの宅配便のおじさんがものすごい剣幕でマスコミの連中を敷地の中から追い出してくれた。わたしがお礼を言うと、おじさんは一瞬だけニヒルに笑い、何事もなかったかのように受け取りのサインをもらったあと、いつもありがとうございます、と

つぶやくように言って、帰っていった。

勝田の逮捕から二日後、治験を担当した医大の教授も逮捕された。検察が行った内偵によると、勝田やその上司たちは新薬とインスリンの併用で起こる重大な副作用のことを治験で知ったにもかかわらず、賄賂《わいろ》を使ってそのデータを医大の教授に改竄《かいざん》させ、何事もなかったかのように書類を厚労省に提出し、新薬としての承認を得て販売に踏み切ったということだった。

勝田と医大の教授の逮捕後、薬害事件は一大スキャンダルへと発展していったが、マスコミによると、検察の本当の狙いはデータの不備を知りつつ、多額の賄賂を受け取り新薬を承認したはずの厚労省医薬食品局の役人に定められているらしかった。

勝田が逮捕された日の朝、わたしが眠りに落ちる前、検察が突然わたしの家を訪れ、家宅捜索とわたしに対する簡単な事情聴取を行った。検察が捜しているものは家の中からは見つからず、何か事件に関わるようなことを聞いてませんか？という検察の問いに、わたしは首を横に振るしかなかった。

夜遅くに検察が帰ったあと、テレビをつけてニュースにチャンネルを合わせると、ちょうど被害者の八歳の男の子のお母さんのインタヴューが流れていた。

「あの子には生まれてからずっと病気のことでつらい思いをさせてばかりで……。楽

しい思い出をほとんど作ってあげられなかったのが本当に心残りです……」

泣き腫《は》らした目でカメラを一度も見ることなく、うつむいたままでつぶやくようにそう言ったお母さんは、終わりにこう付け加えた。

「あの子にもう一度会いたいです……」

その声はまるでため息のようだったけれど、聞く者の耳にいつまでも残るような重さを持っていた。

わたしはテレビを消し、夜が明けるまでのあいだ、かつて連れ合いが誇らしげに言っていた言葉を何度も頭の中で反芻した。

――ぼくは重要な仕事を任されてるんだ。

もし、その重要な仕事が幼い子供たちを死に至らしめることに直接関わっていたとするなら、その重要な仕事の対価で得たお金で暮らしてきたわたしは、間接的にでも殺人に関わったことにならないだろうか？

夜が明けて、朝の光が射し込んできても、答えは出なかった。二日間眠っていなかったわたしは、重くて厚い眠りの膜を破ることができず、答えを出さないまま目を閉じた。

そして、次に目を覚まして以降、わたしはニュースを見なくなり、答えも考えなくなった。

これ以上、わたしに何を背負えというのだ？

*

わたしが『ドラゴン怒りの鉄拳』を持たずに《ヒルツ》に現れると、鳴海は首をかしげてわたしを見つめ、目に薄く不安の色を浮かべた。

「昨日は見る気になれなかったの」わたしは言い訳をした。「ごめんね。今夜見るから返すのは明日でいいかな？」

鳴海は少しの沈黙のあと、何かを決意したみたいに唇をきゅっと締め、一瞬で目から不安の色を消した。

「今日も散歩しませんか？」

昨日と同じコーヒーショップで待って、午後五時にアルバイトを終えた鳴海と合流した。

自転車をあいだに挟んで歩いたのは昨日と同じだったが、鳴海の足取りは昨日とは違っていた。きちんと意思を持って道の選択を迷うことなく、わたしを先導するように歩いていく。

途中、わたしの住む町と隣の町のちょうど境にある区民会館のそばを通り過ぎてい

ると、鳴海が掲示板に貼られた手書きのポスターを見つけた。ポスターには『ローマの休日』の上映会のお知らせが載っていて、オードリー・ヘップバーンのとても上手な似顔絵も添えられていた。

「8月31日かぁ。一週間後ですね」鳴海は独り言のように言って、続けた。「見たことありますか、『ローマの休日』」

　わたしはうなずいて、答えた。

「見たことあるけど、だいぶむかしのことだから細かいところは忘れちゃってるな」

　区民会館の角を曲がるまで、鳴海は黙ったままだった。次に鳴海が話し出した時、わたしはてっきり『ローマの休日』の上映に誘われるものだと思っていたけれど、違った。

「俺のうちに来ませんか？」

　鳴海はわたしの目を見つめながら、言った。唐突な申し出に驚いたわたしは返答に困り、鳴海の視線にも耐えられず、思わずうつむいてしまった。鳴海が歩くのをやめたので、わたしもそれに合わせて歩を止めた。

「見せたい映画があるんです」鳴海は迷いのない声で言った。「お店には置いてないやつです」

　顔を上げて鳴海を見ると、鳴海のまっすぐな視線がぶつかってきた。

「俺、もっさんのことちゃんと好きです。だから、いい加減なことはしないつもりです」

わたしが見つめ返すと鳴海は頬を赤らめたけれど、視線はわたしから逸らすことなく、言葉を続けた。

「もっさんを俺のものにするためにこれからどんどんがんばっていくつもりですけど、今日はただ映画を見せたいだけです」

わたしたちのすぐそばを、散歩中の犬が通った。昨日見かけたブルテリアだった。

鳴海はパットン将軍の愛犬に視線をやることなく、わたしをしっかりと見つめていた。代わりに、犬が鳴海の顔をじっと見つめながら、通り過ぎていった。

鳴海は、川沿いにある少し歳を取った三階建てのビルの前で自転車を停めた。

ビルは一階部分が倉庫になっているみたいで、大きくて幅の広いシャッターが閉まっていた。鳴海はポケットからカギを取り出したあと、一階部分のシャッターを開け始めた。

ガラガラガラという音を立てながらシャッターが上がっていき、中に光が射し込むと、思ったより奥行きと広さがありそうなのが分かった。

鳴海は手が届く位置までシャッターを上げ、いったん倉庫の中に入り、照明をつけ

てまた外に出てきた。わたしが明かりに照らされているベッドや本棚や机や小さな冷蔵庫を眺めていると、鳴海は自転車を倉庫の中に入れながら、言った。

「どうぞ。これが俺の部屋です」

わたしは、鳴海の部屋にゆっくりと足を踏み入れた。部屋はコンクリートの打ちっぱなしでできているせいか、外とは違ってひんやりとしていた。鳴海は自転車を右側の壁のそばに置き、入口まで戻ってシャッターを下ろした。部屋に窓はなく、密室の空間に変わってしまったが、息苦しい感じはしなかった。たぶん、百平米ぐらいはある広さと、３メートルはありそうな天井の高さのおかげだ。

「ここって元は小さな出版社のビルで、この部屋は在庫置き場だったんです」

鳴海は右側の壁に沿って設置してある自動販売機のような空調装置をいじりながら、そう言った。

「大学の友だちのオヤジさんがやってたんですけど、出版不況とかで潰れちゃったみたいで。あ、もしよかったらそこに座ってください」

鳴海が目で指したほうを見ると、左側の壁に沿って小さな簡易ベッドと小さな二人掛けソファが置いてあった。ソファのほうに歩いていき、腰を掛けた。座り心地は悪くなかった。

「それ、友だちからの寄付なんです」

　鳴海は空調機の隣にある小さな冷蔵庫の中を覗き込みながら、言った。わたしは、そうなんだぁ、と相槌《あいづち》を打ちながら、部屋の中を見まわした。入口から見て正面の壁の前には、30センチほどの高さの台座の上にビデオデッキやアンプのような機械が三つ重ねて積んであり、台座の前には横幅が2メートルはありそうな細長い箱のようなものが、台座と平行になるようにして床に直《じか》に置かれていた。台座の後ろ側から左右に延びているたくさんのコードの中の何本かは、両側の壁の角に置かれている黒い縦長のスピーカーに繋がっていた。

「これ」

　いつの間にか鳴海が目の前に立っていて、両手に持っている緑茶のペットボトルの一本をわたしに差し出していた。

「ありがとう」わたしは緑茶を受け取りながら、言った。

　鳴海はまた右側の壁のほうに戻っていき、机の隣に置いてある足の長いスツールを持って帰ってきた。

「あと少しで新しいビルに建て替えるみたいなんですけど、それまではってことで、ただみたいな家賃で貸してもらってるんです」

　鳴海はソファの近くにスツールを置き、腰掛けて、そう言った。

「冬は寒くない？」わたしはペットボトルの蓋《ふた》を開けながら、訊いた。

「今年の春に引っ越してきたばかりだから」鳴海はペットボトルの蓋を開け、口をつけた。「できればずっとここに住みたいんですけどね」

わたしは頭に浮かんだ疑問を口に出さず、代わりに緑茶を喉《のど》に流し込んだ。鳴海はいつものように首をかしげてわたしの疑問を聞き取り、答えをくれた。

「ここ、映画を見るのに最高なんですよね」

鳴海はそう言って緑茶をぐびぐびと半分ほど飲み、スツールから立ち上がって、言った。

「映画、見ましょうか」

それから少しのあいだ、わたしはてきぱきと上映の準備をしている鳴海の姿を見守っていた。鳴海はまず台座の前の細長い箱の中に手を入れ、取っ手を垂直に引っ張り上げていき、中に収まっていた生地を伸ばして、あっという間に大きなスクリーンを出現させた。積まれていたＡＶ機器はスクリーンの後ろに隠れ、見えなくなってしまった。鳴海は次に、スツールを机のそばに移動させ、机に置いてあった箱型の機械をスツールの上に載せた。これ、プロジェクターなんです、と鳴海は説明してくれた。これを買うためにめちゃくちゃバイトしました。

そのあと、鳴海と二人でソファを運び、スクリーンから2メートルほど離れた真向かいの位置に移動させた。

「どうぞ特等席に」

鳴海に勧められ、わたしは素直にソファに座った。鳴海がソファから離れ、うるさいから消しますね、と断って空調機をオフにすると、オンを示していた緑色のランプがふっと消えた。鳴海はプロジェクターのほうへ向かい、わたしの視界から消えた。

急に静かになった部屋の中に、カチッという音が響き、続けて低く唸《うな》るようなモーター音が鳴り始めた。

「電気も消しますね」

後ろのほうから鳴海の声が聞こえてすぐ、わたしが止める間もなく照明が消えた。

一瞬にして、部屋が真っ黒く染まった。

「暗闇で映画を見ると、ほんとに色が綺麗《きれい》に見えるんですよ」

あっという間に動悸《どうき》が激しくなり、心臓が胸をドンドンと強く叩いている。息が苦しい。

「もうすぐ始まりますから。機械があったまってから、映写用のランプがつくようになってるんで」

光を求めて視線をさまよわせたけれど、見つけられなかった。いまにも目の前に赤く光る二つの点が浮かび、わたしの目を覗き込んできそうな気がした。わたしは恐怖を感じ、反射的に目を閉じた。誰かがそばに立ち、わたしの肩に触れようとしている

ような気がした。光が欲しい。鳴海の声が欲しい。

「ほんとは大きなスクリーンで見せるような作品じゃないんで、見せるのはちょっと恥ずかしいんですけど」

目を閉じたまま鳴海の声がするほうに振り向き、明かりを点けて欲しいと声を上げようとした瞬間、一筋の光のようなものがわたしのほうに向かって放たれたのが分かった。まぶたの向こうが、ひどく明るい。わたしは光を求めて薄く目を開けたけれど、プロジェクターからまっすぐに放射されている光線が眩し過ぎて、また目を閉じてしまった。

「高校時代に友だちと撮った映画なんです。一応、俺が脚本と監督と主演をやってるんです。完成までに三年掛かってるんで、キャストの顔が途中で大人っぽく変わっちゃったりしてるんですけど」

顔の向きをスクリーンのほうに戻し、ゆっくりと目を開けた。プロジェクターから放たれている無色透明の光は、四角いスクリーンの中にぴったりと収まり、まばゆいばかりの輝きを点している。スクリーンを見つめているうちにだんだんと動悸が落ち着いていくのが分かった。

「それじゃ、始めますね」

鳴海のその言葉を合図に、深呼吸をした。

　映画が始まり、ボーッという汽笛の音とともに港に停泊しようとしている大きな貨物船がスクリーンに現れた。次のシーンではタラップが下ろされ、船員たちが次々と陸に向かって降りていく姿が映った。そして、一番最後に船の中から現れてタラップを降り始めたのは、緑色のジャージの上下を着た鳴海だった。次に、堤防に降り立って潮の匂いを思い切り吸い込む鳴海の顔のアップが映ると、鳴海がいまよりも少しふっくらとしていて、まだあどけない感じが残っているのが分かった。よく見ると、鳴海が《adidos》というロゴが胸に入った二本線のジャージを着ていたので、思わずクスクスと笑ってしまった時、映画の中の鳴海は歩むべき方向を定めて、颯爽《さっそう》と歩き始めた。カメラは動かないまま、鳴海の後ろ姿を撮り続けている。鳴海の背中が、肩に担いでいる《adidos》というロゴがプリントされた緑色のボストンバッグと一緒に徐々に遠ざかっていく。

　わたしが声を上げて笑った時、雷の効果音がスピーカーから鳴り響き、タイトルの白い文字がスクリーンに浮かんだ。黄色い稲妻のマークとともに。

『タンロン怒りの鉄槌《てっつい》』。

ねぐらを求めて海にほど近い地方都市に入ったタンロンは、すぐに幼い男の子がいじめに遭っている現場に出くわす。

いじめっ子たちをたしなめ、タケシという名の男の子を助けたタンロンは、タケシになつかれてしまい、強引に家へと引っ張っていかれる。

*

タンロンが連れて行かれた先はラーメン屋で、お店の中ではタケシの姉のユキコが一人で働いていた。出会いから運命的なものを感じるタンロンとユキコ。

タンロンはラーメンをご馳走《ちそう》になりながら、ユキコからユキコとタケシの生い立ちを聞く。両親を早くに亡くしたユキコとタケシはラーメン屋をやっている祖父に引き取られたあと、祖父と一緒に暮らしている。そして、いまは病に臥《ふ》せっている祖父の代わりにユキコがお店を切り盛りしていた。

タンロンがラーメンを食べ終わり、ごちそうさまでした、と手を合わせるのとほとんど同時に、お店の中にチンピラ風の三人の男たちが入ってきた。《Nikke》というロゴの入った赤いジャージの上下を着ているチンピラたちは、どういうわけかユキコに嫌がらせを始める。ユキコが困っている様子を見て、タンロンは何かに耐えるよう

に唇をぎゅっと嚙《か》み締めている。

チンピラの一人が皿をわざと床に落として割ると、タケシが、やめろ！　と叫んでその男に襲い掛かっていったが、タケシは違うチンピラに腕を摑まれて、突き飛ばされてしまう。

タケシが壁に頭を打ちつけて気を失ったのを見たタンロンは、ついに立ち上がる――。

＊

演技はお世辞にもうまいとは言えなかったけれど、出てくる人たちはみんな真剣に役柄を演じていて、とても好感が持てた。それに、画像と音声の質が劣る以外には、ほとんど普通の映画と変わらないように淀《よど》みなくストーリーが流れていっている。ひとつひとつのカットも凝っていて、さすがに三年の月日を掛けただけはある気がした。

スクリーンでは、お店から公園へとチンピラたちを連れ出したタンロンが、チンピラたちを睨《にら》みつけていた。両者のあいだには一触即発の雰囲気が漂い、ドクンドクン、と二拍子で鳴っている心臓の音の効果音が徐々に緊張を高めていく。そして、チンピラの一人がタンロンに襲い掛かったのを合図に乱闘が始まると、それに合わせて弦を

弾《はじ》くだけのシンプルなイントロの音楽が流れ始め、すぐに女性歌手の歌声がかぶさった。曲は『カルメン』の中のアリア、「ハバネラ」だった。

　タンロンとチンピラたちは「ハバネラ」の跳ねるような独特の二拍子のリズムに合わせ、まるできちんと振りつけられたみたいにパンチやキックを繰り出している。女性歌手の優雅な歌声も手伝って、闘っているというよりは、荒っぽいタンゴを踊っているみたいに見えた。

　曲が進むにつれ、タンロンとチンピラたちは場所を移動していき、シーソーの板の上で殴り合ったり、ジャングルジムによじ登って互いを蹴落《けお》とそうとしたり、ブランコに乗ったままキックを出し合ったりした。時々、砂場に座ってぼんやりと撮影風景を眺めている幼い子供たちが映るたびに、わたしはクスクスと笑った。

　チンピラは一人また一人とタンロンに倒されていった。そして、アリアがクライマックスに達し、女性歌手が叫び声のような高音を上げるタイミングに合わせて、チンピラの最後の一人の顔面にタンロンの渾身《こんしん》のパンチが命中した。苦痛に歪み、口を大きく広げて無言の叫び声を上げているチンピラの顔のアップに、女性歌手の高音が重なる。

　見事な演出だったので、わたしは思わず手を叩いてしまった。

＊

チンピラたちとの闘いからラーメン屋に戻ったタンロンは、タケシを介抱しているユキコのそばに、やつれた老人の姿を認める。その老人はユキコとタケシの祖父、ゲンゾウだった。

ゲンゾウはタンロンに礼を言ったあと、なぜ自分たちが嫌がらせを受けているか説明を始める。

子供の頃から故郷の海が好きだったゲンゾウは、一年前のある日、海に潜っていて浅瀬にいる魚たちの様子がおかしいことに気づいた。うまく泳げずに岩にぶつかったり、腹を上にしてひっくり返るように泳いだりしていたのだ。不思議に思ったゲンゾウは、しばらくのあいだ魚たちの観察を続けたが、おかしな泳ぎ方をする魚は増えていく一方だった。

いったいなにが起こっているのだ？

ゲンゾウが途方に暮れた視線をふと海面から空へと向けると、霧のような白い煙が空を覆っているのに気づいた。この地方の基幹産業である鉛製品の製造工場から出ている煙だ。いくつもある工場のほとんどは地元の有力企業《虎牙《こが》工業》が所有してい

て、地元の友人・知人の多くは虎牙工業の工場に勤めている。

虎牙工業にあたりをつけたゲンゾウは、工場に勤めている友人や知人に聞き込みをする一方で、体に変調を感じ、病院に検査を受けに行く。

そんなある日、ゲンゾウは虎牙工業の工場で守衛として働いている同い年の友人のブンタに、工場が国に提出する記録データを改竄し、大気汚染防止法の規制値を超える量の煤煙《ばいえん》を空に撒《ま》き散らしていることを聞く。さらには地元の暴力団を介して、有毒な産業廃棄物を秘《ひそ》かに山中に投棄していることも。

怒りに打ち震え、さらに調査を進めようとするゲンゾウだったが、その矢先に虎牙工業が差し向けたチンピラたちの嫌がらせが始まる。加えて、ゲンゾウの体は日に日に弱っていくが、医師が告げた検査の結果は、《異常無し》。実は、病院の経営には虎牙工業の息が掛かっており、ゲンゾウの体から検出された人体の許容量を遥《はる》かに超える砒素《ひそ》やカドミウムのデータは握り潰されていたのだった——。

*

頬に塗られているシャドーが濃過ぎるのさえ除けば、ゲンゾウさん役のおじさんの演技は真に迫っていて、ゲンゾウさんが抱える怒りがわたしにもきちんと伝わってき

た。

　スクリーンでは、意識を回復したタケシくんがゲンゾウさんにこう訴えた。

「どうしておじいちゃんが闘わなきゃダメなの？　警察に頼めばいいじゃないか！　ほんとはおじいちゃんには関係ないことだろ！」

　ゲンゾウさんは固い意思のこもった眼差《まなざ》しをタケシくんに向け、深い愛情を湛《たた》えた声で言った。

「この世界で起こることで俺っちに関係のないことなんて、ひとっつもねぇんだよ。うまくは言えねぇけど、ぜんぶは繋がってるんだ。俺っちはたいした人間じゃねぇが、ちっちゃなガキが泳ぐかもしんねぇ海に汚ねぇションベンを垂れ流し続けるようなそんな真似だけは、黙ってさせとくつもりはねぇよ」

*

　海岸を散歩するタンロンとユキコ。

　ユキコが助けてもらったお礼を改めてタンロンに告げると、タンロンは、自分は感謝をされるような人間ではないのだ、と答える。タンロンがふと見せた暗い横顔に、ユキコはタンロンの過去の一端を垣間《かいま》見る。

二人は、波打ち際にいくつもの魚の死《し》骸《がい》が打ち寄せられているのを見つける。ユキコが波打ち際から水平線のほうに視線を移し、おじいちゃんの言うとおり海はぜんぶ繋がってる、とつぶやいた時、二人の前に《Nikke》のロゴの黒いジャージ姿の男が現れる。頰に傷を持つその男は暗い目でタンロンを見つめ、薄く微笑んだ。

「おまえもこっち側の人間らしいな」

黙って対峙《たいじ》するタンロンと頰に傷を持つ男。

頰に傷を持つ男は自分の名をスズキと名乗り、また近いうちに会おうぜ、とタンロンに告げて、去っていった――。

*

スズキの出現とともに、ストーリーは急展開を見せ始めた。

まず、守衛のブンタさんの水死体が海に浮かび、自殺として処理されてしまう。次に、ラーメン屋が放火されたが、すんでのところで火は消し止められた。捜査に現れた刑事はタンロンに向かって、今夜中にこの町を出て行かないとよくないことが起こるぞ、と意味ありげに忠告する。

波間に浮かぶブンタさんの死体が明らかに別人だったり、放火で燃えたのは古雑誌

の束だけだったり、捜査に現れた刑事がハンチング帽にトレンチコート姿だったりと、突っ込みどころはたくさんあるのだけれど、展開がテンポよく流れていくので、心地よく騙《だま》されているような気分でストーリーを追うことができた。

そして、クライマックスに近づいていき、タンロンの身を案じ、町を離れて、と懇願するユキコさんのことをタンロンが強く抱き締めるシーンがスクリーンに映った時、それがひどく馬鹿らしい心の動きであることは分かっていたけれど、わたしはユキコさんに対して少しの嫉妬《しっと》を感じた。

わたしはもう、映画に夢中だった。

*

タンロンはユキコの願いを聞き入れ、夜中にラーメン屋を出て行くが、実は向かった先は虎牙工業の手先となっている暴力団の事務所だった。

タンロンが事務所に乗り込むと、そこにはスズキと十人のチンピラたちが待ち構えていた。

「来ると思ったぜ」

スズキが嬉しそうに言い放ったその言葉が合図となり、戦闘が開始される。タンロ

ンはベルトに差していたヌンチャクを抜き、縦横無尽に振りまわして襲い掛かってくるチンピラたちに立ち向かう。頭から血を流し、口から血を吐いて次々と倒れていくチンピラたち。タンロンの緑のジャージのところどころが徐々に赤く染まっていく。スズキは手を出さずに静かに闘いを見つめている。

事務所の床や机の上に、意識を失ってぐったりと横たわっている十人のチンピラたち。スズキはようやく椅子から立ち上がり、つぶやいた。

「ここじゃ、狭いな」

＊

タンロンとスズキは、人の姿がまったくない夜明けの採石場で対峙していた。

カメラが二人のまわりを、円を描くようにしてゆっくりとまわっていく。

「結局これしかねぇんだよな、俺たちは」

スズキが握ったこぶしをゆらゆらと顔の横で揺らすと、もの悲しげなピアノの音を伴奏にして歌う女の人の太い声が、ＢＧＭで聞こえてきた。そのバラードは英語で歌われていたけれど、ゆっくりと嚙み締めるように歌われるので、歌詞の意味をちゃんと聞き取ることができた。

人類の善意が氾濫《はんらん》し、いまにも雨が降り出しそうだ――。

女の人がそう歌ったのを合図にカメラの動きが止まり、そして、映画の世界はピアノと女の人の声だけを残して無音になり、タンロンとスズキの闘いが始まった。二人は次々にパンチやキックを相手に放っていくが、朝の太陽に照らされるその顔は、躍動感溢れる肉体の動きとは正反対にどこか悲しげに見えた。

バラードが終わりに近づくと映画の世界に音が戻り、タンロンのパンチがスズキの顔にぶつかる鈍い音が鳴り響いた。スズキが口から血を流しながらひざまずくと、タンロンの力強いキックがこめかみのあたりに命中し、大地に崩れ落ちていくスズキの姿がスローモーションで映し出された。バラードは、いまにも雨が降り出しそうだ、という歌詞をリフレインしながらフェイドアウトし、終わった。

「殺せ」

横たわったスズキがそう言うと、タンロンは悲しい目で、本当の敵はおまえじゃない、とつぶやいた。それを聞いたスズキがかすかに微笑みながら意識を失うと、タンロンの元にユキコさんとタケシくんが駆け寄ってきた。

「お兄ちゃん、だいじょうぶ？」

タケシくんの問いに、タンロンは笑ってうなずいた。

ユキコさんは倒れているスズキに視線をやったあと、タンロンを見つめて、訊いた。

「これからどうするの？」

タンロンはユキコさんをしっかりと見つめて、答えた。

「この町に残る。そして、君たちのために本当の敵と闘うよ」

そう言った時のタンロンの顔がアップになり、朝陽に照らされてキラキラと光っている二つの目がスクリーンに大きく映った。どういうわけかわたしは、まるで自分が映画の中に入っていって、実際にそのキラキラ光る二つの目に見つめられているような気になってしまった。そして、どういうわけかひどく泣きたいような気にもなったけれど、どうにか堪《こら》えた。いまは希望に満ち溢れたシーンなのだ。弱々しく泣くべきではない。わたしは涙を堪えながら、暗闇の中でキラキラと輝いているタンロンの二つの目を見つめ返した。

映画は、タンロンが虎牙工業のビルの前で仁王立ちしている場面で《完》のマークが打たれた。雷の効果音が鳴り響くとともに。

わたしは、紙とマジックで書かれた《虎牙工業》という貼り紙がビルの入口に貼られてあるのと、仁王立ちしている緑のジャージ姿のタンロンを不思議そうに見つめながら通り過ぎていく、本物の会社の社員たちの姿を見て、声を上げて笑った。

照明が点き、暗闇が消え去った。

鳴海がソファの前にやってきて、少し不安そうな眼差しで訊いた。

「どうでした？」

わたしが、すっごく面白かった、と告げると、一瞬にして鳴海の瞳《ひとみ》がキラキラとした輝きを点した。わたしはその輝きを見て、また泣きたい気持になったけれど、代わりにめいっぱい微笑むことで涙を抑えた。

とにかく、いまは希望に満ち溢れたシーンなのだ。

映画を見終わってすぐに、鳴海の部屋を出た。

鳴海が送ってくれると言うので、その言葉に素直に甘えた。わたしは自転車を引いて歩く鳴海の隣を歩いた。

結局、家に辿り着くまでに五時間ぐらい掛かった。『タンロン怒りの鉄槌』を撮った時の裏話が面白くて、話しているうちにそんなに時間が経ってしまったのだ。わたしたちはわたしの家が近づくとUターンをして同じ道を戻り、また同じ道を帰ってきた。ずっと歩き通しでも、ぜんぜん疲れなかった。裏話で一番笑ったのは、ブンタさん役のおじさんが死体として海に浮かぶのを嫌がり、現場から逃げ出したエピソードだった。ちなみに、ブンタさん役のおじさんは鳴海たちが子供の頃によく通っていた駄菓子屋のおじさんで、ゲンゾウさん役のおじさんはむかし実際に俳優をやっていた人らしい。わたしが最後に掛かったバラードのことを訊くと、鳴海は『I THINK IT'S

GOING TO RAIN TODAY』という曲で、ニーナ・シモンという女性歌手のピアノの弾き語りであることを教えてくれた。CDを貸しますね、という鳴海の申し出に、わたしは素直に、うん、とうなずいた。

　鳴海とは夜が明ける前に、別れた。

　わたしの家から十分のコンビニの前で別れる間際、わたしは連れ合いが半年前に死んだことを鳴海に告げた。鳴海は少し戸惑ったような表情を浮かべたあと、わたしを気遣うように微笑み、旦那《だんな》さんと闘う気満々だったんですけどね、とおどけたように言った。わたしは鳴海の二の腕にそっと触れ、ありがとう、と言った。

　わたしと鳴海はほんの少しのあいだ見つめ合った。わたしは、鳴海の二の腕から手を離し、微笑んで、言った。

「また明日ね」


　家に戻ってすぐ、『ドラゴン怒りの鉄拳』を見始めた。

『ドラゴン怒りの鉄拳』は鳴海が言うとおり、見ていると徐々に体にパワーが充電されていくような作品だった。まるで『タンロン怒りの鉄槌』みたいに。

　ブルース・リーの発するオーラのようなものがわたしを作品の中へと引きずり込んで、気がつくとストーリーに夢中になっていたが、映画のクライマックスに差し掛か

ったあたりでソファから腰を上げた。いまにも夜が明けそうな時間になっていたからだ。

リモコンを摑み、ストップボタンを押して映画を停めようとしたけれど思い留まり、その代わりに音量調整のボタンを押して音声を大きくした。ブルース・リーが闘う時に上げる独特の叫び声が、リビングに大きくこだました。その叫び声に急き立てられるようにして、リビングを出た。

深呼吸をしながらゆっくりと階段を上がり、寝室へと向かった。背後からは、ブルース・リーの叫び声が聞こえてきている。寝室のドアの前に立った。いつかは再び寝室に入っていかなくてはならないのだ。連れ合いが死んでから半年のあいだ、ずっと逃げ続けてきたが、闘いを挑むタイミングはいましかない気がした。わたしの中に残っている連れ合いの痕跡をきちんと消すためには、再びドアを開けて立ち込めている闇に向かい合うしかない。

そっとドアノブに手を掛けた。そして、軽く目を閉じて息を深く吸い込んだ時、目の前に赤く光る二つの点が浮かび上がった。咄嗟に目を開けた。呼吸が荒くなり、無意識のうちにドアノブを強く握り締めていた。手に痛みを感じ、ドアノブから手を離そうとすると、リビングから一段と大きなブルース・リーの叫び声が聞こえてきて、わたしの背中に勢いよくぶつかった。わたしはドアノブから手を離さないまま、軽く

笑った。

いましかない。

わたしは笑いを収め、ドアノブを下へと押した。カチャという小さな音がしてロックが解け、厚いドア板が室内に向かってすっと動いたのとほとんど同時に、ドアの隙間からお線香の匂いが流れ出てきた。前に部屋に入った時に、母が焚《た》いたものだった。最後に寝室を出た母が、カーテンを開けたままにしておいてくれたことを願ったが、叶《かな》わなかった。半分ほど開いたドアの向こうには、暗闇が充満していた。ドアを最後まで押し開けたあと、壁際の照明のスイッチに手を伸ばし、押した。照明は点かなかった。いつでも、どうしようもなく役立たずのスイッチだ。

深呼吸をして、声に出して数を数えた。

1、2、3、4——。

5。

勢いよく寝室に足を踏み入れ、クローゼットのほうを見ないようにしながら、早足で反対側の窓際に向かった。そして、カーテンを両手で掴み、思い切り左右に引いた。街灯の光か月の光かは分からなかったけれど、とにかく、弱い光が寝室に射し込み、真っ黒な暗闇を少しだけ薄めてくれた。

そっと目を閉じ、タンロンの、鳴海の、キラキラと光る瞳を思い浮かべた。そして、

目を閉じたまま回れ右をして、体をクローゼットの正面に向けた。

目を開けた。

目の前にあるのは、弱い光に照らされて木目がほんのりと浮かび上がっている、ただのクローゼットのドアだった。それ以外には何も存在しない。わたしはしばらくのあいだ、身じろぎもせずにクローゼットのドアと対峙したあと、力尽きて床の上にべったりと座り込み、泣いた。大声を上げて、わんわん泣いた。時々、ベッドのシーツの端で涙を拭《ふ》き、鼻をかんだ。

たっぷり時間を掛けて泣いているうちに、気がつくと夜は明け、寝室に朝の光が射し込んできていた。わたしは立ち上がって窓を開け放ち、朝の清浄な空気をたっぷり吸い込んだあと、近くの電柱から響いてくるセミの鳴き声を聞きながら、《書類》を捜し始めた。検察が見つけられなかったものをわたしが見つけられるとは思えなかったが、とにかく、そうしたかったのだ。

二時間ほど掛けて、汗だくになりながら寝室の中を捜したけれど、《書類》は見つからなかった。寝室を出る前、しっかりと部屋の中を見まわした。窓やクローゼットのドアは開けっ放しだったし、ベッドは裏返したままだったし、連れ合いの服やシーツや枕は床の上のあちこちに散らばったままだったが、ゆっくりと片付けていけばいい。ここにはもう恐れるものは存在しないのだ。

寝室を出た。

ドアは閉めなかった。

リビングに戻ってすぐ、ソファに横たわって、眠りに就いた。

そして、次に目を覚ました時、目覚まし時計を見ると、《13:08》を表示していた。

*

8月31日。

わたしはいつものコーヒーショップで、鳴海を待っていた。今日は二人で、区民会館に『ローマの休日』を見に行くのだ。

そろそろかな、と思い、鳴海から借りたブルース・リーの伝記を閉じると、ガラスの壁を通して鳴海が必死に駆けてくる姿が見えた。わたしはいつもみたいにきちんと座り直して鳴海の到着を待った。

「走ってくることないのに」

わたしの向かいの席に座った鳴海は、汗を拭きながら、うーん、なんとなく、と言って、微笑んだ。そして、あっ、と突然声を上げ、幼稚園児みたいに肩から斜めに下げているショルダーバッグの中に手を入れ、B4サイズの大きな緑色の書類袋を取り

出した。その書類袋には、見覚えがあった。

「これ、昨日店長から預かったんだけど、渡すのを忘れちゃって」

　鳴海はそこまで言っていったん言葉を切り、わたしの目をきちんと見つめ、続けた。

「もうだいぶ前になっちゃうんですけど、連れ合いさんが店に忘れてったみたいです。店長が何度かもっさんの家に電話したみたいだけど繋がらなくて、そのうちに店長もすっかり忘れちゃってたらしくて。俺が昨日もっさんの話をしたら急に思い出して、返しといてくれ、って。これ、どうします？　帰り際に渡し直しましょうか？」

　わたしは連れ合いの会社の書類袋を黙って見つめた。鳴海はわたしの沈黙を不思議に思ったのか、少しだけ首をかしげた。わたしは手を伸ばし、書類袋を受け取った。そして、テープでしっかり閉めてあった封を開け、中身を取り出した。数字やら薬品の名前やら、見覚えのある何人もの人間の名前やら、大学病院の名前やらが記された書類の束と、手のひらに収まるサイズのＩＣレコーダー。試しにＩＣレコーダーの再生ボタンを押してみると、電池が残っていて、小さなスピーカーから神経を逆撫《さかな》でする声が流れ出てきた。

「………副作用に関しては100％確実に起きるって決まったわけじゃないんだろ。起こるかもしれない、なんて見込みだけで、莫大《ばくだい》な資金をつぎ込んで来た開発をいまさらやめられるかよ。なんか起きたら糖尿病のせいにして、うやむやにしちまえばいい

んだよ。そんな時のために厚労省から天下ってきた連中を飼ってんだからよ――」

停止のボタンを押し、勝田の声を消した。書類とICレコーダーを袋の中に戻したあと、深く息をついた。ふと、連れ合いの言葉が頭に響いた。

「人には好むと好まざるとにかかわらず、天から与えられた役割というものがあるんだ」

これは死を決意した連れ合いがわたしに託そうとした人為的な役割？　それとも、偶然を装って天から与えられた必然的な役割？　どちらにせよ、わたしの意思とは別のところで決められたことだ。わたしがおとなしく従うべき義務など、どこにもない。どうするかを決めるのはわたしだ。

強い視線を感じて目を前に向けると、鳴海がいつものように首をかしげながらわたしを見つめていた。鳴海はわたしからどんな答えを読み取るんだろう？

鳴海は目に強い光を点したあと、顔いっぱいに子供のような笑みを広げた。そう、鳴海はいつだって正しい。

書類袋をテーブルの上に置き、右手を鳴海に向かってそっと差し出した。鳴海は少しもためらうことなく右手を伸ばし、わたしの手を掴んだ。わたしたちは指を強く絡ませ合い、微笑みを優しく交わし合った。

闘う準備はできた。

恋のためらい／フランキーとジョニー
もしくは　トゥルー・ロマンス

Frankie & Johnny or TRUE ROMANCE

「ねぇ、一番好きな映画ってなんなの？」

隣の席に座っている石岡《いしおか》が、どうでもよさそうな感じのだるい声で訊《き》いた。

僕はちょっとびっくりし、短く悩んだあと、答えた。

「『フランキーとジョニー』かな」

それが、僕と石岡が初めて交わした会話だった。

高二に上がる時のクラス替えで同じクラスになり、さらには席が隣同士になって三ヵ月が経っていた。もう夏服への衣替えも済んでいた。

「なにそれ？」石岡は右の眉《まゆ》を不機嫌そうに吊《つ》り上げて、言った。「見たことも聞いたこともないんだけど。誰が出てんの？」

「アル・パチーノとミシェル・ファイファー」と僕は答えた。「いい映画だよ」

「アル・パチーノって、よくよだれを垂らしながら演技をしてる人でしょ？」

石岡はどういうわけか、得意そうに言った。僕がどう答えていいか分からなくて戸惑っていると、彼女は少し苛立《いらだ》たしそうに先を続けた。

「それって、どんな内容なの？」

「ラブストーリーだよ」

「だから、どんな？」

僕が頭の中でストーリーを整理していると、昼休みの終わりを告げるチャイムが鳴った。クラスの連中が次々と教室に戻ってきて席に着き始めると、一気に騒がしくなった。僕はそのどさくさに紛れて石岡との会話を打ち切り、机の中から次の授業の教科書とノートを取り出して、机の上に置いた。

「で？」と石岡は言った。

「え？」

「で、どんな話なのよ」

石岡は怒っているような、悲しいような目で僕を見ていた。教室の前のドアから世界史の教師が入ってきて教室が静まってくると、石岡は諦《あきら》めたように僕から目をそらし、ぷいという感じで黒板のほうを向いた。そして、教科書とノートとカバーがかかった文庫本を机の中から取り出し、文庫本だけを開いて読み始めた。

石岡は学校を休みがちで、たまに教室に現れても、授業中は居眠りをしているか、

本を読んでいるかのどちらかだった。それは休み時間も同じだった。居眠りしているか、本を読んでいるか。それに、一日のカリキュラムが終わると、一目散という感じで教室を出て行ってしまうし、学校の行事には絶対に参加しなかった。

僕は石岡が教師や生徒たちの誰かと喋《しゃべ》っているのを見たことがなかった。確かに、意志の結晶のような石岡の強い目は近寄りがたい雰囲気をいつも醸し出しているけれど、それが彼女を遠ざける原因とも思えなかった。もしかすると、石岡とみんなとのあいだには《沈黙のルール》みたいなものがあって、それを僕だけが知らないのかもしれないが。

そんな仲間はずれの僕も、石岡に話し掛けようとはしなかった。そもそも、僕は誰かに気軽に話し掛けるようなタイプではなかったし、高校に通い始めてから友だちと呼べるような存在も作っていなかった。作る気もなかった。だから、石岡と話さなくても気まずくはなかったし、逆に隣にいてもあれこれ干渉し合わない関係に居心地の良ささえ感じていた。それに、石岡の強い目は嫌いではなかった。

教師が抑揚のない声でペルシア戦争の話を始めた。僕はさりげなく石岡のほうに視線を向けた。石岡は文庫本の存在を隠そうともせずに堂々と机の上に広げ、真剣な眼《まな》差《ざ》しでページを追っていた。僕はしばらくのあいだ石岡の横顔を眺めたあと、ノートを広げて、シャーペンを握った。

『フランキーとジョニー』のストーリーを書き終えたのは、授業が終わる五分ほど前だった。うまくまとめるのは難しくて、ページの裏表を埋めてしまった。僕はストーリーを書いたページを破り、そっと石岡の机の上に置いた。石岡はまず僕の顔を怖い目で睨《にら》み、次に紙切れに視線を落とした。そして、何行かを目で追ったあと、本を閉じ、紙切れを手にして読み始めた。

終業のチャイムが鳴ってしばらくしても石岡は席を立たず、僕の書いたストーリーを読み続けた。僕も席を立たず、彼女の隣に居続けた。何人ものクラスメイトが僕たちのそばを通り過ぎて行った。

石岡が読み終わり、紙切れを丁寧に畳んでいる時、次の授業のチャイムが鳴った。ざわつく教室の中で、石岡は僕が初めて見る優しい笑みを浮かべながら、面白そうだね、見たら感想を書くね、と言った。

僕がうなずくと、石岡は小さく折り畳んだ紙切れを文庫本のあいだに大事そうに挟んだ。

結局、僕が感想を読むことはなかった。

初めて会話を交わした翌日から、石岡が学校に現れなくなったからだ。いつもみたいに何日か休んだら現れるだろう、と思ったが、一週間が過ぎ、ひと月が経ち、期末

試験が始まっても石岡は僕の隣には戻ってこなかった。担任の教師は彼女の欠席について一切触れなかったし、クラスの連中も彼女の不在が当然のように過ごしていた。何度か担任の教師に彼女のことについて訊きに行こうかと思ったけれど、教師と彼女の話をするのがひどく億劫《おっくう》な気がしたので、やめておいた。

終業式の日、夏休みを前にして浮かれたバカが、石岡の机の上に花が活《い》けてある花瓶を置いたので、僕は見つけてすぐに花瓶ごとゴミ箱の中に捨てた。教室の中が、しらけた雰囲気で満ちた。これから先、どうやっても友だちができることはないだろう。

夏休みに入り、僕はアルバイトをしたり、映画を見に行ったり、本を読んだり、始めたばかりのアコースティック・ギターの練習をしたりして過ごした。

石岡から電話があったのは、8月31日の昼過ぎのことだった。電話のベルが鳴った時、僕はたまたま家にいて、ギターのコードを必死に押さえていた。

「今日、ひま？」

突然の電話に戸惑っている僕にかまわず、石岡はイライラした声で続けた。

「忙しいの？　どっち？」

「別にひまだけど」

石岡の声が急に明るくなった。

「それじゃ、あたしの地元に遊びに来ない？」

「どうして？」

「一緒に映画が見たいんだけど――」

午後五時に石岡が指定した駅に着いた。

改札口では紺色のワンピースと白のスニーカー姿の石岡が、僕を待っていてくれた。

僕が改札を出てすぐ、石岡は、こっちよ、とぶっきらぼうに言って先に歩いていってしまった。僕はすぐに彼女に追いついて、横に並んで歩いた。

「この町に映画館なんて、あったっけ？」と僕は訊いた。

その駅は、高級住宅地として有名な町の隣に位置していた。

「ないよ」石岡はまっすぐ前を見て歩きながら、けろりと答えた。

「じゃ、どこで映画を見るの？」

「区民会館」石岡はようやく僕の顔を見て、言った。「今日、そこで『ローマの休日』の上映会があるの。あたしの家は隣の駅にあるんだけど、駅にポスターが貼ってあるのを見掛けて、ちょっと見てみたいなって思ったのよ。なんでかはよくわかんないけど。入場無料だから、別に損なこともないし」

石岡の眼差しに緊張と不安の色があった。僕は、へぇそうなんだ、と明るい声で言った。石岡はほっとしたように、眉を寄せて目を細めながら小さく微笑んだ。

「区民会館で映画を見るなんて言ったら、しょぼいと思われて来てくれないと思ったからね」

僕は十歩ぐらい無言で歩いたあと、言った。

「場所は関係ないよ。俺はイヤだったら大劇場の指定席に招待されたって見に行かないよ」

石岡は五歩ぐらい無言で歩いたあと、そうなんだ、と囁《ささや》くように言った。

区民会館に着くまで、僕たちは無言で歩いた。

区民会館は僕が思っていたよりずっと立派で、『ローマの休日』が上映されるホールは千二百人近くも収容できる広さだった。

僕たちがホールに入った頃には、座席は八割方埋まっていた。僕たちは受付で選択した座席番号を探し出して、席に着いた。席はスクリーンに向かって右側の後ろのほうだった。

上映開始時間の午後六時ちょうどにチャイムの音がして緞帳《どんちょう》が上がり、場内が徐々に暗くなっていって、やがて映画が始まった。

『ローマの休日』を見るのは初めてだったけれど、とても良い映画だった。時々、隣をこっそり見ると、石岡の楽しそうな横顔があった。彼女はまっすぐな目でスクリーンを見つめていた。

　クライマックスのシーンでは、場内に拍手が起きた。僕も素直な気持で手を叩《たた》いた。きっと、石岡も僕と同じような気持で手を叩いていたと思う。

映画を見終わったあと、僕たちは区民会館から二十分ほど歩いた国道沿いのファミレスに入って、少し遅めの晩御飯を食べた。石岡はオムライスを食べながら、オードリー・ヘップバーンは普通の人より7センチぐらい腕が長いはずだ、とか、グレゴリー・ペックのスーツには肩パッドが入っていたのかな、とか、とても楽しそうに喋った。僕はカレーライスを食べながら、彼女の話に相槌《あいづち》を打っていた。

　食後のコーヒーを飲んでいる時、石岡がポツリと言った。

「今日ね、あたしの誕生日なの」

　僕が石岡をきちんと見つめると、彼女は照れたように少しだけうつむいた。

「誕生日が夏休み最後の日ってサイテーよね。これまでほとんど誰にも祝ってもらったことがないし、プレゼントだってもらい損ねてばっかりだし……」

「家族と過ごさなくていいの？」僕は念のために訊いた。

　石岡はカップにスプーンを入れ、意味もなくコーヒーをクルクルと掻《か》きまわしながら、答えた。

「ママはあたしが小さい頃に離婚して出て行っちゃって、ずっと会ってないし、パパは仕事が忙しくてあたしの誕生日なんて覚えてないの」

石岡はスプーンをまわしている手を止め、顎《あご》を上げたあと、無理に作った笑みを僕に向けて、訊いた。

「赤木《あかぎ》くんのところは？　ちゃんと祝ってくれる？」

僕は少しだけ迷って、結局答えずに、テーブルの上の伝票をつまんで腰を上げた。

僕の突然の行動に戸惑っている石岡に、言った。

「急ごうぜ」

僕と石岡はあてもなく歩きながら、開いている店を覗《のぞ》いては、彼女が欲しい誕生日プレゼントを探した。なんだか味気ない気がしたので、国道沿いにあった明け方まで営業している大型量販店には入らず、小さな店ばかりを探して歩いた。

僕が夕方に降りた駅から二駅ほど西に歩いた場所に割りと大きめの商店街があったので、まだ開いている店を駆け足でまわった。

蒲団《ふとん》屋で売っていた寝心地のよさそうな枕、お菓子屋の店先にあったスナック菓子の詰め合わせセット、薬局に売っていたどくだみ茶（ティーバッグ72包入り）、古本屋に並んでいた『新オバケのQ太郎』の全四巻セット（彼女に言わせると、掘り出し物らしい）。

石岡はこれらの候補の中から結局枕を選び、僕たちは急いで蒲団屋へ戻ったが、店

は閉まっていた。店の中に人影がちらついていたので、僕が店のドアを叩こうとすると、彼女は僕の手を止めて、言った。

「楽しかったから、いいや」石岡は深く微笑んだ。「ありがとね」

石岡が歩いて帰りたがったので、道を探しながら家まで送ることにした。

月を隠している分厚くて黒い雲が、蓋《ふた》のように昼の熱気を閉じ込めていて、ひどく蒸し暑い夜だった。僕たちは片手にミネラル・ウォーターのペットボトルを持ち、たまに水を補給しながら歩いた。

遠くでカミナリが鳴ったような音がした。

「花火の音かな？」

石岡は足を止めて空を見上げ、音のしたほうを見つめた。

僕たちはすでに石岡の住む町の端っこまで辿《たど》り着いていた。時間も遅かったし、いまにも激しい雨が降り出しそうな雰囲気だったので、僕は言った。

「早足で歩こうか」

石岡は、別にいいよ、とちょっと不満そうに言って、また歩き始めた。巨大なカメラがフラッシュを焚《た》いたように、空が一瞬だけ光った。石岡の両肩が驚きで小さく震えた。光の十秒後ぐらいに、遠くでドラムとベースの効いたカミナリが鳴り、また石

岡の両肩が震えた。石岡は無言で僕の一歩先を歩き続けた。

光と音の間隔が徐々に短くなっていき、やがては光が瞬くのとほとんど同時に、すぐ近くで恐ろしいような音が鳴った。

いつの間にか閑静な住宅街に入り込んでいた。いかにも高級といった感じの一軒家が両側に建ち並ぶ一方通行の広い道を歩いていると、唐突に石岡の足が止まった。

「着いた」

石岡は僕を見てそう言い、目の前の一軒家の《石岡》と刻まれた大理石の表札を指差した。家は洋風で、かなり大きな構えの三階建てだった。背の高いレンガの壁で囲まれている家は、ひどく暗い感じがした。家の中の照明がついているとかいないとか、そういうことではなく。

「なんかね、むかし、この家にはおかしな男の子が一人で住んでたんだって」と石岡は言った。

「ふーん」

「超能力で人を殺せたとかって噂」

「ほんとかよ」

「どうもほんとらしいよ。その力が知れ渡って、政府に目をつけられちゃって、裏の仕事をさせられそうになったから、この家から逃げて、いまは行方が知れないんだっ

て」

「なんかスティーブン・キングの小説みたいだな」

「ごめん。いまのは作った」

「やっぱり」

「でも、おかしな男の子が一人で住んでたのはほんとみたい。その男の子がいなくなったあと、誰も引き取り手がなかったから競売に掛けられて、うちのパパが格安で手に入れたってわけ――」

光が瞬き、音が鳴った。音がかすかに残っているうちに、石岡は囁くように言った。

「それにしても、よくこんな広い家に一人で住んでたよ……」

石岡は思い出したように微笑んだあと、言葉を続けた。

「今日はほんとにありがとね」

それがお別れの挨拶《あいさつ》だとは分かっていたので、僕も短いお別れの挨拶を口にして、さっさと立ち去るべきだったのだろう。でも、僕はそうしなかった。腹が立っていたからだ。

「明日、学校に来んのかよ？」

僕の声の乱暴な響きに、石岡は少し驚いたような顔をした。

「……わかんない」

「あのさ、おまえがこのあとどっかに消えていなくなろうが、自殺しようが俺は悲しんだり、おまえのことを思い出したりなんかしないからな――」

光が瞬き、音が鳴った。石岡の体が大きく震えた。僕はカミナリに負けないように、少しだけ声を大きくして続けた。

「誕生日に意味ありげに俺を呼び出したり、似合わないワンピースなんか着たり、家族の話をしながら無理に笑ったりして、悲劇の主人公にでもなったつもりかよ？　ふざけんなよ、俺をおまえのしょぼい物語につきあわせやがって。おまえのことなんて、家に帰るまでに記憶から消し去ってやるからな」

石岡の目に強さが戻ってきているような気がしたが、そんなことはどうでもよかった。僕はようやくお別れの言葉を口にした。

「じゃあな」

僕は踵《きびす》を返して、さっき歩いて来た道を戻り始めた。十歩ほど歩くと、後ろから駆け足の足音が近づいてきた。石岡は僕に追い着くと、ちょっと待ちなさいよ、と言いながら僕の左の肩を強く摑《つか》み、無理やり僕の足を止めた。僕は向き直って、石岡の目の前に立った。石岡は素早く息を整えたあと、僕の目を射貫《いぬ》くような強い眼差しを向けながら、言った。

「ワンピースが似合わないっていうの、取り消しなさいよ」

「うるせぇよ」

「高かったんだからね」

「うるせぇって」

　また光が瞬き、音が鳴ったけれど、カミナリ雲は遠ざかっていっているようで、たいしたことはなかった。

「言っとくけど」石岡は強く握った右のこぶしを、苛立たしそうに僕の胸にぶつけた。「あたしは自殺なんてしないからね。勝手なこと言わないでよ」

「じゃ、どうするつもりなんだよ？」

　石岡はいったん口を開きかけたが、いまにもこぼれ出そうだった言葉を呑《の》み込んでしまった。

「めんどくせぇな。言いたいことがあったら、言えよ」

　石岡が敵意を込めた目で僕を睨み、言葉をぶつけてこようとした時、突然彼女の顔が光った。カミナリではなかった。振り返ってみると、一方通行の入口に車が入ってきていて、ゆっくりと僕たちのほうに向かってきていた。車のライトが眩《まぶ》しい。僕が顔を前に戻して石岡を見ると、彼女は眉と眉のあいだに皺《しわ》を刻み、険しい顔で車のほうを見ていた。石岡は視線を僕に移し、しかめっ面のまま、早口で言った。

「パパが帰ってきちゃった。やばいから、話は明日学校でね。じゃあね」

石岡がダッシュで家の中に消えるのとほとんど同時に、パパの車がのんびりと僕のすぐそばを通り過ぎた。ベンツのCクラスのセダンだった。車内のパパは一瞬だけ僕に不審そうな目を向けた。パパの目は石岡の目とはちっとも似ていなかった。

翌日の始業式の日、石岡は始業のチャイムが鳴っている最中に手ぶらで教室に現れた。そして、始業式に出たあとに担任の教師に呼び出され、しばらくのあいだ戻ってこなかった。僕は誰もいない教室で石岡の帰りを待っていた。

一時間ぐらいが経った頃、ガラッという乱暴な音を立てて教室の前のドアが開くと、石岡の不機嫌そうな顔だけが教室の中に入ってきた。石岡は目をキョロキョロさせて僕の姿を見つけ、教室の中には入ってこないまま、帰ろ！　とだけ怒ったように叫び、すぐに顔を廊下に引っ込めた。僕が席から腰を上げ、椅子をきちんと机の中に戻していると、また石岡の不機嫌な顔が現れ、早くしてよね！　と急《せ》かして、また消えた。教室に八つ当たりなんかしないで、入ってくればいいのに。

学校を出たあと、僕たちは歩いて三十分ほどの場所にある公園に向かった。9月とはいっても、町はまだ夏の日差しに照らされていた。学校を出てすぐに、僕は訊いた。

「なんて言われた？」

「近々追試をやるから、きちんと受けろってさ」石岡は相変わらず怒ったように答え

た。

「そんなんでオッケーなんだ」

僕が意外そうに言うと、石岡は不思議そうに僕を見て、言った。

「あたしの噂、知らないの？」

どの噂か分からなかったので、僕は黙って首を横に振った。石岡はどういうわけか嬉《うれ》しそうに微笑み、言った。

「もしかしていじめられっ子？」

「友だちはいないけど、いじめられてはいないよ」

「それっていじめなんじゃないの？」

「お互いに無視し合ってるだけだよ」

「ポジティブ・シンキングってやつね」石岡は楽しそうに言った。「まぁいいや。とにかく、あたしはね、学校のみんなに嫌われてるのよ」

それは知ってる、と言いそうになったのをなんとか堪《こら》え、代わりに、原因はなに？と訊いた。

「うーん、どっから話そうかな……」

石岡は困ったように下唇を軽く嚙《か》み、色々と入り組んでんのよねぇ、とつぶやいた。

「簡単でいいから」と僕は言った。

石岡は自動販売機の前で急に立ち止まり、ミネラル・ウォーターのペットボトルを二本買って、一本を僕に向かって放った。そして、水を一口飲んだあと、唐突に歩き出しながら言った。

「高校に入ってすぐの頃ってさ、みんなテンションがハイじゃない？　うちは共学だし、特に。でも、あたしのテンションはめちゃくちゃローだったのよ」

僕は石岡の隣に並んで歩きながら、訊いた。

「どうして？」

「入学式にママが来てくれる約束だったのに、来てくれなかったのよ」石岡は単なる事実を述べるように、淡々と言った。「五年ぶりに会えるはずだったのに、再婚相手の男の仕事の都合で急にパリに行かなくちゃいけなくなったとか言ってさ。娘よりおフランスを取ったのよ、うちの母親は。その頃は、凱旋《がいせん》門が崩れ落ちてその瓦礫《がれき》がぶつかってママが死にますように、って真剣に祈ってたわよ」

笑ってしまった。ちょうど水を口に含んだ時だったので、ちょっとだけ噴き出してしまった。石岡は僕を見ながら、へぇこういうダークなのがツボなんだ、と真面目な顔で分析したあと、続けた。

「そんな感じでみんなとはしゃぐようなテンションじゃなかったから、一学期が始まってすぐの頃にアドレス帳ブームが起こっても、あたしは無視をしたわけ」

「なにそれ？」

「あんたのクラスじゃ流行《はや》らなかったの？　購買で売ってる葉書サイズのスケッチブックをクラスでまわすやつ」

「まわしてどうすんの？」

「住所とか携帯番号とかメアドとか出身中学とか好きなタレントとか一言メッセージとかを書いたり、あと、プリクラを貼ったりすんのよ。よく卒業式の時期にまわってくるやつ知ってるでしょ？　あれよ」

僕にはあれがどんなものかいまいちよく分からなかったけれど、話を先に進めるために、曖昧《あいまい》にうなずいた。石岡は疑わしい目を僕に向けながらも、話を続けた。

「とにかく、気がついたら、あたし以外のクラスの全員がアドレス帳を持ってる状況になっちゃってたのよね。まぁ、確かにあたしがみんなのテンションにちょっとだけ水を差しちゃったかもしんないけど、別にたいしたことじゃないでしょ？　あたしが参加しなかったことでアドレス帳の価値が下がったとかならともかくさ。あたしにだって事情があるんだし」

「てきとーにつきあっておけばよかったのに」僕は石岡の返事が分かっていながらも、とりあえずそう言った。

「そんなの悪いじゃない」石岡は怒ったように言った。「やるならちゃんとやらなき

や」

赤信号の横断歩道に差し掛かった。車の姿が見えなかったので、石岡が信号を無視して前へと進んだ。僕は横断歩道の手前で足を止めた。石岡が途中で僕の不在に気づき、なにしてんのよ、といった感じで大きく手招きをした。僕は信号が青に変わるまで待ち、小走りで石岡に合流した。石岡は、幼稚園児みたいに手を上げながら渡ってくるかと思ったわよ、と軽く嫌味を言った。僕は無視をして、さっきの続きを石岡に促した。石岡は少し歩く速度を上げながら、喋った。

「アドレス帳ブーム以降、あたしは完全にクラスから浮いちゃったんだけど、それに追い討ちをかけるみたいにアスベスト事件が起きたのよ。それは知ってるでしょ？」

「体育館の倉庫の件？」

石岡は、それ、と言ってうなずいた。僕たちの高校の体育館倉庫の天井にアスベストが使われていて、それを除去するための工事が一年ほど前にあった。確か、そのせいで毎年恒例の全校球技大会が中止になったはずだ。

「それがどうかした？」と僕は訊いた。

「アスベストの件についての説明書が学校から家に届いたでしょ？」

僕は見たことも読んだこともなかったが、とりあえずうなずいた。石岡は続けた。

「それを読んだ時、パパの顔がいつも以上に邪悪になったのよ」

「なにそれ？」

「あたしのパパは弁護士事務所をやってるのよ。正確にはおじいちゃんの事務所だから、二代目なんだけどね」

石岡が言うには、アスベスト被害に関する法律は日本ではまだきちんと整備されていなくて、被害者やその遺族などに対する補償制度も確立していないし、そもそも、日本ではまだ訴訟件数自体が少ないのだそうだ。

「アスベストはさ、吸い込んでから症状が出るまでに最低でも十年以上の潜伏期間があるらしくて、だから、たとえばアスベストのせいで肺ガンになったとしても、アスベストが原因だとはなかなか気づかないんだって。それに、もし気づいたとしても、普通に暮らしてる人たちはさ、誰を相手に訴えればいいかも分からないじゃない」

「それをパパがやろうとしたの？」

石岡は怒ったような目をしながら、コクンとうなずいた。

「もちろん、パパは正義の味方になろうとしたわけじゃなくて、お金のためよ。訴訟が少ないってことは、まだそこに手つかずの金脈が残ってるってことだと思うわけよ、うちのパパは。で、パパは学校の卒業生名簿を手に入れて、とりあえず三十年前から十年前までで死んでる卒業生の家族に連絡を取り始めたの。あなたのお子さんや旦那《だんな》さんやご兄弟の死因はなんですか、って。そんなの問題になるに決まってるでし

ょ？」

僕はうなずいた。石岡はグビグビと水を補給して、続けた。

「卒業生の家族から学校にクレームがいって、うちのパパが学校に呼ばれたわけ。学校側にとってはさ、そうでなくても穏便に済ませようと思ってるのに、パパが過去のことまでほじくり返そうとしてるんだから、たまったもんじゃないわよね。パパと学校側は何度か話し合いを続けたんだけど、そのあいだに色々とあたしに関する噂が飛び交ったんだと思うの。先生たちとクラスメイトのあたしを見る目がどんどん変わっていったから。もう笑っちゃうぐらい。授業中に教師に質問されることもなくなったし、クラスメイトに話し掛けられることもなくなったし。自分たちの愛する学校を貶《おとし》めようとしてる憎い男の娘なんだもんね。しょうがないけどね」石岡は少しだけ目を伏せて、続けた。「話し合いが三ヵ月目に突入した頃に、あたしはパパに言ったの。やめてくれなかったら死ぬ、って」

目的地の公園が少し先のほうに見えてきた。石岡は空になったペットボトルを近くのコンビニのゴミ箱まで駆け寄って捨てたあと、また駆け足で僕の隣に戻ってきた。帰ってきた時には笑顔だった。

「そんなこんなでアスベスト事件は終結したわけ。あ、でも、パパはちゃんとお金を取ったけどね。学校側との話し合いの時間をきちんと計算して、相談料っていうこと

にして」

「パパ、気合い入ってるね」

「お金のことだけはね」石岡はがっかりしたように言った。「そんなわけで、高校に入って一年が経った頃にはあたしはすっかりみんなの嫌われ者になってたってわけ。高二に上がった時には、アンタッチャブルっていうか透明人間ていうか、とにかく、関わってはいけない存在にまで格上げされちゃってたみたい。あたしはなんかもうどうでもよくなって、学校に行くのがイヤになって、さぼるようにもなっちゃったし」

クラスが替わってすぐの頃、小寺《こでら》という奴が僕に近づいてきて、石岡の噂を勝手に話し始めたことがあった。僕が聞かされたのは、石岡を妊娠させた男が他のクラスにいて、そいつが石岡の父親に慰謝料と損害賠償を払わされた、という話だった。小寺は、石岡には近づかないほうが身のためだぜ、とB級映画のチンピラみたいな捨て台《ぜり》詞《ふ》を吐き、僕のそばから去っていった。僕は石岡がみんなに敬遠されているのは、そういった種類のことが原因だと思っていた。

「ところでさー」曇っていた石岡の顔に、突然光が射した。「やっぱり赤木くんはあたしの噂を知らなかったんだね。他のみんなとはあたしを見る目が違ってたから、なんとなく分かってたよ」

キラキラと光る視線に耐えられなかったので、僕は何気なくペットボトルに口をつ

け、視線を逸《そ》らすために思い切り顎を上げて水をグビグビと飲んだ。そして、流れ込む量と勢いに負けて気管に水を入れてしまい、激しくむせて何度も咳《せ》き込んだ。溺《おぼ》れて死ぬ時の苦しさの十分の一ぐらいを体感し終えて石岡を見ると、石岡の冷たい眼差しが待っていた。

「なにそれ？　狙い？」

そんなベタなギャグじゃ笑わないわよ、といった感じの断固とした意志が声にこもっていた。僕はどうにか流れを変えようと、前から疑問に思っていたことを訊いた。

「この前、初めて話した時、なんで映画のことなんか訊いたの？」

「てきとーな話題が思い浮かばなくて、一番無難かなぁと思ったから。それに、男と女が深く知り合うきっかけは、たいていそういう話題が盛り上がったりしてでしょ？」

深く知り合う、という言葉になんとなく落ち着かない感じを抱《いだ》きながら、僕は訊いた。

「そういえば、『フランキーとジョニー』、見た？」

石岡は、ごめん、まだ、とすまなそうに言った。

公園に着いた。

僕たちは静かに座って話せる場所を探して歩き、公園のほぼ真ん中に位置する広場

のベンチに腰を下ろした。石岡は僕と並んで座るのが照れ臭いのか、落ち着かない様子で体をもぞもぞと動かして居心地の良い座り方を探していたけれど、最終的にはスカートの中が見えないように気をつけながら、あぐらをかいた。

「いまから話すことを誰にもばらさないって約束できる？」石岡は強い眼差しでじっと僕を見つめ、訊いた。

僕はしっかりとうなずいた。石岡は軽く深呼吸をしたあと、口を開いた。

「あのね、あたし、出て行っちゃおうと思ってるのよ」

石岡が続きを口にしないので、僕は当然の質問をした。

「どこを？」

「うーん、とりあえずは家。そのあとは展開次第なんだけど」

石岡は秘密を打ち明けるだけでいっぱいいっぱいになっているようだったので、僕は詳細をひとつひとつ訊いていくことにした。

「それは家出ってこと？」

「大まかに分類したら家出ってことになるのかなぁ」

「行くあてはあるの？」

「ないの。とりあえず逃げれるところまで逃げるつもり」

「逃げる、って？　パパからってこと？」

「パパと、もしかしたら警察」

僕は石岡のほうに体を向け、両足を持ち上げてあぐらをかいた。石岡も体を僕のほうに向けた。僕たちはまっすぐにお互いを見つめ合った。僕は訊いた。

「なにをするつもり？」

「保釈金を強奪するの」

その後に石岡から聞いた話を整理すると、こんな感じだ。

石岡のパパが弁護を引き受けているある男がいて、その男はある大手製薬会社の上級管理職でもあり、最近世間を騒がせている薬害事件の被告人でもある。そいつはひどい薬を作って販売していたのを知っていたにもかかわらず、やめようとはしなかったひどい奴だ。そして、当然のように警察に捕まって起訴され、拘置所に閉じ込められているのだが、近々保釈が認められて外の世界に戻ってこられることになった。保釈されるには、保釈保証金、略して保釈金を国に納めなくてはならない。その手続きは通常弁護人がやるから、当然石岡のパパがやることになった。そして、石岡はそのお金をパパから強奪することに決めた——。

「保釈金て、いくら？」と僕は訊いた。

「三千万円」石岡はまわりに誰もいないのに、声を低くして答えた。「保釈金の相場

はだいたい二百万円ぐらいまでなんだけど、被告人がひどい悪党だったり、裁判の結果で重い罪を受けそうな奴だったり、世間を騒がしてる事件に関わってるような場合は、額が上がるわけ。これまでパパが扱った最高額は五千万円だったかな」

　石岡は少し前に受託収賄事件で捕まった有名な政治家の名前を挙げ、もっともその事件を扱ってたのはおじいちゃんで、パパはただのパシリだったけどね、と付け加えた。

「この計画、いつ頃思いついたの？」と僕は訊いた。

「一年前ぐらいから。学校がイヤになり始めた頃」

「じゃ、どうせ盗むなら三千万より五千万のほうがよかったんじゃないの？」

　石岡は見下すような笑みを唇の端っこのほうにかすかに貼りつけて、言った。

「そう簡単にはいかないのよね。保釈金て、額が多くなればなるほど現金じゃなくなって、小切手になっちゃうのよ。でもって、その五千万は小切手だったわけ」

「現金を盗むより小切手一枚を盗むほうが簡単だろ。なんの問題があるの？」

「問題だらけよ」石岡は怒ったように言った。「最大の問題は、小切手を盗んだのがばれたら、すぐに小切手を発行した銀行に連絡がいって支払を差し止められちゃう可能性があるってことね」

「それは致命的だな。でも、ばれなかった場合は？」

「もしそんな奇跡的なことが起こったとしても、小切手の支払はめんどくさくてさ、そう簡単にお金に換えられないのよ。たとえば、赤木くんが、銀座支店が発行した三千万円の額面の小切手を誰かから盗むとするでしょ」

「うん」

「赤木くんがそれを渋谷支店に持ってってお金に換えてくれって頼むと、銀行は決まった手続きとして、赤木くんの口座にお金を振り込むわけ」

「口座を持ってなかったら？」

「作らされるだけのことよ」

「それじゃ、小切手って現金化はできないものなの？」

「できるよ。小切手を発行した銀座支店に直接持ち込めばね。でも、どこのバカが盗んだ小切手を発行した銀行に持ってく？　わたしが犯人です、って自己申告しに行くようなもんでしょ？」

「確かに。それじゃ、渋谷支店でとりあえず口座に振り込んでもらったあとにお金を引き出すってのは？」

「まぁ、その手はなくはないけど、支払手続きをする時に本人確認のための身分証の提示とか色々あって、とにかく、わたしが犯人です、どうぞそのことを記録しておいてください、って申告するようなことをあれこれしなきゃならないわけ。そもそも、

あたしたちみたいなガキんちょが三千万円の額面の小切手を持って現れたら、銀行側がどう思うか想像がつくでしょ？」

僕が、難しいもんなんだね、とがっかりして言うと、石岡は追い討ちを掛けるように続けた。

「そもそも、多額の小切手取引の場合はさ、不渡りが出たら困るから、預金小切手って言って、まずは銀行に額面分のお金を預けたあとに、銀行自身を支払人として振り出してもらう小切手を使うのが普通なのね。つまりさ、銀行側が、わたしたちが間違いなく額面の金額を預かってますから払えますよー、安心してくださーい、って言ってるみたいなもんね。言ってること、分かる？」

「なんとなく」

「もっと簡単に言えば、払う人が自分の預金通帳の一部を、銀行を介して見せるようなもんね」

「ようやく分かった」

「でもって、預金小切手にも線引き小切手とか色々と種類があってさ、めんどくさいから詳しい説明は省くけど、とにかく、盗んだものを持ってっても、はいそうですか、って簡単にお金を引き出させてくれるもんじゃないのよ。なんにせよ、小切手を盗んでも一文にもならない可能性は99・999％ぐらいね」

「了解。小切手は諦めよう」と僕は言った。「それにしても詳しいね」

「あたりまえでしょ。計画のために一所懸命勉強したんだから」石岡は誇らしげに言った。「要するに、小切手の保釈金は役立たずで、強奪するなら現金しかないんだけど、現金で支払われるのはさっき言った相場の二百万ぐらいまでなのよね。それに、そもそもパパの事務所は保釈金の額が少ないような依頼人は扱わないし。一度、三百万ていうのはあったけどね」

「それを狙おうとは思わなかった？」

石岡は相変わらず怒ったように、言った。

「高いリスクを背負うのに、盗むのが三百万ぽっちじゃ見合わないでしょ。それに、三百万ぐらいならパパの書斎の金庫にいつも入ってるから、それを狙えばいいし」

「金庫も開けられるんだ？」

「当然でしょ」

石岡は呆《あき》れたように僕を見た。反論の余地はおおいにあると思ったけれど、面倒臭かったので省き、話を本題に戻すことにした。

「で、狙ってる三千万は現金なんだろ？」

石岡は不敵な感じで微笑みながら、うなずいた。

「パパは預金小切手にしたかったみたいだけど、被告人の奴、預金小切手を振り出す

のに手数料が掛かるって聞いたら、現金以外で払ったらパパのことを解任するとか言い出したらしいのね。自分はたいして悪いことしてないのに、弁護料も払わされて、その上に手数料も払わされるのは我慢できない、ってことみたい。ぜんぜん反省してないのよね、そいつ。ていうか、ただセコィだけかもしんないけど。手数料なんて千円もかかんないのにさ」

「ねぇ、ちょっといいかな」僕はさっきからずっと引っ掛かっていたことを訊くことにした。

「なによ」石岡はちょっと身構えて言った。

「保釈金の額が決まったのはいつ？」

「三日前。８月29日よ」

「保釈金が決まったってことは、その金額さえ支払えば拘置所から出られるってことでしょ？」

「そのとおりよ」

「でも、まだ保釈金は支払われてないし、被告人も出てきてない」

「そうよ」

「どうして？」

「さっき言ったけど、被告人が現金払いにしろってごねたからよ」

「じゃ、29日のうちに現金で払えばよかったんじゃないの？」

「いまの時代」石岡はアクセントを強くして、言った。「銀行はそう簡単に現金を引き出させてくれないの。たとえば、いまから赤木くんが銀行に行って、預金から三千万円を引き出そうと思うでしょ——」

「持ってないけどね」

「分かってるわよ」石岡は軽く受け流して、続けた。「とにかく、銀行は赤木くんに、現金が足りませんのでいますぐにはご用意できません、て答えるはずよ」

「マネーロンダリングの関係？」

「それもあるみたいだけどね。パパが銀行員の中学時代の友だちがいるから、その子に訊いてもらったんだけど、基本的に銀行にはあまり大量の現金は置いておかないんだって」

「なんで？」

「日銀にお金を預けて、利息を稼ぐためよ。けっこういい利息がつくから、一日に何回かお金を日銀に持ってっちゃうんだって。あと、その子が言うには、たくさんの現金を引き出されて、現金が足りなくなって他の人に支払えなくなったら取り付け騒ぎが起こるからだって。だから、普通の支店なんかだと、だいたい一千万を超える額の引き出しの申し出には、ほぼマニュアル対応で、いますぐにはご用意できません、て

言うことになってるらしいのよ」

「そうなんだ」僕は石岡の情報収集量に感心しながら、言った。

「だから、大量の現金を引き出そうと思ったら、何日か前に銀行に事前に話を通しておくか、本店とかそういうたくさんお金が眠ってる大きな銀行に行くことになるわけ」

「で、被告人の保釈が遅れてるわけだ」

石岡はうなずいた。

「保釈金の額が決まった29日が金曜で、被告人の奴が現金にしろってごねたから、その日のうちの保釈は諦めたでしょ。30日と31日は土日で銀行は休みだったから、今日の朝イチでパパがいつも取引してる銀行の本店に、明日お金を引き出しに行く、って念のために電話してた」

石岡がどうして31日に僕を映画に誘ったのかが、ようやく理解できた。本気で計画を遂行するつもりの石岡は、高校生でいられる最後の誕生日を誰かと過ごしたかったのだろう。できれば、クラスメイトと。その相手が自分だったことに、僕はなんだか申し訳ないものを感じてしまった。それと、少しの嬉しさを。僕は嬉しさが顔に出ないように気をつけながら、会話を続けた。

「パパは明日、被告人の口座から三千万円を引き出して、それを持ち運ぶってわけ

か」

「それがそうじゃないのよね」

「まだなんかあるの？」

「なんか銀行ってほんとめんどくさくてさ、被告人の奴の口座から引き出そうと思っても、手続きをするのが本人じゃないからって受けつけてくれないの。マネーロンダリングとかの犯罪対策ってこともあるんだけど、たとえば、あたしと赤木くんが結婚したとして、赤木くんのDVがひどくて耐えられなくて別れたいんだけど赤木くんが別れてくれないからって、あたしが赤木くん名義の預金を勝手に引き出して逃げたりしたら、のちのちめんどくさいことになるじゃない？」

「……俺は殴ったりなんかしないよ」

「バカね、たとえばの話よ。とにかく、あたしが預金を持ち逃げしたあとに、銀行が赤木くんに訴えられたりしないようにするための対策なの。だから、なんの問題もなくスムーズにお金を引き出せる被告人の奥さんが一千万と、パパが二千万を出し合うことに決まったの」

「どうしてパパが出すの？」

「被告人の奥さんの口座には一千万しかないみたい。パパは一時的に立て替えておいて、被告人の奴が拘置所から出てきたら、すぐに返してもらうって約束で渋々了解し

たわけ」

石岡はだいたいのことを喋り終えた安堵《あんど》感からか、小さく息をついた。僕は石岡が内情について知り過ぎているように思えたので、訊いた。

「色々と詳し過ぎる気がするんだけど、パパの秘書でもやってるの？」

石岡は、あいつの秘書なんて死んだってイヤよ、とひどくまずいものでも食べたみたいに顔をしかめた。

「パパが家に持ち帰ってくるスケジュール帳とか書類はほとんど盗み見てるわよ。あと、夜間の事務所への電話は自動的にうちの電話に転送されてくるし、それ以外でも仕事の電話がかかってくることが多いから、全部盗み聞きしてるの。うちのパパ、あんまり携帯を使わないのよね。仕事の話を外でするのはまずいし、使い方をあれこれ覚えるのもめんどくさいみたいで」

「どうやって盗み聞きしてるの？　盗聴器かなんか使って？」

「そんな必要ないわよ。うちの電話、古い機種の親子電話で、子機で電話を受けて親機に転送したあとでも、スイッチをオフにしなかったら聞こえたままにできるのよね。だから、家にいる時は絶対にあたしが電話に出ることにしてるの。先にパパに受話器を取られないように、ベルが鳴った瞬間にマッハのタイミングでパッと受話器を取るの――」

突然、石岡は受話器を素早く取るジェスチャーをしたあと、得意げな顔で僕を見た。たぶん、パパよりも早く受話器を取ることに成功したのだろう。その得意げな顔は、フリスビーをうまくキャッチして戻ってきた犬みたいで、とても可愛かった。石岡は透明の受話器を電話機に戻して、続けた。

「今度の一件も電話の盗み聞きで知ったの。被告人の奥さんから保釈金の相談のことで家に電話がかかってきたのね。話を聞いてるうちに、ようやくチャンスが巡ってきた、って思った。たぶん、こんなの最初で最後のチャンスなの。額もあたしが目標にしてたのとぴったりだったし、それに、被告人もひどい奴だから、あたしが保釈金を盗んだことで拘置所を出られなくなってもぜんぜんかまわないと思ったし。そういえば、被告人の奴、現金をぜんぶピン札で用意しろって言ってるみたいで、どうしてかって言ったら、保釈金を受け取る窓口の人がピン札を触った時に指が切れればいい、とか思ってるんだって。最低な奴なのよ、とにかく」

石岡は同意を求めるように、僕の目をじっと見つめた。僕はしっかりと見つめ返して、訊いた。

「ところで、どんなふうにして盗むつもりなの？」

「そこはぜんぜん普通なのよ」石岡は恥ずかしそうに、軽く目を伏せた。「パパと被告人の奥さんが銀行で合流してお金をひとつにまとめたあと、パパがそれを持って東

京地裁に向かうから、その途中で無理やり奪い取ろうってわけ」

「無理やりって？」

「パパは家の車で移動するはずだから、車に乗るまでにひったくって逃げようと思ってるの」

「間違いなく奪い取れると思う？」

「あたし、一年前から週二回空手道場に通い始めたの。いつか計画を実行する時のためにね。だから、へなちょこのパパなんて楽勝で倒せるわよ」

石岡はおどけたように言ったけれど、眼差しに不安の色が薄く浮かんでいた。

「うまくひったくれなくて、揉《も》み合ってる最中に警官が通りかかったら？」

「……そんなタイミングで警官が通りかかるわけないわよ。あたしは運が強いんだから」

「まぁ、いいや。それじゃ、強奪が成功したあとはどうするつもり？」

「とりあえず近くの駅から電車に乗って、遠くに逃げるつもりだけど……。ねぇ、なんか文句あるの？」石岡の目がいつもの強さを取り戻した。「あたしがせっかくがんばろうと思ってるんだから、友だちなら、がんばれよって素直に応援してくれてもいいでしょ！」

「友だちなら、やめたほうがいいよって素直に止めると思うよ」

「じゃ、あんたなんか友だちじゃない！」

「小学生みたいな理屈だな」僕は短い間を取って、続けた。「ふつーに家出すればいいんじゃないの。だいたい、初の家出で持参金が三千万て、恵まれ過ぎてるよ」

「家出先でお金が足りなくなって、あたしが風俗で働くことになってもいいっていうの！」

「どんな豪華な暮らしをしようと思ってんだよ。ふつーに暮らせば、ふつーの仕事で充分生きていけるよ」

石岡がこぶしをぎゅっと握ったので、僕は念のためにディフェンスの心構えを固めた。石岡は僕の警戒を感じ取ったのか、悔しそうに下唇を噛み、こぶしを緩めたあと、両足をベンチから下ろして腰を上げた。

「計画のこと、誰にも喋らないでよ。喋ったら……、一生恨むからね！」

石岡がベンチのそばを離れていこうとしたので、僕は言った。

「待てよ！」

石岡は足を止め、僕のほうを振り向いた。怒りで目がキラキラと光っていて、しばらくのあいだ黙って眺めていたいような輝きだった。

「車に乗る前にひったくるより、金が積み込まれた車ごと強奪したほうが楽だよ」

僕の突然の提案をうまく呑み込めないのか、石岡は目を細め、遠くを見るようにし

て僕を見た。僕は続けた。

「車に乗り込む時、たぶん、金のほうを先に車に入れるはずだから、その瞬間の手ぶらになったパパを襲ったあと、車を乗っ取ってそのまま逃げるんだ。そのほうが現場から早く逃げられるし」

赤ん坊を乗せたベビーカーを押して歩いている女の人が近くを通ったので、石岡は僕のそばに戻ってきて、声をひそめて言った。

「確かにそっちのほうがいいかもしんないけど、あたし、車の運転ができないのよ」

「俺はできるよ」

石岡はまた遠い眼差しで僕を見た。僕は続けた。

「俺、車の免許持ってるんだよ」

「どうして？　もしかして偽造免許？」

「話を無理やり面白くしようとすんなよ。俺、高校に入る前に一年浪人してるから、おまえよりひとつ年上なんだよ」

僕はズボンのポケットから財布を取り出し、中から免許証を抜き出して石岡に見せた。石岡は免許証を手に取り、じっくりと眺め、誕生日は4月なのね、星座は牡羊《おひつじ》座ね、蠍《さそり》座かと思ってたけど、と間の抜けた感想を述べた。

石岡が僕の目を覗き込むようにしながら、免許証を返した。僕は訊いた。

「計画の実行日っていうか、保釈金の納付日は間違いなく明日？」

石岡は小さくうなずき、僕をじっと見つめて、訊いた。

「ねぇ、どういうつもり？」

僕は免許証を財布の中に戻し、石岡の目を強く見つめ返して、答えた。

「俺も計画に参加するよ」

公園で明日の計画を詰めたあと、最寄り駅まで一緒に行き、改札口を抜けたところで石岡と別れた。反対側のホームから僕を見つけた石岡は、少し無理に微笑んで手を振った。

自宅の最寄り駅で降り、駅前にある銀行のATMコーナーに入った。機械にキャッシュカードを入れ、残高を調べた。八十六万二千円残っていたので、すべてを引き出した。帰り道に本屋に寄り、東京23区の地図を買った。1/5000サイズが載ってる大きな地図帳だ。

自宅のマンションに戻り、もし強奪が成功したら、それ以降に必要になりそうな最低限のものをスポーツバッグに詰めながら、ついでに部屋を片付けた。掃除が一段落したので、母親の部屋へ行ってノートパソコンとプリンターをリビングダイニングに持ち出したあと、インターネットで携帯電話会社のサイトを見に行った。そして、未

成年の携帯電話契約の詳細を確かめ、《親権者の同意書》のフォーマットファイルをサイトからダウンロードして印刷した。パソコンとプリンターを母親の部屋に戻し、自分の部屋に戻って同意書の欄をちょっと大人びた字で埋め、判を捺《お》した。

　ほとんどの準備を終えた時には、夜の十時を過ぎていた。腹が減ったので台所を漁《あさ》ると、インスタントのカップやきそばがあったので、それを食べた。食後にベランダに出て、ウーロン茶を飲みながら少し先のほうに見える隅田《すみだ》川の流れをぼんやり眺めていると、電話が鳴った。石岡からだった。

「どうした？」と僕は訊いた。

「別に、無理につきあってくれなくていいよ。あたし、独りでできるから」

　たっぷりの沈黙を取って、石岡は言った。

「やりたくなった？」

「違う。絶対にやる。やるけど……」

「俺は、やりたくないことは絶対にやらないよ。石岡が俺に加わって欲しくないようなら、俺は外れるけど」

「あたし、ずるいから……」

　また、沈黙が流れた。僕は石岡がまた話し出すまで、辛抱強く待った。

「……教室で話しかけたり、地元に呼んだり、意味ありげに振る舞ったりして、結局、

赤木くんを計画に引きずり込もうとしてたんだと思う。ていうか、独りでできるとか言ってるけど、やっぱり心細いから——」

「もういいよ」僕は石岡の言葉を遮った。「おまえにどんな魂胆があったとしても、パートナーとして俺を選んでくれたのは間違いないだろ。俺にはそれで充分だよ」

石岡から返事がなかったので、続けた。

「それより、いま、ベランダに出て計画のことを考えながらニヒルに川を見下ろして、ハードボイルド映画の主人公みたいな気持を味わってたんだ。明日、計画が見事に失敗してただのドタバタ犯罪映画の登場人物になっちゃうかもしんないから、いまのうちにとか思ってさ」

石岡の軽い笑い声が聞こえた。僕は続けた。

「でも、ウーロン茶を飲みながらだから、ぜんぜんカッコつかないけどね」

石岡はケラケラと笑った。くすぐったいような響きだった。それからしばらくのあいだ、明日の計画の再点検をして、電話を終えた。

電話を切る寸前に、僕は言った。

「念のために保険証を持ってこいよ」

「サマーキャンプの前の晩みたいなこと言わないでよ。テンション下がっちゃうから」

石岡は呆れたように言って、電話を切った。

日付が変わった頃に、母親が帰ってきた。母親はいつものように重そうなカバンを抱え、ため息をつきながらヒールの低い靴を脱ぎ、部屋に上がってきた。母親は僕がリビングダイニングのテーブルに就いているのに気づくと、今日は遅くまで起きてるのね、とつぶやいて、僕の向かいの席に腰を下ろした。

「相変わらず仕事は大変？」と僕は訊いた。

「まぁね」

母親は薄く笑いながら答え、スーツの上着のボタンに手を掛けた。僕は椅子から腰を上げ、訊いた。

「なんか飲む？」

「じゃ、コーヒーでも入れてもらおうかな」

コーヒーを入れる準備をしている僕の背中に向かって、母親が訊いた。

「学校は楽しい？　大丈夫？」

僕は、うん、と短く答えた。母親がスーツとカバンをしまいに部屋に入っていった。

部屋着に着替えて戻ってきた母親と、コーヒーを飲みながら、一時間ほど話をした。

僕がまだ小学生の時の夏休みに、母親の実家の鹿児島に家族全員で遊びに行った話だ。

母親はみんなで実家の近くの川で釣りをした記憶を話し、僕は怖いぐらいに輝いてい

た夜空の星の記憶を話した。

「来年、久し振りに帰ろうか？」

母親が実現しそうもない提案をしたけれど、僕は、そうだね、と応《こた》えた。

母親が風呂《ふろ》に入るためにテーブルから離れたのをきっかけに僕も部屋に戻り、帰り道に買った地図帳を開いて、丸《まる》の内《うち》周辺を集中的に眺めた。一時間ほどすると母親の部屋のドアが閉まる音がしたので、机に向かって母親宛ての短い手紙を書いた。そして、一度だけ読み直し、机の真ん中あたりに置いたあと、眠りに就いた。


普段と同じ時間に起きて部屋を出ると、母親はいつもより早く会社へ出掛けたあとだった。母親がいたら学生服で家を出るつもりだったが、その必要がなくなったので、Tシャツにカーゴパンツ、それにベースボール・キャップという普段着に着替えた。

リビングダイニングに行ってテレビをつけ、音を消した。画面の左上の時刻表示は、《8：58》になっていた。《9：00》に変わってすぐ、電話のベルが鳴った。

「予定通り」石岡の少し興奮気味の声が、受話器の向こうから聞こえてきた。「車に乗って事務所に向かったわよ」

「了解。じゃ、あとは打ち合わせ通りに」

電話を切った。スポーツバッグを取りに部屋に入った時、カーテンを閉めて出るべ

きかどうかほんの少しだけ迷い、結局、閉めないまま部屋を出て玄関に向かった。スニーカーを履き、振り返らずに家を出た。

電車を乗り継ぎ、有楽町《ゆうらくちょう》駅で降りた。駅前の大型電器量販店で携帯電話を買って、利用契約を交わした。売り場が空《す》いていたので、三十分ほどで済んだ。店を出て、近くのコーヒーショップに入り、携帯電話の取扱説明書をざっと読んで、石岡の携帯電話に電話をした。

「もしもし？」

きちんと繋《つな》がり、石岡の声が聞こえたけれど、人前で話すのがなんだか恥ずかしかったので、慌ててコーヒーショップを出た。僕が返事をするまでのあいだ、石岡は、おーい、とか、あかぎー、とか、生きてるかー、とか、ずっと呼び掛けていた。

「悪い。使い慣れないから」僕は行き先を決めずに適当に歩きながら、返事をした。「パパはまだ事務所にいる？」

石岡はパパの事務所がある麹町《こうじまち》にいて、パパの動向を見張っていた。

「うん。うちのバカパパは《石岡／鳥越《とりごえ》法律事務所》の中でせっせと働いてる模様です。まぁ働いてるって言っても、おじいちゃんに雑用をやらされてんだろうけどね、きっと」石岡は楽しそうな声で言った。「正直に言うとさ、朝起きた時はすっごい緊張してたんだけど、ずっと日差しに当たってたら、なんだかハイになってきちゃった

よ」

「日陰で見張れる場所はないの？」

「ないの」石岡はきっぱりと言った。「それに、人通りもそんなに多くなくて立ち止まってると怪しまれるから、水族館のマグロみたいにおんなじところをずっとグルグルまわってるよ」

「もう少しだから、がんばれ」

「うん！」

「また連絡する。なんかあったら、連絡くれ」

「ラジャー」

石岡はめいっぱい外国人ぽい発音で、言った。ハイになり過ぎて、倒れなきゃいいけれど。

携帯電話の時刻表示を見ると、《11：52》だった。僕は有楽町の駅前から、丸の内の方角に向かった。

ちょうど昼の十二時になった時に、パパのスケジュール帳に書かれてあった銀行の前に着いた。パパは、あと一時間後に被告人の奥さんとここで落ち合う予定になっている。石岡が盗み見た内容が正しければ、の話だが。

銀行のまわりを歩いた。銀行は日本で一、二を争う大手銀行の本店だったので、

堂々とした構えで近くの建物たちを圧倒していた。客の出入口は正面入口と、建物の左側にある小さな裏口しかなかった。裏口のすぐそばには銀行の駐車場の入口と警備員の詰め所があり、中には二人の警備員がいて、鋭い眼差しを周囲に飛ばしていた。もしもパパが銀行の駐車場に車を停めるようなことがあったら、計画の成功は望めないかもしれない。銀行の中で三千万円を引ったくって逃げるのは不可能に近いし、駐車場に忍び込んで車を乗っ取るのも無理だろう。チャンスは駐車場から車が出て来た時しかないが、そうなるとひどく乱暴な展開になってしまうかもしれない。

　思ったとおり、石岡の計画には穴があり過ぎた。もう少し前から僕が計画に加わっていれば、色々と知恵を出し合って穴を埋めることができたはずだ。でも、いまの状況で、できたはずだなんて仮定のことを考えても意味がない。

　僕は銀行のそばから離れ、念のために周辺を歩きまわった。昼飯時だったので、ぞろぞろとオフィスビルから出てきた人たちが、碁盤状に区切られた道を埋めていた。周囲に目を配りながら二重橋《にじゅうばし》前まで歩いた時、携帯電話が鳴った。出るのに少しだけ手間取った。

「パパ、事務所を出たわよ。あたしはいまタクシーの中」

　石岡の声は落ち着きを取り戻していた。

「パパはベンツ？　それとも、タクシー？」

「自慢の愛車」

「了解。じゃ、すぐあとで」

僕はさっき歩いてきた道を急ぎ足で戻り、十分ほどで銀行の正面に着いた。すでに石岡が到着していて、僕を待っていた。石岡は胸のあたりに天使の羽のようなものがプリントされているタイトな白いTシャツ、それにジーンズとスニーカーを身に着け、頭には前半分が黒で後ろ半分が白のメッシュキャップを深めにかぶっていた。

僕が近寄って足を止めると、石岡はキャップのつばを少しだけ上げて僕を見た。

「たぶん、いまごろ中にいるはずよ」

石岡は銀行のほうにちらっとだけ視線を走らせて、言った。僕は携帯の時刻表示を確かめた。《13:03》になっていた。

「車は？」

「途中で見失っちゃったのよね」

パパさえ見失わなければ、計画の生命線は保たれるのだ。パパを見張ってさえいれば、どこかに駐車したはずの車の元へと僕たちを導いてくれるだろう。

僕は、ちょっと歩こう、と言って、石岡を裏口のほうに導きながら歩いた。銀行の角を右に曲がってすぐに、僕は言った。

「少し先に見える銀行の看板のところが裏口なんだ。俺はそこを見張ってるから、お

まえは正面を見張っててくれ。パパがどっちから出てきても、とにかくパパの姿を確認したらすぐにお互いに連絡を入れ合って、合流しよう」

　石岡はしっかりうなずいた。銀行の駐車場のことを言おうかどうか迷ったが、言うのをやめた。もしパパの車が駐車場から出てきたら、僕がどうにかすればいい。

　僕が石岡に手を差し出すと、石岡はジーンズのヒップポケットから写真を一枚取り出し、僕の手のひらの上に置いた。写真には制服姿の幼い石岡、パパ、それにママらしき女の人が一緒に写っていた。パパとママがきちんとしたスーツ姿なので、たぶん、小学校の入学式の時のものだろう。

「パパが写ってるの、それしかなかったのよ」石岡はなぜかふてくされたように、言った。

　パパの顔は二日前の夜に見たものと、そんなに変わっていないように見えた。

「大丈夫。見分けられると思う」と僕は言った。

「念のために裏にベンツのナンバーも書いといたから」

　僕は裏側を確かめ、それじゃ持ち場につこう、と石岡に言った。石岡は緊張の色がはっきりと浮かんでいる眼差しで僕を見つめながら、うなずいた。僕は石岡のキャップのつばを乱暴に引き下げた。石岡は、なにすんのよー、と文句を言って、僕の胸のあたりに軽いパンチを入れた。僕と石岡は軽く笑い合って、自分たちの持ち場へと向

かった。

僕は裏口の人の出入りにさりげなく視線をやりながら、銀行の向かい側の歩道を何度も往復した。十分、二十分と経っていくうちに、人通りが目に見えて減っていった。携帯電話の時刻表示を見ると、《13:34》だった。そろそろかな、と思った時、電話が鳴った。今度は手間取らずに、通話ボタンを押せた。

「出てきた！」必死に興奮を抑えている石岡の声が聞こえてきた。「いま、ドアのところですっごいセンスの悪い服を着たおばさんとなんか話してる――あ、いまお辞儀をし合って別れた――、やばい、こっちに向かってくるからいったん逃げるね――」

電話は切れないままだったので、僕は言った。

「俺もそっちに向かうよ」

僕が銀行側の歩道に急いで渡り、正面入口のほうに小走りに歩いていると、見慣れた感じのスーツ姿の男が僕のほうに向かって歩いてきているのが見えた。僕は慌てて速度を落とし、何気ない振りを装って、携帯電話を耳にあてた。石岡の声が聞こえた。

「パパがそっちに向かってる！」

「分かってる」と僕は短く応えた。

僕とパパの距離が徐々に近づいてきている。数秒後には擦れ違うだろう。僕は携帯

を耳にあてたまま、パパの手にぶら下がっている、いかにもな感じの黒いアタッシェケースを見た。一瞬、このまま銀行の駐車場に入って行かれるぐらいなら、ここで引ったくってしまおうかとも思ったが、決心がつく前にパパと擦れ違ってしまった。僕はそのまま歩き続け、パパのあとをつけていた石岡と合流し、その場でさりげなくUターンをして、また歩き出した。

　僕と石岡は同時に携帯をオフにし、ポケットにしまった。少し先を歩いているパパが、徐々に銀行の駐車場の入口へと近づいていく。

「車のところに向かってるのかな？」

　僕は石岡の言葉を無視して、パパが裏口のあたりで右へ曲がり、駐車場へと入っていかないように祈っていた。パパが裏口のあたりに差し掛かった。パパは唐突に左へと曲がり、短い横断歩道に沿って向かい側の歩道へと渡り始めた。とりあえず計画の大きな穴が埋まったので、僕は軽く安堵のため息をつき、石岡の質問に答えた。

「たぶん、そうだと思う」

　僕と石岡はパパから5、6メートルほど離れて、あとをつけていた。パパは警戒するような素振りは一切見せず、一度も後ろを振り返るようなことはしなかった。人間て、なんて無防備に生きているんだろう。ふとそう思った。

　パパは軽快な足取りで目的地へと向かっていた。たぶん、この近辺だったら、民間

の駐車場に車を停めているはずだ。そういうところなら、銀行の駐車場より何十倍も入り込みやすいだろう。

二度ほど角を曲がり、五分ほど歩いたパパは、歩道に設置された丸《まる》ビルの地下へと繋がる階段を下りていった。

「なんで丸ビルなのよ」石岡は腹立たしげに言った。

僕と石岡も気づかれないように距離を置きながら、階段を下りた。パパは迷いのない歩みで丸ビルの地下一階フロアを進み、明治屋《めいじや》に入った。明治屋の前を通り過ぎる時、石岡が押し殺した声で言った。

「なんで明治屋なのよ……」

僕と石岡は初めて来た感じのカップルを装い、わざと案内表示の前で立ち止まったあと、また明治屋のほうに戻った。ガラス張りの店内で、パパが真剣な顔でワインを選んでる姿が見えた。石岡が大きく舌打ちした。

「緊張感がなさ過ぎなのよ！」

たぶん、パパのような人種にとって、三千万円は大金ではないのだろう。

僕と石岡は、明治屋から少しだけ離れた案内表示の前で立ち止まり、時々さりげなく明治屋の入口に視線をやった。手に大きな買い物袋が加わったパパが明治屋から出てきて、僕たちのいる場所とは反対方向に歩いていった。僕たちは歩を再開し、パパ

のあとを追った。

パパが角を曲がった。少しあとに僕と石岡が角を曲がると、パパはエスカレーターの表示がある場所へと歩を寄せていっていた。僕たちはエスカレーターでパパを見失わないように、足を速めてパパとの距離を縮めた。

パパは地下二階の駐車場へと繋がるエスカレーターに乗った。僕と石岡はパパと七段のあいだを空けて乗った。あいだには誰も乗っていない。いまパパに後ろを振り返られたら、石岡のことを気づかれてしまうだろう。でも、パパのさっきからの様子を見ている限りでは、振り返る可能性はほとんどない気がした。

案の定、振り返らないままのパパはエスカレーターを降り、入口の扉を開けて駐車場へと入っていった。エスカレーターを降りた僕と石岡は、一瞬だけ立ち止まり、お互いの顔を見つめ合った。計画の実行の時が近づいてきていた。僕たちは小さくうなずき合ったあと、扉を開けて駐車場へと入った。

大きな誤算が笑顔とともに待っていた。駐車場に入ってすぐの場所に、駐車チケットを処理してくれる、係の女の人が立っていて、僕と石岡に思いっきりの営業スマイルを向けていたのだ。予想外の出来事に、僕たちはなす術《すべ》もなくその場で立ちすくんでしまった。駐車スペースへと続く右手の通路に視線をやると、パパの背中が徐々に遠ざかっていくのが見えた。係の女の人を押しのけてパパのあとを追うこともできた

かもしれないが、間違いなく係の女の人は僕たちのあとを追ってくるだろう。そうなったら、計画が完全に破綻《はたん》してしまう。

「いかがなさいました？」

スマイルの濃度が薄まった係の女の人が、僕と石岡に問い掛けた。僕は答えた。

「下りる階を間違えました」

僕が踵を返して入口のドアを開けて外に出ると、石岡も黙ってあとをついてきた。

僕たちは上りのエスカレーターに乗った。

「どうする？」石岡は焦りと不安の入り混じった声で訊いた。

僕は記憶の引き出しの中を急いで引っ掻きまわし、目当てのものを見つけて、石岡に言った。

「急ぐぞ」

僕と石岡は二階分のエスカレーターを駆け上がり、一階に出た。だいたいの方角に見当をつけ、不審者として捕まらないギリギリの速度で出口に向かって歩いた。

「どこに向かってんの？」石岡は呼吸が苦しそうだった。

「駐車場の出入口」と僕は答えた。「さっき見てまわったんだけど、確か一ヵ所しかなかった」

出口に辿《たど》り着いた。ドアを通り抜け、左右を見まわした。東京駅の駅舎は見当たら

ない。確か、駐車場の出入口から東京駅の駅舎が見えたような記憶があった。

「東京駅はどっち？」と僕は急いで訊いた。

石岡はほんの一瞬だけ思案に暮れた表情を浮かべ、ものすごいスピードで頭を動かしてまわりを見まわしたあと、たぶんあっち！と言って駆け出した。僕もそのあとを追った。ビルの角を左に曲がった。ビルとビルのあいだに挟まれた視界のずっと先の突き当たりに、東京駅の駅舎らしいものが見えた。そして、駅舎のだいぶ手前に駐車場の出入口。僕と石岡はそこを目指して、必死に走った。持っていたスポーツバッグが走るのに邪魔で、石岡との距離をなかなか縮められなかった。

僕と石岡が出入口にあと5メートルというところに差し掛かった時、パパの自慢の愛車の先っぽがぬーっという感じで現れた。車体が出入口から半分ほど出たところで、パパは一時停止をして左右の確認をした。僕たちと車の距離はあと3メートルほど。でも、追い着いたところで、なにをする？　なにができる？

ベンツが再びゆっくりと発進を始め、東京駅の方角に左折をしようとした時、僕より少し先を走っていた石岡がまるで獲物に襲い掛かる瞬間の獣みたいな跳躍を見せて車の前に跳び込み、両手を広げて立ちはだかった。急ブレーキを踏んだベンツの車体が、ノッキングして前後に激しく揺れた。石岡の横顔がはっきりと見えた。目が昼の光に負けないぐらい輝いていた。

あたりは気持悪いぐらいに整然としていた。都会のド真ん中なのに人通りも少なく、余計なノイズもなく、突然の破綻を予感させる何かも一切なかった。たぶん、受け入れる者をあらかじめ選別するような、スカした人工の建造物がまわりを取り囲んでいるせいだ。そんな箱庭のような場所で、娘が父親の行く手に立ち塞《ふさ》がり、飼い馴《な》らされていない剝《む》き出しの感情をぶつけようとしている。

このまま世界が止まってしまえばいい。そうすれば、いつまでもこの情景を眺めていられるのに——。

そう思ったけれど、せわしない世界は着々と動き続けていた。

車のドアが開き、パパが車から降りて立ち上がったのと、僕がパパのそばに辿り着いたのは、ほとんど同時だった。パパは娘に注いでいた怪訝《けげん》な眼差しを、僕に移した。持っていたスポーツバッグを僕が地面に落とすと、パパの視線は反射的にスポーツバッグに向けられた。その瞬間、僕は咄嗟《とっさ》にパパのネクタイの結び目の部分を左手で握り、強引に斜め左下のほうに引っ張った。パパの体はあっけなく崩れ、地面に転がった。僕はネクタイの結び目を離さないまま、パパの上半身に馬乗りになり、一瞬だけためらったあと、右のこぶしをパパの顔に振り下ろした。こぶしが顔面にぶつかった鈍い音と、パパの後頭部がアスファルトの地面にぶつかったゴツンという音がほぼ同時に聞こえた。パパの目は焦点を失ってぼんやりとした色になり、口からは苦しそう

な喘《あえ》ぎ声が漏れていた。

僕はネクタイの結び目から手を離して立ち上がり、石岡に、乗れ！　と指示を飛ばして、素早く車に乗り込んでドアを閉めた。キーはイグニッションについたまま。エンジンもかかったまま。ギアはパーキング。助手席を見ると、アタッシェケースとワインの入った紙袋が置いてあったので、急いでそのふたつを後部座席に放り込んだ。助手席のドアが開き、石岡が乗り込んできた。石岡の腕には、僕が拾い忘れたスポーツバッグが抱えられていた。

「行くぞ」

僕はそう言ってブレーキを踏み、ギアをドライブに落とした。アクセルを踏む。ハンドルを切って左に曲がったあと、先のほうに見える東京駅の駅舎のほうにまっすぐ車を走らせた。20メートルほど行くと、駅前の幹線道路に突き当たったので、いったんブレーキを踏んで車を停めた。

左右どっちにだって進める。

怖いぐらいに自由だ。

僕は石岡に訊いた。

「どっちに行く？」

「南！」石岡は即答した。「あったかいほう！」

僕はアクセルを踏みながら、右にハンドルを切った。

とりあえず淀《よど》みなく逃げようと、できるだけ渋滞や赤信号を避けて移動しているうちに、国道1号線に乗っていた。

「1号線をずっとまっすぐ行ったら、どうなんの？」

スポーツバッグを胸の前でギュッと抱えたまま、ずっと黙り込んでいた石岡が、ぽつりという感じで訊いた。

「よく分かんないけど」と僕は答えた。「大阪のほうまで繋がってんじゃないかな」

「1号線が終わったら、2号線に繋がんのかな」

「ごめん、分かんない」

結局、分かりやすく1号線をまっすぐに進むことにした。本当はなるべく早く都内を抜け出したかったが、追っ手が追跡してきた時に逃げ場が制限されるので、高速を使うのはやめにした。国道なら、万が一の時には車を捨てて路地に逃げ込める。

石岡がまた口を閉じてしまった。フロントグラスのずっと先のほうを、まっすぐに見つめている。

お互いに無言のまま、一時間ほど走った。メーターパネルの隣にある時刻表示を見ると、あと五分ほどで午後四時になろうとしていたので、僕はカーラジオをつけた。

あちこち選局してニュースをやっている局を探し、最後まで聴いた。僕たちに関するニュースは流れなかった。ラジオを消した。石岡は相変わらず一言も喋らないまま、スポーツバッグを抱き締めていた。

　時刻表示が《16：30》になった時、僕は言った。

「ごめんな、パパを殴っちゃって」

　石岡は二時間ぶりぐらいに僕のほうを見て、軽く笑った。

「そんなこと気にしてないよ。あたしが殴りたかったぐらいだよ」

　赤信号に捕まったので、車を停めた。顔を横に向けてきちんと石岡を見ると、石岡の顔に濃い疲労の色が浮かんでいるのに気づいた。石岡は僕を労《ねぎら》うためか、優しい笑顔を作って、僕に向けた。後ろの車にクラクションを鳴らされた。いつの間にか信号が青に変わっていたので、慌てて車をスタートさせた。

「それにしても」と僕は言った。「パパはどうしてワインなんか買ったのかなぁ」

　石岡は唐突にシートベルトを外し、スポーツバッグを抱えたまま体をねじって後ろのほうに身を乗り出すと、スポーツバッグを後部座席に無造作に放り込み、代わりにワインの入った紙袋を引っ張り出してきた。シートに座り直した石岡はシートベルトを締めたあと、紙袋の中に手を突っ込んでワインの壜《びん》を取り出した。そして、ラベルに書かれた銘柄をがんばって読もうとしたけれど、結局断念し、ワインをおいしいお

いしいって言う大人は信用できないよね、と負け惜しみのようにつぶやいた。僕は、分かる気がする、と応えた。紙袋の中には高そうなチーズも入っていて、石岡は、ワインとチーズだよ、最強コンビだよ、マルチェロ・マストロヤンニの世界だよ、と言った。僕は、ごめん、それは分かんない、と応えた。

「もしかして、被告人への出所祝いかなぁ」と僕は推理を口にした。

「違うよ」石岡は怒ったように言った。「仕事が終わったあとに、つきあってる女の人と飲むつもりだったんだよ」

　ところどころでひどい渋滞に捕まりながら進み、午後六時過ぎに川崎《かわさき》市に入った。一時間置きにラジオのニュースをチェックしたが、僕たちに関するニュースは報道されなかったし、どこを走っても検問らしきものはまったく行われていなかった。

石岡は大田《おおた》区に入ったあたりから、うとうとし始め、やがて眠ってしまった。でも、それはひどく浅い眠りで、時々うなされたり、何かに怯《おび》えるように短い声を上げたりした。夢の中で警察に追われているのかもしれない。

　急ブレーキを踏んだり、大きなカーブを曲がったりして車体が揺れると、そのたびに石岡はびっくりしたように頭を震わせ、寝ぼけまなこで僕を見ては、小さく安堵のため息をつき、また浅い眠りに就いた。川崎市に入ってすぐ、赤信号に捕まった時、僕は眠っている石岡の髪にそっと触れた。

横浜《よこはま》市に入った頃に石岡が目を覚まし、ご飯が食べたい、とリクエストをした。僕は目についたファミリーレストランの駐車場に車を入れた。車を停めて外に出ようとした時、石岡が後部座席からアタッシェケースを取って、蓋を開いた。パパはナンバーキーさえ掛けていなかったので、拍子抜けするほど簡単に開いた。中にはピン札の百万円の束が三十個入っていた。石岡は束のひとつから札を三枚抜き取り、豪華ディナーだよ、と言って、いたずらっぽく笑った。

ファミレスに入り、シーザーサラダとビシソワーズとステーキを二百グラムと、食後のデザートにチョコレートパフェをオーダーした。石岡はそれらに、ほんの少しか手をつけなかった。時々、思い出したように、おいしいね、と微笑みながらつぶやいたけれど。

食後のコーヒーを飲み終え、店を出ようとすると、石岡は、トイレ行ってくるから払っといて、と言って、三万円を僕に手渡した。僕はレジに行き、銀行で下ろした自分の金で支払を済ませたあと、先に車の中に戻ってアタッシェケースを開け、石岡からもらった三万円を束の中に戻した。フロントグラスから車に向かってきている石岡の姿が見えたので、急いでアタッシェケースを後部座席に放り込んだ。石岡が車に乗り込んできてすぐに、僕は車を発進させた。

どうやらパパは被害届を出さなかったようだ。それか、極秘に捜査が進められているか。とにかく、いくらラジオのニュースを聴いても、三千万円及びベンツ強奪事件に関しては報道されなかった。

車を走らせながら石岡と相談した結果、ホテルに泊まることにした。僕たちを除く世界がどう動いてるか分からないのにあれこれ想像してびびってもしょうがないし、それに、石岡が目に見えて疲れている様子だったので、ちゃんとしたベッドで眠らせてやりたかったのだ。

1号線を平塚《ひらつか》駅のあたりでいったん降り、ホテルを探した。駅前に大きなホテルを見つけたが、一応逃亡中の身なので入っていくのになんとなく気が引けてしまい、通り過ぎてしまった。でも、すぐに相模《さがみ》川沿いに程よい大きさのホテルを見つけたので、そこの駐車場に車を入れた。車を降りると、石岡が僕の手から車のキーを取って、トランクを開けた。そして、中から小さな赤いスーツケースを取り出した。石岡は当たり前のように、言った。

「昨日の夜に仕込んでおいたのよ」

ホテルに入っていき、石岡にはロビーのソファで待っていてもらって、僕だけがフロントに向かった。フロント係の男は両目のところどころに不審の光を点《とも》して僕を見ながらも、あからさまに何かを問い質《ただ》すようなことはしなかった。空いている部屋の

中にたまたま最上階のスイートがあったので、それにした。宿泊カードに適当な名前やら年齢やら住所やら職業やらを書き込み、係の男に渡した。係の男は宿泊カードをじっくり眺めたあと、妥協案を口にした。

「当ホテルは前払い制になっておりますが」

部屋に入ると、想像していたよりきちんとした造りで、装飾や調度品のセンスも悪くなかった。ベッドも大きく手足を広げて寝ても充分に余ってしまうぐらいに広かった。キングサイズというやつだろうか。

前払いをさせられたことに腹を立てていた石岡も、部屋に入ると機嫌を直し、リビングの大きな窓のカーテンを開けて満月を見つけ、見てごらんよ月がまん丸だよ、と僕に告げた。

一時間ほど、リビングのソファに体を預けて、何をするともなくぼんやりと過ごした。

時計が十一時半を示すと、石岡はセンターテーブルに置かれたテレビのリモコンに手を伸ばし、ONのスイッチを大画面のテレビに向けて押した。民放で一日の最後のニュースをやっていて、そこでやっと保釈関連のニュースが流れた。僕たちのあいだに一気にピリピリした緊張が走ったけれど、ニュースキャスターの女の人は淡々と、「勝田《かった》被告の保釈は担当弁護士の手続きミスで延期されました」、とだけ告げた。僕た

ちが同時にほっと息をつくと、ニュースキャスターの女の人は心なしか熱っぽい口調に変えて、ニュースの続きを読み上げた。

「これまで発見されていなかった勝田被告たちの有罪を示す証拠が、本日付けでマスコミ各社宛てに送られてきたことが分かりました。送り主は――」

石岡は興味がなくなったのか、途中でリモコンをせわしなく押してチャンネルを替え、見たい番組を探した挙句、深夜映画を見つけ出し、リモコンをテーブルに置いた。僕たちは安堵で弛《し》緩《かん》した雰囲気の中で、映画を見始めた。

それはフランス映画で、暇と欲求不満を持て余してるお金持ちのマダムが、貧乏だけれど若くてセックスが強そうな労働者階級の男と恋に落ちる、みたいなストーリーだった。要は、不倫をするだけの話なのだけれど、センスよさげに撮った映像とか、意味ありげなセリフとか、おセンチな音楽とかが、いやになるぐらいそれっぽい感じで、僕ひとりで見ていたら、たぶん五分ぐらいでテレビを消しているような作品だった。でも、石岡が黙って見ていたので、僕は最後までつき合った。映画が終わった時、石岡は伸びをしながら、言った。

「つまんなかったねー。もしかして面白いと思って作ったのかな、この監督。そうだったら逆にすごいね」

石岡はテレビを消し、さてと、と少しわざとらしく言って、そのあとにこう付け加

えた。

「シャワーを浴びてくるね」

石岡がバスルームに入ったあと、僕は冷蔵庫の中から缶のオレンジジュースを取り出し、窓際に立って、月を眺めながらそれを飲んだ。三十分ほど経つと、バスローブ姿の石岡が大きなバスタオルで髪を拭《ふ》きながら、戻ってきた。石岡はバスタオルの隙間から僕のことを強い眼差しでちらっとだけ見つめ、ベッドルームのほうに消えた。

僕もシャワーを浴び、家から持ってきた新しい服に着替え、リビングのソファで眠る準備に取り掛かった。ようやく頭にフィットする寝心地の良いクッションを見つけ、リビングの照明を落とし、ソファに横になった。すぐに眠りの波が襲ってきて、意識がオフになろうとした時、上半身に重さを感じた。目を開けると、石岡の顔が上のほうにぼんやりと見えた。上半身が動かない。眠りかけていた頭をがんばって働かせ、どうにか状況を把握すると、石岡が僕のお腹のあたりにまたがり、馬乗りになっているのが分かった。

「どうした？」

それ以外に問い掛けようがなくて、僕はそう訊いた。

暗闇の中でも、石岡の目が怒っているのが分かった。どんな化学作用が起こっているのかはまるっきり見当がつかなかったけれど、とにかく、目がほんのりと光ってい

た。

「なに考えてんのよ」と石岡が硬い声で言った。

「え？」

「狙いはなんなのよ」

「なにが？」

「あたしがシャワーを浴びてるあいだにお金を持って逃げなかったし、あたしに手を出そうともしないし、あんたがシャワーを浴びてるあいだにアタッシェケースの中を確かめたら、三万円が戻ってるし。いったいなに考えてんのよ」

「なにも考えてないよ。おまえと金を盗んで、逃げてるだけだ」

いきなり、石岡が僕の頬を軽く引っぱたいた。

「ふざけないでよ。魂胆を言いなさいよ」

「魂胆なんてないって」

また石岡が僕の頬を引っぱたいた。ちょっと強めに。

「あんたとまともに喋ってからまだ三日ぐらいしか経ってないのよ。それなのに、こんなやばいことに手を貸すのってどう考えたっておかしいもん」

「時間の長さなんて関係ねぇよ。俺はしたいことをしてるだけだよ」

石岡はまた僕の頬を引っぱたくために手を動かそうとしたが、一瞬だけためらって

手を止め、でも、結局動かして僕の頬を引っぱたいた。かなり強く。

「あたしのこと、好きなの？」

僕は答えなかった。代わりに、言った。

「おまえはまだ戻れるんだよ」

「は？　なに言ってんの？」

「おまえはただパパの車の前に飛び出しただけだ。金と車を盗んだのは俺で、おまえは俺に脅されてついてきてるだけなんだよ。金を手つかずで返せば、おまえはなんの問題もなく戻れるよ」

石岡はしばらくのあいだ黙って僕を見下ろし、か細い声で言った。

「あたしが遊びみたいな気持で計画したと思ってんの？」

僕のお腹にかかる石岡の体重が少し軽くなったような気がした。石岡は続けた。

「戻りたくなんかないよ……」

石岡は僕の体から下りて、ベッドルームに戻っていった。僕は少しのあいだ横になったままでいたあと、ゆっくりとソファから下りて、冷蔵庫に向かった。中からミネラル・ウォーターのペットボトルを取り出し、半分だけ中身を飲んだ。そして、ペットボトルをセンターテーブルに置き、ベッドルームに向かった。

カーテンが開けっ放しのベッドルームの窓からは、ほのかな光が射し込んできてい

た。光源が月の光なのか、ただの街灯の光なのかは分からなかったが、その光に照らされて、広いベッドの真ん中でうつぶせになって寝ている石岡がかすかに浮かび上がっていた。

石岡の頭はシーツですっぽりと隠れてしまっていた。シーツをしっかり握っている両手は、ガッツポーズをしているみたいに両耳のあたりに置かれていた。たぶん、シーツを強引にめくって、かぶったのだろう。僕はベッドの端っこに腰を掛けた。石岡の左の足裏が近くに見えた。

「おまえは自分のことをずるいって言ったろ。俺をそれとなく計画に巻き込もうとしたって」

石岡の顔はベッドに埋まったままで、なんの返事も聞こえてこなかった。僕は構わずに続けた。

「ずるいのは俺のほうなんだよ。俺はおまえを利用したんだ」

「何が？ どんなふうに利用しようとしたの？」

石岡のくぐもった声が聞こえた。頭はぴくりとも動いていない。

「俺も出て行っちゃいたかったんだよ。でも、勇気がなかったから、出て行けなかった。おまえがきっかけをくれなかったら、これから先もずっと俺はグダグダした気持を抱えながら学校と家を往復してたよ」

石岡の頭がかすかに動いて横を向いた。シーツ一枚分だけ聞き取りにくい声が聞こえてきた。

「どうして出て行っちゃいたかったの？」

僕が答えをためらっていると、石岡が、教えて、と促した。僕は口を開いた。

「俺が中三に上がったばっかりの頃、オヤジが人を殺したんだよ。酒を飲んで、それまで会ったことも喋ったこともない奴と喧嘩《けんか》になって、殺しちゃったんだ」

僕がそこまで言って一息つくと、石岡は訊いた。

「大変だった？」

「さえないサラリーマンがさえないサラリーマンを酔っ払って殺しちゃっただけなんだぜ。新聞の片隅に小さく載っただけだよ。あとは親戚《しんせき》と家の近所の連中がけっこう騒いだけど、所詮《しょせん》自分のことじゃないし、人殺しが自分のそばにいるわけでもないから、すぐに何事もなかったような感じに戻ったよ。学校の連中なんて、急に優しくなったし、友だちだって増えたぐらいだった。でも、俺はダメだった」

石岡はシーツをめくり、顔をしっかりと僕のほうに向け、クリアな声で、なにがダメだったの、と訊いた。

「俺は自分のことみたいに感じちゃったんだよ。自分が人を殺しちゃったみたいに思えたんだ。だって、俺にはオヤジの血が流れてるんだぜ」

少しだけ息苦しくなったので、石岡に気づかれないように深呼吸をした。でも、石岡はかすかな呼吸の音を聞き逃さず、だいじょうぶ？　と心配そうに訊きながら、ゆっくり上半身を起こした。僕は、だいじょうぶ、と答えて、続けた。

「俺、子供の頃から先生たちのお気に入りの優等生でさ、勉強もできたし、喧嘩なんてしたことなかったし、信号無視だってしなかった。将来、自分はうんとまともな大人になるって、信じて疑ってなかったよ。それなのに、ある日突然、もしかしたら俺はオヤジと同じように人を殺しちゃうのかもしれない、って事実を目の前に突きつけられた気がしたんだ」

「赤木くんのお父さんと、赤木くんはまったく違うよ」石岡は必死に言葉を選んでいるような真剣な声で、言った。「うまく言えないけど、赤木くんはお父さんとは別の人だよ」

「分かってる。頭では分かってるんだ。でも、心が裏切って、言うことを聞かなくなっちゃったんだ。俺のからだの中に潜んでたなんかわけの分かんないもんが暴れだしちゃったんだ」

束の間、ベッドルームを沈黙が支配した。僕はまた深呼吸をして、続けた。

「俺は自分がただのへなちょこの優等生だって思ってたから、そのわけの分かんないもんが暴れだしちゃった時、びっくりして、そいつをどう扱っていいか分かんなくて、

気が狂いそうになった……。誰かを傷つけたり、何かを壊してみたくなって、でも、俺の中に残ってたへなちょこの優等生の俺が必死に衝動を抑えてくれて……。オヤジの騒動からしばらくした頃、俺は家の外に出られなくなった。家の外は、俺に人を殺させるものでいっぱいのような気がしたんだ。オフクロは俺を病院に連れて行こうとしたけど、俺は俺のからだの中に潜んでるものを医者にほじくり返されるのがいやだったから、オフクロの言うことは聞かなかった。でもって、家にこもって三ヵ月目に、俺はオヤジに人を殺させたものを確かめてみたくなったんだ——」

　僕はTシャツを脱ぎ、石岡のほうにきちんと向き直って、続けた。

「確かめるっていうより、全部流れ出ちゃえばいいと思ったのかもしれないけど」

　石岡は僕に近寄り、ほのかな光の中で目を凝らして、僕の胸を見つめた。そして、僕の胸の真ん中に縦に長く刻まれた傷跡を見つけ、そっと指で触れた。

「その頃はほんとにイカレちゃってたんだ。病院のベッドで意識を取り戻した時、自分がしでかしたことにびっくりしたぐらいだから」

　石岡は傷が隠れるように、手のひらを広げて優しく僕の胸にあてた。

「三ヵ月ぐらい入院したんだけど、だんだん落ち着いてきて、そろそろ退院て頃に中学で一番俺を可愛がってくれてた先生が見舞いに来てさ、学校に戻ってくるか、って訊いたから、俺はあんまり深く考えずに、はい、って答えて。でも、学校に戻って一

学年下の連中と机を並べて一度習った授業を受けてると、俺、なにやってんのかなぁ、って気になってきてさ」

石岡は手のひらを僕の胸にあてたまま、クスクスと笑った。

「高校に上がったら何かが変わるのかなって期待したけど、ぜんぜん変わんなかった。毎日が退屈でしょうがなかった。とにかく、オヤジの騒動があって以来、いい意味でも悪い意味でも、世界の見え方が変わっちゃったんだよ」

胸にあたっている石岡の手を握った。石岡の手が急に硬くなった。

「俺は高校と家を往復しながら、いつも、どっかに俺にぴったりの世界があるはずだって思ってた。でも、それを探しに出る勇気もなかった。いつでも出て行けるようにって、バイトして貯金したり運転免許なんかは取ったりしてさ。そんなのまるっきりへなちょこの優等生の考え方だよな」

石岡の手がゆっくりと柔らかくなっていった。

「そんな時、おまえが俺に声を掛けてくれて、計画の話をしてくれたんだ。俺にとっても、これが最初で最後のチャンスかもって思った」

僕は空いているほうの手を石岡の頰にあてた。

「俺、おまえのこと好きだよ。おまえが俺の隣の席に座った時から気になってた。でも、俺は人のことを好きになっちゃいけないって思ってたんだ。俺の中にまだわけの

分かんないもんが潜んでたら、好きになった人にそれを押しつけちゃうかもしれないだろ？　だから、おまえのことは隣で見てるだけにしようって思ってた」

石岡は僕の胸から手を離し、体を僕のほうにぴったり寄せたあと、お父さんに甘える幼い子供みたいに両足を僕の腰に絡ませて、正面から思い切り抱きついてきた。石岡の小さな顎が、僕の左の肩の上に載っていて、少しだけくすぐったい。

「昼間に、おまえが車の前に立ちはだかったのを見た時、おまえのことを好きになり過ぎて、久し振りに頭がイカレちゃうかと思った」

石岡の体が小さく震え始めた。

「計画の話を聞いた時、おまえのことを守りたいって思ったけど、どうやって守っていいか分かんなくて、だから、せめておまえだけは戻っていける選択肢を残してやりたいって思ったんだ」

石岡が泣き始めた。

「でも、やっと分かったよ。俺、おまえが俺をいやになるまで、おまえのそばにいるよ。おまえを傷つけようとする奴が現れたら、俺がそいつを殺してやるよ。おまえのこと、そうやって守るよ」

石岡は両足をばたつかせながら、ごめんねごめんね、と言って、泣きじゃくった。僕は石岡に負けない力で抱き締め返し、石岡が泣き止むまで後頭部を撫《な》でてやった。

窓からは、相変わらず光源の分からない光が射し込んできていて、石岡の髪の毛をほのかに輝かせていた。

石岡はベッドの上でからだを横たえ、僕はベッドの背にもたれ、お互いの右手を繋ぎ合った。

いまにも眠りに落ちそうな石岡が寝言のような響きで、落ち着く先が決まったら大画面のプラズマテレビとＤＶＤプレーヤーを買って『フランキーとジョニー』を一緒に見ようね、とつぶやいた。僕は、うん、そうしよう、と応えた。

石岡の安らかな寝息が聞こえてきた。今夜は寝ずに石岡を守るつもりだった。

石岡が急に僕の手をぎゅっと握った。夢の中で怖い目に遭ったのかもしれない。

ちゃんとそばにいるよ。

胸の中でそうつぶやいて、石岡の手を握り返した。

ペイルライダー

PALE RIDER

見よ、蒼白い馬が現れた。
跨る者の名は「死」、
これに付き従うは「黄泉」。
《ヨハネ黙示録／第6章第8節》

8月31日。

夏休み最後の日。

ユウはいつものように朝の六時二十九分に起きて、いつものようにすぐに目覚まし時計に手を伸ばし、六時三十分にセットしてあるアラームを解除した。このあと、いつもならなんのためらいもなくベッドから飛び降り、一分ほどでパジャマから普段着に着替えてダイニングに朝食を食べに行くのだけれど、今日は六時四十分を過ぎてもまだベッドの中にいた。体にはタオルケットがグルグルと巻きついていた。何度も何度も寝返りを打ったせいだ。

ユウは、うーん、と小さな唸《うな》り声のようなものを上げた。いまダイニングに行くと、パパとママと一緒にご飯を食べなくてはならない。パパとママの顔は見たくない――。

ゆうべ、いつものように夜の九時にベッドに入ったユウは、なかなか眠ることができなかった。いつもなら一分も経たないうちに、眠りに落ちてしまうのに。眠れなか

ったわけは、晩ご飯を食べたあとに本当に怖いホラー映画を見てしまったから。正確には、途中から怖過ぎて顔を両手で覆ってしまい、指を開いたり閉じたりして隙間から覗《のぞ》き見ていたのだけれど。

それは、『悪魔のいけにえ』という、無気味な仮面をかぶり、電気ノコギリを持った、プロレスラーみたいに大きな男が人を殺しまくる映画だった。クラスの友だちで自称《映画博士》のカメちゃんが、『悪魔のいけにえ』を見てないやつとは映画の話をしたくない、と言ったので、ユウはひと月のあいだ、レンタルビデオ屋のホラーの棚の前を行ったり来たりして悩んだ挙句、やっと勇気を振り絞り、レンタルして見てみたのだった。

『悪魔のいけにえ』を見終えたあと、ベッドに入ったユウは、明かりを消すことも、目を閉じることもできなかった。眠ってしまうと、夢の中にあの大きな男が現れると思ったからだ。映画を見た晩には、ユウは必ず夢を見た。夢では映画のシーンが繰り返されることもあれば、自分が主人公になり代わって活躍することもあった。でも、今夜に限っては、間違いなく自分があの大きな男に追われて逃げまわる姿が予想できた。

夜中の二時を過ぎた頃、ユウは静かにベッドから下りた。

二年前、小学校一年の夏に両親と家族三人で沖縄旅行に行ったユウは、二日目の夜

に悪夢にうなされた。それは、自分がゆらゆらと海の底へと沈んでいく姿を、もう一人の自分が見ている夢だった。悪夢は、昼間に展望台から見た海の色が原因だった。遠くにいくにつれて徐々に深い青に移り変わっていく海の色を見た時、ユウは目の前に広がる圧倒的な色に吸い込まれそうな気がして、生まれて初めて感じる種類の恐怖に体を震わせた。

　夢の中の自分が真っ青に染まって海の底にコトリと横たわった時、ユウは泣きながら目を覚まし、ちょっとだけ迷ったあと、子供用のエキストラベッドを出て、両親が一緒に寝ている大きなベッドに潜り込んだ。二人のあいだに挟まるようにして体を横たえると、怖い夢を見ることもなく朝までぐっすり眠ることができた。

　その時のことを思い出し、両親の寝室へ向かうために部屋を出たユウは、リビングの明かりが点《つ》いているのに気づいた。かすかに声も聞こえてくる。ユウは足音を忍ばせて短い廊下を歩き、リビングのドアに近づいた。ドアのそばに立って耳をすませると、両親の押し殺した声が聞こえてきた。途切れ途切れにはっきりと聞こえる言葉の中には、離婚、イサムの親権、マンションのローン、といったものがあった。

　ユウは両親に気づかれないようにドアのそばを離れ、また忍び足で部屋に戻った。両親が自分のことを本名の勇《イサム》と呼ぶ時は、二人の機嫌が悪い証拠だ。この前にイサムと呼ばれたのは、『ナインハーフ』というビデオを借りたのがばれてしまい、叱られ

た時だった。ちなみに、『ナインハーフ』もカメちゃんのお薦めだった。

ベッドに戻ったユウは、ベッドサイドで点《とも》っているクジラの形をしたスタンド照明の肌色の光を見つめながら、大きくため息をついた。毎年の夏の恒例行事だった家族旅行がなくなって今年で二年目だった。それに、どんなに帰りが遅くなっても両親は必ず一日の締めくくりに一緒にコーヒーを飲んでいたのに、その儀式がなくなって一年近くが経っていた。

両親はユウに不仲を気取られないように注意していたが、ユウは二年前の沖縄旅行の帰りの飛行機の中で、スチュワーデスを目で追う父親のことをひどく冷めた目で見ている母親の眼差《まなざ》しに、近い将来の破綻《はたん》の種をすでに見つけていた。ユウはその種が育たないように、ときどき一緒にビデオを見ようと両親を誘ってみたり、夏の家族旅行の復活を懇願してみたりもしたが、両親は、忙しいから、とまともに取り合ってはくれなかった。

ユウは照明スタンドから、ほの暗い天井に視線を移し、両親が離婚したあとのことを考えてみた。

ぼくはどっちと一緒に暮らすんだろう？　学校は転校するのかな？　ママと暮らすことになってもパパに会えるのかな？　パパと暮らすことになったら料理は僕が作るのかな？　ほかのマンションに引っ越すなら、今度はいまみたいに十二階じゃなくて、

地震の時にあんまり揺れない低い階がいいな――。

結局、ユウが眠りに就いたのは四時を少しまわった頃で、夜はうっすらと明け始めていた。

七時を五分ほど過ぎた。

相変わらずユウがベッドの上でじたばたしているところへ、母親が顔を出した。

「具合わるいの？」

ユウはベッドにうつぶせになったまま、大きく首を振った。

「パパとママは、ちょっと出かけるから。帰りは遅くなるから、ご飯のお金とレンタルビデオのお金はテーブルの上に置いておくね」

ユウは反応しなかった。夏休みのあいだ、一日も両親に遊んでもらえなかったのだ。そのことを思ったら、ちょっと涙が出てきたけれど、うつぶせになっていたので母親にはばれなかった。

「わかったの？」

ユウは小さくうなずいた。部屋のドアを閉める前に、母親が付け加えた。

「知らない人に気をつけるのよ」

大好物のブルーベリージャムが載ったパンケーキを半分残し、ミルクにはほとんど

口をつけないまま、ユウは家を出た。

マンションの駐輪場でお気に入りの六段変速ギア付きの自転車に乗り、２キロほど離れたショッピングモールへ向かった。いつもの道を通って、いつもの信号で停まり、いつもの短い坂の途中でいつものブルテリアに吠《ほ》えられた。家族旅行がなくなって以来、ユウは学校で遠足に行った以外はこの町を出たことがなかった。ユウは大きくなるにつれて、自分の世界がどんどんと狭くなっていっているような気がしていた。

ブルテリアの吠え声を聞きながら坂をのぼり切り、下りに入ってすぐ、Ｅ．Ｔ．とエリオットが自転車で空を飛ぶシーンにかかる曲を口ずさんだ。この坂を下る時の、いつものテーマ曲だ。この曲を口ずさみながら自転車を漕ぐと本当に飛べるような気がするのだけれど、まだ飛べたことはない。

ショッピングモールに到着し、広い駐輪場の端まで自転車を漕いで、金網塀の隣のスペースに自転車を置いた。モールに入っていって、行きつけのレンタルビデオ屋の前に着き、斜め向かいのスーパーの壁に掛かっている時計を見ると、十一時ぴったりだった。待ち合わせているカメちゃんは、いつものように十分ぐらいは遅刻してくるだろう。

――言いだしっぺのくせに。

ユウはちょっとだけ腹を立てながら、カメちゃんの到着を待った。

夏休みの自由研究で、《映画ランキングベスト50》というレポートを共同で作ろう、と誘ったのはカメちゃんのほうだった。二人で五十本の映画を見たあとに感想を書いて、一位から五十位までのランキングをつけるのだ。しかし、すべてを一緒に見るのは大変なので、それぞれが二十五本ずつを担当することになった。それはカメちゃんの提案だったが、オーケーしてしまったあとによく考えてみると、おかしな話だった。

「ぼくとカメちゃんが二人ともぜんぶ見ないと、ランキングはつけられないんじゃないの？」

ユウが当然の疑問を投げかけると、カメちゃんは、やれやれといった感じで答えた。

「ランキングなんかてきとーでいいんだよ。あたりまえじゃん」

ユウには何があたりまえなのか、いまいち納得できなかったけれど、口ではかなわないので、カメちゃんの言うとおりにすることにした。映画が大好きなユウは、両親に映画を見る口実を与えてくれたカメちゃんに感謝すらしていた。

夏休みが半分ほど過ぎた頃、お互いの途中経過を確認し合おうと、感想を書いたノートを交換することになった。読み始めてすぐに、ユウは目を疑った。カメちゃんのノートには、「面白かった」とか「長かった」とか「お金がかかってた」とか、とうてい感想文とは呼べない代物が並んでいたのだ。

ユウは呆《あき》れるよりもびっくりして焦ってしまい、どうにかレポートとして形になる

ような打開策を探した結果、感想文は自分がぜんぶ担当することに決め、最終的にカメちゃんの役割は、一緒に映画を選ぶだけになった。そして、夏休みが残り少なくなるにつれて、ユウの中にあったカメちゃんへの感謝の念は、跡形もなく消えていったのだった。

十一時十二分にカメちゃんが現れた。カメちゃんは、自転車がね、と一言だけ遅刻の言い訳を言った。

ユウとカメちゃんはレンタルビデオ屋に入っていき、五十本目の作品を選び始めた。本当なら、もうとっくにレポートは仕上がってるはずなのに、ユウがカメちゃんの分まで映画を見直さなくてはならなかったので、夏休みの最終日にまでずれ込んでしまったのだ。

ユウがアカデミー賞の受賞作コーナーの棚を眺め、どれにしようか悩んでいると、隣にいたはずのカメちゃんはいつの間にか消えてしまっていた。たぶん、いつものようにアダルトビデオの棚の前を何気ない振りで行ったり来たりしながら、ビデオのジャケットを眺めてるんだろう。

ユウは悩んだ挙句、『アラビアのロレンス』に決めた。ちょっと難しそうだったし、二巻組で時間も長そうだったけれど、ジャケットの写真がカッコよかったし、それに、夏休み最後の日だったので、ちゃんとした大人の映画にチャレンジしてみたかったの

だ。カメちゃんが戻ってきて、スティーブン・セガールやチャック・ノリスの映画を選んでしまう前に、ユウはビデオを棚から抜き出して、レジカウンターに持っていった。

カウンターの中には、いつものお兄ちゃんが立っていた。

「最後の一本だね」

レジのお兄ちゃんはビデオを受け取りながら、ユウに向かって微笑みかけた。ユウはレジのお兄ちゃんの優しい笑顔が大好きだった。

「渋いの選んだなぁ」とレジのお兄ちゃんは言った。

ユウは少し照れたようにうつむいた。

「今日は夏休み最後の日だし、半額にしてやるよ」レジのお兄ちゃんはレジを打ちながら、言った。

「ありがとうございます」とユウはお礼を言った。

ビデオを受け取り、レジのお兄ちゃんにお辞儀をしたあと、ユウはカメちゃんを探すために店内をまわった。カメちゃんはスポーツコーナーにいて、エアロビクスのビデオのパッケージを食い入るように見つめていた。

レンタルビデオ屋を出て、駐輪場に向かっている途中、ユウはカメちゃんに尋ねた。

「うちに来て、一緒に見る？」

カメちゃんは、うーん、と唸ったあと、自転車がね、と苦しそうにつぶやいた。

「じゃ、ランキングはどうする？」

ユウがそう訊くと、カメちゃんは、ユウちゃんに任せるよ、とあたりまえのように言った。ユウはひどく呆れながらも反論はせず、わかった、と答えた。

駐輪場に着き、自転車に向かって歩いていると、後ろでキーッという自転車の短いブレーキ音が鳴り響いた。ユウとカメちゃんは反射的に音がしたほうを振り向いた。二人から3メートルほど離れた位置に三台の自転車が停まっていた。サドルにお尻《しり》を載せたまま、ユウのことを睨《にら》みつけているのは、同じクラスの幹島《みきしま》くんで、他の二台に跨《またが》っているのは、幹島くんの子分の板橋《いたばし》くんと松田《まつだ》くんだった。幹島くんは有名な暴力団の幹部の息子という噂で、ユウはクラスの三輪《みわ》さんからバレンタインにチョコをもらって以来、ことあるごとに幹島くんから因縁《いんねん》をつけられていた。幹島くんは三輪さんのことが好きなのだ。

幹島くんはいきなりペダルを漕いで自転車を急発進させ、ユウとカメちゃんの目の前まで迫ったあと、急ブレーキを踏んだ。ユウは甲高い悲鳴のような急ブレーキの音に一瞬だけ目をつぶってしまったが、すぐにまぶたを広げて幹島くんを睨みつけた。隣では、カメちゃんが、ビャーッ！という大声を上げて泣き始めた。カメちゃんの必殺技、《泣き逃げ》だ。

幹島くんはうんざりしたようにカメちゃんを見て、言った。

「カメは帰っていいよ」

カメちゃんは泣きながらうなずき、自転車まで小走りで駆け寄って急いで跨ったあと、ダッシュで帰っていった。ただし、ユウのそばを通り過ぎる時、自由研究よろしくね、という言葉を残して。

自転車を降りた幹島くんたちは、ユウの胸を小突きながら金網塀まで押しやって、ユウを取り囲んだ。

「エロビデオかよ」

幹島くんは、ユウが手に持っているレンタルビデオ屋の袋を見て、意地悪そうに言った。

「ちがうよ」ユウは怖かったけれど、力強く答えた。

幹島くんはユウの頭を軽くはたいて、言った。

「ちょーしに乗ってるよな、おまえ」

「乗ってないよ」とユウ。

「乗ってるよ」と幹島くん。

「乗ってないよ」

「乗ってるって」

「乗ってないよ」

「乗ってんだろ」

「乗ってないよ」

「認めろよ」

「やだ」

「認めろって」

「やだ」

二人のやりとりにイライラした板橋くんが、ユウの肩にこぶしをぶつけた。ユウは痛みを堪《こら》えながら、板橋くんを睨みつけた。板橋くんはクラスで一番体が大きくて、すぐに暴力を振るう。板橋くんはユウを睨み返したあと、また肩の同じ場所にこぶしをぶつけた。ぶつけられた肩はビデオを持っているほうだったので、ユウは激しい痛みで思わずビデオを落としてしまいそうになった。

「やめろよ」ユウは怒って、言った。

松田くんが女の子みたいな声で、やめろよ~ん、と変なふうにユウの真似をした。ユウが松田くんを睨みつけると、板橋くんがまた肩の同じ場所を殴った。痛くて、悔しくて、ユウの目にわずかに涙が浮かんだ。それを見た幹島くんは、うれしそうに微笑みながら、尋ねた。

「ちょーしに乗ってるよな？」

取り囲んでいる三人の凶暴な目に抗《あらが》えず、ユウがうつむいて目をそらしてしまいそうになった時、駐輪場の入口のほうで、ブオン！　という激しい音が鳴り響いた。三人の顔が、いっせいに後ろを向いた。三人の体が壁のようになって視線を塞《ふさ》いでいるので、ユウは音がしたほうを見ることができなかった。三人の顔は動きを止めたまま、何かをじっと見つめていた。ユウは少しだけ体をずらし、三人の視線が集まっているほうに目を向けた。

大きくて黒いオートバイが駐輪場の入口を塞ぐようにして、停まっていた。エンジンは掛かったままで、耳をすますと、ドコドンという三拍子のアイドリングの音が連続して刻まれているのが聞こえた。ドコドンドコドンドコドン――。

ユウは、オートバイ本体から、跨っているライダーに視線を移した。ライダーは、ヘルメットからブーツまで全身黒ずくめだった。すっぽりと顔を隠しているフルフェイスのヘルメットがこっちを向いていて、わずかに灰色がかったシールド越しに、ライダーの視線が自分たちのほうへ飛んできているのが分かった。

黒いライダーは、どう見ても昼間のショッピングモールには似つかわしくない存在だった。ユウは黒いライダーを見つめている幹島くんの足が、小さく震えているのに気づいた。ユウはハンドルを握っている黒いライダーが、右手を軽く動かしてスロットルを

開けた。エンジンがドコドンドコドンという三拍子から、ドッドッドッという二拍子に変わり、黒いライダーがさらに右手を動かすと、ブオン！　という叫びを上げた。

その音に合わせ、ユウも幹島くんも板橋くんも松田くんも、みんな体を大きく震わせた。黒いライダーは何かを促すように、ブオンブオンブオンと、オートバイに続けて三度叫び声を上げさせた。幹島くんは向き直って、苛立たしそうにユウを睨みつけたあと、子分たちに、行こうぜ、と命令した。幹島くんと子分たちは自転車に跨り、できるだけオートバイから離れるようにがんばってよけながら、駐輪場を出ていった。

ユウはゆっくりと金網塀から背中を離して、黒いライダーを見つめた。黒いライダーは両足で地面を蹴《け》りながらオートバイを慎重に動かし、駐輪場の空いているスペースに駐車した。黒いライダーが女の人なのにユウが気づいたのは、その時だった。横を向いた黒いライダーの胸のあたりが、ふっくらと盛り上がっていたのだ。

黒いライダーがエンジンを切り、ヘルメットに手を掛けた。ユウは一瞬、ヘルメットを取って現れる顔が、『トゥームレイダー』のアンジェリーナ・ジョリーみたいだったらいいなと期待したが、それは脆《もろ》くも挫《くじ》かれた。ヘルメットの中から出てきたのは、真ん丸のえびす顔で、髪がパンチパーマの中年のおばちゃんだったのだ。さらには、頭からほんのりと湯気が立っていた。

おばちゃんはユウに向かってニカッと豪快に微笑み、オートバイを降りた。ユウをさらなる衝撃が襲った。おばちゃんの全身は、ヘルメット五つ分ぐらいの長さしかなかった。オートバイのシートの位置が低く、両足が地面についていたので、そのことに気づかなかったのだ。それに、思ったより横幅があり、黒いジーパンに包まれた太ももはパンパンに張っていて、まるで小柄なお相撲の力士のように見えた。

おばちゃんはヘルメットをオートバイのシートの上に置いたあと、ユウに向かって歩いてきた。ユウはちょっとだけ緊張したが、おばちゃんが自分に害を与えないことは分かっていた。どうして害を与えないことが分かったのかは分からなかったけれど、とにかくぜんぜん怖くはなかった。

おばちゃんはユウの前に立つと、少しだけ身をかがめ、訊《き》いた。

「大丈夫だった？」

想像していたのと違い、ひどく優しくて女っぽい声だったので、ユウは少しだけ戸惑いながら、うなずいた。おばちゃんがまたニカッと笑うと、頬のあたりの肉が盛り上がり、小さくてつぶらな瞳《ひとみ》が埋まってしまいそうになった。でも、瞳は常に強い光を湛《たた》えていて、どこに埋まってしまおうとも見失いようがなく思えた。

おばちゃんは、うんうんと満足そうにうなずき、体を起こした。そして、黒い長袖《ながそで》のメッシュジャケットのジッパーを下ろして前を開いたあと、両手を空に向かって思

い切り突き上げながら、大きく伸びをした。ユウは、おばちゃんの黒いTシャツ越しに盛り上がっている乳房が目の前に迫ってくる感じがして、恥ずかしくて思わずうつむいてしまった。伸びを終えたおばちゃんはユウを見て、愛《いと》しくてたまらなそうな微笑みを浮かべた。

「ところで」とおばちゃんは言った。「おばちゃん、ちょっと買い物があるんだけど、帰ってくるまでオートバイを見張っててくれるかな」

　ユウはすぐに、はい、と言ってうなずいた。おばちゃんは、いい子だねぇ、と言いながら、ユウの頭を撫《な》でた。

　おばちゃんはオートバイの後輪の左横に取り付けてある黒いサドルバッグの中から財布を取り出し、すぐに戻ってくるからねぇ、とユウに言って、ショッピングモールのほうへと早足で歩いていった。

　ユウはおばちゃんの帰りを待っているあいだ、オートバイのすぐそばに立って見張り番をしながら、大きな車体を眺めていた。長さは、2メートル以上はあるだろう。シートの位置は低いが、その分重心が安定している感じで、どっしりとしている。体重も重そうだ。横に倒れてきて地面とのあいだに挟まってしまったら、自分の力では絶対に脱《ぬ》け出せそうにない気がした。

　車体は、ウインカーやブレーキランプのシールドのオレンジや赤を除くと、ほぼ真

っ黒だった。ただ、涙のかたちのような流線型をしたガソリンタンクの右側に小さい傷のようなものがいくつかついていて、それらはかすかに銀色に光って見えた。ユウが顔を近づけて見てみると、それらはアルファベットと数字が刻まれたものだということが分かった。誰かが何か先の尖《とが》ったもので彫ったものだろう。それらのアルファベットと数字の組み合わせは、上下二段に並んでいる。

《C・E　32》

《Y・E　8》

ユウには、それらの意味するものがまったく分からなかった。ユウは顔をガソリンタンクから離したあと、そのすぐ下の、鉄が剝《む》き出しになっているエンジンのあたりにそっと触れてみた。ひどく熱かったので、びっくりしてすぐに手を離してしまった。でも、触れた瞬間に、このオートバイが、ちゃんと生きていて走りたがっていることが分かった。

もう一度オートバイに触れてそれを確かめようとした時、おばちゃんが駐輪場の入口からこっちに向かってきていることに気づいて、ユウは慌てて手を引っ込めた。

おばちゃんは相変わらずニコニコした顔で、ただいまぁ、とユウに言った。ユウは恥ずかしそうに、おかえりなさい、とつぶやいた。おばちゃんは持っていた大きな買い物袋の中から、中身を取り出した。それは、長さ40センチほどの黒い片口スパナだ

った。ユウの目には、重そうなスパナの先の部分が、口を開いている凶暴な魚の頭のように見えた。おばちゃんはスパナを何もくるまずに剝き出しのまま、サドルバッグの中に入れた。

おばちゃんは買い物袋を小さく丸めてメッシュジャケットのポケットに突っ込んだあと、ジーパンのポケットから百円玉を一枚取り出して、ユウに差し出した。

「これ、お駄賃ね」

ユウは百円には手を伸ばさなかった。

「気にしなくていいんだよ」とおばちゃんは言った。「アイスでも食べな」

ユウは首を横に振った。おばちゃんは困ったような、悲しいような表情を浮かべた。

「そっかぁ、知らない人からお金なんてもらっちゃダメだよね。ごめんね」

おばちゃんが残念そうに百円をしまっている時、ユウは思い切って言った。

「お駄賃の代わりに、オートバイに乗せてくれませんか」

おばちゃんはユウの言葉を聞いて嬉《うれ》しそうにニカッと微笑んだけれど、すぐに困ったように眉毛《まゆげ》を八の字に下げた。

「乗せてあげるのはぜんぜんかまわないんだけどね、でもね、きみのヘルメットがないでしょ。危ないし、それに、おばちゃん、今日は絶対に警察と揉《も》めたくないんだ」

ユウが黙っていると、おばちゃんは申し訳なさそうに言った。

「ほんとにごめんね」

相変わらず黙っているユウを心配して、おばちゃんがユウの顔を覗き込むと、ユウは突然顔を輝かせた。

「ヘルメットならあります！」


ユウが自転車でおばちゃんのオートバイを先導しながら、ユウのマンションの近所へと走った。

ドッドッドッという迫力のある音を立てながら走るオートバイのすぐそばで自転車を漕ぐのは、ユウには楽しくて仕方がなかった。まるで、自分の自転車にも強力なエンジンがついているように思えて、漕いでいてもぜんぜん疲れなかった。

ユウのマンションから200メートルほど離れた五階建てのマンションに着いた。ユウは自転車から飛び降り、マンションの壁に自転車を立て掛けながら、少し待っててください！とおばちゃんに向かって叫び、マンションに入っていった。エレベーターが三階に停まっていたので、到着を待ちきれず、階段を使って五階まで一気に駆け上がった。

ユウは息を切らせながら、502号室のインターホンのボタンを押した。タイミングよく、クラスメイトのトモオくんがドアを開けて顔を出した。トモオくんは口の端にシ

ャーペンをくわえながら、不機嫌な顔をしていた。

「宿題、終わんないよー」

ユウは息を整え、言った。

「ヘルメット、持ってたよね?」

「持ってるけど、なんで?」

トモオくんは一年前までお父さんの会社の都合で長野県の学校に通っていて、その学区ではヘルメットをかぶっての通学が規則で決まっていた。少し前にトモオくんの家に遊びに行った時、ヘルメットがトモオくんの部屋の隅に転がっていたのを、ユウは覚えていたのだ。

「貸してくんない?」

「いいよ」トモオくんはあっさりと答えた。「欲しけりゃあげるよ」

白地に赤いマジックテープが二本貼り付けてあるヘルメットを小脇に抱えて、ユウは階段を駆け下りた。

オートバイのシートに腰を下ろしてユウを待っていたおばちゃんは、ヘルメットを抱えて現れたユウを見ると、ニカッと笑って腰を上げた。

二人はいったんユウのマンションに向かった。ユウは『アラビアのロレンス』を部屋に置き、自転車を駐輪場に戻して、おばちゃんの元に走った。マンションのそばに

ある狭い青空駐車場の前で待っていたおばちゃんは、ユウが激しく息を切らせているのを見ると、そんなに急ぐことないのに、と優しく言って、ジャケットのポケットから厚手のハンカチを取り出し、ユウの額の汗を拭《ふ》いた。ユウを見つめるおばちゃんの目は潤んでいて、それに気づいたユウは不思議そうにおばちゃんを見つめ返した。おばちゃんは何かをごまかすようにニカッと顔を崩し、ガハハと笑い声を上げた。

「おばちゃん、うっかりしてたんだけど」おばちゃんはハンカチをしまいながら、言った。「きみのお父さんお母さんにきみを乗せてもいいかどうか訊かないとね」

ユウは慌てて首を何度も横に振って、言った。

「お父さんとお母さんは出掛けてて家にいないんです。帰ってくるのは遅くなるし……」

おばちゃんはユウの目をじっと覗き込んだあと、小さくうなずいて、ニカッと笑った。

「じゃ、もしお父さんとお母さんにばれたら、おばちゃんが叱られてあげるからね。大丈夫だからね」

ユウはとてもうれしくて、おばちゃんに顔いっぱいの微笑みを返した。

ユウがヘルメットをかぶり終えると、おばちゃんもヘルメットをかぶってオートバイの右側にまわった。ユウもおばちゃんのあとをついて右側にまわり、おばちゃんの

動作のすべてをじっと見つめた。

おばちゃんはイグニッションにキーを差し込んでオートバイのスイッチを入れ、キックペダルを足で手前に引き出したあと、右手でハンドルを握った。そして、左膝《ひざ》をシートの上に置いて体を浮かせ、地面から持ち上げた右足をキックペダルに軽く載せたところで、ユウを見つめ、言った。

「いま、馬を起こすからね」

おばちゃんは右足をぴんと伸ばしたあと、勢いをつけて飛び降りるようにシートに載せていた左膝を外した。その動作に合わせて、おばちゃんの全体重が掛かった右足が、キックペダルを地面のほうに向かって思い切り踏み抜いた。

おばちゃんの左足が地面についたのと、オートバイが、ドドドドッ、という音を立てたのは、ほとんど同時だった。目覚めたばかりのオートバイの大きなからだが、あくびでもするように小刻みに揺れている。おばちゃんは馬を完全に起こそうと、右手でアクセルをふかした。ドコドンドコドンという、さっき駐輪場で聞いた三拍子のアイドリングの音が鳴った。

おばちゃんは短い左足をめいっぱい持ち上げてシートを跨《また》いだ。そして、左足を使ってスタンドをしまったあと、両足を踏ん張るように地面につけた。

「乗っていいよ」

ちゃんとした乗り方を知らなかったユウは、救いを求めるようにおばちゃんを見たが、おばちゃんは知らんぷりを決め込んでいるように、前を向いていた。ユウは覚悟を決め、二人乗り用のシートに両手をつき、跳び箱を跳ぶみたいにジャンプして両膝をシートの上に載せた。勢いがつき過ぎて、前のめりに落ちそうになったが、いつの間にかおばちゃんが左腕を後ろに伸ばしていてくれたので、それに掴《つか》まってなんとかバランスを整えることができた。そして、両膝を広げながら両足を地面のほうにゆっくり落とすと、しっかりとシートに跨れた。おばちゃんは腰をめいっぱいねじってユウのほうに体を向け、言った。

「うまく乗れたね。すごいね」

ユウは照れながら、小さくうなずいた。おばちゃんは真剣な表情で、続けた。

「いまから走るけど、おばちゃんの背中にしっかり掴まってるんだよ。カーブになったら、おばちゃんと同じ方向に体を倒してね。おばちゃんたちは同じ馬に乗ってるんだから、心も体もひとつにしないとね。分かった？」

ユウがしっかりうなずくと、おばちゃんはユウに右手を差し出した。

「おばちゃんの名前はナミ。よろしくね」

ユウは一瞬だけユウにしようかイサムにしようか迷って、言った。

「僕の名前はユウです。よろしくお願いします」

そして、二人は固い握手を交わした。

おばちゃんはヘルメットのシールドを下ろし、前を向いた。ユウはおばちゃんの腰に両手をまわした。その時、ユウはおばちゃんのからだがとても硬いことに気づいた。太っていて脂肪がたくさんついていると思ったおばちゃんのからだは、まるで筋肉の塊だった。

「それじゃ、走らせるよ」

ヘルメット越しの、おばちゃんのくぐもった声が聞こえた。

ズドドドドルドドドドッ！

オートバイの心臓が激しく動き始めたのをユウが感じ取った瞬間、オートバイは一気に加速した。ユウには、ほんの一瞬で10メートルぐらい進んだように思えた。

まるでタイムマシンみたいだ！

オートバイはゆっくりだけれど、快調に進んだ。ユウは急速にオートバイと親しくなっていった。ドッドッドッというエンジン音が耳に心地いいし、お尻を刺激する規則的な振動も気持ちいい。ユウはおばちゃんの腰にまわしていた腕の力を緩め、上半身を少しだけ起こし、顔を右に傾けた。夏の風が頬を撫でた。自転車に乗った時の風より、何倍も気持ちいい。カーブに差し掛かって、おばちゃんと同じ方向にゆっくりからだを傾けるのも楽しい。

おばちゃんがヘルメットのシールドを上げて、叫ぶように言った。

「スピード上げるよ！」

ユウの、うん！　という返事は、オートバイの加速音に掻《か》き消された――。

ユウの目に映る見慣れた町の風景は、スピードの手で刹那《せつな》に色と形を変えられ、再構築されていく。いままで幾度となく通った道の端に小さな花壇があるのを初めて見つけ、そばを走り去るほんの一瞬にそこに広がる鮮やかな花の赤を網膜に写し、色がこぼれてしまわないようにとふと空を見上げると、白くて大きな雲が伴走してくれていることに気づく。信号で停まるのが、もどかしくて仕方がない。しかし、ユウは短い停滞の中であることに気づく。お尻の下から伝わってくるドッドッドッという振動は、爆発が原因だということに。原理はよく分からないが、とにかく、自分を速く、遠くへと運んでくれるのは、オートバイのエンジンが爆発を起こしているからだ。

――そういえば、ちょっと前に読んだ科学の本には、地球は宇宙での爆発から生まれたって書いてあったっけ。

信号が青に変わり、ユウのお尻の下で大きな爆発が起きた。背筋に怖いような快感が走り、髪の毛が逆立った。

ユウはいま、新しく生まれた世界の真っ只中《ただなか》にいた。

　ユウの住む町から東へとほとんどノンストップで二時間ほど走り、東京湾を目の前に望める埠頭《ふとう》に着いた。

　おばちゃんはオートバイのエンジンを止め、すぐに訊いた。

「疲れなかった？　だいじょうぶ？」

　ユウはすぐに答えた。

「ぜんぜんだいじょうぶ！」

　二人はバイクを降り、近くにあった自動販売機で、ユウはオレンジジュースを、おばちゃんはウーロン茶を買った。そして、バイクの前であぐらをかいて座り、海を見つめながらそれらを飲んだ。たまに右のほうの空に視線を向けると、羽田《はねだ》空港に発着する飛行機の姿を見ることができた。飛行機が機体を西のほうに傾けると、太陽の光が反射してキラリと光り、二人はそのたびに同時に目を細めた。

　オレンジジュースを飲み終わったユウは、おばちゃんの空になったウーロン茶の缶も一緒に持って、近くのゴミ入れに捨てにいった。戻ってきたユウを笑顔で迎えたおばちゃんは、いい子だねぇ、と乱暴にユウの頭を撫でた。照れてしまったユウは、その場の雰囲気を変えてしまいたくて、取り立てて訊く必要もなかった質問を口にした。

「おばちゃん、暑くないの？」

　おばちゃんのメッシュジャケットの肩のあたりからは、湯気が上がっていた。おば

ちゃんの顔から一瞬だけ笑みが消えたが、またすぐに大柄な笑顔が広がった。

「そうだよね、夏だもんね。暑いから脱いじゃおうね」

おばちゃんはテキパキとメッシュジャケットを脱ぎ、黒のTシャツ姿になった。そして、メッシュジャケットを丸めて股《また》のあいだに置き、少しぎこちない笑顔をユウに向けた。しかし、ユウの目は、Tシャツの袖では隠し切れていない、おばちゃんの両腕に広がる火傷《やけど》のあとに吸い寄せられていた。その傷あとはおばちゃんの腕を全体的に赤黒く染めていて、ところどころ強く引き攣《つ》れた箇所では、わずかに黄色がかった白い皮膚の線が浮かび、それがユウの目にはおばちゃんの血を吸っている白いヒルのように見えた。

　ユウの戸惑いをほどこうと、おばちゃんが口を開いた。

「十年前にね、事故に遭っちゃったんだよね」

「オートバイで？」

　おばちゃんは首を横に振った。

「車で。おばちゃんは後ろの席に座ってたんだけどね……」

　おばちゃんはそこで言葉をやめ、眉間《みけん》のあたりに薄暗い陰を落とした。

「こわかった？」とユウは恐る恐る訊いた。

「うん、こわかった」おばちゃんは何のためらいもなく答えた。「あんなにこわいの

は、生まれて初めてだった。でもね、おばちゃんがいけなかったんだ。おばちゃん、目をそらしちゃいけないものから目をそらそうとしたから、神様から、こわい思いをしろ、ってバチをあてられちゃったんだ」

　おばちゃんはユウの畏《おそ》れを感じ取り、それを吹き飛ばすかのようにニカッと笑って言葉を続けた。

「だいじょうぶだよー。神様は大人にしかバチをあてないから。それにユウくんはいい子だから、大人になっても神様は優しく見守ってくれるよ。おばちゃん、子供の頃から悪い子だったからさ」

　おばちゃんがそう言ってガハハと笑うと、ユウはつられてクスクスと笑った。おばちゃんは愛しそうにユウを見つめ、言った。

「そろそろ帰ろっか」

　おばちゃんが立ち上がり、メッシュジャケットに袖を通している時、ユウはおばちゃんの腰とお尻の境目のあたりに、20センチぐらいの細くて短い棒のようなものが縦にくっついているのに気づいた。よく見ると、それはベルトのループに通してぶら下げられるようになっている、革製の黒い鞘《さや》だった。そして、鞘の口からはナイフのグリップらしきものが出ていた。グリップも真っ黒だった。ユウは単なるアウトドア用のナイフだと思ったが、なぜかおばちゃんが熊とナイフで闘っている姿が脳裏に浮か

んだ。

　イグニッションにキーを差し込んだ時、おばちゃんは思い出したようにユウに訊いた。

「トイレ、行かなくてだいじょうぶ？」

　オートバイに乗ったあとにおばちゃんを困らせるのはいやだったので、ユウは前もってトイレに行っておくことにした。

　二人は公衆トイレを探して、近くの公園に向かった。おばちゃんは公園の入口でオートバイを停め、ここで待ってるからね、と言って、ユウを中に送り出した。

　日曜日だというのにほとんど人影もなく、ひっそりと静まり返っている公園の中を、ユウは駆け足で走り、公衆トイレに入った。トイレは薄暗く、ジメジメとした湿気とひどい匂いが漂っていた。ふいに『悪魔のいけにえ』を思い出したユウのからだは、大きくぶるっと震えた。ユウは用を足さないままおばちゃんのところに戻ろうかと思ったが、怖くなったことで逆にオシッコがしたくなってしまったので、仕方なくオシッコ用の便器の前に立った。心の中で、カメちゃんのバカ、カメちゃんのバカ、カメちゃんのバカ、とカメちゃんをののしって気をそらし、さっとオシッコを終えたあと、ユウは急いでトイレを出た。行きと同じように駆け足で入口に戻ると、おばちゃんの姿はなく、オートバイだけが立っていた。ユウはとたんに心細くなり、あちこちに目

を向けておばちゃんを探した。見つけた。おばちゃんは公園の奥のベンチのそばに立っていた。ユウはそこに向かって、また駆け足で走った。

ベンチに近づくにつれ、ユウはベンチのまわりがおかしな雰囲気に包まれているのに気づいた。まわりには、おばちゃんだけではなく、自分よりいくつかだけ年上に見える四人の男の子たちがいた。おばちゃんと男の子たちはじっとして動かず、睨み合って立っているように見えた。

おばちゃんのそばに辿《たど》り着くと、ユウの目に、ベンチのすぐそばの地面に倒れている、痩《や》せ細った男の人の姿が飛び込んできた。男の人の髪の毛とひげは、顔のほとんどを覆い隠してしまうほど伸び放題だった。ヨレヨレで染みだらけの服のあいだからわずかに露出している肌は、日焼けなのか汚れなのか、どちらとも判別できないほどに黒く染まっていた。ユウはその男の人がホームレスと呼ばれる人なのだと思った。

ホームレスの男の人は怯《おび》えた目で四人の男の子たちを見上げていた。恐怖のためか、かすかに手と足が震えている。男の子たちは感情のこもらない、ぼんやりとした目でおばちゃんを見つめていた。ユウにはその八つの目が、生きている人間の目には見えなかった。そして、生気のない八つの目がユウに向けられようとした時、おばちゃんは八つの目の持ち主たちに言った。

「どうしても弱い者イジメをしたいなら、一人でやってごらん」

おばちゃんの声にはたくさんの威厳と怒り、それに少しの威嚇が含まれていた。おばちゃんの声の響きに反応し、男の子たちの目にかすかな意思が宿った。

「あたしのことはイジメないのかい？　それとも、女が怖いのかい？」

男の子たちは目に怒りの光を点し、頬を紅潮させた。

「卑怯《ひきょう》者のくせに、男の意地だけはいっちょまえなんだね」

男の子たちがこぶしを強く握るのとほとんど同時に、彼らの顔に苦痛の色が浮かんだ。

「男だったら、一人ずつかかってきな。ほら！」

おばちゃんの迫力にユウのからだは小さく震え、男の子たちのからだは大きく震えた。

「どうするんだい？　やるの？　やらないの？」

おばちゃんはそう言って男の子たちの反応を確かめたあと、ふいに笑みを浮かべた。

男の子たちはおばちゃんの目から敵意が消えたのを確認すると、一気に緊張から解放され、短く息をついた。そして、こぶしの力をゆるめ、手のひらに隠し持っていた石を放し、地面に落とした。ゴトッ、という音が立て続けに四回鳴った。

「また卑怯なことをしようとしたら、おばちゃんがあんたたちの前に現れるからね」

男の子たちは子供らしい怯えの色を目に浮かべ、逃げるようにその場から立ち去っ

ていった。男の子たちの背中が完全に消えると、ホームレスの男の人は倒れたまま、ありがとうございました、と言い、おばちゃんに向かって申し訳なさそうに頭を下げた。おばちゃんは男の子たちに対していた時よりも顔を険しくして、言った。

「あんたを助けたんじゃない。あの子たちを助けたんだ」

おばちゃんはホームレスの男の人から視線を外し、ユウを見た。そして、ニカッと微笑んであっという間に顔から険しさを消した。

「行こっか」

ユウとおばちゃんはオートバイまで無言で歩いた。何歩か進むごとに、おばちゃんはユウに微笑みかけた。ユウはおばちゃんの心遣いに応《こた》えようと何かを口にしなければと思ったが、おばちゃんの心をほぐすような言葉は見つからなかった。

オートバイに着いて、おばちゃんがイグニッションにキーを差し込んだ時、ようやくユウは言葉を発した。

「おばちゃんは何歳ぐらいからオートバイに乗ってるの？」

おばちゃんはエンジンを掛ける動作を止め、答えた。

「八年前からだよ。それまで、おばちゃんは自転車にも乗ったことがなかったよ」

「なんで？」

「自分に運動神経がないと思ってたし、乗るのが怖かったからね」

「どうして急に怖くなくなったの？」

おばちゃんは少しだけ目を伏せて、答えた。

「おばちゃんの大好きだった人が、どんな気持でこれに乗ってたのか知りたかったんだよね。そう思ったら、怖くなくなっちゃったの」

「このオートバイ、おばちゃんのじゃないの？」

おばちゃんはキーをまわしてスイッチを入れ、キックペダルを手前に引き出し、右手でハンドルを握ったあと、遠い眼差しでユウを見て、答えた。

「いまはおばちゃんのものだけどね……。おばちゃんの大好きな人、死んじゃったんだ……」

おばちゃんはユウから視線を外し、左膝をシートの上に載せ、体を軽く地面から浮かせた。

「おばちゃんのバチに巻き込まれちゃったんだよね……」

おばちゃんはシートから左膝を落とし、右足で思い切りペダルをキックしたけれど、エンジンは掛からなかった。おばちゃんは恥ずかしそうにユウを見て、言った。

「失敗しちゃったね……」

ユウには、その顔が泣いているみたいに見えた。

ユウの住む町に二人が戻った時、ちょうどどこからともなく午後五時を告げる『夕焼け小焼け』のメロディが鳴り始めた。空はまだ明るく、セミたちもざわついていた。

ユウのマンションの入口の近くでオートバイを停めたおばちゃんは、エンジンを切って、訊いた。

「おばちゃん、ユウくんのお父さんとお母さんに挨拶《あいさつ》したいんだけど」

ユウは首を横に振って、答えた。

「まだ帰ってきてないと思います。すごく遅くなるって言ってましたから」

おばちゃんは、そうなんだぁ、と困ったようにつぶやき、オートバイから降りた。そして、ユウの両脇に両手を差し込んで持ち上げ、ユウをシートから下ろした。ユウは自分のことを軽々と持ち上げたおばちゃんの力に、びっくりしてしまった。

向かい合って立った二人は、なんとなく別れ難い雰囲気に支配されて、困ったように視線をあちこちに泳がせた。

先にそれを見つけたのは、ユウのほうだった。すぐにおばちゃんの視線も追いつき、二人は同じものを見つめた。

それは、マンションのエントランスの管理人窓口の脇に貼ってある、《『ローマの休日』上映会》と見出しが書かれた小さなポスターだった。ポスターの中央にはオードリー・ヘップバーンの似顔絵が、とても上手な筆遣いで描かれていた。ユウはいつも

駐輪場からマンションを出るので、そのポスターを見たのは初めてだった。

ユウとおばちゃんは顔を見合わせたあと、ポスターに近づいていって詳細を確かめた。今日の六時から、近所の区民会館での上映。入場は無料。

「見に行っちゃおうか」とおばちゃん。

「うん！　行きたい！」とユウ。

二人は再びバイクに乗り、ユウの案内で区民会館に向かった。

上映開始時間の十分前に区民会館の中のホールに入ると、すでに座席はほぼ埋め尽くされていた。ユウとおばちゃんは受付で指定した、スクリーンに向かって右側後方の椅子に並んで座った。二人の横には高校生らしきカップルが座っていた。

六時ちょうどに上映開始のチャイムが鳴った時、おばちゃんはユウの耳元に口を近づけて、囁《ささや》くように言った。

「この映画はね、おばちゃんが大好きだった人と、よく一緒に見た映画なんだ——」

ユウがおばちゃんに顔を向けたのとほとんど同時に、場内が暗くなり始めた。ユウに向けられたおばちゃんの優しい笑顔が、徐々に闇に埋没していく。静謐《せいひつ》で完璧《かんぺき》な闇が降りた。ユウがおばちゃんの笑顔を目の中に残したまま視線をスクリーンに戻すと、闇の中に一筋の光が放たれ、映画が始まった——。

『ローマの休日』はユウとおばちゃんを魅了し、笑わせ、そして、クライマックスの

シーンではおばちゃんを泣かせた。誰に憚《はばか》ることなくウエッウエッと大きな嗚咽《おえつ》を漏らすおばちゃんの横顔をこっそり見つめながら、ユウはほんの少しの恥ずかしさと、たくさんの愛しさを感じた。その感情は、ユウの中で生まれて初めて芽生えた種類のものだった。

映画が終わると、二人は惜しみない拍手を映画の登場人物たちに送った。

九時十五分前に、二人はユウのマンションに戻った。

オートバイを降りたあと、二人はヘルメットを脱いで、小脇に抱えた。

「楽しかったねぇ」とおばちゃんがえびす顔をさらに綻《ほころ》ばせながら、言った。

「うん！」とユウは思い切りうなずきながら、応えた。

「じゃあ、おばちゃん、ユウくんのお父さんとお母さんに挨拶してから帰るね」

ユウの顔から輝きが薄れた。ユウはマンションの入口のそばから壁面が見渡せる場所に移動し、十二階の自分の部屋の窓に明かりが点されていないことを確かめ、おばちゃんのところに戻った。ユウはおばちゃんと視線を合わせることなく、うつむいて言った。

「まだ帰ってきてないみたいです。ごめんなさい……」

おばちゃんはヘルメットをオートバイのシートの上に置き、ユウの前にしゃがんで視線を合わせ、言った。

「ユウくんが謝ることないんだよ。ユウくんはなにも悪いことしてないんだから」

ユウはかすかにうなずき、顔を上げ、無理に微笑んで言った。

「今日はありがとうございました。とても楽しかったです」

おばちゃんはユウの目をジッと覗き込み、右手を伸ばしてユウの頬にそっと触れ、言った。

「どうした？　言ってごらん」

「…………」

おばちゃんは急《せ》かすことなく、ユウを優しく見つめていた。頬に添えられたおばちゃんの手のぬくもりが、ゆっくりとユウの心に近づいていき、誰も開こうとしなかった扉のノブに触れた。そして、おばちゃんがニカッと笑うと、扉が開いた。

ユウは大きく息を吸い込んだあと、空気と一緒に吐き出すようにして、言葉をおばちゃんにぶつけるつもりだった。でも、実際に出てきたのは言葉ではなく、昨日の夜からずっとユウの胸を詰まらせていたかたまりだった。

わーっ！

ユウは自分の泣き声にびっくりしてしまい、これ以上かたまりが口から出てしまわないように必死で我慢をした。そうしないと、自分は弱虫になってしまう。でも、おばちゃんがもう片方の手も伸ばしてユウの両方の頬に触れ、顔を包むようにすると、

ユウは自分が弱虫でもいいような気がした。おばちゃんの手は節くれだっていて、ひどくごつごつしていた。おばちゃんはユウに向かって、すべてを許すように、ゆっくりとうなずいた。

わーっ！

ユウが足をバタバタさせながら泣きじゃくると、おばちゃんはユウの頰から手を離して腰を上げ、ユウを抱き締めた。ものすごい力だったので、ユウが小脇に抱えていたヘルメットがたわみ、メリメリという小さな音を立てた。ユウはもっと声を上げて、吠えるみたいにして泣いた。おばちゃんの胸は厚くて、いくら大きな声を上げても、ぜんぜんまわりに響かないから、どんどん大きな声を上げて泣くことができた。ユウはもっと足をばたつかせて、地面を思い切り蹴りながら泣いた。おばちゃんの腕の力は強くて、どんなに暴れてもちゃんと支えてくれるから、安心して泣くことができた。ユウにとって、オートバイを降りた世界は、もう冷たくてよそよそしい場所ではなかった。

ユウが泣き止むと、おばちゃんは腕の力を緩めながら、またしゃがみ込んだ。そして、ユウの目をしっかりと見つめながら、言った。

「子供は余計な心配なんてしなくていいんだよ。子供はね、好きな食べものと、大人になったらなりたいものと、好きな女の子のことだけ考えてればいいんだよ。わかっ

た？」

ユウは小さくうなずいた。おばちゃんは眩《まぶ》しいものでも見るように目を細め、ユウの頬やまつげに残っていた涙を指で拭《ぬぐ》ったあと、ポケットからハンカチを出し、ユウの鼻にあて、ほらチンして、と急かした。ユウは遠慮することなく、フンと鼻に力を込め、鼻水をハンカチに飛ばした。

「今日はつきあってくれて、ありがとね」おばちゃんはハンカチをしまいながら、立ち上がった。「おばちゃん、もう行かなきゃ」

ユウの見上げるおばちゃんの顔には、ついさっきとは違って、厳しい色が差し始めていた。ユウはその色に戸惑いながらも、どうしても訊きたかったことを口にした。

「また会えるかな？」

おばちゃんはシートの上のヘルメットを手にして、パンチパーマの上からすっぽりとかぶったあとに、答えた。

「わかんない。でも、また会えたらいいね」

おばちゃんがエンジンを掛け終え、シートに跨った時、ユウはずっと尋ねたかったことを口にした。

「このオートバイ、なんていう名前なんですか？」

おばちゃんはガソリンタンクを愛しそうに撫でながら、答えた。

「ハーレーダビッドソンFXSローライダー」

おばちゃんはオートバイから視線をユウに移した。そして、ユウが初めて見る厳しい顔で、言った。

「優しくて、強い男になるんだよ」

ユウがしっかりうなずくと、おばちゃんは出会った時のえびす顔に戻り、ニカッと笑った。

馬がいななくようなエンジン音を立てながら、オートバイが発進した。おばちゃんはユウに向かって軽く左手を上げながら、遠ざかっていく。道の先へ先へと進んでいくと、おばちゃんの姿はやがて夜の黒へと吸収されてしまった。徐々に小さくなっていくオートバイの赤いテールランプを見つめていたユウは、ふとそれを追って走り出したい衝動に駆られたが、なんとか我慢をした。おばちゃんが何か特別な理由があってこの町に来たことに、ユウは気づいていた。そして、その理由に立ち入ってはいけないことも。

突然、線香花火の玉が落ちるように、ふっと小さな赤い灯が消えた。

ユウは遠くに広がるただの暗闇にすぐに見切りをつけ、マンションに入っていった。

朝に食べ残したパンケーキを急いで平らげ、ユウは自由研究の仕上げに取り掛かっ

た。『アラビアのロレンス』を見る余裕がなかったので、「砂漠がきれいだった」とカメちゃん風の感想を書き込み、ランキングを考え始めた。始めてすぐに、映画にランクなんてつけられないのに気づいたけれど、仕方がないので自分が見た四十九本の映画のうちから一番好きだった一本だけを選び、「優勝」という冠をかぶせることにした。優勝はすぐに決まった。オートバイがカッコいい映画。『大脱走』。

お風呂《ふろ》から上がると、両親が帰ってきていた。二人とも無口で、疲れた顔をしていた。おばちゃんのことは、話さないつもりだった。話したところで、いまの二人には分かってもらえないとユウは思ったのだ。でも、いつかきっと話せる日が来る。

ユウは二人におやすみなさいを言い、部屋に戻ってベッドに入った。

今日一日の出来事を反芻《はんすう》しているうちにユウは段々と眠りに引き込まれていき、ほどなく夢の世界でおばちゃんに再会した。夢の中のおばちゃんは柔和な面影が微塵《みじん》もなく、ただ厳しい目つきでユウを見つめている。ユウがオートバイのシートに乗ろうとすると、おばちゃんはユウの腕を強く摑んで引き止めた。

「こっちの世界に来ちゃダメだよ」

そう言った瞬間、突然おばちゃんの顔に激しい光が照らされ、真っ白になった。造作をなくしたその顔は皮膚の奥まで透けていて、ガイコツがほんのりと浮かび上がっている――。

ベッドから飛び起きると、ちょうど窓の外で雷鳴が轟《とどろ》き、ユウは反射的に体を震わせた。深呼吸をして、カーテンに恐る恐る手を伸ばし、ゆっくり引くと、その途端に稲妻が瞬いた。両目を閉じ、また深呼吸をしたあと、両手で耳を塞いだ。近くで雷が鳴り、ビリビリとした振動がユウの小さな体をかすかに揺さぶった。

しばらくのあいだ身を丸めるようにしていたユウは、目を開け、耳から手を離し、ベッドを下りた。そして、部屋を出て廊下を歩き、両親の部屋に向かった。相変わらず雷鳴は轟いている。両親の部屋のドアを開け、ベッドに近寄った。両親は同じベッドに寝てはいたものの、接触を避けるかのように端っこのほうに身を寄せ、お互いに背を向け合って寝ていた。

ユウは二人を起こさないように静かにベッドに上がり、ぽっかりと空いている真ん中に身を横たえ、目を閉じた。いまはとりあえず、そばに人がいるだけで充分だった。

*

雷鳴が轟いた。

工藤康雄《くどうやすお》はシャーペンを机の上に放り、リモコンを使い部屋の照明を急いで消した。暗闇の中で息を潜め、通りに面した二階の部屋の窓に顔を近づけ、外をじっと眺める。

唐突に一筋の稲妻が夜空を駆け抜け、暗闇を一瞬だけかき乱した。そして、光を追い掛けるように、また激しい音が鳴った。工藤康雄は満足げに微笑んだ。まったくもっていまの自分の気持にぴったりの天候だと思った。

結局、夏休みのあいだ、勉強だけをして過ごした。高校生最後の夏休みだというのに。両親も予備校の教師も、夏はライバルに差をつけるチャンスだと言うが、そもそもライバルとは誰のことなのだろう？　そして、そのような疑問を持つのは受験には禁物だとも言う。かといって、ライバルを蹴落として受験を通った先に何があるかは提示してくれない。それは自分で考えろと言う。いまの工藤康雄にただひとつはっきりと分かっていることは、受験戦争を勝ち抜いてきた両親や予備校の教師が、決して幸せそうに見えないということだった。

家の前の一方通行の道を、高校生らしきカップルが通り過ぎていく。工藤康雄は二人の姿を目で追いながら、舌打ちをした。自分はデートはおろか、女の子の手を握ったことさえない。

また、稲妻と雷鳴。

——あのカップルに落ちればいいのにな。

ふとそう思った自分にひどい嫌悪を感じた工藤康雄は、大きくため息をついた。そして、胸の内でくすぶる漠然とした破壊への衝動をどうにか抑え込んで、窓の前から

離れて勉強を再開しようとした時、一方通行の入口から見慣れた車がゆっくりと進入してきたのに気づいた。近所に住む幹島というヤクザの乗るベンツだ。車体がシルバーだし、窓ガラスにスモークが貼ってあるので見分けがつきやすいのだ。たまに町中で幹島本人と擦れ違うことがあったが、決して目を合わせるようなことはしなかった。幹島が恐ろしい男だという噂は知っていたし、それに、十年前に起きた、あの事件のことをまだ忘れてはいなかったからだ——。

* * *

幹島は広域指定暴力団の幹部で、武闘派ヤクザとして有名な人物だった。幹島が属する組は、禁止薬物の売買、賭博《とばく》、売春などの表の仕事のほかに、裏の仕事も扱っていた。それは、貧しいアジアの国々から密入国してきた外国人を、秘密裏に製薬会社の新薬の治験に参加させるというものだった。もちろん、外国人に投与されるのは国内の人間に投与したら問題になるような、副作用の危険度の高い薬だ。幹島の組は外国人を駆り集め、彼らに、もし体に異変が起きても訴えない、という趣旨の契約書にサインさせたあと、地方の山奥の施設に監禁し、製薬会社の治験に参加させた。もちろん、組には製薬会社から《ボランティア斡旋《あっせん》料》と称して莫大《ばくだい》な報酬が振り込まれ、

もちろん、外国人には申し訳程度の金だけが組から渡された。

　問題が起きたのは、ある新薬の実験の際、子供の被験者が必要になり、東南アジア系の母子が施設に送り込まれた時のことだった。施設内の様子を見て子供の身に危険を感じた母親が子供を連れて施設を逃げ出し、彼女たちを追ったのが幹島だった。母子は必死に山奥から逃げ、小さな川が流れる人気《ひとけ》のないキャンプ地に辿《たど》り着いたが、幹島に捕まってしまった。幹島は必死に抵抗して施設に戻ろうとしない母親の頭を岩に何度も叩《たた》きつけて殺し、怯えて泣きじゃくる子供の顔を川に押さえつけて溺死《できし》させた。どうにか後始末が済み、短く息をついた幹島の耳に、近くで急発進する車の音が聞こえてきた。幹島は慌てて音のほうへと駆けていき、走り去っていくバンのナンバーを記憶した。バンが角を曲がってその姿を消す時、バンの助手席の窓から不安そうに後ろを見ていた女と幹島の視線が刹那に交錯した。

　バンに乗ってキャンプ地にやって来ていた夫と妻と子供の三人家族は、キャンプ地から一番近い警察署に駆け込み、木立の中から隠れて目撃した一部始終を証言したが、警察は母子の死体を見つけることはできなかった。捜査の継続を望む夫を止めたのは、妻だった。一瞬にせよ、妻は母子を殺した男の目を見ていた。

　――あの男は、あたしたちを暗闇のような場所へ引きずり込むに違いない。

妻はそう思い、夫にこれ以上関わり合いにならないことを懇願した。夫は納得しな

いまでも、妻の勢いに負け、いったんは従うことにした。

家族が東京に戻って八日後、捜査を続けていた警察署から、山中に埋まっていた母子の死体が発見されたという連絡があった。それと同時に、何人かの容疑者を捕まえたので面通しに来てくれ、という依頼も。妻は行かないことを泣いて願ったが、夫は従わなかった。見て見ないフリをしたら、一生後悔するよ。夫はそう言って、妻を宥《なだ》めた。ようやく妻が納得し、警察署に向かう前に念のために、まだ八歳になったばかりの子供を親戚《しんせき》の家に預けに行くことになった。そして、家族がバンに乗り込み、エンジンを掛けるために夫がイグニッションをまわした瞬間、バンは爆発した——。

* * *

工藤康雄の記憶では、爆発事故は確か今日と同じ夏休みの最後の日に起こったはずだった。その事故で夫と一人息子が死に、主婦は重傷を負ったものの生き残った。爆発事故は幹島が仕組んだものだと一部のマスコミが書き立てたが、警察はそれを立証できず、結局主婦の証言も取れずに、いつの間にか一連の事件はすべてうやむやになってしまった。

事件当時まだ八歳だった工藤康雄がその事件の詳細を覚えていたのは、事故で死ん

だ主婦の一人息子が自分と同い年だったからだ。それ以来、十年が経っても、隣近所に住む幹島を見掛けるたびに、工藤康雄は変わらぬ憎悪を感じた。

──あの車じゃ、雷が落ちたとしてもびくともしないんだろうな。ああいう車に乗れるように、俺はがんばればいいんだな。

　工藤康雄がそう思って皮肉な笑みを浮かべた時、ベンツがちょうど家の前で停まった。急な停車をいぶかしんで道の出口あたりに視線を動かすと、逆走してきた大きなオートバイが道を塞ぐようにして停まっていた。ベンツはオートバイに向かってクラクションを鳴らしたが、それとほとんど同時に空で雷鳴が轟き、クラクションの音をかき消した。

　何かが起こる予感がした。

　工藤康雄はほんの少しだけ身をかがめ、息を潜めながら、これから窓の外で起こるすべてのことを凝視し続けた──。

＊　　＊　　＊

　オートバイに乗った黒ずくめのライダーは、サイドスタンドを立てて、オートバイから降りた。そして、黒いライダーがヘルメットを脱いだ瞬間、その動作に天が呼応

するかのように稲光が走ると、五頭身でパンチパーマのおばちゃんの姿がくっきりと浮かび上がった。

黒いライダーはヘルメットをシートの上に載せたあと、ゆっくりとベンツに近づいていき、ベンツの鼻面の2メートルほど手前で足を止めた。ヘッドライトの光が、まるでスポットライトのように黒いライダーに当たっている。

ベンツの運転席と助手席のドアが同時に開き、いかつい男二人が降りてきた。二人もパンチパーマだった。

助手席から降りてきた男が、なに考えてんだクソババァ、と悪態をつきながら、黒いライダーに迫った。黒いライダーは不用意に目の前に立った助手席の男の喉《のど》に向かって右手を突き出した。次の瞬間、助手席の男の喉に黒いライダーの手ががっちりとはまった。黒いライダーがリンゴでも潰《つぶ》すように握力を強めると、助手席の男は苦しそうに身をよじりながら、黒いライダーの手を両腕で摑み、無理やり引き離そうとした。しかし、黒いライダーの右手は離れず、助手席の男は苦し紛れに腕をぶんぶんと振りまわし、黒いライダーの体にこぶしをぶつけた。

黒いライダーの全身に力が漲《みなぎ》り、メッシュジャケットの右の僧帽筋のあたりが一気に盛り上がると、助手席の男の体が宙に浮き始めた。黒いライダーは助手席の男の喉を摑んだまま、腕を思い切り天に向かって伸ばし、助手席の男を完全に地上から浮か

せたあと、そのまま2メートルほど離れた左の壁へと走った。

助手席の男の後頭部が壁に激突して鳴った、ドゴン！　という音と、雷の、ガラガラガラ！　という音が二重奏を奏でた。

黒いライダーはぐったりと脱力している助手席の男の喉から、右手を離した。助手席の男の両足はようやく地面へと戻れたものの、もはや体重を支える力は存在せず、着地と同時に全身を折り重ねるようにして路上に崩れ落ちた。黒いライダーは力なく地面に横たわっている助手席の男の腹を蹴って意識の有無を確かめたあと、運転席の男と向かい合った。

運転席の男が両手を上げてファイティングポーズを取った時、また空が光った。刹那に地面に映った運転席の男の影が、いまにも黒いライダーに襲い掛かるかのように見えた。運転席の男は全身から凶暴な雰囲気を発していた。

運転席の男が、ジリジリと間合いを詰めながら、黒いライダーに近づいていく。黒いライダーは動じることなく、まっすぐに立ち、運転席の男をまっすぐに睨みつけている。

攻撃エリアに足を踏み入れたところで、運転席の男の足が止まった。黒いライダーに気づかれないように前に出している左足に重心を掛け、右の上段回し蹴りの準備をする。念のために右のこぶしを小さく揺らして、パンチの照準を合わせている振りを

した。運転席の男は、ここまでやる必要があるのか、と自問したが、目の前のパンチパーマのおばさんが発している殺気に、体が素直に反応しているだけなのに気づいた。

——一瞬で極《き》めないとまずいことになる。

運転席の男は、そう確信した。

実際に勝負は一瞬で決した。

雷鳴が轟いたのを合図に、運転席の男の右足が動き、音にも負けないような速さで黒いライダーの頭部へと伸びていった。右の回し蹴りが黒いライダーのこめかみのあたりにヒットする寸前、黒いライダーは背後に右手をまわしながら一気にしゃがみ込んだ。そして、瞬く間に鞘からナイフを抜き出した右手を素早く前に戻し、地面にダイブするように前方へと倒れ込んだ。黒いライダーの目の前に、標的を見失って宙をさまよったままの右足をけなげに支え続けている、運転席の男の左足があった。黒いライダーはナイフの刃を運転席の男のアキレス腱《けん》のあたりにあて、さっと横へと動かした。ギャッ！　という悲鳴を上げたのと同時に、運転席の男は上がったままの右足を地面に下ろす間もなく、バランスを崩して路上に横倒しになった。

運転席の男と入れ替わりに、黒いライダーが立ち上がった。運転席の男はアキレス腱の切れた左足を両手で抱えながら、地面の上でもがいている。黒いライダーの右足が素早く動き、重そうなブーツのつま先が運転席の男の顔面へと伸びた。ゴツン、と

いう鈍い音が響くと、運転席の男がもがくのをやめた。両方の鼻の穴からは血が流れ出し、折れた四本の前歯は地面に散らばっていた。

黒いライダーはナイフを鞘に収めながら、ベンツの後部座席のドアへと近寄った。そして、ドアノブに手を掛けて引っ張り、ドアが開かないのを確かめると、オートバイへと戻っていった。

黒いライダーがベンツとオートバイのあいだを往復するのに、一分ほどの時間が掛かった。そのあいだ、ベンツにはなんの変化も起こらなかった。車内にいる人物は、下手に外に逃げ出すより、車の中に引きこもっているほうが安全だと考えたのかもしれない。

再び後部座席のドアの前に立った黒いライダーの右手には、片口スパナが握られていた。黒いライダーは右手を大きく振りかぶり、片口スパナの頭を窓ガラスに振り下ろした。ゴン、という音があたりにこだました。もう雷鳴は轟かなかった。その代わりに、再びゴンという音が鳴った。

五回目の衝撃で、窓ガラスが半分に割れた。しかし、中にいる男を引きずり出すには、狭過ぎた。

黒いライダーは役目の終わった片口スパナを足元に落とし、右のポケットからガソリンを入れた350mℓの小さなペットボトルを取り出して蓋《ふた》を開け、窓の隙間から中身を

車内に注ぎ込んだ。そして、空になったペットボトルを車内に放り込んだあと、左のポケットからガソリンを染み込ませてある小さな布と100円ライターを取り出し、布に火をつけ、火が充分に燃え広がるのを待って、車内へと投げ入れた。

炎が揺らめき、車内が急に明るくなった。黒いライダーは100円ライターをポケットにしまい、右手を背中にまわしてナイフを鞘から引き抜いた。

火がついて十秒ほどが経った頃、黒いライダーが立っているのと反対側のドアが開き、幹島が飛び出してきた。黒いライダーは素早く移動し、地面に倒れて激しく咳《せ》き込んでいる幹島の前に立った。

「あたしたちの恐怖がちょっとは理解できたかい？」

幹島は目の前に立ちはだかっている黒いライダーを、恐る恐る見上げた。まったく見覚えはなかった。ましてや恨みを買った覚えも。防弾ガラスをスパナで叩き割れる、こんな化け物みたいな奴を敵にまわしたのなら、絶対に覚えているはずだ——。

突然、遠くからパトカーのサイレンの音が聞こえてきた。幹島は体を起こしたあと、安堵《あんど》と黒いライダーに対する優越の色を顔に浮かべた。黒いライダーは幹島のそばに落ちていた携帯電話を潰れるほどに思い切り踏みつけ、冷たい声を幹島の頭に降らせた。

「おまえが呼んだんだな」

黒いライダーの逃げ出す姿を期待した幹島は優越の色を深めたが、それがすぐに過ちだと悟った。できるならいますぐにでも無様なその色を消してしまいたかったが、黒いライダーはそんな暇を与えてはくれなかった。黒いライダーは目に嘲《あざけ》りを点し、言った。

「卑怯者」

唐突に黒いライダーは前かがみになり、右手を左から右へと素早く横に振った。ナイフの切っ先が一瞬にして自分の顎《あご》の下を通過していく寸前、幹島はナイフの刃に宿った美しい光を見た。街灯の光が反射されたものなのか、それとも？

研ぎ澄まされたナイフの刃が幹島の顎の下を横切り、喉を一文字にぱっくりと切り裂いた。左右の頸《けい》動脈からドクドクと流れ出る血は、あっという間に幹島の高級スーツをビショビショに濡《ぬ》らしていった。

幹島は指先に流れついた生温かい血のぬくもりを感じながら、黒いライダーを見つめた。目の前のパンチパーマの化け物の正体を、どうしても思い出せない。すべての敵は把握しているはずだった。これまでの人生のほとんどを、目障りな敵を消すために費やしてきたのだ。敵を見失うことは、自分の人生が否定されるようなものだった。だから、せめて思い出すまでは生きていたい――。

パトカーのサイレンが着々と近づいてきていた。朦朧《もうろう》としつつある意識の中でどう

にか最後の望みを繋《つな》ごうと、幹島が傷口を塞ぐために喉に向かって両手を動かした時、黒いライダーの左手が幹島の右の手首を摑んで動きを止めさせた。そして、黒いライダーは幹島の右の二の腕の内側にナイフを突き立て、上腕動脈をかき切り、ナイフを引き抜いた。頸動脈からの大量の出血で血圧が下がっているにもかかわらず、二の腕からは大量の血が溢《あふ》れ出した。幹島は絶望的なこの状況の中で、救急車に優秀な外科医が乗ってる可能性はあるだろうか、と少しの光を点そうとした。しかし、すぐに光は消え、代わりに幹島の顔に薄い諦《あきら》めの笑みが浮かんだ。

黒いライダーは刃についた血をジーンズの腿《もも》のあたりで拭い、鞘に収めた。パトカーのサイレンは、もう間近まで迫ってきている。黒いライダーは、幹島に冷たい一瞥《いちべつ》をくれたあと、焦る様子もなくオートバイへと歩き去っていった。

混濁した意識と弛《し》緩《かん》した肉体を抱えた幹島は、小さくなっていく黒いライダーの背中をぼんやりと見つめながら、ようやく記憶の片隅からこぼれ出てきた、ある主婦の面影をそこに重ね合わせようとした。

——でも、あの女はあんな目じゃなかった。あの女は俺の知っている誰よりも弱っちぃ目をしていた。

幹島はひどい徒労を感じながら、重いまぶたを閉じた。五感が次々に閉じていくのが分かる。かろうじて生きている聴覚が、走り去っていく黒いライダーのオートバイ

のエンジン音を拾った。しかし、すぐ近くで鳴り響き始めたパトカーのサイレンの音が、耳の中に残っていたオートバイのエンジン音を跡形もなくかき消した。

幹島は最後の力を振り絞って頬の筋肉を動かし、皮肉な笑みを浮かべ、絶命した。

パトカーのサイレンは、幹島がこの世界でもっとも忌み嫌っていた音だった――。

＊　　＊　　＊

工藤康雄は黒いライダーの姿が完全に消えるまで見送ったあと、窓のカーテンを引き、ベッドに横たわった。動悸《どうき》が激しくて、息が苦しい。窓の外からは、徐々に声のトーンが上がっていっているパトカーの無線の交信音が聞こえてくる。救急車と消防車のサイレンが、混じり合いながら遠くで鳴っている。

工藤康雄は母親が部屋のドアをノックするまで、暗闇を見つめていた。気づくと、ベッドに横になってから二時間近くが経っていた。ドアを開けた母親は、不安そうに言った。

「警察の人が話を訊きたいんだって」

警察の聴取に、工藤康雄は、何も見ていないし何も知らない、と答えた。事件が起こった時間は寝ていました。だから、不審な音や人物にも気づきませんでした――。

玄関での聴取から部屋に戻った工藤康雄は、財布を手にして家を出た。野次馬たちをかき分けながら、近くのコンビニに向かい、店に入ると雑誌の棚の前を歩き、バイク雑誌を探した。三種類の雑誌を見つけたが、どれにしてよいか迷ったので、結局三冊とも買うことにした。

雑誌の入った袋を抱えてコンビニから出てきた工藤康雄の顔には、子供時代のどこかに置き忘れてきていた無邪気で逞《たくま》しい笑みが浮かんでいた。

*

12月7日。

日曜日。

ユウはいつものように朝の六時二十九分に目を覚ました。

そして、いつものようにすぐに目覚まし時計に手を伸ばし、六時三十分にセットしてあるアラームを解除し、ベッドから飛び降りた。一分ほどでパジャマから普段着に着替え、キッチンに向かい、朝食の準備を始めた。パンケーキを焼き、冷蔵庫からブルーベリージャムを出して、ミルクを温める。

ユウが朝食を食べ終わっても、母親は起き出してはこなかった。ここのところ、日

曜日はたいてい十時ごろまで寝ている。仕事で疲れている母親を起こさないように、ユウはできるだけ音を立てないで食器を洗った。

部屋に戻ったユウは、机に向かって手紙を書き始めた。
最初の一通は、父親に。

両親が離婚して、もう三ヵ月近くが経っていた。父親はユウと母親の住むマンションを出て、一人で暮らしている。父親は家を出て行く時、毎週一枚ずつ映画のＤＶＤを送るよ、とユウに約束した。最初の月は毎週土曜日にちゃんとＤＶＤが届いた。次の月には二週間に一枚になり、その次の月には結局一枚しか送られてこなかった。それでもユウは嬉しかった。

おととい送られてきたＤＶＤには短い手紙が添えられていて、そこには、《これはお父さんとお母さんが初めて一緒に見に行った映画です。まだ勇には早いかもしれないけど、送ってみます》と書かれてあった。

ＤＶＤは有名な映画賞を獲《と》ったフランス映画だった。ユウはフランス映画が苦手だったけれど、見てみることにした。見終わるまでに五回も寝てしまった。ちょっとだけ歳を取った女の人が、若い男の人と出会っていやらしいことをしたり、おいしそうなものを食べたり、わけの分からないセリフを喋《しゃべ》ったり、泣いたりしてるだけの映画だった。見終わったあとに、お父さんとお母さんが離婚したのはこんなつまらない映

画を見たからじゃないかな、とユウは思った。

でも、手紙にそんなことは書かなかった。《ちょっとむずかしかったけど、おもしろかったです。大人になったらまた見たいと思います》と書いた。

父親への手紙を書き終え、もう一通に取り掛かった。

それは、幹島くんに。

父親を亡くした幹島くんは学校に来なくなってしまった。

担任の先生は事件が起こってすぐの頃に、「幹島くんに悲しいできごとがありました。幹島くんはしばらくのあいだ学校を休みます。それから、マスコミの人たちに何かを訊かれても、絶対に答えてはいけませんよ」、と言ったきり、幹島くんに関しては何も話さなくなってしまった。クラスメイトたちも大人たちの顔色を窺《うかが》って、余計な噂話は口にしなかった。そもそも幹島くんはクラスのみんなに嫌われていたので、事件をきっかけに、初めからクラスにいなかったみたいな存在になっていった。ただ、カメちゃんだけは、「クリント・イーストウッドみたいな男が犯人らしいよ」、とデマを飛ばして、先生に反省文を書かされた。

両親の離婚のあと、ほとんどの人たちは、初めから父親がいなかったみたいにユウに接するようになった。気を遣ってくれているのは分かっていたが、勝手に父親の存在を消してしまって欲しくなかった。みんなの中から父親が消えてしまうと、ユウは

誰とも父親の話ができなくなってしまう。ただ、カメちゃんだけは、「スティーブ・マックィーンも父親がいなかったらしいよ」、と言ってくれた。夏休みの自由研究の件はさておき、ユウはカメちゃんが前よりも好きになった。

ユウにとって幹島くんの一件は、おばちゃんが言っていた、目をそらしちゃいけないもののような気がした。ユウはどうすればよいかあれこれ悩んだ挙句、手紙を書くことにしたのだった。

ユウは、《今度、うちで一緒に映画を見よう》と結んで、幹島くんへの手紙を書き終えた。

ユウは、おばちゃんと会った翌日にローライダーと名付けたお気に入りの自転車に乗り、マンションを出た。

口でドッドッドッドッとつぶやきながら、思い切りペダルを漕ぐ。郵便局のポストの前でローライダーを停め、父親への手紙を投函《とうかん》した。

幹島くんの家に着いた。幹島くんの家はひっそりと静まり返っていて、人が住んでいないようにも思えた。郵便受けの前にローライダーを停め、手紙を入れた。

──ちゃんと読んでくれるかな。

ユウがそう思った時、近くでドッドッドッドッというエンジン音が聞こえた。動悸

が一気に速まり、ユウは急いでペダルに足をかけ、音がしたほうに向かって必死にローライダーを走らせた。

幹島くんの家の前の一方通行の道を走り切って、T字路に差し掛かった時、大きなオートバイがユウの目の前を左から右へと駆け抜けていった。

ユウは急ブレーキを踏んでローライダーを停めたあと、オートバイの後ろ姿を目で追った。おばちゃんじゃなかった。オートバイの形はおばちゃんのに似ていたけれど、タンクやフェンダーの色が赤だったし、ライダーは赤のハーフフェイスのヘルメットをかぶっている、サングラスを掛けた男の人だった。

ユウはがっかりしてついたため息を、そのまま深呼吸に変え、しっかりと顔を上げた。

動悸がぜんぜん静まらない。

心臓が爆発し続けている。

今日は遠くに行ってみよう。

ユウはそう思い、背筋をぴんと伸ばして視線を左右に走らせた。

どっちにだって行けるんだ。
どこにだって行けるんだ。
ローライダーにさえ乗っていれば。

愛の泉
THREE COINS IN THE FOUNTAIN

おじいちゃんの一周忌がやってきて、久し振りに鳥越《とりごえ》家の面々が集合することになった。

参加メンバーをおじいちゃん目線で言うと、奥さんであるおばあちゃん、それに子供たち四人とその連れ合いたち四人、そして孫たち五人の総勢十四人だった。ちなみに、四人の子供を生まれた順に言うと、弘子《ひろこ》、弘一《こういち》、弘鋤《ひろすけ》、弘美《ひろみ》といった並びで、僕は二番目の弘一の一人息子だ。少し前に二十歳になったばかりで、都内の大学の二年生だ。ここでまとめて僕以外の四人の孫たちのことも紹介しておきたいけれど、長くなりそうなので、とりあえず先に一周忌の話を済ませておきたいと思う。

まぁ、一周忌とは言っても、おじいちゃんの生前の口癖が、「俺が死んでも坊主にぶつぶつ独り言を言わせて銭を払うことぁねぇよ。その銭で生きてる連中がうまいもんでも食ってくれや」、だったので、これといって特別なことはせず、おばあちゃんの家の近くにある中華料理屋を借り切って、ご飯を食べるだけの集まりだった。

季節は梅雨の真っ只中《ただなか》で、シトシトといった感じの雨が降る日曜日のお昼に始まった一周忌は、まったく盛り上がりを見せなかった。ノリノリの一周忌っていうのもおかしいのかもしれないけど、生きている時のおじいちゃんは何よりも暗い雰囲気を嫌っていたし、たとえ悲しい出来事があっても、家族を安心させるためにいつも微笑んでいたような人だったから、一周忌も必然的に明るい感じになると、僕は勝手に思っていたのだ。

家族が集まった時にはいつも真っ先に酔っ払い、《高校時代の同級生の吉本《よしもと》君の真似》なんていう、誰も知らないし面白くもなんともない芸を延々と披露してみんなの失笑を買う弘鋤叔父《おじ》さんも、この日ばかりは難しい顔をしながら手酌でチビチビとお酒を飲み続けていた。

原因は200%ぐらい明らかだった。おばあちゃんのへこみ方がひどかったのだ。もっとも、ため息をついたりとか、涙を浮かべたりとか、モロに家族を心配させるような様子を見せるわけではなかった。おばあちゃんは、そんなに弱い人ではないのだ。

おばあちゃんはいつもみたいに目尻《めじり》の深い皺《しわ》を下げながら、僕たちのことを愛《いと》しそうに眺めていたが、明らかに頬はこけていたし、体が少し小さくなったように見えたし、白髪の量も一気に増えたみたいだった。そして、何よりも問題だったのは、おばあちゃん独特のオーラが消えかかっていたことだった。おばあちゃんのオーラは、孫

たちのあいだでは《だいじょうぶオーラ》と呼ばれていて、なんかもうそーとーにきついことがあっても、おばあちゃんのそばにいてそれを浴びたら、あれ、だいじょうぶかも、と思えてくるのだ。成分が何でできているかは分からないけれど、とにかく無敵のパワーなのだ。

おばあちゃんがへこんでしまう気持は、痛いほどに分かった。一昨年にとても可愛がっていた義理の弟の弘大叔父《ひろしおおおじ》さんをガンで亡くし、その次の年には六十年近く一筋に愛し続けてきたおじいちゃんもガンに奪われてしまったのだ。正直、そんなにも長いあいだそばにいた人が急にいなくなっちゃう感覚は、僕には想像もつかない。ただ、そーとーに痛いということだけは分かる。痛過ぎて、もしかしたら耐え切れずに死んでしまうかも……。もちろん、僕だったら、の話だ。

「ちょっとお手洗いに行ってくるからね」

おばあちゃんがそう言って椅子から腰を上げると、すぐに弘美叔母《おば》さんが駆け寄り、おばあちゃんに手を貸そうとした。おばあちゃんは、だいじょうぶだよ、と弘美叔母さんに優しく微笑みかけたけれど、弘美叔母さんは断固として言うことを聞かず、おばあちゃんの手をギュッと握って、一緒にトイレに向かって歩いていった。基本的に涙もろい鳥越家の中でも、ダントツに涙もろい弘子伯母《おば》さんが二人の後ろ姿を見て涙ぐむと、連れ合いの義彦《よしひこ》さんがすぐにおしぼりを弘子伯母さんに手渡した。弘子伯母

さんはいまにもこぼれ落ちそうな涙をおしぼりで拭《ぬぐ》い、ついでに鼻もかんだ。

「で、おふくろのことどうするよ」

弘鋤叔父さんがコップにビールを注ぎながらそう言うと、僕の父親は、少し怒ったふうに、「あとでいいだろ、その話は」、と応《こた》えた。たしなめられた感じが気に食わなかったのか、弘鋤叔父さんはビール瓶を乱暴にテーブルに置き、「はいはい分かりましたよぉ、弁護士センセイ」、と純度100％の嫌味をかました。この二人はむかしから仲が悪くて、顔を合わせるたびに小規模で不毛な口喧嘩《げんか》を繰り広げている。ちなみに、弘鋤叔父さんの職業は詩人で、叔父さん曰《いわ》く、「俺が詩人になってしまったのは、《鋤》の字のせいだ」、とのことだった。面倒臭いからかいつまんで説明すると、子供の頃に《鋤》の字が書けなかった叔父さんは学校が嫌いになり、それ以来落ちこぼれて詩人になったということらしかった。なんかよく分からない理由だけれど、詩人としての叔父さんはそこそこ有名みたいだったし、少し前になんかの文学賞も獲《と》っていて、落ちこぼれてる感じはぜんぜんしなかった。それに、僕は叔父さんの詩が大好きだった。平仮名ばかりで、読みやすくて。

ビールに口をつけた弘鋤叔父さんが、「安い味だなぁ」、と独り言みたいにつぶやいた。これはつまり、鳥越家の長男として一周忌の食事会を仕切った僕の父親への嫌味で、そんなせこい嫌味は無視すればいいものを、根が真面目な僕の父親が電光石火で

反応して、「私は本当はちゃんとした法要を営みたかったんだっ！」と声を荒げると、弘子伯母さんが、「あんたたち、よしなさいよ」とドスの利いた声で言って、涙と鼻水が染み込んだおしぼりを弘鋤叔父さんに投げつけた。そして、弘鋤叔父さんの顔におしぼりが命中したのとほとんど同時に、おばあちゃんと弘美叔母さんが戻ってきた。

「お母さん、少し疲れたから家に戻りたいって」

　弘美叔母さんのその一言で、一周忌はお開きになった。

　五人の孫全員がおばあちゃんを家まで送り届けることになり、残りのメンバーは《二次会》に向かうことになった。たぶん、《二次会》では一人暮らしをしているおばあちゃんをどの家庭が引き取るかの話し合いが行われるはずだった。おばあちゃんの《だいじょうぶオーラ》が消えかかっていたので、当然のようにみんなからもだいじょうぶな雰囲気が消えかかってきていたから、《二次会》がおかしなバトルにならないか心配だった。

　おばあちゃんの家は中華料理屋から歩いて二十分ほどかかるし、雨も降ってたからタクシーに乗ろうとしたところ、おばあちゃんが歩いて帰りたいと言ったので、僕たちは黙って従うことにした。

　おばあちゃんはしっかりとした足取りで、家に向かってゆっくりと歩いた。時々、疲れたのか、足を止めて休むことがあって、僕たちはそのたびに心配になったのだけ

れど、おばあちゃんが家の近くの公園の前で足を止めた時に、僕たちはおばあちゃんが何度も足を止めていた理由をようやく理解したのだった。

そこは、おばあちゃんがおじいちゃんとの散歩の帰りによく立ち寄り、ベンチに座って日向ぼっこをしていた公園だった。おばあちゃんはおじいちゃんとの散歩コースを歩き、思い出がたくさん詰まっている場所で自然と足を止めてしまったんだろう。おばあちゃんはしばらくのあいだ、雨に濡《ぬ》れたベンチをぼんやりと見つめていた。僕たちはおばあちゃんの気の済むまで、それにつき合った。

家に着き、ちょっとだけ休みたい、というおばあちゃんのために蒲団《ふとん》を敷いて寝てもらったあと、僕たちは小さな庭に面した縁側に集まった。

なんとなく話しづらい感じだったので、みんな黙って庭で雨に打たれているアジサイの花を眺めていると、一番年下のケン坊がいきなりジーンズの裾《すそ》をめくり、靴下を脱いで素足で庭に下り、アジサイの前まで行って、僕たちに背を向けながらしゃがみ込んだ。ケン坊はもぞもぞと動いたあとにすっと立ち上がり、何事もなかったような顔をしながらこちらを振り返った。僕たちはいっせいに身構えた。ケン坊が何事もなかったような顔をする時は、要するに何事かが起こる時なのだ。ケン坊は僕たちの警戒レベルの高さを察知すると、まるで三ヵ月分のお小遣いが入った財布を落としたみたいに悲しそうに顔を歪《ゆが》め、右手の中に隠し持っていたアマガエルをアジサイの葉っ

ぱに戻してやった。

「残念だったな、ケン坊」

僕がそう言って小馬鹿にした笑いを浮かべると、ケン坊はすねたように唇を突き出して言った。

「ケン坊って呼ぶなよー」

ケン坊は弘美叔母さんの子供で、本当の名前はただの《健《けん》》だ。孫たちの中では一番年下でやんちゃだったので、みんなにケン坊ケン坊と呼ばれて可愛がられていたが、今年の春に中学に上がった頃から、ケン坊と呼ばれるのを嫌がり始めた。どうも中学入学を機にイメージチェンジを図ろうと思っているらしいのだが、中身がクソガキのままなので、相変わらずケン坊と呼ばれるのがお似合いなのだ。

ケン坊はすねた顔のまま縁側のほうに戻ってくると、左手に隠し持っていたもう一匹のアマガエルを、油断しきっていたリカのふとももの上に置いた。リカはキャッと短い悲鳴を上げ、体を硬くしたまま動かなくなってしまった。たぶん、リカはアマガエルが自分からどこかへ行ってしまうまで、ずっと固まったままでいるはずだ。

ケン坊の四歳年上のお姉さんであるリカは、孫たちの中では一番控え目でおとなしく、いつもケン坊のイタズラの標的になっていた。十七歳になったリカはこれまでよりももっとおしとやかになってきていて、ケン坊の情報によると、家にはひっきりな

しにクラスメイトの男たちからの電話が掛かってくるのだそうだ。その男たちの気持はよく分かる。リカは人の話を、うんうんうん、と微笑みながら聞いてくれる聞き上手だったし、それに、時々、遠くを見つめるような眼差《まなざ》しをするのだけれど、その時の目の色がひどく澄んでいて、それを見るとなぜか、抱き締めたいなぁ、という気になってしまうのだ。アメリカなんかだったら、家族が親愛の情を込めて抱き締め合ったりするんだろうけど、それを迂闊《うかつ》に日本でやったら親戚《しんせき》中から《要注意人物》扱いされてしまうはずなので、気をつけるようにしていた。とにかく、親戚じゃなくてただのクラスメイトだったら、僕もリカの家に電話をしてくる男たちの中の一人だったかもしれない。

　アマガエルはリカのふとももの上からまったく動く気配を見せなかった。アマガエルはまるで、黒いワンピースにつけてある緑のブローチみたいに見えた。涙目になりながら震え始めたリカを見てケン坊がケタケタと笑うと、弘子伯母さんの娘で一番年上の律子《りつこ》ねえちゃんがまずはケン坊の頭を思い切りはたき、返す刀でリカのふとももに手を伸ばして、まるで糸くずでもつまむかのようにアマガエルを平気でつまみ、アジサイのほうに放った。そして、弘子伯母さんそっくりのドスの利いた声で、ケン坊に言った。

「おばあちゃんが寝てんだろうが。騒ぐな」

ケン坊ははたかれた頭を両手で押さえながら、リカとそっくりの涙目で、しっかりとうなずいた。ちっちゃい頃、おばあちゃんの財布から五十円を盗んだのを律子ねえちゃんに見つかり、本気で叱られたケン坊はあまりの恐怖でおしっこを漏らしたことがあった。それ以来、ケン坊は律子ねえちゃんにだけは逆らわなくなった。リカが小さな声で、ありがとう、とお礼を言うと、律子ねえちゃんはゴッドファーザー並みの貫禄《かんろく》で、鷹揚《おうよう》にうなずいた。

律子ねえちゃんは二十二歳の若さですでに、鳥越家の次のゴッドファーザー（マザー？）と目されていた。なぜかといえば、子供の頃から度胸の良さと落ち着きぶりがハンパではなかったし、見た目もキレイだし、それに、大学三年で司法試験に合格してしまうぐらい賢いし、さらには、小学校に上がってすぐにクラスメイトの坂井《さかい》伊織《いおり》くんを見初め、「わたし、伊織くんと結婚する」と弱冠六歳で宣言し、来年の大学卒業を機に本当に伊織くんとの結婚を成立させてしまうような、一途《いちず》というか頑固というか豪腕というかなんというか、とにかく、鳥越家の中でおばあちゃん以外は誰も律子ねえちゃんには逆らえないからなのだった。ちなみに、僕は律子ねえちゃんと同じ大学の同じ法学部に通っているせいで、何かと律子ねえちゃんと比較されては、みんなから、哲也《てつや》くんはのんびりしてる感じがいいよねぇ、って慰めのトーンがたっぷりこもった言葉を掛けられる。ハンパな相手と比較されてそう言われたのなら腹も立つ

が、律子ねえちゃんが相手ではしょうがない。潔く白旗を振ろう。

「ばあちゃん、やべぇよな」

かおるが、ハードボイルド映画の主人公の吹替えの声みたいにニヒルな声で言った。

かおるの言葉にずばっと核心を衝《つ》かれ、僕たちはあっという間にへこんでしまった。

「どうにかしねぇとな」

かおるが僕たちの気持を代弁し、僕たちはいっせいにうなずいた。

名前が平仮名のかおるは、もちろん弘鋤叔父さんの一人息子で、僕と同い年のプー太郎だ。詩人の息子のせいか、子供の頃からいつも繊細な感じを醸し出しつつ、憂いを帯びた目で世界を見ているようなキャラで、色々な人から（特に女の人から）、リバー・フェニックスに似てるね、なんて言われるような、男の目から見るとなんだかいけ好かない感じのヤツだった。

僕の父親と弘鋤叔父さんの関係を反映する遺伝子が僕たちにも組み込まれているのか、僕とかおるはイマイチ仲が良くなかった。たとえば、僕たちが中二のお正月に鳥越家の面々が僕の家に集まった時、かおるが僕のそばに寄ってきて、いつものニヒルな口調で、「哲也はさ、プルプルお尻を震わせながらうんこしてるポメラニアンを後ろから思い切り蹴飛《けと》ばせるか？」、と訊《き》いてきたことがあった。僕がかおるの目を覗《のぞ》き込んで正気なのをきちんと確かめたあと、「アホか、おまえ」と応えると、かおる

は、「ふーん、やっぱり蹴飛ばせねぇんだ」と優越感を含んだ声で言った。僕が、やっぱりという一言にかちんときて、「蹴飛ばせるっつーの」と反論すると、かおるは、「蹴飛ばせんのはチワワぐらいだろ。ポメラニアンは無理だよ」と小馬鹿にした笑いを浮かべた。それからしばらくのあいだ、「蹴飛ばせるっつーの」と「無理だね」の応酬を続け、結局は取っ組み合いの喧嘩になった。お互いの父親に引き離されながら、僕が「いますぐポメラニアンを連れてこいっ！」と叫び、かおるが「チワワで充分だっ！」と叫んでる姿を、鳥越家の面々はひどく不思議そうな目で見つめていたのだった。

そんなエピソードがいくつかあって、僕たちの仲は良好とは言えなかったが、僕はかおるのことが決して嫌いではなかった。うまくは言えないけれど、かおるは不器用で、人に対してうまい距離感で接することができないのだ。だから、憎まれ口のようなものをつい相手にぶつけてしまい、敬遠されたり嫌われたりしてしまうのだ——。というようなことを僕がようやく理解できたのは、かおるが高校二年の春に部屋に引きこもってしまったのがきっかけだった。引きこもってしまった原因はいまだに知らないが、たぶん、かおるは世界との距離の取り方も一時的に見失ってしまったんだろう。

結局、かおるは三ヵ月近くのあいだ自分の部屋からほとんど出ずに過ごしたのだが、

僕はそのあいだに弘鋤叔父さんや、かおるのお母さんの早苗《さなえ》さんから、かおるが子供の頃からずっとイジメに遭っていたことを聞いた。そんなわけで、誰かがかおるを救い出さなくてはならなかったのだけれど、鳥越家のほとんどの人間は役立たずだった。そう、《だいじょうぶオーラ》の持ち主である、おばあちゃんを除いては。ある日突然かおるの家にやって来たおばあちゃんは、ほとんど《開かずの間》と化していたかおるの部屋へと難なく入っていき、二時間後には何事もなかったかのようにかおるを外の世界に連れ出したのだった。その二時間に何があったのか、おばあちゃんとかおるは完全黙秘を通しているので、孫たちのあいだでは、その二時間のことを《ミラクル&ミステリーの二時間》と呼んでいた。

つまり、おばあちゃんに救い出されたかおるは、鳥越家の誰よりもおばあちゃんのことを愛しているのだった。もちろん、かおる以外のみんなも、かおるに負けないぐらいおばあちゃんを愛しているのだけれども。

律子ねえちゃんは黒いスーツのスカートから伸びている両足を庭に向かってまっすぐに伸ばし、爪先《つまさき》を雨に打たせながら、しみじみといった感じで言った。

「この家がなくなっても困るしね」

僕たちはいっせいにうんうんとうなずいた。僕たちはそれぞれの家で何か嫌なことがあったり、親と喧嘩をしたりして家にいたくなくなった時には、必ずおばあちゃん

の家に避難することにしていた。おじいちゃんが生きていた頃は、僕たちが避難した時点でおばあちゃんの家は僕たちの親が立ち入ってはいけない場所に変わるという暗黙の了解があった。言わば、おばあちゃんの家は僕たちにとってのバードサンクチュアリみたいなもので、ここにいる限り僕たちは何も恐れることなく存分に羽を休めることができたのだ。ただし、僕たち自身に非があって親と喧嘩になり、避難をしてきた場合は、親に代わっておじいちゃんとおばあちゃんにお説教をされるのだけれど。

要するに、このままおばあちゃんがどんどんとへこんでいって、一人暮らしがＮＧになると、同時に僕たちの《避難所》もなくなってしまうというわけで、それもおおいに困るのだけれど、それよりも何よりも、この家がなくなってしまうことは寂しくてやりきれない気がしてしまうのだ。この小さくて、古ぼけていて、でもきちんと人が住んでいる匂いのする家には、僕たちの思い出がパンパンに詰まっているのだ。

律子ねえちゃんは伸ばしていた足を畳み、どっかとあぐらをかいて言った。

「動くか」

一瞬、律子ねえちゃんが武田《たけだ》信玄《しんげん》みたいに見えた。武田信玄には会ったことはないけれども。

僕たちは《お館《やかた》様》を囲むようにしてあぐらをかき、今後の対策会議を始めた。

三十分後、まずは、「これから先、ローテーションを組んで週末ごとにおばあちゃ

んの家に泊まりに来る」、ということが決まった。これは僕たちの親にこの家の大切さをアピールする意味もあったが、どちらかと言えば、おばあちゃんの様子を見に来るという意味合いのほうが大きかった。

その一分後、次は、どうやったらおばあちゃんの元気を取り戻すことができるのか、という議題に移ったのだが、これはもう、とびきりの難問だった。みんな黙って考えていたので、雨粒が庭の植物の葉を打つパチパチという音がやけに大きく聞こえた。

「そうだ！」

ケン坊が顔を輝かせながら、言った。どうせアホなことに決まっていたが、僕の目にはケン坊の頭の上で、漫画のひらめきの表現の、電球がピカッと光ってる絵が見えた。

「ユンケル一年分！」

少しでも期待した僕がバカだったけれど、みんなは笑いながらケン坊を愛しそうに見つめていた。ケン坊は停滞した状況を一掃する本能的なパワーを、生まれながらにして持っていた。

「アホ」

僕が笑いながら言うと、ケン坊は残念そうに肩を落とした。

「あのさ、ケン坊」律子ねえちゃんは優しい声で言った。「おじいちゃんと弘大叔父

さんの替わりになれるものが、あると思う？」

ケン坊は目玉をぐるっとひとまわりさせて脳の中のＣＰＵをオンにしたあと、十秒ほど考え、首を横に振った。

「そうだよね」律子ねえちゃんはケン坊に微笑みを向けた。「ものじゃないんだよね。おばあちゃんの心に直接届くような何かがあるといいんだけどね」

律子ねえちゃんが300％ぐらい正しいことを言って、さらに難易度を上げてしまったので、今日中に答えが出るかなぁ、と僕が思った時、かおるがぼそっという感じで、言った。

「おじいちゃんのお通夜の時の、おばあちゃんの話、覚えてる？」

かおる以外のみんなが、なんだっけ？　といった感じで首をかしげた。ケン坊の目玉はぐるぐるぐるぐるとまわっていて、これ以上答えを引き延ばすとＣＰＵが壊れて、もっとアホの子になってしまいそうだった。

「もしかして」とリカが言った。「映画の話？」

かおるは、うん、とうなずいた。

思い出した。確か、お通夜（坊さん抜き）の夜、ケン坊が突然おばあちゃんに、「おじいちゃんとの一番楽しかった思い出ってなに？」って尋ね、おばあちゃんは、「たくさんあり過ぎて困っちゃうんだけどねぇ」と前置きして、初デートで見に行っ

た映画の話をしてくれたのだった。かなり憔悴《しょうすい》していたおばあちゃんも、その思い出話をしている時は活《い》き活きとした表情を見せていた。

「おばあちゃん、ローマのやつ、とか言ってたよね」

律子ねえちゃんがそう言うと、かおるはうなずいた。

補足すると、おばあちゃんはおじいちゃんとの初デートでローマが舞台の映画を見に行ったのだった。

「それって、『ローマの休日』のことだよね」

リカがそう言うと、かおるは、たぶん、と応えた。

勘も察しも良い律子ねえちゃんが、そっかぁ、それはいいアイデアかもね、とかおるに言うと、少し遅れて、リカが、うん、いいかもね、と同調したので、僕は分かった振りをして、賛成、とつけ加えた。もちろん、サハラ砂漠のド真ん中に置き去り状態のケン坊は、迷子特有の悲しそうな目で僕たちのことを見つめていた。そして、律子ねえちゃんが颯爽《さっそう》と助けに現れた。

「『ローマの休日』をおばあちゃんと一緒に見るんだよ。で、見終わったあとに、おじいちゃんの思い出話をたくさんしようよ」

僕が、そうだったのか、それはいいアイデアだな、とひそかに思っていると、僕以上にそう思ったケン坊は、あぐらを崩して足をばたつかせながら、いいねいいね、と

言って喜んだ。

　こんな感じで、すべてが良い方向に流れていっていると思われたが、その流れをかおるがいきなり堰《せ》き止めた。

「俺、ちっちゃいテレビの画面で、おばあちゃんに大切な映画を見せるなんてやだよ」

　かおるの言葉には有無を言わせないような響きがこもっていた。悪い提案ではないと思ったので、僕は言った。

「じゃ、プロジェクターとスクリーンを用意して上映するか？」

　かおるはふっと鼻で笑い、言った。

「やっぱりスケールがちっちゃいな、おまえは」

　やっぱり、という言葉にかなりカチンときたけれど、おばあちゃんが寝ていることを考慮して怒りを抑え、言った。

「じゃ、どうしようってんだよ」

「でっかいスクリーンで見せてやろうぜ」かおるはきっぱりと言った。「映画館とかそういうとこでさ」

　みんなの瞳《ひとみ》がいっせいにキラキラと輝き始めた。

　忌々《いまいま》しいぐらいに輝いている八つの瞳。

僕は、これまで何度もその輝きを見たことがあった。

一番最近では、二年前の夏に親抜きで初めて僕たちだけで旅行に行こうという計画が盛り上がった時に――。

その神々《こうごう》しくも見える八つの輝きは、僕にとって不吉を予兆する禍々《まがまが》しい光でしかなかった。

「ちょっと――」

ちょっと待てよ、と僕が言い終わる前に、台所のほうから水が蛇口から流れ出る、ジャーッという音が聞こえてきた。その音は100％の確率で、おばあちゃんが僕たちのために晩御飯を作り始めた音だった。

律子ねえちゃんとリカがほとんど同時に、姿勢良くすっと立ち上がった。律子ねえちゃんは、僕を見下ろしながら、言った。

「そんなわけで、今回もアレンジをよろしくね。プロデューサー」

律子ねえちゃんの御告げが下されたいま、僕に反論の余地は残されていなかった。

と、すぐに暇をもてあましたケン坊は、俺も手伝ってくる！　と弾丸みたいにすっ飛んでいった。

僕が雨に濡れているアジサイを見つめながら、心の中で、ふざけんなっつーの、な

んでいっつもいっつもめんどくさいことは俺がやることになってんだよ、とぶつぶつ文句を言っていると、誰かにニヒルな感じでふっと笑われた気がしたので、視線をダッシュでアジサイからかおるに向けた。やっぱり、かおるが唇の右端を上げるようにして薄く笑いながら、僕を見ていた。目には憐《あわ》れみの色が浮かんでいた。

「大変だろうけど、まぁがんばれや。プロデューサー」

言いだしっぺはおまえだろうがっ！　と怒鳴りたい衝動をおばあちゃんのために抑え、心を落ち着かせるために深呼吸をした――。

　こうして一周忌の一日が暮れていき、僕たちはおばあちゃんのために『ローマの休日』の上映会を開くことに決めた。というか、計画が僕に丸投げされた。

　正直、何から手をつけていいのか見当がつかなかったし、開催に至るまでがひどく面倒なのは予測がついたけれど、その反面、上映会が成功した時のことを想像したら、ワクワクしてしまったのも確かだった。

　そんなわけで、そのワクワクが《不安》や《めんどくさい》に押し潰《つぶ》されてしまう前に、僕はとりあえず動き出してみることにしたのだった。

1

一周忌の日から三日後の夜に律子ねえちゃんから電話が掛かってきた時、僕は自分の部屋にいて、インターネットで調べものをしていた。

「どうよ、その後」

律子ねえちゃんの声がやけに威圧的に聞こえた。僕はため息をつくのをどうにか堪《こら》えて、言った。

「あのさ、この前の話だと映画館とかなんとか言ってたけどさ、実際のところ、どれぐらいの規模を考えてんの？」

「映画館て言ったら映画館の規模でしょ」

律子ねえちゃんはきっぱりと言い、僕には、太陽が西からのぼるとでも思ってんの？　と言ったように聞こえた。僕は腕をめいっぱい伸ばしてケータイを口から離し、小さくため息をついたあと、腕を畳んでケータイを耳につけた。

「あんた、いまため息ついたでしょ？」

律子ねえちゃんのカウンターパンチに動揺しながら、答えた。

「そんなわけないじゃん。空耳だって」

「問題はなんなのよ？　言ってごらん」

　その言葉に飛びついた。

「色々と調べたんだけどさ、映画館の規模のところで上映するとなると、難しい問題が出てくるんだよね」

「だから、それは何よ」

　僕はパソコンの隣に広げてあった大学ノートのページを前のほうにめくって〈フィルムの問題〉という項目のページを開き、そこに書いておいた問題点を見ながら話した。

「あのさ、映画館の映写機は普通35ミリっていうサイズのフィルムを使うらしいんだよね。その下が16ミリで、その下が8ミリってなってて、一般人の手に入るサイズは16ミリまでらしいんだよ」

「手に入るってどういうこと？」

「レンタルってこと。35ミリを16ミリにプリントし直したやつを有料で貸してくれるみたい。あ、でも、ネットで探した感じでは、『ローマの休日』のレンタルはなかったけどね」

　律子ねえちゃんが黙ってしまったので、僕は補足した。

「必死になればどうにか16ミリのフィルムは探せるかもしんないけど、そうなると、

映画館みたいな大きな場所では上映は無理だよ。そういう場所の映写機は35ミリ専用になってるみたいだからね」

「35ミリのフィルムはどうやっても手に入れられないの？」

「無理なんじゃないかなぁ。いま、念のためにネットで『ローマの休日』と《35ミリ》と《レンタル》って言葉を一緒に検索してたんだけど、ヒットしたのがたったの五十件で、その中にはフィルムレンタルの項目はなかった」

　また律子ねえちゃんが黙ってしまったので、僕は続けた。

「現実的に言っちゃうと、やっぱりプロジェクターと100インチぐらいのスクリーンを用意してさ、DVDで上映するしかないと思うんだよね。音声をちゃんとしたいなら5.1チャンネルのスピーカーを――」

「いったん切るね」律子ねえちゃんが僕の言葉を遮った。「またあとで電話する」

　ぶちっという音がして、電話が切れた。律子ねえちゃんのことだから、きっと何かを思いついたんだろう。

　それにしたってこんなふうに一方的に切ることはねぇだろうが、と死んでも直接言えない文句をぶつぶつ吐きながら、ネットでの検索作業に戻った。今度は、『ローマの休日』と《上映会》という言葉を検索窓に打ち込んで、検索してみた。一万二千件の大ヒット。僕は心置きなく大きなため息をついた。フィルムを探すだけでこんなに

大変なのだ。一周忌の日に感じたワクワクが、僕の中で急速にしぼんでいっていた。

一時間が経ち、息抜きでネットにアップされているアイドルのグラビア画像を見ながらポテトチップスを食べていると、ケータイのベルが鳴った。表示を見ると、《律子ねえちゃん（鬼）》だったので、さっきの仕返しのつもりでわざとゆっくり出てやった。

「わざとか？」

またもや律子ねえちゃんのカウンターパンチを喰《く》らい、めちゃくちゃ動揺したけれど、ちがうよー、トイレに行ってたんだよー、とちょっと可愛い感じで言い訳すると、ふっ、という音が聞こえてきた。初めて電波を通して鼻で笑われた。

「明日の予定は？」と律子ねえちゃんは訊いた。

「大学に行って講義を受けるだけ」

「講義は何時に終わるの？」

「三限だけだから二時半には終わるよ」

「じゃ、四時に研究室棟に行って文学部の浜石《はまいし》教授に会いな。話は通しておくから」

「なにそれ？」

「浜石教授に映画のことを色々と教えてもらいな」

「えー」僕は不満の声を上げた。「その人どんな人？」

「テッ」

律子ねえちゃんが僕の名前を縮めて《テッ》と呼ぶのはお説教をする時なので、僕は少しだけ身構えた。

「パソコンにばっか頼ってないで、生の人間に会って話を聞きな。目の前にいる人は、おまえに情報だけじゃなくて、もっと色んなものを与えてくれるよ」

今年の《正論大賞》は律子ねえちゃんで決まりだ。僕は、分かったよ、と答えた。

電話を切ったあとにパソコンの画面を見ると、巨乳アイドルが水着姿で僕に向かってにっこりと微笑んでいた。

確かに、この娘が目の前にいたら、多くのものを与えてくれそうな気がするけれども。

2

翌日、講義が終わったあと、図書館に行って映画関係の本が並んでいる書架の前をうろうろしながら一時間ぐらいを過ごした。本のほとんどは作品評論ばかりで、フィルムや映写機に関する雑学本や、映写技師が書いたものなど、僕が読みたい種類の本はまったく置いてなかった。それならと思って、『ローマの休日』に関する評論を読

んでおこうと何冊か開いてみたが、『ローマの休日』という文字が載っている本は一冊もなかった。その代わり、僕も僕のまわりの人たちも誰も見てないような作品が取り上げられていて、さらには《アジール》とか《エトス》とか《ルサンチマン》とか、もう何がなんだかの用語でそれらの作品が語られていた。

さようなら、君たちとは二度と会うこともないだろう、勉強不足の俺を許してくれ、と心の中でつぶやきながら、書架の前を離れ、図書館を出た。時間が少し余っていたので生協の本屋に行って本棚を覗いたけれど、僕が探しているような本は見つからなかった。

四時五分前に研究室棟に着き、受付で来訪者カードに記入をして、学生証を警備員にチェックされたあと、ようやく中に入るのを許された。何年か前に研究室棟から飛び降り自殺をした女子学生がいて、その後、彼女と関係が噂されていた教授が大学の敷地内で殺されて以来、入棟のチェックが厳しくなっているらしかった。

浜石教授の研究室がある三階へ、階段で上がった。前期試験が近づいてきているせいか学生の姿は少なく、建物の中はひっそりとしていた。いまにも雨が降り出しそうな外の天気に合わせて階段は薄暗く、照明も点《つ》いていなかった。研究室棟には死んだ教授と女子学生のおばけが出るというもっぱらの噂だった。そんなわけで、僕は低い声で、あるこーあるこー、わたしはーげんきー、とトトロの歌を歌って自分を勇気づ

けながら階段を上がったけれど、よく考えたらトトロはおばけなのだった。

残念ながらトトロに出会うことなく三階まで上がり、浜石教授の研究室の302号室に向かった。

ドアの前に辿《たど》り着き、ノックをすると、女の人の、どうぞ、という声が部屋の中から聞こえてきた。ドアを開けてすぐに目に入ったものは、十畳ぐらいの割りと広めの部屋にどっしりとした感じの机と、天井から床までぎっしり本が詰まった本棚と、すっかりしょぼくれた感じのソファセットだった。でも、肝心の浜石教授らしい人物の姿はなく、ソファに腰掛けて、僕のことをじっと見つめている若い女の人だけがいた。彼女は白いシャツを着て紺色のタイトなスカートをはき、髪を後ろで束ね、さらには縁なしのメガネを掛けていた。ぱっと見では《IT企業のやり手秘書》みたいに見えたが、僕を見つめている目の輝きと、きゅっと上がっている口角が幼くて、《やり手》というより《いたずらっ子》の雰囲気をより強く醸し出していた。

彼女が僕を見つめたまま、言った。

「入ってくれれば？」

僕は戸口に立ったまま、念のために恐る恐る彼女に訊いた。

「浜石教授、ではないですよね？」

返事をする代わりに彼女が本当に楽しそうにケラケラと笑ったので、僕も一緒にへ

ラヘラと笑った。笑い止んだ彼女が、また僕を見つめて言った。

「浜石教授は男なんだけど」

そんなことも知らないでここに来たの、と言外に言われている気がしたので、僕はヘラヘラ笑いを顔から消し、お邪魔します、と礼儀正しく頭を下げながら、部屋に入った。僕がドアのそばで足を止めると、彼女が向かいのソファを指差し、座って待ってなさいよ、と勧めてくれたので、従うことにした。ソファに腰掛けると、彼女が小さなセンターテーブルの上に広げてあった書類を片づけながら、教授はもうすぐ戻ると思うよ、と言い、続けて、コーヒー飲む？　と訊いたので、僕は少しだけ迷ったあと、いいえ、と断った。

「どうしていまちょっとだけ迷ったの？」彼女は僕の目を覗き込むようにして訊いた。

僕は彼女の迫力に押され、少しだけ背中を背もたれに寄せたあとに答えた。

「ブラックが飲めないので」

「砂糖とミルクがないと思ったの？」

「なかった時に残したらもったいないと思ったので」

彼女は、心配することないのに、と言って微笑みながらすっと立ち上がり、ソファの後ろに置いてあるサイドテーブルに行き、僕に背を向けてコーヒーを入れる準備を始めた。

「何年生？」彼女は僕に背中を向けたまま、訊いた。

「二年生です。法学部の法律学科です」

「名前は？」

「鳥越って言います」

「鳥越くんね」彼女は確かめるようにそう言って、続けた。「わたしは三年。文学部の比較文化学科で、浜石教授のゼミ生。名前は司祐子《つかさゆうこ》。よろしくね」

司さんはそう言い終わるのとほとんど同時に、両手に紙コップを持って振り返り、ソファに戻ってきた。そして、僕の前に紙コップを置いたあと、スカートのポケットの中からスティックシュガーとミルクポーションを二つずつ取り出し、コーヒーの隣に置いてくれた。

僕がまだ小学校二年生だったある日の算数の授業中に退屈で死にそうになっていた時、隣に座っていた野々宮奈緒《ののみやなお》ちゃんが僕のほうに視線を送っていることに気づいた。僕が視線を向けると、奈緒ちゃんはそっとスカートのポケットの中に手を入れ、青リンゴ味のキャンディを二つ取り出し、先生に気づかれないようにしながら、一つを僕の机に置いた。僕と奈緒ちゃんはこっそりとキャンディを口に入れ、クスクス笑いながらキャンディをなめた。そんなふうにして、僕は算数の授業中に初恋の相手とめぐり逢《あ》った。

僕が何を言いたいのかと言うと、僕はスカートのポケットの中から何かを取り出して僕にくれる女の子に弱いのだ。つまり、僕は司さんのことをあっという間に好きになってしまったのだった。

「鳥越くんて」司さんはソファに座り、コーヒーを一口飲んだあと、口を開いた。「彼女いるの？」

心を見透かされたような気がしてひどくびっくりしたけれど、冷静さを保つようにがんばりながら、答えた。

「いえ、いないでしゅ」

いないです、と言おうとしたのに、緊張で噛《か》んでしまった。司さんはとても深い微笑みを浮かべて、鳥越くんて面白いねぇ、と言った。僕が、いえ、そんなことないです、と今度は噛まないように慎重に言うと、司さんは不満げに眉間《みけん》に皺を寄せた。

それから一分ぐらいのあいだ、僕たちは言葉を交わさずに、ちびちびとコーヒーを飲んだ。そのあいだじゅう、司さんの視線は僕にじっと注がれていて、僕は耐え切れずにうつむいてしまった。

「なんかごめんね」と司さんは申し訳なさそうに言った。「ほんとは初対面の人にこんなにガツガツ食いつくタイプじゃないんだけど、鳥越くんて、子供の頃に飼ってたアラスカン・マラミュートにそっくりなのよね」

「なんすか、それ？」

「イヌ」

「…………」

「すっごく可愛いかったの。でも、ちょっとおバカで、トイレのしつけはぜんぜんおぼえられなかったけど」

「…………」

司さんの僕を見る目が明らかに愛しいペットを見るそれだったので、あまりに切なくなり、話題をそらすことにした。

「比較文化学科って、どんな勉強をするんですか？」

「文字どおり、色んな文化を比較して研究するの。思想とか宗教とか歴史とか堅い分野がメインだけど、映画とか文学とか美術関係も扱うわよ」

　司さんは続けて、自分がフォーマルな格好をしているのは、来日中のアメリカの小説家に会いに行く浜石教授のお供をするからだ、と言って、その小説家の名前を挙げた。僕が、はぁ、と気のない返事をすると、司さんは、有名な人なんだよ、とちょっと怒ったように言った。そして、司さんが、好きな小説はなんなの？　と僕に質問した時、部屋のドアが開き、浜石教授らしきスーツ姿の、背が低くて頭のてっぺんがツルピカにハゲているおっさんが入ってきた。僕がソファから立ち上がると、おっさん

は、いいよいいよ座ってて、と言いながら、足早に部屋を横切って机に向かった。浜石教授に間違いなさそうだった。

　僕が再びソファに腰を下ろすのとほとんど同時に浜石教授も席に座り、脇に抱えていた書類の束を机の上に置いたあと、口を開いた。

「山村《やまむら》律子くんの親戚の子でしょ？」

　僕が、はい、そうです、と答えると、浜石教授は僕のことをじっと見つめた。初対面の人物をじっと見つめるのが、このゼミの基本方針なのかもしれない。僕はなんとなく目をそらしてはいけない気がして、浜石教授をきちんと見つめ返した。よく見ると、浜石教授は『ベスト・キッド』のミスター・ミヤジに似ていた。ダニエルさん、て呼ばれたら爆笑してしまうなぁ、やばいなぁ、と思っていると、浜石教授はふいにうなずき、言った。

「いい目をしてるねぇ。でも、両親からもらったまんまだね。勉強したら、もっといい目になるよ」

　言っている意味がよく分からなかったので、はぁ、と適当に相槌《あいづち》を打つと、浜石教授が続けた。

「悪いけど、三十分ぐらいしか時間がないから、どういう用件か手短に話してもらえる？」

なんだよ、話が通ってるんじゃないのかよ、と心の中で律子ねえちゃんに悪態をついて、ことの経緯を話し始めた。

十分ぐらいでだいたいのことを話し終えるあいだ、浜石教授は黙って耳を傾けてくれた。ついでに、司さんも。

「いい話だなぁ。いい話過ぎて、ちょっと信用できないぐらいだなぁ」

話を聞き終わった浜石教授が感想を漏らすと、司さんがクスッと笑った。浜石教授が続けた。

「で、要するに、『ローマの休日』の35ミリのフィルムを手に入れたいってことでしょ？」

「はい」と僕は答えた。「もちろん、レンタル料が掛かってもかまいません」

浜石教授はまた僕の顔をじっと見つめつつ、司さんに問い掛けた。

「司くんはどう思う？」

「わたしも大きなスクリーンで見たいです、『ローマの休日』」司さんは意志のこもった声で、きっぱりと言った。

浜石教授は司さんの言葉に軽くうなずいたあと、右手の指で右の耳たぶをきゅっきゅっと引っ張りながら、言った。

「フィルムにあてがないわけじゃないけど、おばあちゃんが見たのは本当に『ローマ

の休日』なのかなぁ」

僕が言葉の意味を測りかねていると、浜石教授は耳たぶから指を離し、まぁいいか、とつぶやいて、続けた。

「とにかく、フィルムの件はどうにかなると思うよ」

僕がほっと息をつくと、浜石教授は、その代わり、と言った。

「明日またここに来なさい。映画のことについて色々と話そうよ」

「は？」

「手配するまでに少し時間が掛かるから、それまでボクの雑談につき合ってくれてもいいだろ」

嫌です、なんて言えるわけもなく、仕方なく、分かりました、と言いながら、うなずいた。

「じゃ、明日の六時にここね。まずは君の好きな映画から話そうよ」

浜石教授はそう言って立ち上がり、続けて司さんに向かって言った。

「行こうか」

司さんも立ち上がったので、僕も立ち上がった。

三人で連れ立って研究室棟を出て、タクシーで目的地に向かう浜石教授たちと校門の前で別れた。

タクシーの中から楽しそうに手を振ってる浜石教授と司さんに手を振り返しながら、なんかおかしな展開になってるなぁ、と思ったけれど、悪い人たちではなさそうだったし、すでに司さんのことを好きになってしまっていたので、しばらくはこのまま流れに身を任せることにした。

帰りの電車の中で、《『ローマの休日』上映計画》と表紙に銘打った大学ノートを広げ、〈フィルムの問題〉のページに、「入手可能（たぶん）」と書き込んだあと、ページの上部に○をつけた。パラパラと他のページをめくると、残りの問題が僕の目に飛び込んできた。〈日時の問題〉、〈会場の問題〉、〈お金の問題〉。

果たして、すべての項目にちゃんと○をつけられるのだろうか。

3

帰り道に家の近所のショッピングモールにある、行きつけのレンタルビデオ屋の《ヒルツ》に寄った。ソフトをレンタルするあてはなかったが、大学からの帰りの電車の中で、明日のために「好きな映画」についてリストを作っておこうとしたところ、何作かしか思い浮かばなかったので、念のために《ヒルツ》の棚を見てチェックしようと思ったのだ。

ジャンルごとに分けてある棚を眺めながら歩き、目についたタイトルをノートにメモした。一本一本の作品ごとにその当時の思い出がはっきりと浮かんできた。コメディの棚に置いてあった『最終絶叫計画』は、中学の時に初めてできた彼女と初デートで見に行った作品だった。同じクラスの映画マニアで有名だった亀有《かめあり》というヤツが、「デートには絶対おススメの映画だよ！」と力説したので、信用して見に行ったところ、映画を見終わった時にはどんよりと気まずい雰囲気になってしまい、亀有を少しだけ呪ったのだった。どうして少しだけかと言うと、僕はかなり楽しめたからなのだけれど。

あの子はいまどうしてるかなぁ、と甘酸っぱい気持に浸りながら、『最終絶叫計画』のビデオを持ってレジに向かった。カウンターにはいつものバイトらしき男がいた。僕と同い年ぐらいに見えるその男は、ビデオを受け取ると、いつものように人懐っこい笑みを浮かべて、これは傑作ですよ、と楽しそうに言った。僕は、見直そうと思って、と笑顔で応えた。

家に戻り、さっと晩御飯を食べ終え、自分の部屋でベッドに寝転がりながら『最終絶叫計画』を見始めた。身をよじってゲラゲラ笑いながら見ているところに、電話が鳴った。表示は、《律子ねえちゃん(鬼)》。ビデオを停めて、電話に出た。

「どんな感じよ」

　ウォーミングアップは一切なく、直球の言葉が飛んできた。

「フィルムはなんとかなりそうだよ」僕も直球を投げ返した。「その代わり、雑談につき合わされることになったよ」

　浜石教授とのやり取りをかいつまんで話すと、律子ねえちゃんは楽しそうに、うんうん、と相槌を打ちながら耳を傾けていた。

「そもそも、律子ねえちゃんはなんでミスター・ミヤジと知り合いなの？」

　司さんのことを差し引いて話を終えたあと、律子ねえちゃんに訊いた。

「教授の講義を受講してたからよ」

「だって、文学部の講義じゃん」

「説明するのも嫌なんだけど」と律子ねえちゃんは前置きして、続けた。「一般教養の講義だったら、どの学部のものでも受けていいんだよ、うちの大学は」

　知らなかった。まぁ、知ったところで、他の学部の講義を受けるような単位的な余裕は、僕には金輪際ないけれども。

「ミスター・ミヤジの講義って面白いの？」

　愚問だった。律子ねえちゃんがわざわざ受けるぐらいだから、面白いに決まってるのに。

　律子ねえちゃんはため息をつき、言った。

「教授はかーなーり有名なんだよ。うちの大学に通ってて、教授のことを知らないなんてすごいよ。おまえはすごいよ。うん、すごいすごい。すごいねー、えらいねー」

「…………」

「まぁ、せっかく知り合えたんだから、教授に色々と教えてもらいな」

僕は素直に、はい、と答えたあと、律子ねえちゃんのこの先のだいたいのスケジュールを訊いた。上映会場を押さえる日時を決めるためだ。律子ねえちゃんは8月の中旬にフィアンセの伊織さんと卒業旅行で一週間ほどギリシアに行く以外は、目立った予定はなかった。

「早めに日時を決めてくれたら、優先的に予定を空けるよ」と律子ねえちゃんは言った。

また連絡するね、と言って電話を切ろうとする律子ねえちゃんを引き留め、僕は訊いた。

「律子ねえちゃんの一番好きな映画ってなに？」

律子ねえちゃんは迷うことなく即答した。

「『フィラデルフィア』」

「なんで？」

「それを見て弁護士になることに決めたから」

律子ねえちゃんらしい、明快な答えだった。

「ちなみに、おまえは？」

「夕方ぐらいからずーっと悩んでんだけどさぁ、一番を選ぶのって難しいよねぇ。だいたいジャンルの違う作品は比べようがないじゃん？　それに、選ぶ時の気分で変わってくるだ――」

ぶちっという音を立てて、電話が切れた。なんて男らしい切り方なのだろう。見習いたいものだ。

律子ねえちゃんのケータイの表示を、《律子ねえちゃん（鬼婆）》に変更して男らしくない仕返しをしたあと、『最終絶叫計画』の鑑賞に戻った。手を叩《たた》きながら笑っているところへ、また電話が鳴った。表示は、《リカ》。

「もしもし。リカです」

リカのおしとやかな声が聞こえてきて、僕の心は一気に癒された。

「その後、どうですか？」

僕は、ふっ、とニヒルに笑ったあと、答えた。

「君のためにがんばっているよ」

普段ならここで、リカのクスクスという笑い声が聞こえてくるはずなのに、どういうわけか聞こえてこず、代わりに、アホの子のがさつな声が聞こえてきた。

「バカじゃねーの」

いつの間にかケン坊に電話を替わっていたようだ。

「うるせー、ケン坊」

「ケン坊って呼ぶなよー」

ケン坊にこの先の予定を訊くと、期末試験があって、夏休みがあって、林間学校があって、サッカー部の夏練があって、ということらしかった。早くリカと話がしたかったので、あとでその全部の日程を紙に書いてファックスで送れ、と命令し、続けて、リカに替われ、と言おうとしたけれど、念のために訊いてみた。

「ケン坊の一番好きな映画ってなんだよー」

ケン坊は、うーん、と苦しそうにうめきながら三十秒ぐらい考えて、答えた。

「『24―TWENTY　FOUR―』！」

熟考した末に映画ではなくドラマを選ぶあたり、スクスクと立派なアホの子に成長しているようだったので、僕はとても朗らかな気持になった。

ヘディングし過ぎるなよー、と優しく忠告し、続けて、そっこーリカに替われ、と厳しく命令した。

「替わりましたー」

ヒバリのさえずりのような、リカの可愛い声が聞こえてきた。リカの声を聞くと、

どういうわけか、毛深い男は好き？　とか、寝る時はやっぱりパジャマなの？　とか、セクハラ係長が訊きそうなことを訊きそうになってしまうのだけれど、僕はしっかりした親戚のお兄ちゃんなので、この先の予定を訊いた。リカにたいした予定はなく、夏休みに予備校の夏期講習に通うだけらしかった。

「どっかに遊びに行かないの」と僕は訊いた。

「うん。勉強しないと」

リカの声はひどく寂しげに聞こえた。リカのお母さんの弘美叔母さんは、ケン坊を放し飼いにしている割りにリカには厳しくて、門限を決めたり、進路に関しても色々と口うるさく指図しているみたいだった。もしかしたら、弘美叔母さんはリカが援交とかブルセラとか出会い系とか、そっちの方向に行かないように縛りつけようとしているのかもしれないけれど、そうだとしたら、超A級の取り越し苦労だ。たぶん、いつも近くで見ているから、リカがどんな女の子か客観的に見れなくなってるんだろう。リカもリカで、たまには弘美叔母さんに反抗すればいいのに、いつも我慢ばかりしているのだ。正直なところ、近い将来にその反動でリカが一気にグレてしまうのでは、と僕はちょっとだけ心配していた。

「あんま勉強し過ぎんなよー」

僕が冗談めかして言うと、リカは嬉《うれ》しそうな声で、うん、ありがとう、と応えた。

「ところで、みんなに訊いてんだけど、一番好きな映画ってなに？」

リカは無言のまま十秒ほど考えて、言った。

「『天空の城ラピュタ』かなぁ」

僕は、うんうん、とうなずき、あれはいい映画だよねぇ、と相槌を打ち、次のお正月にうちで一緒に見ようねぇ、と言うと、リカはクスクスと笑い、へんなおじさんみたいだよぉ、と可愛く言った。

ほのぼのとした気分で電話を切って『最終絶叫計画』に戻り、クッションを叩きながら笑っていると、ケータイへのメールの到着を知らせるピロリンという音が鳴った。かおるからだった。

《電話してもいいか》

かおるのびみょーな距離の取り方に、いつものように、めんどくせー、と思いながら、《ＯＫ》と返事を打って送信すると、五秒後に電話が鳴った。

「どうなってるよ？」

「フィルムはどうにかなるよ、たぶん。あとは、みんなのスケジュールを合わせて、会場を押さえてって感じだな。そういや、おまえの夏の予定は？」

「なんもないよ」

「最近はバイトしてんのか？」

「してるよ。なんでだよ？」

「会場を押さえんのに金が掛かるはずだから、おまえにも負担してもらわないとよ」

「いくらぐらい掛かんのかな」

「わかんねー。そもそもどこを借りるのかって話だよな」

「あてはあんのか？」

「これから考えるとこ」

「わかった。色々と決まったら連絡くれや」

「了解。あ、そういえば、おまえの一番好きな映画ってなに？」

「なんだよ急に」

「お約束でみんなに訊いてんだよ」

「教えたくねー」

ニヒルな捨て台詞《ぜりふ》を最後に、電話が切れた。むかついたので、ダッシュで《うんこ》とだけ打ち、かおる宛てにメールを送りつけた。十秒後に《死ね》という返事がきたので、マッハで《ちんかす》と返し、七秒ぐらいで《死ね》が戻ってきたので、光速で《うじむし》と返したら、一分ほど待っても返事がこなかった。さすがに《うじむし》はひどかったかな、と思い、《おい生きてるか》と様子見のメールを送ると、すぐに《送信できませんでした。宛先を確認してください》という表示になった。ア

ドレスを変えやがったのだ。試合に勝って勝負に敗けた、という気がしてすっきりしなかったので、パソコンを起動し、かおるのパソコン用のメールアドレスに、《でっかいうんこ》と書いたメールを出しておいた。

試合にも勝負にも勝った満足感に浸りながら、『最終絶叫計画』を見終えた。見るのは中学の時以来だったが、当時と同じように楽しめたのは、もしかすると僕がほとんど成長していないからだろうか。

テレビを消して、机に向かい、《『ローマの休日』上映計画》を広げ、〈日時の問題〉のページを開いた。卓上カレンダーを眺めながらあれこれ考えたあと、ページに《上映日：8月31日(日)》と書き込んだ。その日に決めたのは、準備にどれぐらい掛かるか分からないので二ヵ月ぐらい余裕が欲しかったのと、キリがよかったのと、日曜日なので僕たちの両親も参加できるのではと思ったのと、リカとケン坊の夏休みの最後の日の良い思い出になればよいと思ったからだ。

次に、〈会場の問題〉のページを開き、岡《おか》に電話をした。

「なにー？」

電話に出てすぐに、岡はめんどくさそうに言った。

「また映画見てんのか？」

「うん」

「なんの映画？」

「『ローリング・サンダー』」

見たことも聞いたこともなかった。

「ロックの映画？」

「は？」岡は怒ったように言った。「１９７７年製作、ジョン・フリン監督、ウィリアム・ディヴェイン主演、アクション映画の傑作だよ。見たことないなんて信じらんないよ。俺なんて今回で見るの二十六回目だよ」

岡とは同じドイツ語の語学クラスのクラスメイトで、入学してすぐの頃に知り合った。岡に初めて掛けられた言葉は、いまでもよく覚えている。

「『キル・ビル』はパート1と2、どっちが好き？」

岡は筋金入りの映画オタクなのだが、法学部にいて弁護士を目指している。仲良くなってしばらくして、どうして映画製作の方面に進まなかったのかを訊いたことがあった。岡は不敵に笑い、こう答えた。

「映画を作るより、映画の主人公になったほうがカッコいいだろうが。将来、俺をモデルにした弁護士映画が作られるよ。アル・パチーノの『ジャスティス』みたいなやつ」

それを聞いた時に内心では、おい、どうするよ、友だちやめとくか？と自問した

けれど、なんとなく面白い気もしたので、まぁいっかぁ、と友だちを続けることにしたのだった。

　すげぇ見てみたいから今度『ローリング・サンダー』のＤＶＤを貸してくれよ、と言って岡の機嫌を取ったあと、用件を切り出した。

「映画館て、貸してくれたりするのかなぁ」

「なにそれ？」

　岡に上映計画をざっと説明すると、岡は、なんか『ニュー・シネマ・パラダイス』みたいだなぁ、いいなぁ、と夢見るような声を上げたあとに続けた。

「よく分かんないけど、貸し切りにすることはできんじゃないの。要は、客席が全部埋まる分の金を払えばいいんだからさ。でも、公開中の作品以外の作品を上映するのは無理な気がするなぁ」

「やっぱそうだよな」

「直接劇場に訊いてみたほうが早いんじゃん」

「そのつもりなんだけど、その前にどの映画館がいいかおまえに聞こうと思って電話したわけさ」

　僕は都内にある、シネコンじゃなくてちゃんとした映画館の中で、良さそうなところを岡に何館かピックアップしてもらい、〈会場の問題〉のページに書きつけていっ

た。

「あと、試写会の会場で良さそうなとこってどこ？」

僕がそう訊くと、岡は三つのイベントホールを選んでくれた。

「サンキュー」僕はお礼を言った。「助かったよ」

「うまくいくといいな」

「うまくいくさ。明日、学校来るだろ？」

「うん」

「一緒に昼飯食おうぜ」

「了解。『ローリング・サンダー』、持ってくからな」

岡はそう言って、電話を切った。

岡が勧めてくれた映画館やイベントホールの情報をインターネットで集めていると、かおるから《死ね》というメールが届いた。

ふっ、語《ご》彙《い》の乏しいヤツめ。

僕は《ビッグなうんこ》と書いた返事を送りつけた。

かおるから返事は来なかった。

完全勝利だ。

4

翌朝、大学へ向かう前に、映画館に電話をした。全滅だった。やっぱり公開中の作品以外の上映はダメなのだそうだ。一日の上映スケジュールがすべて済んだあとに特別に貸してもよいという映画館もあったが、開始時間が夜の十時になってしまうので、せっかくですが、と断った。

お昼少し前に大学に着き、岡と合流して生協食堂に入った。岡にメンチカツ定食をおごり、僕はきつねうどんを頼んだ。御飯を食べながら、岡に今朝の電話の結果を報告した。

「やっぱりなぁ」岡はキャベツを口の中でモグモグさせながら、言った。「試写会場には電話した？」

僕は首を横に振った。

「あとでするつもり」

それから御飯を食べ終わるまでのあいだ、岡は、「フィルム・ノワールとはなんぞや」という講義を続けた。岡の話は含蓄があって勉強になったし面白くもあったので、自然と、へぇ、とか、そうなんだぁ、という相槌が出るほどだった。しかし、大きな

問題がひとつ。岡の口から次々と飛び出てくる作品を一本も見たことがなかったのだ。そんなわけで、午後の授業が始まる五分前に岡がようやく話し終えた時には、岡の《フィルム・ノワール傑作選》を借りる破目に陥っていた。ありがたいような迷惑のような……。

授業が違ったので、食堂の前で岡と別れた。もちろん、『ローリング・サンダー』のDVDは忘れずに手渡されたけれど。

授業を受けたあと、中庭のベンチに座り、三つのイベントホールに電話をした。銀座の、あるホールだけがまだ8月31日の予定が埋まっていなかったので、レンタル料金を訊くと、映写機の使用料もすべて含めて二十五万円ということだった。がんばれば出せない額ではなかったし、収容人数も五百人程度の広過ぎも狭過ぎもしないちょうどいい広さのホールだったので押さえてしまおうかどうか迷ったが、僕は、検討してみます、と言って電話を切った。そして、十秒後には、予約を入れなかったことがとんでもない間違いのような気がしてきた。いまこの瞬間にも予約が埋まってしまうかも、という焦りに駆られ、すぐにまた電話をしようかと思ったけれど、どうにかその衝動を抑えた。何かがしっくりこないのだ。何かを見落としているような気がするのだ。ベンチに座ったまま答えを探していると、空からポツリポツリと雨が降ってきたので、慌てて生協の本屋が入っている校舎に逃げ込んだ。

本屋の映画コーナーで作品のガイドブックを探して、その中の『ローマの休日』の記述を読んだり、オードリー・ヘップバーンの伝記があったので、『ローマの休日』に触れられている部分を拾い読んだりした。息抜きに週刊誌のコーナーでアイドルのグラビアが載ってる雑誌をめくっている時、ふとケータイの時刻表示を見ると、いつの間にか六時五分前になっていたので、急いで雑誌を棚に戻し、研究室棟に向かって走った。

約束の時間に三分遅れで302号室の前に立ち、息を整えながらドアをノックした。中から、どうぞー、というおっさんの声がしたので、僕はドアを開け、失礼します、と言いながら中に入った。部屋には昨日とは違って、浜石教授しかいなかった。僕はがっかりしているのを気づかれないように気をつけながら、浜石教授に笑顔で、遅れてすいませんでした、と頭を下げた。

「司くんがいなくて、がっかりかい？」

頭を上げてすぐに、浜石教授のカウンターパンチを喰らった。焦った僕が、そんなことはないでしゅよー、と噛んでしまうと、浜石教授は慈愛に満ちた微笑みを浮かべ、言った。

「君は本当に分かりやすいねぇ。むかし、うちで飼ってた犬に似てるなぁ」

「………」

「シベリアンハスキーでさ、顔は賢そうなんだけど、自分のうんこを食べちゃったりするんだよね」

「…………」

「まぁ、そういうバカなところが可愛かったんだけどね」浜石教授は眼差しを遠くにやり、寂しそうな声で続けた。「犬の白血病にかかっちゃってさ……」

そのままほっておくと泣き出しそうな気がしたので、僕は話題を打ち切るために、座ってもいいですか、と浜石教授に訊いた。浜石教授は気を取り直し、しっかりとうなずいた。

僕がソファに座ってすぐ、浜石教授は言った。

「司くんはあとで顔を出すよ」

頭の中で喜びのファンファーレが鳴った。浜石教授はつけ加えた。

「司くんは好き嫌いがはっきりしてるから、君は気に入られたんだと思うよ。よかったねぇ」

頭の中にいる小さな僕が喜びのコサックダンスを狂ったように踊っているところに、浜石教授がさらにつけ加えた。

「まぁ、司くんにはボーイフレンドがいるみたいだけれども」

調子に乗って踊り過ぎた頭の中の小さな僕は足を骨折し、地面に倒れ込んだ。まぁ、

あんなキレイな人に彼氏がいないほうがおかしいんだけれども。

「本当に君は分かりやすいな」浜石教授は僕の顔を見つめながら楽しそうに言って、続けた。「まぁ、君をからかうのはこれぐらいにして、さっそく映画の話でもしようか」

僕は担いだままだったディパックを肩から外して膝《ひざ》の上に置き、中から《『ローマの休日』上映計画》を取り出した。

「なにそれ？」と浜石教授が訊いた。

「メモ帳みたいなものです」と僕は答えた。「念のために好きな映画をメモしてきました」

浜石教授は、ふーん、と感心したようにうなずき、ちょっと読んでみてよ、と言った。僕は思わず、えー、と不満の声を上げてしまった。別に恥ずかしがることなんてないだろ、と浜石教授に言われたけれど、自分の好みをそれほど親しくない人に喋《しゃべ》るのは、なんとなく裸を晒《さら》しているような気になってしまうのだ。でも、仕方ないので、観念してメモを読み始めた。

「『ショーシャンクの空に』」

「いきなり来たねぇ。あれは良い映画だよねぇ」浜石教授はとても嬉しそうに言った。

「あのさぁ、映画の中盤でオペラの歌がかかるシーンがあるだろ？」

僕はうなずいた。確か、主人公のアンディがレコードをかけて刑務所の中庭に美しい歌を響き渡らせる、映画の中でも特に印象的なシーンだ。浜石教授は続けた。

「あれ、どういう意味か分かる？」

たぶん、ストーリーの話ではなく、背後に隠された意味のことを訊いているのだろう。メタファーとか言うやつかもしれない。まったく分からなかったので、正直に、分かりません、と答えた。

「あれはさ、《今夜、松の木の下で会いましょう》っていう逢い引きの歌なんだよね。ところで、主人公のアンディは相棒のレッドに、もし刑務所を出ることができたらどこに行け、って言ったっけ？」

はっきりとは覚えてなかったけれど、僕は答えた。

「確か、思い出の木が立ってる場所に……」

「そのとおり」

浜石教授は、もう何が言いたいのか分かるだろう？　といった感じで右の眉尻を上げながら微笑み、僕を見つめた。

「ぜんぜん気づきませんでした」と僕は言った。

「別に気づかなくても、あのシーンの価値が損なわれるものじゃないから、ぜんぜん問題ないんだけどね。ただ、知ってると、もっと深く楽しめるだろ？」

僕はうなずいた。浜石教授は続けた。

「ところで、君は人を好きになったら、どうするの？」

どうするのって言われてもなぁ、と思いつつも、僕は答えた。

「その人に思いを伝えますね、たぶん」

「伝えるだけ？」

質問の意図が深まっていくのを感じたので、戸惑って返事をできずにいると、浜石教授は真剣な光をかすかに目に点《とも》して、言った。

「君が人を好きになった時に取るべき最善の方法は、その人のことをきちんと知ろうと目を凝らし、耳をすますことだ。そうすると、君はその人が自分の思っていたよりも単純ではないことに気づく。極端なことを言えば、君はその人のことを実は何も知っていなかったのを思い知る。そこに至って、普段は軽く受け流していた言動でも、きちんと意味を考えざるを得なくなる。この人の本当に言いたいことはなんだろう？　この人はなんでこんな考え方をするんだろう？　ってね。難しくても決して投げ出さずにそれらの答えを出し続ける限り、君は次々に新しい問いを発するその人から目が離せなくなっていって、前よりもどんどん好きになっていく。と同時に、君は多くのものを与えられている。たとえ、必死で出したすべての答えが間違っていたとしてもね」

浜石教授はいったん言葉を切り、柔らかく微笑んだ。

「まぁ、人であれ映画であれなんであれ、知った気になって接した瞬間に相手は新しい顔を見せてくれなくなるし、君の停滞も始まるもんだよ。そのノートに載ってる好きな映画を、初めて見るつもりで見直してごらん」

なんだかすごくためになった気がしたので、サンキュー、ミスター・ミヤジ、と言いそうになるのをどうにか堪え、代わりに、はい、と答えた時、ドアがノックされた。浜石教授が、どうぞ、と応えると、ドアが開き、司さんが入ってきた。司さんは昨日とは違い、Tシャツにカーゴパンツというラフな格好で、髪も肩に垂らしていた。まるで、初めて見る人みたいに印象が変わっていた。

司さんは、こんにちは、と浜石教授に挨拶《あいさつ》をしたあと、僕のほうを向き、メガネに髪の毛が掛からないように指先で軽くかき上げ、こんにちは、と言って微笑んだ。その一連の仕草がすごく色っぽくて、僕の胸は軽く疼《うず》いた。司さんの彼氏はなんて幸せなヤツなのだろう。

僕が、こんにちは、と挨拶を返し終えると、浜石教授は司さんに訊いた。

「フィガロのCD、どこかにあったよね？」

「はい、確か――」

司さんは本棚に歩いていき、ふいにしゃがみ込んで、一番下の棚からさっとCDを

取り出した。

「ありました」

「さすがだねぇ」浜石教授は賢い孫でも見るような目で司さんを見つめた。「第三幕の《手紙の二重唱》をかけてよ」

司さんは、はい、と応えて、部屋の右隅に置いてあるＣＤコンポに歩いていき、手際よくてきぱきと再生の準備を進め、一分も掛けずに音楽を鳴らし、僕の向かいのソファに腰を下ろした。

部屋の中に美しい声が満ち始めた。

「鳥越くんとショーシャンクの話をしてたら、聴き直したくなってねぇ」

浜石教授の言葉に、司さんは軽くうなずいた。浜石教授は軽く目を閉じ、司さんは薄く微笑みながら、そして、僕は映画の中のシーンを思い出しながら、耳を傾けた。それはほんの三分足らずの時間だったけれど、僕にとっては生まれて初めての種類の、とても豊かな体験に思えた。

《手紙の二重唱》が終わったあと、オペラの続きを聴きながら『ショーシャンクの空に』の話をした。主人公の名前《デュフレーン》に隠された意味、主人公とイエス・キリストとの関係、相棒のレッドが草原を歩くシーンでたくさんのイナゴが飛んでいる理由、などなど。もちろん、僕は浜石教授と司さんの分かりやすくて面白くてため

になる会話に、へぇ、とか、そうなんすか、とか相槌を打って参加していただけだけれども。

オペラを最後まで聴き終えるのと一緒に会話も終え、時計を見ると、八時を過ぎていた。まずいな今日は金曜だったな、とつぶやいたあと、慌てて帰り支度を始め、三十秒ほどでドアにまで辿り着いた浜石教授は、まず司さんに、あとはよろしくね、と言い、次に僕に向かって言った。

「フィルムのほうはもう少し時間が掛かるから、また月曜においでょ」

バタンというドアの閉まる音とともに浜石教授の姿が消えると、司さんは軽く笑いながら、言った。

「毎週金曜日は早く帰って奥さんと映画を見る日なの」

僕が、なんか似合わないっすねぇ、と正直な感想を述べると、司さんは、何気ない感じで訊いた。

「御飯食べて帰る？」

僕がほんの一瞬だけ迷い、今日は用事があるんで、と断ると、司さんは少し残念そうに眉をひそめ、じゃ、駅まで一緒に行こうか、と言った。

部屋の戸締りをしたあと、研究室棟を出て、図書館の前を通り、正門に向かった。

いつの間にか雨は止んでいた。傘を持っていたのは司さんだけだったので、雨が降っ

てれば相合傘になだれ込むパターンがあったかもしれないのになぁ、と往生際の悪いことを考えてる自分が嫌になり、最寄り駅までのあいだ、僕はほとんど喋らなかった。司さんは気まずい様子もなく、雨が降ったあとの空気はキレイでいいよね、と優しく話し掛けてくれたりした。

帰る方向が反対だったので改札で別れる時、司さんは微笑みながら、それじゃ月曜日にね、と言って、手を振ってくれた。僕は曖昧《あいまい》にうなずき、小さく手を振り返した。そんなわけで、家に帰るまでのあいだ、僕はこれまでの人生の中で一番落ち込んだ。もし、日本の中で誰か一人に《男らしくない》と命名しなければならない法律ができたら、それは間違いなく僕に適用されるはずだ。そう、僕の名前は、《鳥越男らしくない》。

家に戻ると母親が、ご飯は食べてきたの？　と訊いたので、食べたくないんだ、と答えると、ダイエットしてんの？　と返してきた。中学時代だったら、絶対にグレてたと思う。

部屋に入り、自分をののしりながら一時間ぐらいベッドの上でのた打ちまわっているうちにすごくお腹が減ったので、買い置きのポテトチップスを食べつつ、ＤＶＤで『ショーシャンクの空に』を見た。浜石教授と司さんの《講義》のおかげで、初めて見る映画みたいに新鮮に見ることができた。確かに、映画を作った人たちは、画面で

見えるものよりもたくさんのことを僕に話し掛けているような気がした。それらにしっかりと耳を傾けているうちにあっという間に時は過ぎ、僕はティッシュで涙と鼻水を拭《ふ》きながらラストシーンを迎えた。

寝るためにベッドに入った時にも映画の余韻はじんわりと残っていて、僕は希望に満ちた感じで目を閉じることができた。しかし、希望も長くは続かなかった。いまにも眠りに落ちようとした時、目の前に前髪を指でかきあげながら微笑む司さんが現れてしまったからだ。

結局、僕は最低でも五十回以上のため息をつき、百回以上の寝返りを打って夜明けを迎えた。

5

蒸し暑くて目を覚ますと、すでに午後四時を過ぎていて、慌ててベッドから飛び起きた。今日は《週末お泊り隊》の第一回目として、僕がおばあちゃんの家に泊まりに行かなくてはならない日なのだ。おばあちゃんには五時頃に行くと言ってあった。

ダッシュで顔を洗い、ダッシュで着替えて玄関に向かうと、母親がキッチンから出てきて、僕に風呂敷《ふろしき》包みを渡した。

「なにこれ？」

「水ようかん。おばあちゃんの好きなやつ」

靴を履き終えて家を出ようとすると、母親が、降ってるわよ、と傘を手渡してくれ、ついでに、車に気をつけるのよ、とアドバイスもくれた。俺は小学生かっつーの。

歩いておばあちゃんの家に向かった。二十分ほど行くと、僕の町とおばあちゃんの町との境目あたりにある、区民会館のそばを通り掛かった。今年の春に建て直しが完成し、リニューアルされたばかりの建物の中に向かって、ぞろぞろと人が入っていっていた。通り沿いの掲示板に貼られたポスターのタイトルを見ると、《太極拳《たいきょくけん》演武発表会》と書いてあった。ゆーらゆらと演武している発表者と、じっと真剣に見つめている観客との取り合わせがなんだか面白そうだったので覗いてみたい気もしたが、誘惑に負けずに足を速めて区民会館の前を通り過ぎた。

おばあちゃんの町に入ってすぐの頃に、何か引っ掛かるものを感じたので、その正体を探しながら歩いた。考えに没頭したせいで、途中で二度ほど深い水たまりに足がはまったり、レインコートを着てお散歩中のブルテリアとぶつかったりしたが、その甲斐《かい》あって、おばあちゃんの家に着く頃には正体を見破っていた。すごく嬉しかったので、『雨に唄《うた》えば』のジーン・ケリーみたいに雨の中で踊り出したい気分だったけれど、間違いなく警察に通報されるはずだったので、やめておいた。

なんとか五時に間に合って家に着くと、タオルを持って玄関で待っていてくれたおばあちゃんが僕の顔を見るなり、嬉しそうだねぇ、なにかあったの？　と訊いてきた。僕が、おばあちゃんに会えたのが嬉しくてさ、と答えると、おばあちゃんは目尻の皺をうんと深くして微笑み、ばかだねぇ、と言った。

少し早かったけれど、腹ペコだったので晩御飯にしてもらった。さすがのおばあちゃんは、もう下ごしらえを済ませてくれていて、僕は居間の卓袱台《ちゃぶだい》に料理の載ったお皿を運ぶだけでよかった。

僕とおばあちゃんは庭に面した居間に座り、雨が葉っぱを打つ音を聞いたり、濡れないように勝手に縁側を通っていく野良猫を見たりしながら、のんびりと御飯を食べた。メニューは僕の大好物の、きゅうりやみょうがや紅生姜《しょうが》がたっぷり添えてある三杯酢のそうめんで、おまけに梅の入ったおにぎりまであった。

無理です、もう何もお腹に入りません、というぐらいたくさん食べて、畳の上にダウンしていると、いつの間にか卓袱台の上を片づけ終えたおばあちゃんがお茶を入れてきてくれた。こんな姿を律子ねえちゃんに見られたら、四往復ビンタを喰らうところだった。

僕は起き上がってお茶を一口飲んだあと、訊いた。

「ねぇ、おじいちゃんとはどうやって知り合ったの？」

お茶を飲んでいたおばあちゃんは、コメディ映画みたいにお茶を噴き出したりはしなかったけれど、不意を衝かれた驚きで、両方の眉毛をくいっと吊《つ》り上げた。

「どうしたの、急に」おばあちゃんは不思議そうに言った。

「ちょっと知りたくなってさ」

僕が《週末お泊り隊》の先発を買って出たのは、《『ローマの休日』上映計画》の下調べのためだった。要は、おじいちゃんのお通夜の晩に聞いた初デートの話をもう一度おばあちゃんの口から聞いて、詳細を確かめておこうと思ったのだが、いきなり初デートのことを持ち出すのはがっついてる感じがして嫌だったので、少し遠まわりして出会いから訊いてみたのだった。

おばあちゃんは、ずいぶんむかしのことだし、もう忘れちゃったよ、と恥ずかしそうに伏し目がちにつぶやいた。これはもう少し押せば出てくるな、と直感した僕が、大学のレポートで昭和のことを書かなくちゃいけなくなったから頼むよ、と嘘をつくと、おばあちゃんはつぶらな瞳で、じっと僕を見つめた。子供の頃はこの瞳に見つめられると、すぐに観念して嘘を白状してしまったが、大人になった僕はナイショの計画のために必死で我慢をした。おばあちゃんは僕の目から悪さの芽がないことを感じ取ったのか、ふっと息をついて、しょうがないねぇ、と微笑んだ。そして、背筋をすっと伸ばし、ほつれ髪をそっと直し、薄手のカーディガンの胸元をきちんと合わせた

あと、優しい声で話し始めた。

「おじいちゃんと初めて会ったのはねぇ、わたしもおじいちゃんも七歳で、まだ戦争が終わってない時だったよ。東京にすごい空襲が来るって噂があって、親戚の家があった八王子《はちおうじ》に疎開したんだけどね、そこでおじいちゃんと知り合ったの。当時、おじいちゃんの家は八王子にあったから」

「疎開って家族全員で？」

「わたし一人よ」

「心細くなかった？」

「そりゃもう。でも、お父さんには仕事があったし、お母さんは家を守らなくちゃいけなかったから仕方がなかったのよ」

「でも、八王子って疎開するには距離的に中途半端じゃない？」

「そうなんだけど、疎開をするならなるべく親類縁者のところへ行け、ってお国が勧めてたしねぇ。それに、学童疎開で地方にやられて見も知らぬ人のところに厄介になるよりは、親戚の家のほうがよっぽど気が楽だったから、場所に関しては文句はなかったよ」

「運命だね」

おばあちゃんは僕の言葉の意味をうまく呑《の》み込めず、小首を傾《かし》げた。僕が、おじい

ちゃんと初めて会った時の状況を教えてよ、と急《せ》かすと、おばあちゃんは首をまっすぐに戻して、言った。

「わたしがお世話になってた家の右隣の三軒目がおじいちゃんの家でね、疎開してきた日に挨拶に行って、その時に初めて会ったのよ。親戚のおばちゃんが、同い年だし仲良くしてあげてね、って言ったら、おじいちゃん、怒ったみたいにぷいって顔をそらしちゃってねぇ、これから先、いじめられるんじゃないかって、心細くなっちゃって……」

言葉とは裏腹に、おばあちゃんの顔には薄い笑みが浮かんでいた。

「照れてたんだね、きっと」と僕は言った。

おばあちゃんは否定せず、十秒ほどためらったあとに、言った。

「あとでおじいちゃんに聞いたんだけどね、あんなにモダンな女の子をみたのは生まれて初めてだった、って」

おばあちゃんの頰がほんのりと赤く染まった。聞いていた僕もなんだか照れてしまい、頰が熱くなってしまった。頰の火照りが治まるのを待って、僕は訊いた。

「学校では同じクラスだったの？」

おばあちゃんは小さく首を横に振った。

「その頃は男女別々に勉強を習ってたからね」

「初めておじいちゃんと話したのはいつ？」

　おばあちゃんは眉根を寄せながら五秒ぐらい考えて、答えた。

「疎開してから二年近く経った頃だったかなぁ」

「そんなに！」

「当時は男と女が気軽に話せる時代じゃなかったんだよ。それに、女の子と話すような男の子は、お国が大変な時にたるんでるって言って、大人にこっぴどく叱られちゃうんだから」

「でも、禁じられてる分、恋の炎は燃え盛っていくね」

「まだ子供だったんだよ。恋っていう言葉さえ知らなかったよ」

　おばあちゃんは呆《あき》れたようにそう言って笑ったあと、微笑みを顔に残しながら眼差しを遠くにやり、僕がこれまで聞いた中で一番優しい声で言葉を続けた。

「おじいちゃんは誰よりも足が速くてねぇ、休み時間に校庭を駆けまわって遊んでる姿を教室の窓からいつも眺めてたけど、まるで飛んでるみたいに見えたよ。学校からの帰り道には、毎日後ろからびゅんて追い抜かれてね、疎開して三ヵ月目ぐらいには足音だけでおじいちゃんのことが分かるようになってさ。おじいちゃんの足音は、たったたったっ、ていう感じで分かりやすかったからね……」

　おばあちゃんは息をつきながら、軽く目を閉じた。僕も軽く目を閉じ、耳をすまし

てみた。残念ながら、たったたったという音は聞こえてこず、パチパチという雨音だけが耳に響いた。僕は目を開けて、訊いた。

「で、初めて話したのはどういう状況だったの？」

おばあちゃんは湯吞みを持ち、ゆっくりとお茶を飲んだあとに答えてくれた。

「八王子に空襲があったのは、終戦の年の8月1日のことでね。夜の九時頃に一度空襲警報が鳴ったんだけど、B29は飛んでこなくて、今日は違うところに落としに行ってるんだろうって、みんな避難先からいったん家に戻ったのよ。そしたら、寝静まった頃に、また空襲警報が鳴ってね。そのすごい音で起こされて……」

「びっくりした？」

「そりゃもう。慌てて身支度してる親戚のおじちゃんおばちゃんの顔が怖くてね、これからどうなっちゃうんだろう、ってなんだか急に悲しくなって泣きそうになったけど、必死で堪えて……。それで、支度を終えて外に出たら、市街地のほうの空が大きくて赤い色紙《いろがみ》を貼ったみたいに真っ赤でね、その赤い色が津波みたいにあっという間にこっちに広がってくるんじゃないかって、本当に怖かった……」

おばあちゃんは湯吞みに残っていたお茶を飲み干し、卓袱台の上に置いた。

「そのあとは？」と僕は先を急かした。「防空壕《ごう》に逃げたの？」

おばあちゃんは首を横に振った。

「山のほうに逃げようってことになったの。近くの防空壕は狭かったし、それに、空襲に備えて近所の人たちが家財道具なんかを運び込んだりしてたから、もう入れないんじゃないかって。それで、みんなで山側に向かって必死に走ってる時、うっかり転んじゃってね。でも、わたしは一番後ろを走ってたから、誰も気づいてくれなくて」

「うぅ、スリルとサスペンスだね」

　僕が思わず声を上げると、おばあちゃんの顔に笑みが戻ってきた。

「置いてかれちゃうって思ったら、なんだか腰が抜けたみたいになって立ち上がれなくて、前のめりに倒れたまま、親戚のおじちゃんおばちゃんの背中が小さくなっていくのを見てたの。遠くのほうからはB29の飛ぶ音と焼夷弾《しょうい》が落ちる音が聞こえてきて、このまま死んじゃうんだ、って思ったら、とうとう涙が出てきちゃったんだけど……」

　おばあちゃんの頬に、急に薄い赤が浮かんだ。

「近くから、たったったっていう音が聞こえてきてね。わたしにはそれがおじいちゃんの足音だって、すぐに分かったのよ。いつも聞き慣れてたし、その時は不思議とどんな音よりもよく聞こえたから……。おじいちゃんは後ろからわたしの目の前に走り込んできて、『泣くな、立て』って怒ったように言って、手を差し延べてくれたの。わたしはおじいちゃんの手を摑《つか》んで立ち上がって、追いついたおじいちゃんの家族と

一緒に、また走り出したのよ」

「もしかして、おじいちゃんに生まれて初めて掛けられた言葉って、『泣くな、立て』？」

おばあちゃんは、小さくうなずいた。僕は、おじいちゃん、カッコいぃ！ と叫びながら、足をばたつかせた。ちくしょー、一度でいいから言ってみてー、とまた足をばたつかせると、おばあちゃんは、またバカなことを言って、と呆れたように笑った。

僕は足を止めて、訊いた。

「もしかして、男に手を握られたのも、その時が初めて？」

おばあちゃんは頰の赤を深めて、答えた。

「お父さんの手を握ったことはあったけどね」

僕が、すげぇ、と声を上げると、おばあちゃんは、なにがすごいんだかねぇ、と照れたように言いながら腰を上げ、卓袱台の上の二つの湯呑みを持って台所に向かった。

僕はぴんと伸びたままのおばあちゃんの背筋を見送りながら、僕がこの世界に生まれてくる遠いきっかけとなった出来事に、相変わらず、すげぇ、と心の中で声を上げ続けていた。時代が違うと言ってしまったらそれまでだけれど、《時代》なんていう曖昧な線引きをいとも簡単に乗り越えてしまうような、絶対的な何かがおじいちゃんとおばあちゃんの出会いにはあるような気がした。うまくは言えないけれど、準備ので

きていない人間の前では好きな人は転ばないのではないだろうか。それはどの時代であっても変わらないのだ。きっと。

おばあちゃんは水ようかんの載った小皿と湯呑みを二つずつお盆に載せて、台所から戻ってきた。水ようかんを一口食べた僕が、おいしいね、と感想を言うと、おばあちゃんは嬉しそうに微笑んだ。

「逃げたあとの話を聞かせてよ」と僕は言った。

おばあちゃんは菓子楊枝《ようじ》で水ようかんを薄く切りながら、話し始めた。

「おじいちゃんの家族と一緒に逃げてると、わたしがいないことに気づいた親戚のおじちゃんが探しに来てくれてね、そのあとは、みんなで一緒に山側に向かって逃げたの」

「未来の鳥越一族が一緒に逃げてるわけだね」僕は感激しながら、言った。「もちろん、弘大叔父さんも一緒だったんでしょ？」

おばあちゃんは切り終えた水ようかんには口をつけず、菓子楊枝を小皿の上にそっと置いた。

「弘ちゃんは優しい子でね、赤ん坊を抱きながら逃げてる女の人の荷物を持ってあげたりしてたよ」

おばあちゃんはまるで黙禱《もくとう》を捧《ささ》げるみたいに十秒ほど沈黙したあと、また口を開い

た。

「三十分近く走ったら、ようやく山の入口が見えてきてね、これで少し息をつけると思ったら、頭の上からB29のエンジンの大きな音が聞こえてきたの。みんないっせいに立ち止まって空を見上げたけど、暗くてほとんど何も見えなかったから、耳をすましたのよ。そしたら、エンジンの音に混じって、しゅるしゅるしゅるって空気を切り裂くみたいな音が聞こえてきたと思ったら、次の瞬間にはわたしたちのすぐ後ろにあった用水路の溝に焼夷弾が落ちたのよ」

「なにそれ？」僕は驚いて声を上げた。「だって、おばあちゃん、生きてるじゃん」

「爆発しなかったのよ」おばあちゃんはほっと息をつくように、言った。「どうしてだかは分からないけど」

ラッキーとかミラクルとか運命とか、言葉にして感想を言うのはたやすいのかもしれないが、ひとつの単語に縮めてしまうのはなんだかいけないことのような気がした。たとえば、宇宙を見て、「ひろーい」と言ったところで、白けるだけだ。時々、言葉は大切な物事をあっという間に陳腐な響きに変えてしまう。僕は基本的におしゃべりだけれど、喋らなくて良い時とそうでない時の区別ぐらいはつく。そんなわけで、僕は言葉の代わりに深く息をついた。おばあちゃんは僕の感激を引き受けるように微笑み、話を続けた。

「わたしたちは振動で焼夷弾が爆発しちゃわないように、充分に離れるまで抜き足差し足で歩いたの。焼夷弾にやられると、あっという間に骨まで燃えちゃうって噂を聞いてたから、みんな真剣にそろりそろりって」

頭の中で想像したみんなの様子が泥棒コントの中の動きみたいだったので、軽く笑ってしまうと、おばあちゃんも僕に合わせて短く笑った。

「山の中に入って足を止めた時にはみんなくたくたでねぇ、その場にへたり込んじゃったよ。遠くからはまだB29の音が聞こえてきてて、またいつこっちに飛んでくるか分からない状況だったけど、もうどうにでもなれって感じだった。しばらくしてB29の音が聞こえなくなっても、あちこちの空が赤く染まったままだったから、なかなかそこを動けなくてね。でも、そのうちに親戚のおじちゃんが、火の粉が飛んできて木に燃え移ったら逃げ場がなくなるから移動しよう、って言ってね、みんなもそれに賛成して立ち上がった時に、おじいちゃんが急に怒ったみたいに手を放したんだよ。わたしはその時になって、手を繋《つな》いだままだったことに気づいたんだけどね」

おばあちゃんは照れ隠しのように急に菓子楊枝をつまみ、さっき切った水ようかんの一切れに刺したあと、そっと口に運んだ。おばあちゃんが食べ終わるのを待って、僕は訊いた。

「で、どこに向かったの？」

「山のふもとにあったお寺」おばあちゃんはお茶を一口飲んで、続けた。「いったん家のほうに戻ってみたんだけど、あたりはほとんど火の海になってってねぇ、戻る場所がなくなっちゃったのはすぐに分かったよ。お寺には大勢の人が避難してきてて、みんな疲れ果てた目をしてたねぇ。お寺の住職さんがお堂を開放してくれたから、みんなそこに集まって話をしたり雑魚《ざこ》寝《ね》をしたりしてたけど、わたしはなんだか落ち着かなくて、外の空気を吸いに出たの。それで、市街地のほうの空が見える境内の入口に歩いて行ってる途中で大きな樫《かし》の木のそばを通ったら、急に上から、おい、って声がしてね、もう腰が抜けるかと思うぐらいびっくりして。声がしたほうを見上げたら、おじいちゃんが枝の上に乗って、わたしのことを見下ろしてたのよ」

その情景を想像すると楽しくなったので、僕がケラケラと笑うと、おばあちゃんも楽しげに微笑んだ。

「なにしてるの、って聞いたら、おじいちゃんはね、『ここから見るとすごいぞ、映画みたいだ』って答えて、『おまえものぼってくるか』って。わたしが、叱られるよ、って言ったら、おじいちゃんは渋々下りてきてね、わたしはその時にようやく、さっきはありがとう、ってお礼を言ったのよ。おじいちゃんはいつもの怒った顔でぷいって横を向いちゃったけどね……。それからしばらく樫の木のそばに立って、黙って市街地のほうの赤い空を眺めてたら、おじいちゃんが急に、『映画館に行ったことある

か』って聞いたのね。わたしが、ないって答えると、『映画は面白いぞ』って。だいぶあとになっておじいちゃんに聞いたんだけど、おじいちゃん、よく街の映画館に忍び込んで一人で映画を見てたらしいのよ」

「忍び込むってどういうこと？」

「お金がなかったけど、どうしても映画が見たかったのよ」

「おじいちゃん、悪ガキだったんだね。で、そのあとはどうしたの？」

「そのあとって？」

「赤く燃える街を見てるうちにハートも燃え上がって、また自然に手を繋いだとか、そういうことはなかったの？」

おばあちゃんは呆れたように眉間に皺を寄せ、言った。

「そんなわけないでしょうが。だいたい、八王子にいるあいだにおじいちゃんと話したのはそれっきりだったんだから」

「え？　なにそれ？　空襲の夜以降、どんどんと仲良くなっていったんじゃないの？」

おばあちゃんは、とんでもない、といった感じで首を横に振った。

「夜が明けたら目の前には焼け野原だよ。家も焼けちゃってたし、住むところと食べるものを探すのでせいいっぱいだったね。結局、しばらくのあいだお寺に住まわせて

もらったけど、同じようにお寺にいたおじいちゃんとは一言も話さなかったよ」

「一言も？」

　おばあちゃんはきっぱりとうなずいた。

「おじいちゃん、お寺にいるのが嫌で、昼間はほとんどお寺にいなかったし」

「なんで嫌だったの？」

「住まわせてもらう代わりに、お経を読まされるのよ。おじいちゃん、じっとしてるのがだめな子供だったからね。お経が嫌だって逃げまわって、よーく住職さんに叱られてたねぇ」

　おばあちゃんはそう言うと、目を細め、クスクスといった感じで笑った。ここで、二つ分かったことがあった。ひとつ目は、どうしておじいちゃんが法要を嫌ったかということ。そして、二つ目は、僕も死んだあとに、愛する人にクスクスと思い出し笑いをして欲しいということ。

「それじゃ、次に話したのはいつのことなの？」と僕は訊いた。

　おばあちゃんは菓子楊枝で水ようかんを切りながら、答えた。

「十八歳になった時だから、九年後のことだったわね――」

　それから一時間ぐらいを掛けて、おばあちゃんはおじいちゃんと再会するまでの九年間を話してくれた。ざっと要約すると、こんな感じだ――。

戦争が終わって三ヵ月後、おばあちゃんは東京に戻って暮らせることになった。実家が空襲の被害をほとんど受けなかったからだ。その時は、二年の月日を過ごした八王子を離れる寂しさより、再び両親と共に暮らせる喜びのほうが大きかった。お別れの挨拶に行った時、おじいちゃんはいつものように怒ったみたいにぷいと横を向いてしまった。東京に戻って一年後、教室の窓から校庭を見るたびに、おばあちゃんはおじいちゃんのことを思い出した。東京にはおじいちゃんのように速く走れる男の子は誰もいなかった。

終戦から六年が経ち、中学の卒業を控えたおばあちゃんは、高校に進みたいと両親に告げた。当時、多くの女の子は卒業と同時に就職するか、家事手伝いをしながら花嫁修業をして良い縁談を待つかのどちらかの選択肢を選ぶことが多かった。おばあちゃんはそのどちらも嫌った。特別に深い理由はなく、なんとなくそうしないといけないような気がしたからだ。きっと、おばあちゃんは本能で分かっていたのだろう。運命の人が再び目の前に現れるまで、余計な糸が絡んできて赤い糸を見失ってしまうような環境に身を置くべきではないと。

両親の許しを得たおばあちゃんは、都内の女子高に進学した。おばあちゃんは優等生として三年間を過ごした。おばあちゃんが通っていた女子高は校則が厳しく、高校二年の時、同級生が男の人と映画館に入ったのがばれて退学になった。その時、おば

あちゃんは映画館という言葉から、久し振りにおじいちゃんのことを思い出した。どんな男の子に成長してるんだろう、と想像してみたけれど、うまくはいかなかった。おじいちゃんは相変わらず校庭を元気に走りまわっている子供のままだった。

高校を卒業したおばあちゃんは、短大に進学した。高校三年間の優等生の実績、それに推薦入学と奨学金の権利という武器を携えて進学の希望を告げたおばあちゃんに、両親は渋々ながらも認めざるを得なかったのだ。進学したところで、将来が開けるわけではなかった。女性の社会進出は遅れていたし、戦後の慢性的な就職難も解消されていなかった。それでも、おばあちゃんは進学を選んだ――。

「誰か好きな人はいなかったの？」と僕は訊いた。「おじいちゃんの前につき合った人とかさ」

おばあちゃんは、まさか、といった感じで首を横に振った。まぁ、質問した僕も、実はねぇ、と打ち明けられたら困ってしまっただろうけれど。おばあちゃんは菓子楊枝を手にして、言った。

「男の人とちゃんと知り合う機会なんてほとんどなかったし、縁談はいくつか来てたみたいだけど、端《はな》っから断ってたしねぇ……。そういえば、女子高時代に通学の電車の中で、時折会う大学生らしいお兄さんにちょっとだけときめいたこともあったけど、それぐらいだったかねぇ。そういうことは時期が来れば自然と巡ってくるもんだと思

ってたし、特別に気にすることもなかったよ」

おばあちゃんが水ようかんの最後の一切れを食べ終わるのを待って、僕は訊いた。

「で、おじいちゃんとの再会はどんなふうに訪れたの？」

おばあちゃんは菓子楊枝を小皿に置き、卓袱台の端っこに置いてあるハンカチを取って口のまわりを拭いたあと、答えた。

「おじいちゃんがね、急にわたしの家に現れたのよ」

「は？　なにそれ？」

「おじいちゃんが、家を探して会いに来てくれたのよ」

「どうやって探したの？」と訊いてすぐに、思い当たることがあったので、おばあちゃんの答えを待たずに続けた。「そうか、八王子にいるおばあちゃんの親戚に聞いたのか」

おばあちゃんは首を小さく横に振った。

「八王子のおじちゃんおばちゃんは、戦争が終わった翌年に長野に引っ越しちゃったから」

「じゃ、どうやって？」

「疎開した日におじいちゃんの家に挨拶に行った時、親戚のおばちゃんが何気なく、この子の東京の家は雑司《ぞうし》が谷《や》にある、って言ったのを覚えててくれたのよ」

「は？　それだけでどうやって探せるのさ」

「雑司が谷の町を歩きまわって見つけ出してくれたの」

「もしかして表札を見てまわったとか？」

おばあちゃんは目に幸せの色を浮かべながら、うなずいた。僕が、ほぼストーカーじゃんか！　と声を上げると、ストーカーってなに？　とおばあちゃんが訊いたので、僕は気を遣って、めちゃくちゃ情熱的な人のこと、と答えた。

「それにしても、よく見つけたねぇ」

僕が感激半分、呆れ半分でそう言うと、おばあちゃんははにかむように軽く瞬きして、話し始めた。

「おじいちゃんが家に来てくれたのは7月の頭の、ちょうど梅雨が明けた頃でね、おじいちゃんはね、東京の大学に入学した4月から毎日雑司が谷の町を歩きまわって、三ヵ月も掛かって家を探し出してくれたの。おじいちゃんは下宿じゃなくて、八王子から通ってたから、学校が終わって終電の時間が来るまで歩きまわってくれたのよ……。おじいちゃんが家に来てくれた日、学校から帰って晩御飯の支度を手伝ってたらね、玄関のほうから、ごめんください、って声がして、お母さんの代わりにわたしが玄関に行ったら、立派な若い男の人が立ってたのよ……。おじいちゃん、子供の頃とおんなじ目で怒ったみたいにわたしを見てたから、おじいちゃんだってすぐに気づい

てね、でも、びっくりしちゃって声が出なくて、そしたら、おじいちゃんが、『お久し振りです』って緊張したふうに言って……。おじいちゃんも、一目見てすぐにわたしだって気づいてくれてね……。その日からおじいちゃんは毎日家に来てくれて、初めはおじいちゃんのことを怪しく思ってたお父さんとお母さんもすぐにおじいちゃんを好きになってね、みんなで一緒に晩御飯を食べるようになったのよ……。それでね、おじいちゃんが家に来るようになってから丸々三ヵ月が経った頃にね、おじいちゃんが急に、『お嬢さんと映画を見に行ってもかまわないでしょうか』ってお父さんに頼んでくれてね……。映画を見に行ったのは、よく晴れた日曜日でねぇ……、映画館に着くまで、おじいちゃんの隣を歩くのが恥ずかしくてねぇ……、おじいちゃんもわたしも一言も喋らなくってねぇ……。その日、初めて映画館に入ったんだけど、思ったより隣の席が近くて、おじいちゃんが隣にいるって思っただけで胸が高鳴って、息が苦しくってねぇ……。上映開始のベルが鳴って、場内が暗くなり始めて、少し不安になって隣を見たらね、おじいちゃんがわたしを見てくれて、ニコッて笑ってくれて……。よく考えたら、おじいちゃんの笑った顔を見たのは、その時が初めてだったんだけど……。あのさ、こんなこと言うのは照れ臭いんだけどね、その日からね、おばあちゃんはね、おじいちゃんがそばにいないなんて考えられなくなっちゃったのよ……。おじいちゃんがいないと、だめになっちゃったのよ……」

おばあちゃんは湯呑みを手にして、ゆっくりとお茶を飲んだ。心なしか湯呑みを持つ手が震えている気がして、おばあちゃんがいまにも泣き出しそうな気配を感じた。僕はなんて声を掛けてよいのかまったく分からず、苦し紛れに空になった湯呑みを掴んで、お茶を飲む振りをした。しつこく降り続いてる雨の音が、居間の中でやけに悲しげに響いている気がした。あぁ、こんな時にアホの子のケン坊がいてくれたらなぁ、と思ったけれど、もちろん儚《はかな》い願いで、沈黙は雨の音とともにどんどん居間に降り積もっていっていた。そして、僕がとうとう、なんでいねーんだよケン坊の野郎、と究極の八つ当たりをし始めた時、おばあちゃんが、お風呂入るでしょ、と言いながら、腰を上げたので、僕は、うん、と答えた。

　おばあちゃんがお風呂場に向かったあと、僕は卓袱台におでこをつけて突っ伏し、自分の浅はかさを呪った。中途半端に情報を聞き出そうとするべきではなかったのだ。なぜなら、おじいちゃんとおばあちゃんの関係が中途半端ではないのだから。おじいちゃんとおばあちゃんの思い出という聖域に僕たちが分け入っていこうとするなら、当然ながらそれなりの覚悟が必要なのだ。たとえ家族であっても、中途半端な興味と共感と理解で人の心に分け入っていこうとすることは、土足で踏み込んでいくのと同じだ。それでもあえて分け入っていこうとするのなら、おばあちゃんの心の中にあいた大きな穴を埋めるぐらいの宝物を持って行くしかない。

僕は卓袱台から顔を上げ、よし！　と小さい声で気合いを入れた。

覚悟はできた。

なんとしても《『ローマの休日』上映計画》を成功させるのだ。

6

翌朝、おばあちゃんと御飯を食べ、また来るねー、と手を振って別れた。小降りだけれど雨はまだ降り続いていて、気温も高く、かなり蒸し暑かった。

おばあちゃんの町を出てすぐに、区民会館に着いた。正面入口から中に入っていき、傘を傘ロッカーに預け、総合案内のカウンターに向かった。館内はクーラーがよく効いていて、湿気もなく、かなり快適だった。ロビーは天井も高くて広々としているし、内装も趣味が良く、なかなか好感が持てた。

カウンターに辿り着き、中に座っているお姉さんに尋ねた。

「イベントホールのレンタルについてお尋ねしたいんですけど」

昨日、区民会館を通った時に引っ掛かったものの正体はこれだった。おばあちゃんに映画を見てもらうのに一番良い環境は、銀座のイベントホールでも映画館でもなく、地元の区民会館とかそういったおばあちゃんの気の張らない場所がベストのような気

がしたのだ。そう、たとえば、おじいちゃんが生きていたとして、おばあちゃんとの散歩の途中に二人がひょいと立ち寄れるような場所が。

「当館には大ホールと小ホールがございますが、どちらのご案内をいたしましょうか」と受付のお姉さんは訊いた。

「どっちも映画の上映はできますか？」

「映画の上映が可能なのは大ホールのみになっております」

えーと、と僕は前置きし、お姉さんに訊いてもわかんねぇだろうなぁ、と思いつつ、訊いた。

「もちろん、35ミリのフィルムは上映できますよね？」

お姉さんは一瞬戸惑い、首を大きく傾げそうになったけれど、どうにか持ち直して首をまっすぐにし、担当の者に問い合わせてみますね、と言って、電話機の受話器を持ち上げた。短いやりとりがあり、受話器を置いたお姉さんは、いま担当の者が参りますので、と言って微笑んだ。僕は、わざわざすいません、と言って、担当の人の到着を待った。

館内には区民会館らしいなんとなくのんびりとした雰囲気が流れていたが、その中を小走りでこちらに駆け寄ってくるメガネを掛けたポロシャツ姿の中年の男の人がいた。

「あ、参りました」

男の人の姿を見つけた受付のお姉さんが、そう告げてくれた。男の人はカウンターまで辿り着くと、肩で息をしながら、篠田《しのだ》と申します、遅くなりました〜、と僕に謝った。待ったのはほんの三分ほどだったので、いえいえとんでもないです、と僕は恐縮して言った。

「で、映画の上映の件ですよね？」篠田さんは鼻からずり落ちていたメガネを上げながら、訊いた。

「はい」と僕は応えた。「35ミリのフィルムは上映できますよね？」

「できますよー」篠田さんはとても人の好《よ》さそうな声で言った。「というか、35ミリしか上映できない映写機なんで」

「かなりむかしのフィルムなんですけど、それでもだいじょうぶですかね」

「いつ頃の？」

「１９５４年なんですけど」

「だいじょうぶだと思いますよー」篠田さんはためらうことなく、言った。「フィルムさえしっかりしてれば」

僕がほっと息をつくと、受付のお姉さんが、ご予約をお入れになりますか、と尋ねた。少しだけ迷って、念のためにホールを見てみたいんですけど、と言うと、篠田さ

んが、じゃ僕が案内しますよ、と言ってくれた。僕は言葉に甘え、篠田さんとカウンターの前を離れた。

ロビーから15メートルほど奥に向かうと、ホールの入口に着いた。篠田さんがスウィング式の大きなドアを手前に引くと、目の前が開けるみたいにしてホールの中が見えた。まず目についたのは、ステージの上で仕込みをしている人たちだった。

「今日は太極拳の演武発表会があるんですよー」

篠田さんがそう言いながらホールの中に入っていったので、僕は、二日連チャンで太極拳かよ！　と心の中で突っ込みながら、あとに従った。そして、ホールに入ってすぐ、僕は言った。

「広いっすねぇ」

ホールは僕が想像していたよりうんと広く、これまで行ったことのあるどの映画館よりも広いような気がした。

「定員は千百三十名ですねー」と篠田さんは言った。

ホール全体を見まわすと、天井と壁の薄茶色とステージの茶色と座席の焦げ茶色のグラデーションが落ち着いた雰囲気を醸し出していてとても良い感じだったので、僕はいっぺんに気に入ってしまった。これから問題になるであろう、ひとつの事柄を除いては。

「映写室は二階にあるんですよー。僕はそこで映写係を担当してるんですけど、このホールは音の響きもいいし、段差にもなってて見やすいし、映画上映にはお勧めですねー」

「そうですよねぇ」と僕は応えた。「ここで上映できたらいいっすよねぇ」

ホールを出たあと、篠田さんにお礼を言って別れ、総合案内のカウンターに戻った。

そして、さっきのお姉さんに、ネックになるはずの事柄について訊いた。

「大ホールのレンタル料って、いくらなんですか？」

お姉さんは、多少入り組んでますので事務室でお尋ねくださったほうがよろしいかと思います、と言って、事務室の場所を教えてくれた。

ロビーの奥まった位置にある、ドアが開きっぱなしの部屋に入っていくと、L字型のカウンターがあって、その中では事務員たちが机に向かってせっせという感じで書き物をしていた。カウンターの前に立って、僕が、すいません、と言うと、一番近くに座っていたおばちゃんがさっという感じで立ち上がり、寄ってきてくれた。

「なんでしょう？」とおばちゃんは訊いた。

「大ホールをレンタルしたいんですけど」

「区民の方ですか？」

「はい」

「それじゃ」とおばちゃんは言って、カウンターの下に手を入れて紙切れを取り出し、カウンターの上に置いた。「これに記入してください」

おばちゃんがカウンターから離れようとしたので、僕は慌てて引き留めた。

「どうしました？」

「まずレンタル料を知りたいんですけど」

おばちゃんはまたカウンターの下に手を入れ、料金表を差し込んである透明な下敷きケースを取り出し、訊いた。

「予定しているのは平日ですか、土日祝日ですか？」

僕は、日曜日です、と答えた。

「借りる時間は全日ですか、それとも、時間単位ですか？」

「だいたい二時間ぐらいを考えてるんですけど」

「開始時間と終了予定時間は？」

「午後六時から八時ぐらいまでを考えてます」

「大掛かりな準備が必要ですか？　たとえば、舞台劇のために書き割りを運び込むとか」

「いえ、映画の上映会のためなので、映画のフィルムを持ち込んで映写機を使わせてもらいたいだけです」

「目的は営利ですか？」

「営利だと何か変わりがあるんですか？」

「入場料を五千一円以上徴収されるようだと、利用料が30％割り増しされます。展示即売会のための利用になりますと、200％割り増しになります」

「まったくの非営利です」僕は断固として言った。「ただ借りるだけです」

おばちゃんはうなずいたあと、下敷きケースの中の料金表を確かめ、言った。

「いまおっしゃった条件ですと、十二万円ですね」

「は？」

耳を疑った僕の様子をクレームと勘違いしたのか、おばちゃんは申し訳なさそうに、つけ加えた。

「夜間のレンタル区分は十七時から二十二時になっておりますので、間違いなく二十時で終了していただけるようなら、ある程度の値引きは可能かもしれませんが、上の者に相談してみませんと……」

僕は慌てて首を横に振った。

「いえいえ、なんの問題もありません」

予想よりもかなり安かったので、びっくりしてしまっただけだ。あまりに素晴らしい流れだったので、この幸運が逃げないうちに、とさっそく尋ねた。

「8月31日の夜間なんですけど、まだ空いてますかね？」

おばちゃんはまたまたカウンターの下に手を入れてクリップボードを取り出し、クリップに挟んである予約状況表をパラパラとめくり始めた。僕は心の中で、カモン！　カモン！と叫んだ。紙をめくるおばちゃんの手が止まり、一拍あって、おばちゃんの視線が僕に戻ってきた。僕が、どうだーっ！と心の中で諾否を問うと、おばちゃんは答えた。

「空いてますね。ご予約なさいますか？」

よっしゃーっ！　と心の中で叫んだあと、言った。

「お願いします」

住所やら電話番号やらレンタルの趣意やら上映作品名やらを申込書に書き込んで渡すと、おばちゃんは申込書にざっと目を通して、注意事項を説明してくれた。

「申込者が区民の方ですと、三十日前までのキャンセルは無料になっております。それ以降のキャンセルは、十日ごとに区切ってレンタル料の30％ずつをいただいていく計算になります。ただし、予約日から三日以内の場合はレンタル料を全額支払っていただくことになりますが、かまいませんか？」

うなずいた。おばちゃんは続けた。

「いま、料金はお持ちではないですよね？」

「今日中に必要なら、あとで持ってきますけど」と僕は慌てて言った。

「いえいえ」おばちゃんは手を振って、言った。「一週間以内にお持ちいただければかまいませんよ」

うなずいた。おばちゃんはまたしてもカウンターの下に手を入れてハンコを取り出し、申込書に認印を捺《お》して、写しを僕に戻した。僕が写しをきちんと折ってジーンズのポケットにしまっていると、おばちゃんはようやく顔を崩し、優しく微笑みながら、言った。

「『ローマの休日』、楽しみですね。わたし、大好きなんです」

おれはー天才プロデューサー、気はやさしーくて力持ち〜、イエ〜イ、という自作曲を歌いながら家に戻った。

母親の、おばあちゃんは元気だった？の問いに、元気だったよー、と答えながら部屋に戻り、すぐに机に向かって《『ローマの休日』上映計画》を開き、〈会場の問題〉のページに◎をつけた。次に、〈日時の問題〉に◎をつけるために、まずは律子ねえちゃんに電話をした。そして、経過を話し、8月31日の予定を押さえてもらった。

「区民会館のアイデアは最高ね」

久し振りに律子ねえちゃんに褒めてもらったので嬉しくなり、いやー日頃の努力の

たまものですかねぇ、と応えると、ふっという音が聞こえてきた。また電波を通して鼻で笑われてしまった。

その後、レンタル料の分担の話をし、僕と律子ねえちゃんとかおるが三等分するということに決めた。

「楽しみになってきたねー」律子ねえちゃんは珍しく子供っぽい声を出した。

「うん」と僕は応えた。

律子ねえちゃんとの電話を切り、リカに電話をした。リカは家にいて、勉強をしている最中だった。リカも区民会館のアイデアを喜んでくれた。8月31日の予定を押さえてもらったあと、訊いた。

「ケン坊は？」

「部活に行ってます」

「じゃ、帰ってきたら、あいつの8月31日の予定を押さえといてよ」

「分かりました」

よろしくねー、と言って電話を切ろうとすると、リカの反応がなかった。おーい、と問い掛けると、一瞬の溜《た》めがあって、なんかあったら連絡しまーす、という返事がきた。ちょっと心配になったが、勉強のし過ぎで疲れてるんだろうと思い、そのまま電話を切った。

電話を置いてパソコンを起動させ、日時と会場とレンタル料の分担の件を書いたメールをかおるに送った。がんばった自分へのご褒美にアイドルのグラビア画像をインターネットのサイトで眺めていると、かおるからメールの返事が来た。

区民会館はいいな。
金の件、了解。
ご苦労様。

素直なメールに戸惑ってしまい、どう返事を書いていいのか分からず、一時間ぐらい悩んだ挙句に、

おうよ！

という返事を書いて出した。
なんて効率の悪い時間の使い方をしてるんだろう、と反省していると、ふいに目前に迫ってきている前期試験のことを思い出した。一気に憂鬱《ゆううつ》になったけれど、試験科目のノートはすべて確保してあるので、あとは出題のヤマを張ってあんちょこを作り、

それを覚えればいいだけのことだった。上映計画もこのままいけば、どうにかうまくいきそうだったので、とりあえずは目先の前期試験に集中することに決めた。

しかし、パソコンの電源を落とし、あんちょこ作りを始めても、まったく集中できなかった。昨夜のおばあちゃんの話が、まるでむかし見た映画みたいに映像で頭の中に浮かんできて、それに気を取られてしまうからだ。まぁ、映像とはいっても空襲の場面はまるでハリウッド映画の爆撃シーンみたいでやたらと派手だったし、手を繋いで逃げているおじいちゃんとおばあちゃんはマコーレー・カルキンとダコタ・ファニングだった。

あんちょこ作りをやめ、パソコンを立ち上げて八王子の空襲に関することを検索して調べ始めた。落とされた焼夷弾の量は千六百トンという数字と、空襲後の焼け野原になった八王子の写真を見つけて、僕の頭の中の映像がいかに貧困だったかということを思い知らされた。おじいちゃんとおばあちゃんの歴史にしっかり寄り添うためには、楽をせずに一歩一歩近づいていくしかないのだ。

そんなわけで、僕はパソコンを消し、外出の支度を始めた。本屋に行って、八王子の空襲に関する本を探すつもりだった。机の前にじっと座り、指先だけを使って情報を拾い集めるのはなんだかズルをしているような気がしたからだ。

家を出て、雨の止んだ町を歩き始めた頃には、前期試験のことは頭の中からキレイ

に消え去っていた。

7

明け方まで八王子の地図を広げながら空襲の本を読んでいたので見事に朝寝坊をして起きると、梅雨が明けていて、ギラギラと輝く太陽が空のてっぺんに居座っていた。時計を見ると十二時二十分で、午後一時からは出席を取るという噂の前期最後の刑法の講義があった。そんなわけで、ベッドから飛び降りる↓顔を洗う↓焦ってベッドの角にすねをぶつける↓痛くてうずくまる↓支度を済ます↓もう一度ベッドの角にすねをぶつける↓痛くてうずくまる↓階段を三段ずつ下りて玄関へ、といった家を出るまでの一連の過程を三分で済ませ、駅に向かって走った。

一時十五分に大学に着き、四階の大教室までダッシュで階段を駆け上がって教室のドアを開くと、中にはいちゃついてる一組のカップルしかいなかった。僕が呆然《ぼうぜん》としていると、女のほっぺをつんつんとつついていた男のほうが僕に気づき、言った。

「休講ですよー」

打ちひしがれて生協食堂に行くと、コーヒーを飲みながら映画雑誌を読んでいる岡がいて、休講だってケータイにメールを打っといたけど読まなかったの、と言われた

けれど、メールチェックはおろか、ケータイ自体を部屋に忘れてきていたのだった。

さらに打ちひしがれてハーブチキン定食を食べていると、岡が《スティーブン・セガールとジャン＝クロード・ヴァン・ダムはどっちが強いか》という話を始め、締め括《くく》りに、おまえはどう思う？　と訊かれたので、チャック・ノリスが最強、と答えると、俺は真面目に訊いてるんだぞ、と真剣に怒られた。

食事のあとは何も予定がなかったので図書館に移動し、前期試験のあんちょこを作りつつ、時々、歴史の書架に行って太平洋戦争や空襲関連の本を拾い読みしたりして過ごした。

六時五分前に図書館を出て、研究室棟に向かった。浜石教授の部屋に行くと教授の姿はなく、司さんと真っ黒に日焼けして白いポロシャツの襟を立てている男がいて、二人は書類がたくさん載っているセンターテーブルを挟んで、向かい合ってソファに座っていた。

「教授は急用があって、今日はここに来ないの」と司さんは言った。

そうですか、と僕が応えると、真っ黒ポロシャツ襟立て男がなぜか、馬鹿にしてふんと笑ったような顔をした。

「フィルムのほうはだいじょうぶだから前期試験が終わったらまたここに顔を出しなさい、って言ってたわよ」

司さんの言葉にうなずくと、黒ポロ襟男が、司はおまえには用がないんだってよ、とでも言いたげに、唇の右端を吊り上げてニヤリと笑った。この男が浜石教授の言っていた司さんのボーイフレンドなのかもしれない。それか、司さんを狙ってるヤツなんだろう。

それ以上そこにいる必要はなかったので、僕は、分かりました、失礼します、と言って、部屋を出た。司さんもあんな襟立て男とつき合ってるなんて趣味が悪いな、と負け惜しみを思いながら階段を下り、研究室棟を出る時には、これで踏ん切りがついたぜ、と、かおるみたいにニヒルに笑った。

まぁ当然ながら、そんなに簡単に割り切れるわけもなく、結局、へなちょこの僕はそのまま帰ることができずに、研究室棟の出入口が見える中庭のベンチに座り、司さんが出てくるのを待った。司さんが現れたところで、どうするあてもなかったけれど、とにかく、このまま帰ってしまってはいけないと思ったのだ。

ケータイをいじって暇を潰せない時間は、異常なほどゆっくりと過ぎていった。僕は出入口をぼんやりと見つめながら、頭の中では司さんを思い描いていた。時々、部屋の中で襟立て男とキスをしている姿や、もっと激しいことをしている様子が目の前に浮かび、死にたくなるほどに胸が苦しくなって帰ってしまいたくなったが、逃げ出すようなことはしなかった。そして、四十分ほどが経った頃、無意識のうちに『ロッ

キー』のテーマを低く口ずさんでいるのに気づいた。自分を励ましたかったのだろうが、明らかに脳に負荷が掛かりすぎて、オーバーヒート寸前だった。

一時間半が過ぎ、いつの間にか空はイカ墨みたいな黒に染まっていた。中庭を横切る学生の姿はほとんどなく、白黒のぶちの野良猫が僕の足にまとわりついてきて、ニャーン、と鳴き、俺にかまってくれるのはおまえだけなんだなぁ、とぶち猫を撫《な》でながら泣きそうになっている時、出入口から司さんと襟立て野郎が出てきた。かといって、駆け寄るわけにも、大声を上げて注意を引くわけにもいかず、本気で泣きそうになっていたところに、ぶち猫がひときわ大きな声で、ニャーン、と鳴いた。その鳴き声は中庭に響き渡り、司さんの視線は吸い寄せられるようにして、こちらを向いた。司さんは襟立て野郎に短く声を掛けたあと、ベンチまで小走りで駆け寄ってきてくれた。僕はベンチから腰を上げて、司さんを迎えた。

僕の元に辿り着いた司さんは、胸を大きく動かして息を整えたあと、持っていた荷物を僕に押しつけてしゃがみ込み、相変わらず僕の足にまとわりついているぶち猫を撫で始めた。喉元《のどもと》を撫でられたぶち猫は、グルグルゴロゴロ、と気持良さそうな声を上げた。

「さっきはそっけなくてごめんね」司さんはしゃがんだまま僕を見上げて、言った。

「ゼミの夏合宿の予定を整理してたの。誰か待ってるところ?」

研究室棟のほうから襟立て野郎の敵意が矢みたいにビュンビュン飛んでくる中、僕は言った。

「司さんを待ってました」

司さんのぶち猫を撫でる手が止まった。

「どうして？」

「晩御飯を一緒に食べたくて」

司さんは一瞬だけじっと僕の目を見つめたあと、優しく微笑んで、言った。

「さっき言ってくれれば、もっと早く終わらせたのに」

司さんはぶち猫の頭を最後に念入りに撫でたあとに立ち上がり、ちょっと待っててね、と言って、また小走りで研究室棟のほうに戻っていき、襟立て野郎に何事かを話し掛け、弾むような足取りで僕のところに駆け戻ってきた。相変わらず襟立て野郎の矢が飛んできていたけれど、僕は気にせずに司さんの姿を見つめていた。司さんが僕のところに辿り着く十秒足らずのあいだに、僕はほんのちょっとでもチャンスが残っている限り、司さんを諦《あきら》めないことを心に固く誓った。

戻ってきた司さんは大きく肩で息をしながら、僕の手から荷物を取ろうとした。僕が、持ちますよ、と言うと、司さんは、ありがとう、と深く微笑んだ。ぶち猫は僕たちが行ってしまうのが分かったのか、ニャーン、と別れの言葉らしきものを吐いて、

ベンチの背後にある植え込みのほうに歩いていってしまった。司さんは、またねー、ブラック・ジャック、とぶち猫に向かって手を振った。僕は、今度お礼に大トロを持ってくるからな、ブラック・ジャック、と心の中でつぶやいた。

「なに食べる？」と司さんは訊いた。

僕が、なにがいいっすかねぇ、と悩んでいると、司さんは、とりあえず学校を出よっか、と言った。そして、校門に向かって図書館の前を歩いている時、敷地を区切っているブロックの段差に司さんがつまずき、前のめりに転んでしまった。地面に膝をぶつけた痛みですぐに立ち上がれずにいる司さんに僕が右手を差し出すと、司さんはためらうこともなく右手で僕の手を握った。僕はありったけの力で司さんの体を引き上げた。立ち上がった司さんは、こんな低い段差で転ぶなんて子供みたいね、と言って、恥ずかしそうに目を伏せた。僕は掛ける言葉を必死に探したけれど、すぐには見つかりそうもなかったので、代わりに、行きましょうか、と言った。司さんは、子供みたいにコクンとうなずいた。

　その時になって、僕たちはそっと手を放した。

8

可もなく不可もない答案を連発し、前期試験の期間が終わった。

そのあいだに本格的に夏が訪れ、空を飛ぶすべての鳥の羽がキラキラときらめくような晴れの日が続いた。

試験が終わった日、二週間ぶりに浜石教授の研究室に顔を出した。僕の顔を見るなり、浜石教授は、あれ、がっかりしないんだねぇ、と言った。部屋の中に司さんはいなかったが、僕はすでにそのことを知っていたので、がっかりするわけがないのだ。司さんはいま頃、短期留学でアメリカに旅立つ友だちを見送りに、空港へ向かっているはずだった。


初めて晩御飯を食べた夜にケータイ番号とメールアドレスを交換した僕と司さんは、ほぼ毎日電話かメールのやり取りをしていた。かといって、出てくる話題はお互いの生い立ちや家族のこと、好きな映画や小説や音楽のこと、それに、ブラック・ジャックの目撃談とか、そういったたわいのないことだけで、友だちの領域を超えるようなことにはまったく触れなかった。僕としては、試験期間に僕の気持をぶつけて司さんの気持を混乱させることがないように、と思ったからだ。でも、たとえそれがたわい

ないやり取りであったとしても、司さんという人を理解していけるのは、僕にとってはとても幸せなことだった。いずれ近いうちに、僕は友だち以上の関係を求めて司さんにアタックしてしまうだろうが、その結果がどうであれ、司さんの存在がいつまでも僕の中から消えることはないように思えた。これまで、好きになった人をそんなふうに思えたことは、一度もなかった。

「いやぁ、がっかりしてますよ」

僕が明るくそう言うと、浜石教授は僕の体から滲《にじ》み出る余裕に気づいたのか、怪しむような目を僕に向けた。僕は自然な感じで目をそらし、ソファに座った。浜石教授は、なんか解《げ》せねぇなぁ、といった感じのトーンを声に含みつつ、訊いた。

「ところで、上映の件はどうなってるの？」

僕は区民会館のホールが借りれたことを話し、あとはフィルムが手に入ればなんとかなりそうです、とつけ加えた。みんなと同じように浜石教授も区民会館のアイデアを褒めてくれると思っていたので、わくわくしながら待っていたのだけれど、浜石教授は何かを読み取るように僕の顔をじっと見つめ、重々しい声で言った。

「そのホールの映写技師の人、防火管理者の資格を持ってるのかなぁ」

「なんすか、それ？」

「火事が起きた場合に、消火とか避難の作業を進める責任者のことだよ」

「どうして映写技師にその資格が必要なんですか？」

「むかしの映写技師はみんな持ってたもんだよ。むかしのフィルムはセルロイド製で燃えやすかったからね。最近はフィルムが改良されて燃えにくくなったから、資格を持ってる映写技師はほとんどいなくなってるみたいだけどね」

　話のポイントを見失って黙っている僕に、浜石教授はずばりと言った。

「『ローマの休日』のフィルムはさ、セルロイド製なんだよね」

　ようやく問題に気づいた僕は、慌てて訊いた。

「その資格を取るには、どれぐらい掛かるんですか？」

　浜石教授は腕を組んで小首を傾げ、確か……、と間がたっぷりの前置きをし、言葉を続けた。

「ひと月以上は掛かったんじゃないかなぁ。うろ覚えだけどね」

　万が一、区民会館の篠田さんが資格を持っていなかったら大変なことになってしまう。8月31日までは、あとひと月とちょっとしか残っていない。僕はさらに慌てて訊いた。

「防火管理者の講習って、どこでやってるんですか？」

「それは知らないなぁ」浜石教授は難しい顔で言った。「自分で調べてごらんよ」

　とりあえず篠田さんに会いに行って、資格の有無を確かめるのが先決だ。

僕はソファから立ち上がり、今日は帰ります、と言って、頭を下げた。浜石教授は、７月中はここにいるからなんかあったら顔を出しなさい、と言って、微笑んだ。その笑顔の中になんとなく裏を感じさせるような陰が混じっている気もしたが、焦っていた僕はそれを無視して、さっさと部屋を出た。

寄り道をせずに、大学からまっすぐ区民会館に向かった。

総合案内のカウンターにはこの前のお姉さんがいてくれたので、尋ねたいことがあるので篠田さんを呼んでくれませんか、と頼むと、すぐに篠田さんに連絡を取ってくれた。この前と同じポロシャツを着た篠田さんが小走りで現れるまで、五分と掛からなかった。

「どうしたんですかー？」篠田さんは息を弾ませながら、訊いた。

「篠田さんは防火管理者の資格を持ってますか？」

篠田さんは不思議そうな表情で、答えた。

「持ってますよー。それがどうかしたんですか？」

僕はほっと一息ついたあと、『ローマの休日』のフィルムの問題について話した。

篠田さんはまず、そうなんですかー、そんなにむかしのフィルムをまわすことができるんですねー、楽しみですねー、と嬉しそうに言い、あとを続けた。

「ここみたいに公の施設で映写をやってる人は、みんな管理者資格を持ってるんじゃないかなー。上から取れって言われるしね」

「……ちなみに、資格講習って何日ぐらい受けなくちゃならないんですか？」

「二日ですね。それにしても、フィルムのことまで勉強してるんですねー。すごいですねー。ところで、『ローマの休日』ってスタンダード・サイズですよね？」

　僕が曖昧にうなずくと、篠田さんは、それじゃアパチュアーでスクリーンサイズを調整しないとダメですねー、と言った。とりあえず話が一段落したので、僕は、また来ます、と言って、篠田さんと受付のお姉さんに頭を下げた。

　区民会館を出たあと、家には帰らず、駅へと向かった。都心の大きな本屋に行き、フィルムやスクリーンサイズのことが載ってる本を探して下調べをするのだ。せっかくミスター・ミヤジが、プロデューサーとして最後まで気を抜くな、という《無言のアドバイス》をくれたのだから、素直にそれに従うつもりだった。幸か不幸か、試験も終わって時間は腐るほどあるのだし。

　閉店ギリギリまで本屋に居座ったので、家に帰って来たのは夜の十時を過ぎていた。一気に新しい知識を詰めこみ過ぎて疲れ果てている脳に栄養を与えようと、コンビニで買った普段は高くて食べない（食べれない）二百五十円のアイスをベッドに腰掛

けて食べているところに、かおるから、《電話するぞ》というメールが入った。アイスを食べ終わったあとに、《ＯＫ》と返事を出すと、五秒後にベルが鳴った。

「金、用意できたぞ」

「それじゃ、いまからその金を持って二十三時発の新大阪行きの新幹線に乗れ。警察《サツ》に知らせたら、子供の命はないと思え」

「アホか、おまえ」

「たまには乗ってこいよ」

「で、金はどうすんだよ」

「俺が立て替えといたから、今度会う時でいいよ」

「……おまえ、貯金いくら持ってんだよ」

「教えるかっつーの」

「おまえ、ガキの頃からお年玉貯め込んでたもんな」

「おまえが使い過ぎなんだよ」

「うるせぇ。フィルムは手に入ったのか？」

そういえば、浜石教授に訊くのを忘れていた。僕は、まだ、と答えたあと、今日の出来事を話して聞かせた。かおるは黙って興味深そうに耳を傾けていた。そして、僕が話し終えても黙ったままだったので、とうとう死んだか、と言うと、うるせぇ、と

いう生きている証《あかし》が聞こえてきた。

「ところでさ」と僕は言った。「相変わらず写真撮ってるよな？」

「撮ってるけど、それがなんだよ？」

かおるが引きこもりから脱け出してすぐの頃、おじいちゃんが突然かおるにカメラをプレゼントした。それはライカのM3というビンテージもののカメラで、写真を撮るのが大好きだったおじいちゃんが若い頃からとても大切に使ってきたものだった。かおるはもらったその日から毎日のようにおじいちゃんに操作を習い、自分でも色々と勉強して、段々とカメラに馴染《なじ》んでいった。そして、高校を卒業する頃には見事にカメラに取りつかれてしまい、いまではバイトをして金を稼いではフィルム代や現像費、それに撮影旅行のためなどに遣っていた。ちなみに、僕はかおるが撮った写真を一枚しか見たことがない。おじいちゃんの遺影だ。写真の中のおじいちゃんはとても穏やかで、まったく無理のない笑みを浮かべている。僕はその写真を見るたびに、どうやったらこんなに自然な表情を引き出せるんだろう、と不思議な気持になる。そもそも、おじいちゃんは、かおるがそんな写真を撮れるようになると分かっててカメラを与えたのだろうか？　まったく、鳥越家は不思議な人間だらけだ。

「ちょっと頼みたいことがあんだよ」と僕は言った。

「やだ」

「いいから聞けって」

僕は頼み事の内容を詳しく説明した。それは本屋にいる時にふと思いついたことで、我ながら良いアイデアに思えたのだ。説明を聞き終えたかおるは、ぽつりという感じで言った。

「おまえ、最近冴《さ》えてんな」

「いつも冴えてるけどな」

「アホか。それより、もっと範囲を絞ってくれよ」

「今度おまえがおばあちゃんとこに泊まりに行く時に情報を聞き出してくれよ。俺が聞くよりおまえが聞いたほうがいいだろうし」

「そうかもしんないな。分かった、聞いとくよ」

「よろしく」

電話を切ったあとにパソコンを立ち上げ、メールをチェックすると、司さんから、《飛行機が飛ぶのを見たら衝動的に旅に出たくなりました。今日は疲れたので、もう寝ます。おやすみ》というメールが届いていた。僕は今日一日の出来事を短く書き、最後に、《僕は司さんと旅に出たいです》とつけ加えたのを悩んだ末に消し、違う文章に変えた。

僕も寝ます。おやすみなさい。

9

8月に入って最初の土曜日がやってきた。僕は太陽の光が満ち溢《あふ》れている外には一歩も出ず、朝から部屋にこもって《『ローマの休日』上映計画》を開き、計画の詳細を詰めていた。一番頭を悩ませていたのは、ホールに他の観客を入れるかどうかだった。たくさんの人がいたほうが盛り上がることは分かっていたが、そうなるとどうやって千人もの観客を集めるのかが問題だった。

たとえば、区民会館の掲示板に告知を貼ったとして、うまく集まるものなんだろうか。中途半端な数で客席が埋まってしょぼい感じになるぐらいなら、最初から告知をせずに鳥越家だけの上映会にしたほうがよいだろうし。たとえば写真入りの目立つポスターを作ってあちこちに貼り出すにしても、お金と手間が掛かるしなぁ。うーむ……。

といった感じで頭を悩ませていたけれど、結論が出なかったので、来週に予定されている《『ローマの休日』上映委員会》の会合でみんなの意見を聞いて決めることにした。できれば早く決めて動き出したかったが、今週はアホの子のケン坊が林間学校

に行っていて集まれないのだった。

《『ローマの休日』上映計画》を閉じ、外出の支度を始めた。区民会館に大ホールの図面式の座席表をもらいに行くのだ。それを見ながら、おばあちゃんの座る位置や、鳥越家とその関係者の座席の配置をあらかじめ検討しておくつもりだった。

家から持って出たミネラル・ウォーターを飲みつつ、歩いて区民会館に向かった。夕方だというのに昼間の熱気がどこにも逃げてなくて、まるでサウナスーツを着て歩いているみたいだった。嬬恋《つまごい》はやっぱり涼しいのかなぁ、とゼミの夏合宿で嬬恋に行っている司さんのことを思って、どうにか気を紛らわした。

事務室でこの前のおばちゃんに座席表をもらったあと、ついでにといった感じで大ホールを偵察しに行くと、篠田さんとばったり出くわしてしまった。それから三十分ほど、スクリーンサイズに関して立ち話をして篠田さんと別れ、区民会館を出た。

帰り道にコンビニに寄り、マンガ雑誌を立ち読みして家に戻ると、出がけにはいた母親がいなくなっていた。夕食の時間に家を空けることはめったになかったので、おかしいなぁと思いつつ、キッチンの冷蔵庫から二等辺三角形に切ってあるスイカをひとつ取り出して、ぱくつきながら自分の部屋に向かった。そして、部屋に入ってすぐ、机の上に置きっぱなしだったケータイのランプが点滅してることに気づいた。スイカを机の上に置き、着信をチェックすると、留守電のメッセージが三件入っているのが

分かった。さっそくメッセージを聞くと、一件目は切羽詰まったかおるの声が、おばあちゃんが倒れたから救急車で病院に運ぶところだ、と告げ、二件目も切羽詰まったかおるの声が、おばあちゃんが運び込まれた大学病院の名前を告げ、三件目はかおるの怒った声が、早く来い、と告げていた。

三件目のメッセージを聞く頃には家を出て駅に向かって全力で走っていたので、駅に着いてホームで電車を待っているあいだに、かおるのケータイに電話を入れた。

「なにがあったんだよ？」

かおるが電話に出てすぐに、僕は訊いた。

「泊まるために家に行ったら、おばあちゃんが倒れてたんだよ」かおるは取り乱した感じの声で、言った。「すげぇ熱でさ……。声を掛けても返事をしてくんないから、やばいと思って救急車を呼んだんだ……」

僕が、そうか、と応えるのとほとんど同時に電車がホームに滑り込んできたので、三十分ぐらいで着くと思う、と言って電話を切った。

病院の最寄り駅で降りたあと、病院のほうに繋がっているゆるい坂道を駆け上がった。ぜぇぜぇと息をしながら病院に着くと、かおるが入口の自動ドアの脇のところで、うずくまるみたいにしてしゃがみ込んでいるのが分かった。僕が近づいてくるのに気づいたかおるは、急いで立ち上がった。かおるの目が弱々しい光を放っているのは、

遠目からでも分かった。

「病院の中でケータイを使うと怒られるからさ」

僕がそばに辿り着くと、かおるは言い訳するみたいに言った。僕は息を整えて、訊いた。

「おばあちゃん、どんな感じ?」

「肺炎だって。いま、解熱剤と抗生物質の点滴を受けてる」

かおるのか細い声で、おばあちゃんの容態が軽くないことが分かった。かおるは明らかにうろたえている様子で、言葉を続けた。

「おばあちゃん、どうしてあんなになるまで病院に行かなかったのかな……。どうしちゃったのかな……」

「おばあちゃんとこに連れてってくれよ」

僕がそう頼んでも、かおるは動こうとはせず、軽くうつむいて目を伏せ、僕から視線をそらした。

「俺、連絡係でもうちょっとここにいるよ」

僕には二つの選択肢があり、ひとつは、かおるからおばあちゃんの病室を聞いて一人でそこに向かうことで、普通なら当然こっちを選ぶべきだったが、僕は迷うことなくもうひとつのほうを選んだ。

僕はかおるの胸ぐらを掴んで、言った。

「びびってんのかよ、うんこ野郎」

かおるは顔を上げ、びっくりした目で僕を見た。たぶん、この繊細キャラのうんこ野郎をこのまま一人で置いておくと、どんどんと悪い方向に物事を考え始めて、たとえば、おばあちゃんにもしものことがあったら、僕のせいだ、僕が早く救急車を呼ばなかったから彼女は死んだんだ、的な気持悪い邦画とかアニメにありがちな後ろ向きのヒロイズムにどっぷり浸《つ》かって、また引きこもるに決まっているのだ。だから、おばあちゃんが自分の力で回復していくのをそばで見させて、てめぇのしょぼい力じゃなんにも変えることができないのを分からせなくてはならないのだ。

僕は空いているほうの手で、かおるの額にデコピンをした。

「びびってんだろ、正直に言えよ」

かおるの目から弱々しい光が消え、憎しみに近い強い光が点った。

「はなせよ！」

かおるは両手を思い切り前に出して、僕を突き放した。僕が掴んでいたTシャツの胸元がだらんと伸びてしまったのに気づいたかおるは、さらに目の光を強めて、言った。

「弁償しろよな！」

「そんなうんこTシャツ、十枚でも二十枚でも買ってやるから、早くおばあちゃんとこに連れてけ！」

かおるは光線でも出そうな目で僕を睨《にら》んだあと、さっさと病院の中に入っていってしまった。僕はかおるのあとを追った。

おばあちゃんの病室の前には、僕の母親と弘子伯母さんと弘鋤叔父さん夫婦と弘美叔母さんとリカが立っていた。みんなの顔は黒い斜線が引かれたみたいになっていて、ひどく冴えない表情だった。

「どうなの？」

僕はみんなの誰にともなく訊いた。弘鋤叔父さんが口を開いた。

「あんまりよくないみたいだね」

うなずいて、病室に入っていこうとすると、母親が僕を引き留めて、抗ウイルスマスクを手渡した。僕はマスクをしながら病室に入っていき、おばあちゃんが寝ているベッドを探した。四つあるベッドのひとつに透明なビニールの天幕が掛かっていたので、そのベッドに近づいた。

ベッドに横たわっているおばあちゃんの腕には二本の点滴の管が繋がり、口には酸素マスクが被《かぶ》せられていた。おばあちゃんは目を閉じ、はぁはぁと苦しそうに息をしていた。おばあちゃんの体がいつもより小さく見えたので、ビニールの天幕のせいだ

と思ってビニールの裾を持ち上げて中に入ってみても、やっぱり小さく見えた。なんだか泣きそうになったけれども必死に堪え、口をおばあちゃんの耳元に近づけて、がんばってね、と言った。抗ウイルスマスクのせいでうまく聞こえないと嫌だったので、マスクを外し、もう一度、がんばってね、と言った。そして、かおるがへこんでるからまた助けてあげてよ、と言った。

　病室を出ると、律子ねえちゃんとフィアンセの伊織さんが着いていて、僕と入れ替わりに律子ねえちゃんが病室に入っていった。

　時間が経つにつれて鳥越家の残りの面々が集まり、ケン坊以外のみんなが集合した。みんなは待合室のベンチに座って、ほとんど言葉を交わすことなくおばあちゃんの回復を待った。

　日付が変わる少し前にトイレに行き、ションベンをしていると、かおるが突然現れ、隣の便器に立ってションベンをし始めた。お互いに無言のまま用を足してトイレを出ると、かおるが待合室とは反対方向に歩き始めたので、僕はそのあとをついていった。かおるはエレベーターホールの脇にある自動販売機の前で足を止め、ウーロン茶のペットボトルを二本買い、一本を僕に投げて寄越した。僕たちはウーロン茶を飲みながら、あてもなくぶらぶらと廊下を歩き、ナースステーションのそばのベンチに並んで腰を下ろした。そして、二人ともウーロン茶を飲み干し、いいかげん沈黙を持て余し

始めた頃、かおるが急に独り言みたいに話し始めた。

「高校に入学してすぐに同じクラスに仲のいい友だちができたんだよ。そいつはいまどき髪は横分けだし、銀縁のメガネ掛けてるし、体はちっちゃくて割り箸《ばし》みたいに細くてさ、だけど、ヘビメタが大好きで、カッコいい曲を集めて焼いたCDをくれたりしてさ。そいつも俺と同じでずっといじめられてきたから、たぶん、俺のことを仲間だと思って優しくしてくれたんだ……」

　僕は、うん、とつぶやいて、先を促した。

「そいつとは高二に上がっても同じクラスで仲良くしてたんだけど、ある日突然そいつに対するイジメが始まって、俺はどうすることもできなかったんだ……。つーか、自分が標的にされなかったことにほっとしちゃったんだ……。イジメはどんどんひどくなってって、トイレ掃除に使ったモップを顔に押しつけられた次の日から、そいつは学校に来なくなっちゃって……。そいつが休むようになって一週間目に俺は担任に呼ばれて、クラスで何か変わったことはないか、って訊かれたけど、俺は、知りません、て答えたんだ。間違いないか、って念を押されても、俺は、知りません、て答えちゃったんだよ……」

　かおるは深く息をついた。僕は黙って話の続きを待った。

「その日の帰り道に俺はちょっとおかしくなっちゃったんだ。本屋で本を買うために

レジで店員に千円札を渡した時、なんでだか分かんないけど急に、俺が触ったそのお札には俺の体から出てる臆病《おくびょう》菌がくっついてて、その店員にも、その次にそのお札を手にする人にも、その次の人にも、その次の人にも俺の臆病が感染しちゃうって思ったんだ……。俺はやべぇって思って、店員からお札を引ったくって本屋を出て、なるべく息をしないようにしながら家まで帰ったんだ」

「どうして？」

「俺の吐く息で臆病菌が広まったらやばいだろ」

「だから部屋に閉じこもったのか」

かおるは小さくうなずいた。

「部屋の中ではなにしてたんだよ」と僕は訊いた。

「おふくろに頼んで買ってきてもらった除菌ティッシュで、ずっと体を拭いてた」

「おまえ、すげぇな。よくこっちに戻ってこれたな」

「おばあちゃんのおかげだよ」

部屋の中でなにがあったんだよ、と《ミラクル＆ミステリーの二時間》について尋ねたかったけれど、かおるが自分から言い出さない限りは我慢することにした。かおるは二十秒ぐらいの沈黙のあと、口を開いた。

「俺、誰も部屋に入れる気はなかったけど、おばあちゃんに、入れてちょうだい、っ

て優しい声で言われてノックされたら、入れないわけにいかなくてさ」

　その気持がよく分かったので、うんうん、と深くうなずいた。

「部屋の中は除菌ティッシュだらけだったし、窓には目張りがしてあって三ヵ月近く換気してなかったからシャレになんないぐらい臭かっただろうし、俺はヒゲがボーボーでガリガリに痩《や》せてたし、だから、違う意味でおばあちゃんを部屋の中に入れたらまずいんじゃないかって迷ったけど、結局ドアを開けたよ。でも、おばあちゃんはまったくなんでもない感じで部屋に入ってきて床を簡単に掃除したあと、いつもの感じで床の上に正座したんだ。すっと背筋を伸ばしてさ。俺はベッドの上にいたんだけど、おばあちゃんにじっと見つめられると、なんだか自分がめちゃくちゃ恥ずかしいことをしてるみたいな気になってきて耐えられなくなったから、おばあちゃんのことを見ないで壁を睨んでた。おばあちゃんは部屋に入ってきてから三十分ぐらい一言も喋んないで、ただ正座して俺を見つめてたんだけど……」

　かおるは続きを言い淀《よど》んで、なぜか恥ずかしそうに目を伏せた。

「なんだよ、どうしたんだよ」僕は正直に不満を口にした。「続けろよ」

　かおるは心を決めたように視線を上げ、言った。

「おばあちゃんは急に、かおる、って俺の名前を呼んで、それで……」

「それで？」

「……それで、おっぱい吸うか？　って」

「は？　なにそれ？」

「俺もわけ分かんなかったよ」かおるは怒ったように言った。「わけ分かんなかったから、思わずおばあちゃんのほうを見たら、おばあちゃん、引くぐらいの思いっきりの笑顔でもう一回、おっぱい吸うか？　って……。俺はなんだかそん時の状況のぜんぶがアホらしく思えてきて、笑うしかなくなって、だから三ヵ月ぶりに笑ったんだ。そしたら、笑いが止まらなくなってさ、気づいたら、おばあちゃんも一緒にクスクス笑っててくれて……」

　かおるは薄く微笑みながら、僕を見た。かおるの大切な思い出話に水を差すつもりはなかったが、どうしても訊いておかなくてはならないことがあった。だから、訊いた。

「で、吸ったんか？」

「は？」

「吸ったんだろ、おばあちゃんのおっぱい」

　かおるの頬が一気に赤く染まった。

「アホかおまえ」

「吸ったな、おまえ。俺はいま確信したよ。おまえは間違いなく吸った」

かおるは空のペットボトルで僕の頭を叩いた。

「吸ってねーっつーの」

僕も空のペットボトルで叩き返した。

「正直に言えっつーの」

「吸ってねーっつーの」

「嘘つけっつーの」

僕たちが交互にポコポコと頭を叩き合ってると、ナースステーションから可愛いナースさんが出てきて不審な顔で見たので、僕たちは慌ててペットボトルを鞘《さや》に収めた。

僕はかおるが引きこもりから脱したあとすぐに、学校で暴力事件を起こしたのを知っていた。さっきの話を聞いて、なぜかおるが事件を起こし、誰に対して暴力を振るったのかが分かった。この世界に復帰するためには、かおるなりのオトシマエをつけなくちゃならなかったんだろう。

僕はかおるの肩をこぶしで軽く叩いて、言った。

「おばあちゃんはすげぇな」

かおるはうなずき、僕の肩をこぶしで強く叩いて、訊いた。

「俺んとこに行ってやってくれって、おまえがおばあちゃんに頼んだんだろ？」

僕は少しだけ迷ったあと、かおるの肩をこぶしで強く叩き返して、言った。

「おばあちゃんに訊いてみろよ」

かおるの目に一瞬弱気の陰が走ったので、僕はもう一度かおるの肩を強く叩き、戻るぞ、と言ってベンチから腰を上げた。

日付が変わって一時間ほどが経ち、律子ねえちゃんの膝枕で眠ってるリカの寝顔をぼんやり見ていると、主治医が僕たちのほうに歩いてきた。僕の父親がベンチから腰を上げて歩み寄り、主治医と短く言葉を交わした。ベンチに残っている僕たちは、息を詰めながら僕の父親の背中をじっと見つめていた。そして、振り返った時の僕の父親のほっとしたような笑顔を見て、僕たちもいっせいにほっと息をついた。かおるを見ると、かおるはいつものようにニヒルな笑みを口元に浮かべた。律子ねえちゃんはリカの頰を指で優しくつつき、目を覚ましたリカに、こう囁《ささや》いた。

もうだいじょうぶだよ。

両親と一緒にタクシーで家に戻り、部屋に上がろうとすると、母親が、そういえば、と言って、僕宛てに届いていた一枚の絵葉書を手渡した。差出人はケン坊で、林間学校に行った先から出してくれたみたいだった。キレイな湖の写真を眺めたあとに表を見ると、ケン坊の汚い字がグニャグニャと躍っていた。

きょうカレーをつくってたべた。
うまかたぜ!!!
もうねるぜ!!!

文章全体も、「っ」が抜けてるのも、一文字も漢字が使われてないあたりも、見事にアホの子の力が漲《みなぎ》っている絵葉書だった。きっと、おばあちゃんにもこのアホアホパワーが届いたに違いない。

部屋に戻ったあと、汚れないように絵葉書をきちんと紙にくるんで、机の引き出しの奥にしまった。

将来、ケン坊が結婚して子供が生まれて、その子が悩んだり苦しんだりしてる時にこの絵葉書を見せてやるのだ。

10

8月15日。

上映予定日まであと半月になったこの日の夕方、おばあちゃんの急病で延期になっていた《『ローマの休日』上映委員会》の会合を、僕の部屋で開くことになった。

最初の議題は、〈予定通り上映会の準備を進めるべきか〉。

みんなの意見は全員一致で、「進めるべき」。

退院を明後日《あさって》に控えたおばあちゃんは日に日に良くなってきているので、たぶん31日までには映画を見れるぐらい元気になっているはずだった。それに退院後は、おばあちゃんのために卒業旅行をキャンセルした律子ねえちゃんが、当分のあいだおばあちゃんの家に泊まり込んで看病する予定だったので、なにも心配はないように思えた。まぁなんにせよ、ホールの予約はキャンセルせずに、このまま準備を進めていこう、ということになった。

次の議題は、〈他の観客を入れるべきか〉。

これはケン坊の、「映画はいっぱいの人と見たほうが絶対に楽しいよ！」の一言にみんながいっせいにうなずき、即決。

しかし、そうなると、人を集めるための告知の方法を急いで考えなくてはならなくなり、無論それは僕に一任されるはずで、正直、めんどくせーなー、と思っているところに、リカが、いいですか、と囁くように言いながら、控え目に挙手をした。僕が、どうした？　と訊くと、リカは何かを言い出しかねて、それがつらいのか、目をぎゅっとつぶった。僕がその様子を見て、これが萌《も》えというやつなのか？　と自問していると、律子ねえちゃんが、言ってごらん、とゴッドファーザーの貫禄で促した。リカ

は小さく息をついたあと、持ってきていた大きめのトートバッグの中に手を入れ、B4サイズのスケッチブックを取り出した。

「まだ下書きなんですけど——」

リカはそう言いながら、スケッチブックを開いた。僕たちの目に飛び込んできたのは、頭にティアラを載せて優雅に微笑むオードリー・ヘップバーンだった。ぱっと見た瞬間には写真に見えたが、よく見ると紛れもなく鉛筆で描かれたデッサンだった。

「『ローマの休日』のポスターから写して描いたんですけど、もうちょっときちんと描いたものに、日付と時間と場所を入れてポスターにして貼り出したらどうかと思って……」

僕たちは言葉を失くしたまま、オードリー・ヘップバーンをじっと見つめていた。僕たちの無言をネガティブな反応だと勘違いしたリカが慌ててスケッチブックを閉じようとした時、ケン坊がリカの手からスケッチブックを引ったくって、叫んだ。

「すげぇ！　ねえちゃん、なんでこんなにうまいの？」

僕たちもケン坊の言葉にうなずき、どうしてこれまで隠してたんだ、とか、おまえ才能あるよ、とか、すごいねリカ、とか、次々とリカのことを褒め称《たた》えた。そして、興奮したケン坊がチンパンジーみたいにベッドの上で飛び跳ねながら、俺の似顔絵も描いてよ！　と叫ぶと、それまで恥ずかしそうに黙ってうなずいていただけだったリ

カが突然、顔を両手で覆ってワーッと泣き始めた。号泣と呼んでも差し支えない勢いに僕たちはびっくりして、少しのあいだ呆然としてしまった。そもそも、僕たちはリカが泣くのを初めて見たのだ。ショックでベッドの上に立ちすくんだままだったケン坊は、リカが泣いたのを自分のせいだと思ったのか、ごめんねー！と叫んだあと、びゃーっと赤ん坊みたいに泣き始めた。

　予想外の展開に僕とかおるがおろおろしていると、律子ねえちゃんはリカに近寄って優しく抱き締め、子供をあやすみたいに片手でリカの頭を何度も何度も撫でた。僕はケン坊を抱き締めるのは死んでも嫌だったので、とりあえずベッドの上に座らせたあと、軽く頭をはたいて、泣くな、あとで五十円やるから、と諭した。

僕たちはリカとケン坊が泣き止むのを待って、リカに泣いた理由を尋ねた。リカによると、リカは子供の頃から絵を描くのが大好きで、ずっと漫画家になりたいと思っていたらしいのだけれど、母親の弘美叔母さんは、「薬科大学に行って薬剤師になるのがあなたの人生にとって一番いいのよ」、といういまいち根拠の分からない目標をリカに押しつけ、素直で家族思いのリカはそれに逆らえず、またその悩みを誰にも相談できずに苦しみ続けてきたらしい。ここのところリカの様子をおかしく感じた原因が、ようやく理解できた。

「上映計画が終わったらさ」と僕はリカに言った。「弘美叔母さんをどうやったら説

得できるか、みんなできちんと相談に乗ってやるよ」

僕の言葉に律子ねえちゃんとかおるがうなずいた。僕は続けた。

「弘美叔母さんが言うことを聞いてくれなそうだったら、俺たちが一緒に闘ってやるしさ」

律子ねえちゃんはリカの顔を両手で包み、親指を動かして頬の涙を拭ったあと、リカの目をじっと覗き込んで言った。

「リカも泣かないで闘わなきゃダメだよ」

リカは長いまつげを涙に濡らしたままコクンと可愛くうなずき、薄く微笑んだ。それを見てほっとしたケン坊は、アホの子らしく鼻水を垂らしながらニカッと笑った。

二時間を掛けて詳細を詰め、会合は終了した。

僕の母親から、晩御飯食べていきなさい、と号令が掛かり、みんなは僕の部屋を出てダイニングへと移動を始めた。僕は出ていこうとするかおるを引き留め、本屋で買った八王子市の地図を手渡し、言った。

「例の件、よろしくな」

かおるは地図を受け取りながらうなずいて、訊いた。

「それより、フィルムのほうはだいじょうぶなのかよ」

浜石教授は相変わらずのらりくらりとはぐらかし、フィルムを持っている人と引き合わせてくれようとはしなかった。

「だいじょうぶだって」と僕は言って、かおるの肩を叩いた。「心配性だな、おまえは」

かおるは思いっきり疑わしい目を僕に向けた。もしかすると、僕の顔が無意識のうちに引きつってるのかもしれない。かおるが部屋を出て行くと、いったんダイニングに行ったケン坊が口に魚肉ソーセージをくわえながら戻ってきて、僕に向かって手のひらを差し出した。

「さっきの五十円くれよ」

問答無用で頭を思いっきりはたくと、ケン坊はそれ以上の身の危険を察知したのか、こ、ころされる、という表情を浮かべ、ダッシュでダイニングに逃げ帰っていった。

みんなが飲んだジュースのグラスをお盆に載せたり、空になったポテトチップスの袋を捨てたりしていると、ケータイが鳴った。表示を見ると《司さん（女神）》だったので、マッハの勢いで電話に出た。

「もしもし！」

「こんばんはー。なにしてた？」

「部下たちと上映計画のミーティングをやってました」

「ケン坊くんもいたの？」

「いましたよ。なんの役にも立ちませんでしたけど」

「会ってみたいなー」

「やめたほうがいいですよ。アホがうつりますから」

「そんなひどいこと言ったらダメでしょー。ところで、明日は空いてる？」

「空いてます！」

「よかった。浜石教授が、フィルムの持ち主と会わせてあげるから家に来なさい、って」

「……はぁ」

「わたしも一緒についていくつもりだけど、かまわない？」

「ぜんぜん！　うれしいです！」


明日の予定を詰めて、電話を切った。

司さんとは大学からの帰り道に御飯を食べたりすることはあったけれど、きちんと予定を組んで一緒に出掛けたことは一度もなかった。

一日の最初の予定が司さんとの待ち合わせだなんて、神様はなんて粋《いき》なことをしてくださるんだろう、と思いながらダイニングに行くと、僕の母親が、明日ケンちゃんがサッカーボールを買いに行きたいらしいからあんたの知ってるスポーツショップに

連れてってあげなさい、と僕に命令した。僕は、甘やかすとこの子のためにならない、とか、通販で買ったほうがいい、とか、そもそもスポーツショップなんて行ったことがない、と嘘までついて抗《あらが》ったが、律子ねえちゃんの、黙って言うことを聞け、の一言で、明日の一日の最初の予定がケン坊とのショッピングに決まってしまった。打ちひしがれている僕の横で、ケン坊は三杯目のカレーを馬みたいにガツガツと食べていた。

神様は無粋だ。

11

午前中にケン坊とのショッピングを済ませ、そのあと半分嫌がらせのつもりで僕の行きつけのカレー屋に連れて行ってお昼を食べさせても、ケン坊は、すっげぇうまいね！　としか言わなかった。念のために、昨日の夜はなにを食べた？　と訊いたら、ケン坊は遠くに過ぎ去った青春の日々でも思い出しているような眼差しを浮かべた。僕は、もういいよ、何杯でも食べろ、と言って、潔く敗北を認めた。

司さんが会いたがっていたのを思い出したので、待ち合わせ場所の新宿駅まで嫌がるケン坊を引っ張っていった。ケン坊は司さんを見た瞬間から鬱病のチンパンジーみ

たいにおとなしくなってしまい、まったく司さんと視線を合わせなかった。そして、司さんが、はじめましてー、と言って右手を差し出すと、両方のほっぺと耳を真っ赤にしながら、司さんと握手をした。さすがにアホの子でも、美しいものと醜いものの違いは分かるようだ。別れ際、司さんが、サッカーがんばってね、と声を掛けると、ケン坊は、はい、がんばりましゅ、と見事に噛んだ。

ケン坊がいなくなり、二人になってすぐ、司さんが僕の恐れていたことを口にした。

「ケン坊くん、鳥越くんにそっくりだねー」

「…………」

僕たちは中央線に乗り、浜石教授の家がある国立《くにたち》に向かった。電車の中では隣り合ってシートに座り、一秒も途切れることなく話を続けた。司さんは昨日の夜にＤＶＤで見た、あるフランス映画の話をしてくれた。金持ちで暇を持て余してるマダムが若いムッシューと不倫をする話、という聞くからにつまらなそうな映画で、司さんも、イマイチだった、と残念そうに言った。

電車がおじいちゃんとおばあちゃんが出会った八王子にどんどん近づいていって、車窓を流れる緑の量がだんだん増えていって、僕の司さんへの思いもますます増えていって、このまま二人でどこかに行ってしまいたいなぁ、と思った時、国立に着いてしまった。

駅を出て、府中《ふちゅう》のほうに向かって十五分ほど歩くと、浜石教授の家に着いた。家は洋風の一戸建てで、ちょっと古ぼけていたけれど、大きくて品のある構えをしていた。インターホンのボタンを押してすぐに玄関のドアが開き、家と同じように少し年老いて品のある浜石教授の奥さんが出てきて、どうぞどうぞ、と僕たちを中へと招き入れてくれた。広くて天井の高い応接間に通され、ほどよく硬くて座り心地のいいソファに腰を下ろして五分ほどすると、長袖《そで》の白いシャツにカーキのチノパン姿の浜石教授が、よく来たねぇ、と言いながら姿を現し、僕たちの向かいのソファに座った。

奥さんが出してくれた冷たいオレンジジュースを飲みつつ、浜石教授に上映計画の経過報告をし、あとはフィルムが確保できたら準備が整う予定です、と告げた。話を聞き終えた浜石教授は、なかなか良い感じに仕上がりつつあるじゃないの、と褒めてくれたものの、急に難しい顔で、だけど、と前置きして、続けた。

「著作権者や配給会社に無断で上映してもいいものなのかなぁ」

浜石教授は僕がオロオロする様子を楽しみにしていたのかもしれないが、そうはいくもんか。僕はきっぱりと言った。

「その件に関しては映画会社に問い合わせて訊いてみたんですが、料金を徴収しない非営利を目的とする上映なら、黙認というかたちを取っているそうです。要は、家電量販店のテレビで映画を流してる理屈ですね」

浜石教授は嬉しいような残念なような笑みを浮かべ、ソファから立ち上がった。

「じゃ、行こうか」

僕が、どこへ？　という感じで見つめると、浜石教授は、いたずらっぽい目で僕を見つめ返した。

「フィルムに会いに来たんだろ？」

応接間を出て右に曲がり、長い廊下を突き当たりまで歩くと左側にドアがあって、それを開けると地下へと繋がる階段が延びていた。

浜石教授に促され、僕と司さんは応接間を出る時に渡された大きめのバスタオルを肩に掛けて上半身を覆った。

「下は寒いよ」

浜石教授のあとについて薄暗い階段を下りていっていると、自分がホラー映画の中に紛れ込んでしまったような気がした。地下に着くと、そこには殺人鬼が隠れていて、まずは浜石教授が餌食《えじき》になり、僕は司さんを助けるために殺人鬼と闘って――。

妄想に完全に入り込む前に、地下室に下り立ってしまった。二十畳ほどの広さの部屋の中には、残念ながら殺人鬼が隠れられるようなスペースはなく、中身のたっぷり詰まった背の高いスチール製の書架と、タンスのように大きな空調装置で部屋のほと

んどが占められていた。書架は人が一人通れるぐらいの隙間を空けて四列に平行に置いてあり、それぞれの六段分の棚には高さが5センチ、直径が20センチぐらいの円柱の形をした缶が厚手のビニール袋に包まれ、何段にも重ねて積まれていた。たぶん、缶の中にはフィルムが収められているんだろう。それにしても部屋の中は本当に寒く、空気も乾燥してるみたいで、唇が乾いて硬くなってしまうほどだった。

「五年前に知り合いのフィルム・コレクターが亡くなってね」浜石教授はかすかに白く見える息を吐きながら、言った。「ボクと何人かの仲間が手分けしてこれらを引き取ったんだ」

浜石教授が奥のほうに歩いていったので、僕と司さんはあとに従った。浜石教授は一番奥の書架の前で立ち止まり、三段目の棚からフィルムの缶をひとつ取って、僕に手渡した。ひんやりと冷たいその缶のビニールには、『ローマの休日①』と書かれたシールが貼ってあった。やっとめぐり逢えたな、と僕がちょっとした感慨に浸っていると、浜石教授の声がそれを邪魔した。

「ところで、『ローマの休日』の公開当時のフィルム巻数は全部で何巻だと思う?」

僕はわざと戸惑ったフリをして、答えた。

「……十三巻ぐらい、ですか?」

びっくりして目を大きくした浜石教授を見て、僕が勝利の笑みを浮かべると、浜石

教授は少し不機嫌そうに訊いた。

「インターネットで検索したのかい？」

「ネットには載ってなかったんで、神保町《じんぼうちょう》の古本屋をまわって公開当時のパンフレットを探したんです。それに載ってました」

浜石教授は、まぁそれならいいか、という感じでうなずき、僕の手からフィルムの缶を取って棚に戻した。

「こんなふうにフィルムは低温低湿で保存しなきゃならないデリケートなものだから、上映日当日まではここに置いておいて、上映前に君が取りに来なさい」

僕が、はい、と応えたのとほとんど同時に、司さんが棚のある一点を見つめながら、わぁ！　という声を上げた。どうしたんですか？　と僕が訊くと、司さんは視線を一点からそらさないまま、答えた。

「『天国二人道中』があるんですね！　わたし、大好きなんです！」

司さんの視線の先を追うと、『ローレル＆ハーディの天国二人道中①』とシールの貼られたフィルムの缶に行き着いた。

「楽しい映画だよねぇ」浜石教授は嬉しそうに言った。「ボクはモノクロ映画の保管担当なんだよね。カラーとモノクロじゃ、保管の温度や湿度が違うからさ」

「大変そうですね」と僕は正直な感想を口にした。電気代もバカにならないだろう。

浜石教授は、ぜんぜん、といった感じで微笑んだ。

「近い将来、すべての映画はデジタルで撮影されて、映画館なんかに行かなくても、ケーブルさえあれば家のテレビで見られるようになるだろう。だけど、それと同時に君みたいにフィルムで映画を見たいっていう、面倒臭いことをしたがる奇特な連中がたくさん出てくるはずなんだ。その時のために、ボクがこの手間の掛かる赤ん坊たちのお守りをしてるってわけさ。でも、ボクももう若くないし、いつポックリ逝ってもおかしくないから、そろそろお守りの後継者を育てなくちゃと思ってるんだけどね」

浜石教授がそう言って僕を見つめた時、寒さのせいなのか、それとも、不吉な予兆のせいなのか背筋に悪寒が走り、全身がぶるっと震えた。僕は話をそらすためにわざとらしくクシャミをして、風邪ひきそうですぅ、と甘えん坊の声で浜石教授に訴えた。

浜石教授は僕の肩に手を置き、じゃあ上に戻ってゆっくり話でもしようか、と言って、企《たくら》み顔でニヤリと笑った。肩に置かれた手が、逃がさないよ君ぃ、と言っているような気がして、また全身がぶるっと震えた。

結局、晩御飯までご馳走《ちそう》になってしまい、浜石教授の家を出たのは夜の九時を過ぎていた。

遅かったのでバスに乗ろうとバス停の時刻表を見ると、次のバスは三十分後になっ

ていたので、結局は歩いて駅に向かうことにした。歩き始めてすぐ、僕は司さんに訊いた。

「フィルムのこと、知ってたんですか？」

司さんは首を横に振った。

「教授が古い映画のフィルムを集めてるのは知ってたけど、『ローマの休日』があるかどうかは知らなかった」

「いじわるですよねぇ、教授」

「教授の口癖は、『easy《イージー》 come《カム》, easy《イージー》 go《ゴウ》』だからさ」

僕が、素直に意味を訊くべきなのか、知ったかぶりをしてうなずくべきなのか、それが問題だ、と苦悩していると、司さんはどうやってそれを感じ取ったのか、しょうがないわねぇ、といった感じで微笑んだ。

「簡単に手に入るものは、簡単に手から離れていってしまう、という意味よ」

僕が、勉強になりました、と正直な気持で言うと、司さんは出会った時の愛しいペットを見る目で僕を見つめた。

「それにしても、教授は鳥越くんのこと、すごく気に入ってるみたいね」

「うーん、嬉しいようなめんどくさいような……」

「贅沢《ぜいたく》なこと言うんじゃないの」司さんは冗談めかして、右のこぶしで軽く僕の肩を

叩いた。「あんなすごい人に好かれてるだけで、自慢できることだよ」

自慢できるかどうかは別にしても、浜石教授がすごい人だということに異論はなかった。

「時々思うんだけど」司さんはとても優しい声で言った。「この世界は見えないシーソーみたいなものでさ、悪いほうに傾き過ぎたりすると、浜石教授みたいな人がそれに気づいてもう片っぽのほうに乗っかってくれるから、なんとかうまくバランスを取れてるんだよね。わたしももっとがんばって、いつかちゃんとしたほうに乗っかれる人になりたいな」

僕は司さんの言葉を受け止めてうなずきながら、ちきしょう、抱き締めてキスしてぇなぁ、と思っていた。イージー・カム、イージー・ゴウだ、と心の中で唱えつつ、欲望と必死に闘って歩いていたので、僕はすっかり無口になってしまい、司さんから、どうかしたの？　と不審がられてしまった。返答に困っていたところにちょうど小さな公園の横を通り掛かったので、僕は中を覗いて目当てのものを探した。そして、僕は立ち止まり、司さんが気づいてくれるようにまっすぐに腕を伸ばして公園の中を指差した。司さんは僕の指の先にあるものを見つけ、少しくすぐったそうに笑った。

僕と司さんは一時間ほどシーソーに乗って遊び、公園を出た。

僕は8月31日に司さんに思いを告げることに決めた。

12

残りの日々は、あっという間に過ぎていった。

一番の心配事だったおばあちゃんの体調は、律子ねえちゃんのナイチンゲールばりの献身的な看病で、ほぼ全快と言っていいほどまでに回復していた。しょっちゅう家に顔を出すようになった僕の様子から、おばあちゃんは企み事の気配を感じ取ったのか、上映日の三日前に僕に言った。

「なんなの？　正直に言ってごらん。お小遣いが欲しいの？」

おばあちゃんにとって、僕はまだ小学生レベルの存在らしい。そばでそれを聞いていた律子ねえちゃんは、むかつくぐらいゲラゲラ笑った。あまりにむかついたので、おばあちゃんに、五千円くれよ、と手のひらを差し出すと、律子ねえちゃんに思いっきり頭をはたかれた。

上映日の一週間前、リカの描いたポスターを区民会館の掲示板に貼り出した。素晴らしい出来なのを僕が褒めてやるまでもなく、貼るのを眺めていた篠田さんと受付のお姉さんと事務室のおばちゃんたちが口々に、すごい！　と感想を漏らした。僕が貼

ってる最中は恥ずかしそうにうつむいていたリカも、掲示板の前を離れる頃には誇らしげな光を目に浮かべていた。僕はその光を見て、絶対に弘美叔母さんを説得してやるからな、と心の中でリカに固く誓った。

その日から僕とリカとケン坊はほぼ毎日集合し、コピーした百枚のポスターを抱えて僕の住む町と隣町を歩きまわり、ポスターを貼らせてくれる場所を探した。人と人との関係が希薄で心が荒《すさ》みがちな現代社会においてポスター貼りは難航するであろう、という僕の社会評論家ばりの予測は、アホアホパワーによってものの見事に粉砕された。たとえば、ケン坊がポスターを持ってお店に入っていき、ポスター貼ってもいいですか！　と元気よく頼むと、ほとんどの店主は、しょうがないなぁ、という感じで微笑み、快くＯＫを出してくれるのだ。

そんなわけで、百枚のポスターはあっという間にはけてしまい、急遽《きゆうきよ》五十枚を追加して、町中だけではなく、駅の改札口なんかにも貼ってもらうことにした。どこに頼みに行ってもケン坊の存在は強力で、僕はアホアホパワーの恐ろしさを目の当たりにしたのだった。

がんばったケン坊に御褒美をやろうと、なんか欲しいものあるか？　と訊くと、ケン坊は迷った末に、魚肉ソーセージ！　と叫んだ。アホの子はなんて愛しいんだろう、と初めて思った。

かおるは僕が頼んでおいたナイショのミッションを、きちんとやり遂げてくれた。上映日の十日前、ミッションでゲットしたブツを僕の家に届けに来た時、かおるは用事が済んでもなかなか帰ろうとしなかった。めんどくさくなった僕は、なんだよ、言えよ、と促した。かおるは十秒ほどためらったあとに、言った。

「上映日当日、俺、映写室に入りたいんだけど」

「なんで？」

「どんなふうに映画を上映するのか見てみたいんだよ」

「俺は別に構わないけど――」

僕の言葉が終わる前に、かおるはブツを入れてきたデイパックの中から葉書より少し小さいサイズで、緑色の縁取りがしてある紙を取り出して僕に見せた。それは防火管理者講習の修了証だった。

「念のために受けたんだ」

かおるのまっすぐな視線が痛かったので、僕の代わりにそれを受け止めてくれそうな人のいるところへ、かおるを連れてゆくことにした。

唐突なお願いにも、篠田さんは、かまわないですよー、とＯＫしてくれ、さっそく僕たちを映写室に招き入れてくれた。狭い映写室の中では、二台の大きな映写機が部

屋の主《あるじ》のようにでんと居座っていた。

「この二台で交互にフィルムを映写するわけですねー」篠田さんは映写機のそばに立って説明してくれた。「片方のフィルムが終わる寸前に、もう片方にバトンタッチして続きを流す、それの繰り返しです。見た目は単純な作業ですけど、切り替えのタイミングはなかなか難しいんですよねー。それに、たまにフィルムが切れたりすることもあって、そういう時は慌てて補修しなくちゃならないんですねー」

篠田さんは映写機の後ろの作業台に置いてある補修道具の説明を簡単にしてくれたあと、当日にもっと詳しく説明しますねー、と言ってくれた。

区民会館からの帰り道、ずっと黙ったまま歩いていたかおるが、急に、俺さ、と言って、言葉を切った。僕は、なんだよ、と続きを促した。

「俺、映画に興味があるんだよね」かおるは僕と視線を合わさないで、ぽつりと言った。

かおるが言っているのは、もちろん映画を見るほうではなく、作るほうの興味なのだろう。僕は、一周忌の日にかおるが『ローマの休日』の上映の話を切り出した時から、なにか魂胆があるのに薄々感づいていた。子供の頃から一度だって、かおるが何かをしようと僕たちに働き掛けたことがなかったからだ。それだけに、僕はかおるの決意の強さを感じ取って、とりあえず動いてやることにしたのだった。もちろん、お

ばあちゃんのためでもあったけれども。

「映画学校にでも通うのかよ？」と僕は訊いた。

「迷ってるところ。学校で習うようなことじゃない気もするし……。とりあえずいまはビデオカメラで映画を撮ってみようと思って、必死に金を貯めてるよ」

僕はかおるが撮ったおじいちゃんの遺影を思い出し、こいつならいい映画を撮れるかもしれない、と思った。僕はかおるの肩をこぶしで軽く叩いて、言った。

「俺を使えそうなことがあったら、悩む前に言ってこいよ」

かおるは僕の肩を叩き返さず、ありがとな、とつぶやいた。僕はもう一度かおるの肩を叩いて、言った。

「俺は主役しか引き受けないからな」

かおるはようやく僕と目を合わせ、子供みたいに笑った。


上映日の三日前、僕たちはいっせいに僕たちの両親に計画を打ち明けた。どうして三日前にしたのかと言うと、もし計画が不評だった場合でも、もう時間的に中止は不可能だ、と言い張るためだった。

心配はまったくの杞《き》憂《ゆう》に終わった。その日の夜に掛かってきたみんなからの報告の電話の声は、どれも嬉しそうに弾んでいた。律子ねえちゃんは、涙もろい弘子伯母さ

んの感激の涙を止めるのが大変だったらしい。ちなみに、僕の母親は僕にこう言った。

「おまえを産んで初めて、おまえをちょっと誇りに思えたよ」

初めてで、ちょっとかよ……。


上映日の二日前の夜、突然、パソコンに岡からのメールが届いた。

こんなん書いてみたんだけど。


添付してあったファイルを開けて読んでみると、『ローマの休日』に関する文章で、作品解説や撮影秘話や薀蓄《うんちく》話、それに、オードリー・ヘップバーン出演作のお薦めリストまで書いてあった。僕はそれらを読んだあと、すぐに岡に電話をした。

「なんでもっと早く送ってくんねーんだよ！」

「いやぁ、映画を見るので忙しくてさぁ……」

十分ぐらいたっぷり岡をなじったあと、印刷して客に配ってもいいという了承を取りつけ、電話を切った。そして、文章をきちんとレイアウトして打ち直し、コピー元の三枚の原稿を印刷し終えた時には、夜が明けていた。

三時間だけ仮眠を取り、父親に車を借りて、大学へ向かった。大学の近くの駐車場

に車を停め、開いているコピー屋を探しまわったが、大学が夏休みのせいでどこもやっていなかった。割高になるのを覚悟して、大学の最寄り駅の近くにある海外資本のプリントサービス・ショップに向かった。原稿一枚を千二百部ずつコピーし終えるたびに車に運んでトランクにしまい、という作業をへとへとになりながら三回繰り返し、コピー作業を終えた。コピー料金も痛かったが、それよりコインパーキングの駐車料金が痛かった。

　渋滞を潜り抜けて家に戻った頃にはもう夕方で、いったん家に車を置いたあと、近所の文房具屋に行ってホッチキスと針を買って戻り、三枚綴《つづ》りの急ごしらえのパンフレットをパチンパチンと作っていった。晩御飯の時間に一度、母親が様子を見に来たが、まだ半分しか終わっていなかったので、あとで食べるから、と言って、作業を続けた。

　途中でみんなから電話が掛かってきたけれど、明日の予定を再確認しただけの短い会話で電話を切った。本当は時間があったらおばあちゃんの顔を見に行きたかったのだが、不測の事態だったので仕方がなかった。

　作業が終わったのは夜中の二時を過ぎていて、さすがにお腹が減っていたのでなにか食べようとキッチンに行くと、ダイニングのテーブルの上におにぎりが三つ載ったお皿と、一枚の紙がおいてあった。

お漬物は冷蔵庫の中。
お味噌《みそ》汁は鍋《なべ》の中。
お母さんは夢の中。

これを思いつくまで何度書き直したんだろう、とか思いながら、おにぎりを食べた。
おにぎりもお漬物もお味噌汁もめちゃくちゃおいしかった。
寝る前にパソコンのメールをチェックすると、司さんからメールが来ていた。

明日、楽しみですね。
成功を祈ってます。

僕はこんな返事を書いた。

ありがとう。
がんばります。

寝る前に目覚まし時計をセットし、ベッドから5メートルほど離れた床の上に置いた。これなら目覚ましを止めたあとにまた寝てしまうことはないだろう。

照明を消し、いったん目を閉じたあと、また照明を点けて、律子ねえちゃんのケータイへ、モーニング・コールよろしく、というメールを打つと、ようやく落ち着いてベッドに横たわることができた。そして、また照明を消して眠りに落ちるまで、一分も掛からなかった。

こんなふうにして、僕たちの準備期間は終わった。

13

8月31日。

朝から雲がひとかけらもない快晴で、絶好のドライブ日和だった。

僕は朝の十時に車で家を出て、国立に向かっていた。車の流れがスムーズだったのでクーラーを消して窓をめいっぱい下ろし、アクセルを踏むたびに強く吹き込んでくる風を楽しんだ。カーステレオのスピーカーからは、『スター・ウォーズ』のテーマが鳴り響いていた。少し前に岡から『映画音楽大全集』というＣＤを十枚もらったの

で、その一枚をプレーヤーで掛けていたのだ。もちろん、ＣＤを編集したのは岡自身だ。昨夜は四時間ほどしか寝れなかったが、気合いが入ってるせいか、それとも、ＢＧＭのおかげなのか、まったく眠くなかった。

　スタートして一時間が経ち、『プロジェクトＡ』の主題歌が流れ始めた時、国立市に入ることができた。カーナビのガイドを受けながら、迷うことなく浜石教授の家に辿り着いた。

　浜石教授の奥さんが作ってくれたサンドイッチを食べ終えたあと、教授と地下室に下りてゆき、『ローマの休日』のフィルム十三巻を持参した二つのクーラーボックスに詰め、車に積み込んだ。

　出発間際、僕が、大切に守りますので、と言うと、浜石教授は微笑みながら僕の肩を叩いて、言った。

「そうしてくれるとありがたいけど、しょせんはモノだからね。肩の力を抜きながら運転して帰りなさい」

　それじゃあとでね、と手を振ってくれた浜石教授と別れ、家に向かって車を走らせた。帰りは行きより三十分ほど長く掛かったが、無事に家に辿り着いた。時刻は三時を少しだけまわっていた。

　部屋に入ってすぐに、律子ねえちゃんのケータイに電話をした。

「おばあちゃん、どう？」

「すっごい元気」と律子ねえちゃんは元気な声で言った。「映画の三本ぐらいは見れそうだよ」

「リカとケン坊はまだ？」

「もうそろそろ着く頃だと思うけど」

「俺はもうそろそろしたら予定通りそのまま区民会館に向かうから、おばあちゃんのことよろしくね」

「了解」

続けてかおるのケータイに電話をした。

「もう区民会館にいるよ」とかおるは言った。「映写室で篠田さんに色々と教えてもらってる」

「そうか。俺はあと一時間ぐらいしたらそっちに向かうよ」

「あのさ——」

「なに？」

「まぁいいや。来りゃ分かることだしな」

「トラブルか？」僕は慌てて訊いた。

「あとのお楽しみ」

かおるはそう言って、一方的に電話を切った。気になったので電話を掛け直そうかとも思ったけれど、たぶんシリアスなことではないんだろうと思い直してケータイを置き、パンフレットを車に積み込む作業を始めた。汗をかいたので軽くシャワーを浴び、長袖の白いシャツを着て、紺のズボンをはいた。受付役なので、それなりの格好をしようと思ったのだ。

　家を出る時、ダイニングでお茶を飲んでいた両親に、あとでね、と声を掛けると、父親が、しっかりやるんだぞ、と励ましてくれた。

　四時十五分に区民会館の駐車場に着いた。開場は五時半だったので、まずは区民会館の人たちに挨拶をしておこうと荷物は下ろさないまま入口に向かうと、建物の外に長い列が出来始めているのが見えた。小ホールで即売会でもあるのかなぁ、と思いながら、列のそばを歩いていると、列の整理をしていた事務室のおばちゃんが僕の姿を見つけて小走りで駆け寄ってきた。僕が、こんにちはー、と挨拶しても、おばちゃんは返事をくれず、いきなり言った。

「これ、上映会の列なんですよ。ロビーにも列ができてて、外まで溢れちゃったんです」

「え？」

「ホールはもう空いてますから、早めに入場を始めてもらえませんか？　熱射病で倒

れる人が出ても困るんで」

　慌ててかおるを呼び出し、フィルムの入ったクーラーボックスを運ばせ、僕はパンフレットを運んだ。大急ぎで動いたので、外出前のシャワーが台無しになるほど汗をかいてしまった。僕は駐車場と建物のあいだを往復するたびに観客の列を見ながら、恐るべし『ローマの休日』、と思った。

　長机をホールの中央ドアの脇に置いて受付の準備を整えたあと、中に入っていって、《関係者席》と印刷した紙を鳥越家関係の分だけ真ん中のブロックの席に貼りつけていった。関係者席の数を確かめ、受付に戻ろうとすると、いきなり照明が落ちて真っ暗になり、次の瞬間には一筋の光が映写室から舞台のほうに向かってまっすぐに伸びた。光の行方を追って視線を前に向けるのとほとんど同時に、大きなスクリーンにパラマウント映画のロゴマークの山が映り、オーケストラの音楽が大音量で鳴り響いた。そして、グレゴリー・ペック、オードリー・ヘップバーン、ウィリアム・ワイラーの名前が順番に浮かんだあと、タイトルの『ROMAN Holiday』という字が一際大きくスクリーンに映し出された。映像は想像していたよりずっと綺《き》麗《れい》だったし、音声もびっくりするぐらいクリアに聞こえた。きっと、元々の持ち主だったフィルム・コレクターと、浜石教授の愛情のおかげだろう。このまま席に座って映画に見入ってしまいたくなる甘い誘惑をどうにかはねのけ、受付に戻った。

　この前もらっておいた図面式の座席表を長机の上に広げ、関係者席の座席番号のマスをピンクの蛍光ペンで塗り潰し終えた時、ケータイが鳴った。

「スクリーンサイズの調整とフィルムの状態チェック、終わったよ」とかおるは浮き立つ声で言った。「ちょっと篠田さんに代わるね」

「すごいですねー」篠田さんも浮き立つ声で言った。「よくこんな素晴らしい状態で残ってましたねー」

「あとで素晴らしい人が来ますから、その人に賞賛の言葉を掛けてあげてください」

　電話を切り、そばで待機していた事務室のおばちゃんに、準備終わりました、と告げた。

「それじゃ、お客さんを入れまーす」

　待ってましたとばかりに事務室のおばちゃんが声を上げ、五時十分前に入場が始まった。僕は机の前に流れてきたお客さんに座席表を見せて好きな席を選んでもらい、そこを蛍光ペンで塗り潰したあと、パンフレットの隅に座席番号をボールペンで記して、一人一人に渡していった。

　列は一向に途切れることなく続き、僕はたくさんの人と言葉や笑顔を交わしながら、作業を進めた。唇がへの字に曲がっていて見るからに気難しそうなおじさんは、飲め、とただ一言だけ言ってウーロン茶を差し入れてくれたし、両親と見に来た幼い女の子

は、はい、と言ってキャンディをくれたし、目が険しくていかにもその筋の方っぽいお兄さんは、ご苦労さん、と声を掛けてくれた。それに、《ヒルツ》のバイトの男も綺麗な女の人と一緒に現れ、人懐っこい笑顔で会釈をしてくれた。

あっという間に本来の開場時間の五時半になり、客足がさらに増えてきた。かおるが急に映写室から下りてきたので、どうした？　と訊くと、友だちが着いたから出迎え、と答えた。それから五分もしないうちに、かおるの友だちが僕の前に立った。彼はいまどき髪は横分けだし、銀縁のメガネを掛けてるし、体はちっちゃくて割り箸みたいに細かった。

「こんにちは」

おまけに声は甲高かったけれど、目はとても強くてしっかりした光を宿していた。

「こいつに脚本を書いてもらってんだよ」とかおるは言った。「今度、読んでみてくれよ」

僕は、ぜひぜひ、と応え、彼に関係者席の番号を告げ、パンフレットを渡した。

用事を終えたかおるが映写室に戻っていくと、入れ替わるように浜石教授夫妻が僕の前に現れた。

「盛況だねぇ」と浜石教授は嬉しそうに微笑みながら、言った。

「フィルムの状態、最高みたいです」

僕の報告に、浜石教授は微笑みを一層深めた。

それからしばらくのあいだは、鳥越家の面々が次々と姿を現し、ホールの中へと入っていった。ちなみに、すでに泣きのスイッチが入っていた弘子伯母さんは、目を真っ赤にしながら、えらいねぇえらいねぇ、と言って僕の頭を乱暴に撫でた。

開映時間まであと十分になり、席のほとんどは埋まって、客足もまばらになってきていた。

パンチパーマのおばさんと利発そうな男の子の二人組が中に入っていくと、次に明らかに他の人たちと違う光を放つ人が僕の前に立った。

「ご苦労様」

初めて見る可愛いワンピース姿の司さんのその一言で、疲れが一瞬にして吹き飛んだ。

「来てもらえて嬉しいです」

僕が目を見つめながら言うと、なぜか司さんは頬を赤らめた。

「じゃ、あとでね」

パンフレットを受け取った司さんは、頬を赤くしたまま中に入っていった。もしかして、と思い、慌ててズボンのジッパーを確かめたけれど、ちゃんと閉まっていた。

「なにしてんの？」

律子ねえちゃんの声が聞こえ、ジッパーから視線を上げると、目の前におばあちゃんが立っていた。おばあちゃんは深く澄んだ目で僕を見つめていた。律子ねえちゃんとリカとケン坊は、とても柔らかく微笑んでいた。

「いらっしゃい」

僕の言葉に、おばあちゃんは嬉しそうにゆっくりとうなずいた。

「あんたが席まで案内してあげな」

律子ねえちゃんの命令が飛び、僕は素直に従うことにした。律子ねえちゃんに受付の手順を簡単に説明し、長机の後ろから出て、おばあちゃんの少し先を歩いた。そして、ホールのドアを潜り抜けた時、僕の右手が熱いぐらいのぬくもりに包まれた。僕は両手で僕の手を握っているおばあちゃんと一緒に、ゆっくりと席まで歩いていった。

おばあちゃんには、真ん中のブロックの一番真ん中の席に座ってもらった。おばあちゃんは僕の手を放すと、何かに導かれるみたいにして空いたままの左隣の席を見つめた。僕は空いている席の《関係者席》の貼り紙をはがし、言った。

「ここはおじいちゃんの席だから」

おばあちゃんは視線を僕に移し、眩《まぶ》しいものでも見るみたいに目を細めて僕を見た。

僕は、またあとでね、と言って、おばあちゃんの前を離れた。

受付に戻ると、律子ねえちゃんのフィアンセの伊織さんが来ていた。僕はみんなに

席の番号を割り当て、中へと送り出した。

開映時間まで五分を切り、《関係者席》を除いた空席は二つだけになった。様子を見に来た事務室のおばちゃんと受付のお姉さんに、僕はその二つを割り当て、パンフレットを渡した。二人は、悪いわねぇ、と言いながらも、喜んで中に入っていった。かおるのケータイに、《満員御礼札留めあとはよろしく》、と短く連絡を入れ終わると、ケータイを片手に持ったケン坊がホールから出てきた。

「どうした？」

「いま彼女がこっちに向かってるんだ」

「は？　彼女？」

ケン坊は、うん、とうなずいた。確かにケン坊からは、関係者席の一人分のリザーブを頼まれていたが、ケン坊と同じようなアホの子の友だちが来ると思っていたのだ。

「おまえ、彼女いたのかよ？」

ケン坊は、当然じゃん、という感じでニヤリと笑った。

「なんじゃそりゃぁ！」

僕は驚愕《きょうがく》の叫びを上げたものの、すぐに、アホの子の彼女がちゃんとしてるわけがないんだから、もし鼻水を垂らしてるような女の子が現れても優しく接してあげよう、と思い至った。そして、ケン坊が入口のほうに何かを見つけ、背伸びするみたいに思

いっきり手を振り始めたので、僕はケン坊の視線の先を追った。顔がちっちゃくて、遠目からでも瞳がつぶらなのが分かって、キューティクルがキラキラ輝いている長い髪をなびかせながら、こっちに走ってくる女の子が目に入った時、僕はアホアホパワーの真の恐ろしさを思い知ったのだった。

ケン坊と八頭身の美少女の後ろ姿を見送りながら打ちひしがれていると、上映開始のチャイムが鳴り始めた。なんとかここまで漕ぎつけたな、と思って軽く息をつくと、慌てるでもなくゆっくりとこっちに歩いてくる奴の姿が目に入った。

「いやぁ、『ドラゴン怒りの鉄拳』を見直したら、時間を忘れちゃってさぁ。でも、間に合ったろ?」

僕はパンフレットで岡の頭を五回はたいたあと、長机の後ろから出て、座席番号を告げながら岡を中に押し込んだ。

チャイムが終わり、波が引くような感じで徐々に客席のざわつきが収まっていった。照明がゆっくりと落ち始めるのに合わせて、僕はしっかりとドアを閉めた。

上映が始まったあとも何人かの客が断続的にやって来たので、席に空きがないことを説明して帰ってもらう、ということを繰り返した。客が現れないあいだ、何をすることもなく受付に座っていると、時々ホールの中から笑い声が聞こえてきて、嬉しい

ような寂しいような、どっちつかずの気持になった。

一時間が経つと、ようやく客足が途絶えたので、パンフレットの裏に、《受付は終了しました。上映の妨げになりますので、ホールへの入場はご遠慮願います》、と書き、それをドアに貼りつけたあと、ロビーの自動販売機でウーロン茶のペットボトルを二本買って映写室に向かった。

ノックをして中に入っていくと、ちょうどフィルムチェンジの時間で、かおると篠田さんは片方の映写機のそばに立ち、壁にはめ込まれている四角くて小さいガラス窓から、スクリーンを見つめていた。

「もうそろそろ一回目のポイントが右上に出ますからねー」篠田さんは真剣な声で、言った。「見逃さないでくださいよー」

かおるは映写機のスイッチにそっと手を掛け、無言でうなずいた。

「はい、出ましたねー。すぐに二回目が出ますからねー……、はい!」

篠田さんの合図が出た瞬間、かおるの手が動き、映写機がまわり始めた。二人はスクリーンを見つめてなにかを確かめ終えると、同時にほっと息をつき、握手を交わした。そして、すぐに手を放し、てきぱきと次の動作を始めた。

かおるは、よぉ、と僕に声を掛けながら隣の映写機に行き、映写の済んだフィルムが巻き取られたリールを外して作業台に持ってきたあと、それをリワインダーという

二本の柱が平行に立っているだけのシンプルなフィルムの巻き取り機の片方にセットして、すでにもう片方にセットされてある空のリールにフィルムを移し始めた。

「一巻分が十分もないんで、映写中はゆっくり休んでられないですねー」篠田さんは稼動していない映写機のほうに新しいリールをセットしながら、言った。「最近の映画は一巻分が十五分から二十分あるんで、ちょっとは息をつけるんですけどねー」

　かおるは、柱についた巻き取り用のハンドルをゆっくりとまわし、フィルムに異常がないかを確かめながら移し終えると、いっぱいになったリールをリワインダーから外してフィルム缶に入れ、缶をビニールで包んでクーラーボックスに収めた。

　僕が作業台の端にウーロン茶を置いて出て行こうとした時、観客席から、ドッという感じの一際大きな笑い声が上がった。僕たちは慌ててガラス窓に近づき、スクリーンを見つめた。オードリー・ヘップバーンとグレゴリー・ペックが《真実の口》の前で戯れる、よほどのヒネクレ者でもない限りは絶対に微笑んでしまう最強のシーンが映っていた。僕たちは笑いが止まない観客席を見下ろしながら、まるで僕たちの手柄のように、してやったりの笑みを浮かべた。

　最後までよろしくお願いします、と言って映写室を出て受付に戻ると、なぜか律子ねえちゃんと伊織さんがいたので、何か問題が起きたのかと思い、慌てて駆け寄った。

「どうかした？」

律子ねえちゃんは首を横に振って、言った。

「替わってやるから、中に入んな」

僕はちょっとだけ迷ったあと、素直にうなずいた。律子ねえちゃんの考えることは、いつも正しいのだ。

僕がドアに手を掛けた時、律子ねえちゃんが思い出したように言った。

「ちゃんと隣を空けておくようにしといたから」

一瞬、なんのことか意味が分からなかったが、律子ねえちゃんと伊織さんの笑顔を見て、すぐに見当がついた。僕は、ありがとう、と二人にお礼を言って、ホールの中に入った。

暗闇に目が慣れてないのに早く席に辿り着きたくて急いでいると、階段の段差で転びそうになったので、我慢してゆっくりと進むことにした。

おじいちゃん用の空席の真後ろの席に腰を下ろしてすぐ右隣を見ると、司さんが少し驚いたような顔で僕を見つめていた。僕が笑い掛けると、司さんの微笑みが暗闇に明るく点った。

映画はクライマックスに近づき、大使館の大広間での記者会見のシーンに入った。そして、オードリー・ヘップバーン演じるアン王女が、記者に、「ご訪問された都市の中でどこが一番お気に召しましたか？」、という質問をされ、社交辞令を拒み、「ロ

ーマです！　なんと言ってもローマです！」、と声を上げた時、客席から大きな歓声と拍手が湧き起こった。これまで映画を見てきて、こんな体験は初めてだった。僕は驚きながら手を叩き、拍手の渦に加わった。手前に視線を向けると、おばあちゃんも力強く手を叩いているのが分かった。そして、おばあちゃんは左隣の席に顔を向け、ニコッとふくよかに微笑んだ。まるで、そこにいる誰かに、とてもいい映画ね、と優しく語り掛けるみたいに。スクリーンからの照り返しの光で暗闇にほんのりと浮かび上がっているおばあちゃんの横顔には、少女の面影が宿っていた。

僕は強く手を叩きながら、視線をスクリーンに戻した。映画の音声は拍手と歓声にかき消され、アン王女の残りの言葉は字幕でしか読み取れなかった。

「――私はこの地での思い出をいつまでも忘れないでしょう」

映画が終わり、観客たちはみんな笑みを浮かべながら、家路についていった。

観客がすべていなくなったあと、鳥越家の面々と関係者たちは、おばあちゃんを囲むようにして座席のまわりに集まった。おばあちゃんはハンカチで涙を拭きながら、本当にありがとうね、と僕たち孫に向かって言った。弘子伯母さんは号泣しているし、僕の父親まで涙ぐんでいるし、弘鋤叔父さんはかおるの頭を愛しそうに撫でてるし、このままで行けば、感動映画のラストシーンみたいな幕切れを迎えられるはずだった。

しかし、そういうわけにはいかなかった。

「でもね――」

おばあちゃんは相変わらず涙を拭きながら、ぽつりとつぶやいた。

「おじいちゃんと見たのは、この映画じゃないのよ」

分かってる。

鳥越家にはコメディ映画のようなラストシーンがお似合いなのだ。

＊

夏が終わってしまっても、しばらくのあいだ、僕たちは上映会の余韻の中で過ごした。

おばあちゃんは子供たちとの同居を頑固に拒み続けている。

ところで、一周忌の時の中華料理屋に鳥越家とその関係者が集まって催された、上映会の夜の打ち上げの話もしておきたいと思う。

打ち上げが始まってすぐ、かおるがナイショのミッションでゲットしたブツをおば

あちゃんに渡した。それは、おじいちゃんとおばあちゃんが出会った町の現在の様子や二人が一緒に過ごしたお寺が写っている写真の束だった。それらはすべて、かおるが八王子市の中を歩きまわって撮ってきた写真たちだった。みんなはそれらを眺めながら、おじいちゃんとおばあちゃんが出会った頃の話を、おばあちゃんに聞かせてもらった。話してる最中のおばあちゃんの顔は、最高に幸せそうだった。

ちなみに、写真はおばあちゃんの宝物になり、いまでは家のあちこちに額に入って飾られている。

そうそう、そういえば、おばあちゃんの《だいじょうぶオーラ》は完全復活を果たした。

これで当分は鳥越家も安泰だ。

律子ねえちゃんと伊織さんは卒業旅行の地をギリシアからイタリアに変更した。

リカは弘美叔母さんに漫画家を目指すことを宣言し、がんばって闘っている。もちろん、僕たちの応援付きだ。

アホの子のケン坊はまだ八頭身の美少女とつき合っている。自然界のバランスが狂

って、天変地異が起こらなければいいが。

かおるはビデオカメラを買うために、バイト三昧《ざんまい》の日々を過ごしている。そういえば、上映会からひと月ほど経った頃、かおるにとうとう好きな映画のことを教えてもらったが、口にするのも恥ずかしい作品なので、このままナイショにしておきたいと思う。

僕？

僕は司さんとつき合い始めて、幸せな毎日を送っている。

上映会の打ち上げのあと、車に司さんと浜石教授夫妻を乗せてまずは教授の家まで行き、地下室にフィルムを戻している時、教授から最後までついていた嘘のことを耳打ちされた。僕が露骨に非難の視線を浴びせても、教授は悪びれもせず、ミスター・ミヤギみたいな発音で言った。

「easy《イージー》 come《カム》, easy《イージー》 go《ゴウ》、だよ君ぃ」

浜石教授の家を出たあと、前にシーソーで遊んだ公園の近くに車を停め、司さんを公園の中に引っ張っていき、抱き締めてキスをした。

「どうしてこんなに時間が掛かったの？」

唇を離すと、司さんは僕の目を優しく見つめながら、そう訊いた。

上映会を恒例行事にしたい、という区民会館からのオファーを受けたのは、10月が終わろうとしている頃だった。上映会に対する好意的な感想が区民から続々と寄せられた上での提案らしい。費用はすべて区民会館が賄うから、とまで言われたので、結局、拒否することができずにOKしてしまった。

「できれば次回はクリスマスということで」

事務室のおばちゃんは当たり前のように、僕にそう告げた。

そんなわけで、にわかプロデューサーとしての僕の忙しい日々が、またスタートした。

おじいちゃんとおばあちゃんが初めて一緒に見た映画は、いまだに判明していない。僕、律子ねえちゃん、リカ、ケン坊、かおるの《初デート映画上映委員会》は、あえておばあちゃんに詳しく尋ねるようなことはせず、どうにか自分たちの力で探し出して、来年の8月31日に上映しようと決めた。

また選択を間違えてしまったとしても、ぜんぜんかまいやしない。

正解が見つかるまで、その次の年もその次の年もその次の年も、おばあちゃんのために僕たちが選んだ映画を上映し続ければよいだけのことなのだから。

ただ、願わくば、いつか僕たちの思いが叶《かな》ったその時には、感動映画のようなラストシーンが鳥越家に訪れてくれますように。

ローマです!　なんと言ってもローマです!

岡 圭太郎

『ローマの休日』について～はじめに

『ローマの休日』が製作されたのは１９５３年。

いまからもう半世紀以上も前のことになるが、『ローマの休日』はいまだに名作として語り継がれ、多くの人たちを魅了し続けている。

それでは、『ローマの休日』を不朽の名作の地位へと押し上げた要素は、いったいなんなのだろうか。

思いつくままにいくつか挙げてみると、

・ウィリアム・ワイラー監督の手堅い演出。
・ほぼ完璧《かんぺき》な脚本。
・オードリー・ヘップバーンのチャーミングな魅力。
・グレゴリー・ペックの無垢《むく》な子供の光を宿しているタレ目。
・シンプルな純愛物語であること。
・ローマの観光案内にもなっていること。

などが考えられる。

しかし、これらは『ローマの休日』を見た人なら誰でも気づく、いわば《表の要素》だ。

一枚のコインに裏表があるように、一日に朝と夜があるように、お父さんに会社での顔と家での顔の使い分けがあるように、もちろん、『ローマの休日』にも《裏の要素》が存在する。

以下、あえて《裏の要素》に光をあてながら、『ローマの休日』という不朽の名作を掘り下げていきたいと思う。

そうすることによって、《表の要素》が

さらに光り輝くことを願いつつ。

『ローマの休日』について~タイトルに隠された意味

まずは簡単な問題を。

問：『ローマの休日』の原題を答えなさい。
答：Roman Holiday

正解。

次に英語のテストを。

問：「ローマでの休日」という日本語を英語に直しなさい。
答：Roman Holiday

不正解。


正解は〝Holiday In Rome〟。

つまり、『ローマの休日』の原題である〝Roman Holiday〟は、邦題のニュアンスにあるような「ローマで過ごす休日」という意味ではないのだ。もし原題を直訳するなら、「ローマ人の休日」、もしくは、「ローマ式の休日」ということになるはずだ。

ではいったい、「ローマ式の休日」とはなんのことだろう？

ためしにRoman Holidayを辞書で引いてみると——。

あった。

Roman Holiday：他人を苦しめて得る娯楽、もしくは、他人の不幸によって成り立つ幸せ。
大昔のローマ人が奴隷同士を戦わせ、それを見て楽しんだことに由来する言葉だぞ

うな。

もちろん、この意味と『ローマの休日』のストーリーはまったく噛《か》み合わない。

はたして、それを承知でタイトルを付けた監督と脚本家の意図はどこにあったのだろうか——。

ここで少しだけ時計を戻し、１９５０年代初頭のアメリカについて簡単に説明しておこう。

当時、アメリカでは《赤狩り》旋風が巻き起こっていた。

《赤狩り》とは共産主義者やその同調者を告発し、社会的地位を貶《おとし》める運動のこと。詳しくは《赤狩り》を描いた映画、『真実の瞬間』や『グッドナイト＆グッドラック』などを見て勉強して欲しい。

ソ連や共産圏の国々がほとんど消滅しているいまでは考えられないことだが、当時のアメリカにとって、《世界の共産化》は何よりも警戒すべき問題だったのだ。要は、ようやく戦争が終わってお金儲《もう》けに専念できそうなのに、《お金持ち》を否定する共産主義なんかが広まったらたまったもんじゃない！　という感じである。

そんなわけで、共産主義者やその同調者、そして、《なんかそれっぽい人たち》は次々に告発され、それまで築き上げてきた社会的信用や職を失う羽目になったのだが、その中には多くのハリウッド関係者が含まれていた。ハリウッドには左翼が多く、共産主義の温床と思われていたのだ。

当時、『ローマの休日』の監督であるウィリアム・ワイラーは共産主義者として疑われていたし、脚本を担当したダルトン・トランボに至っては《ハリウッド・テン》

という《すっごく怪しいハリウッドの10人》に選ばれてしまい、仕事を干されていた。

　そんな二人が一緒に映画を作ろうということになった。

二人のあいだでは、たぶん、こんな会話が交わされたはずだ——。

「いやな時代だね」

「まったくそのとおりだね」

「お互い大変だね」

「まったくもってそのとおり」

「なんかこう、暗い気分がぱーっと晴れるような映画を作りたいよね」

「賛成！　大賛成！」

「さっきふと思いついたんだけどさ、王女様と平民のロマンスをコメディタッチでやらない？」

「えー、ちょっとありがちじゃない？」

「だいじょうぶだって。一周まわって新しいって」

「そうかなぁ」

「絶対いけるって。俺についてこいって」

「うん、わかった。それじゃどんなストーリーにしようか」

「王女様と平民の男が知り合って、恋に落ちてって感じかなぁ」

「さっき言ったことからネタがひとつも増えてないんだけど」

「おまえ、脚本家だろ。そこから先は考えてくれよ」

「それじゃ、こんなのは？　休暇でアメリカを訪れた王女様と、彼女を取材する新聞記者がふとしたきっかけで知り合って恋に落ちる。新聞記者は王女様の正体を知ってるけど、彼女のほうは自分の正体がばれて

ないと思ってる。そのギャップをコメディのネタとしてちりばめつつ、王道の恋愛部分も描く。どうよ？」

「おまえ、やっぱすごいわ。才能あるわ。そりゃ、ハリウッド・テンに選ばれるわ」

「カチンとくるな、おい」

「冗談だって。ところで、王女様はどこの国の人にする？」

「架空の国でいいんじゃないの。具体的な国にすると色々とめんどくさいしさ」

「あとさ、思ったんだけど、アメリカが舞台じゃ王女様がハマらない気がするんだよね。この国には歴史がないし、街の風景も大雑把だしさ」

「じゃ、イタリアとかにしとく？」

「いいねー。あそこは画《え》になるしね」

「あ、いま鉄板ネタを思いついた！」

「なになに？」

「ローマにさ、《真実の口》ってのがあるんだよね。それを使って爆笑シーンを書くよ」

「どんな感じ？　教えてよ」

「ひ・み・ちゅ。読んでからのお楽しみ」

「きもいよ、おまえ。でも、ローマかぁ。息苦しいアメリカから離れたいと思ってたから、ちょうどいいなぁ」

「あ！」

「なになに、また鉄板シーンを思いついたの？」

「違うよ。俺、いま仕事干されてるから、俺が脚本書くって言ったら、企画が通らないかもよ」

「そうだったなぁ……。どうにかなんねぇかなぁ……」

「俺の友達でイアン・マクレラン・ハンターっていう奴がいるんだけど、そいつなら

名前を貸してくれるから、その名前で書くっていうなら可能だと思うけど」

「……おまえは、それでいいのかよ?」

「名前なんてどうでもいいよ。それより、明るい物語を書きたいよ。それをアメリカのみんなに見せて楽しんでもらいたいよ」

「……おまえ、カッコいいな。男前だな。そりゃ、ハリウッド・テンに選ばれるって」

「降りるぞ、こら」

「冗談だってば。それより、タイトルはどうしよっか?」

「ベタな話だし、Holiday In Rome とかでいいんじゃないの」

「どうせなら、Roman Holiday にしねぇ?」

「それ、いいねぇ。皮肉が効いてて」

「俺たちは色々とつらい目に遭ってる奴隷みたいなもんだけどさ、そんな俺たちがみんなに幸せを提供するんだ。だから、Roman Holiday」

「うん、Roman Holiday。響きもいいね。なんかすごい名作になる気がしてきたよ。50年経っても100年経っても見られ続ける名作にさ」

「俺たちが組むんだぜ。名作になるに決まってるだろ」

「だね」

　という感じで、タイトルが〝Roman Holiday〟に決まった……、ような気がする。

　まぁなんにせよ、タイトルが〝Roman Holiday〟になった背景には、『ローマの休日』が製作された1953年当時の世相が色濃く反映していたのだった。

『ローマの休日』について〜アン王女とジョーの本当の関係

1950年代初頭のハリウッドに吹き荒れていたのは、実は《赤狩り》だけではなかった。

《ヘイズ・コード》と呼ばれる映画製作倫理規定も吹き荒れていたのである。

これを簡単に説明すると、「残酷なシーンはダメ！　いやらしいシーンもダメ！　宗教とか国家を茶化すシーンもダメ！　とにかくダメ！」という規定である。アメリカはキリスト教徒が作った宗教国家なので、実は倫理に関してはものすごく厳しい国なのだ。

この《ヘイズ・コード》が撤廃されたのは60年代の終わり頃だったので、それまではラブシーンをきちんと描きたい映画製作者たちにとってはまさに受難の時代だった。なにしろ、「3秒以上のキスシーンはご法度」なのである。

もちろん、男女が共に一夜を過ごしているシーンなどはもってのほかだ。そこで、映画製作者たちは、代用シーンでそれを表現することにした。

たとえば、男女がキスをして盛り上がり、いざ！　というシーンになると、急に海岸に波が打ち寄せるシーンに切り替えるのである。つまり、「要は、波が何度も打ち寄せてるあいだに、そういうことになったわけさ」という合図（時間経過）を観客に送るわけである。

そして、次にその男女がスクリーンに映った時には、彼らは深い仲になっているという暗黙の了解の下、ストーリーが進んで

いくということになるのである。

余談だが、『裸の銃を持つ男PART2 1/2』というコメディ映画の中で、この合図（時間経過）に関するパロディをやっているシーンがある。爆笑シーンの連続なので、興味が湧いた人はぜひ見てみて欲しい。

閑話休題。

さて、『ローマの休日』である。

純愛映画の代表と思われているような作品である。

もちろん、『ローマの休日』には波が打ち寄せるシーンは存在しない。

そう、オードリー・ヘップバーン演じるアン王女と、グレゴリー・ペック演じる新聞記者のジョーは身分の違いゆえに結ばれることはない。だからこそ、彼らの恋は永遠のものとなる――、はずなのだが、実はそうではないのだ。アン王女とジョーが深い仲になっていることを暗示するシーンがちゃんと存在しているのだ。

そのシーンは、映画が始まって1時間32分が経過したあたりで登場する。

ある騒動に巻き込まれ、川に飛び込んだアン王女とジョーは岸辺に泳ぎ着いたあと、初めて情熱的なキスを交わす。そして、次のシーンになるとカメラはジョーのアパートに移り、いつの間にか服を着替え終えた二人の会話になる。

ジョー「服はまだびしょびしょ？」

アン王女「ううん。もうほとんど乾いてる」

乾燥機など、ない時代の話である。

びしょびしょの服が乾くのに、最低でも

4、5時間は掛かるはずだ。

しかし、その時間のことは一切描かれない。

そこで、大人の観客は、「待てよ……」と気づくのである。「この二人、深い仲になったんだな」と。

そして、そのシーンをきっかけに、アン王女の様子は急に大人びていく。ジョーの部屋から大使館の自分の部屋に戻ったあとでは、映画の冒頭でそうしていたようにベッドの上で飛び跳ねたりしないし、寝る前に必ず飲んでいたミルクも拒否する。

これらを深く解釈するなら、それまで子供だったアン王女はジョーの部屋で初めて大人になったのである。

『ローマの休日』について～むすび

先に記したように、アン王女はジョーとの一夜を過ごして《箱入り王女》から大人へと成長した。

つまり、アン王女にとってジョーは初恋の相手だ。アン王女はできるなら、初めて身も心も捧《ささ》げた相手と添い遂げたい。でも、二人の身分は違い過ぎる。

刻々と近づいてくる二人にとっての永遠の別れの時。

そして、二人は大使館の大広間で最後の《逢瀬《おうせ》》に臨む――。

「うん、ここまではいい話だね」

「だろ？　自分で書いてて泣けてきたよ」

「初恋の人と二度と会えないかもしんない

んだもんなぁ……。可哀想だなぁ、アン……。同じ人間なのになぁ……。切ないよなぁ……。でも、きわどいシーンをきちんと描ければ、そのことがもっと深く伝わるのになぁ」

「しょうがないよ。いまの時代じゃ、これがせいいっぱいだよ。でも、なんでもかんでもあからさまに描くより、きちんと隠すことができればニュアンスが深く伝わることもあるしね。それに、グレッグとオードリーには品格があるから、あまりきわどいシーンは似合わないよ。というか、きわどいシーンがない分、この映画は大人から子供までが見られるクラシックになる気がするな」

「そういえば、東洋には『秘すれば花』って言葉があるらしいな」

「いい言葉だな」

「おまえの名前も、どこかでこっそりと咲いてるよ。それをいつか誰かが見つけてくれるさ」

「……おまえ、いい奴だな」

「まぁな」

「東洋には『謙譲の美徳』って言葉もあるらしいぞ」

「へぇ、そうなんだ。ところで、大広間以降の原稿はまだかよ」

「もう書いてあるよ。いま、最後の直しの最中」

「口頭でいいから、どんな感じになるのか教えてくれよ」

「焦るなって。明日には渡すから。すごい決め台詞《ぜりふ》も書いておいたから、期待してろよ」

「あぁ、期待してるよ。それにしても、早く行きたいなぁ、イタリア。ローマ！　な

によりもローマに！」

「……おまえ、原稿読んだろ？」

「うん？　なんのこと？」

といったような会話はたぶん交わされなかったと思うが、とにかく、監督や脚本家らのクリエイターたちは時代を背景にした重い手《て》枷《かせ》足枷の存在を感じながらも用意周到に物語を紡ぎ、結果的に不朽の名作と呼べる傑作を生み出した。

そう、彼らの心の中には、ただシンプルに「楽しいお話を作る」というモチベーションだけがあり、そして、彼らは素直にそれに従ったのだ。

いまこの時も、世界のどこかで、誰かが、『ローマの休日』を見ては笑い、感動し、幸せを感じているはずだ。

そして、今日この区民会館に集まった人たちも、『ローマの休日』からたくさんの笑いと感動と幸福感を得るはずだ。

もし、いまは亡きクリエイターたちがそのことを知ったなら、きっと自分たちの過ごしたRoman Holidayに誇りを感じるに違いない。

文責：岡　圭太郎

（参考文献：『ニホン語、話せますか？』／マーク・ピーターセン、新潮社）

付録

◎オードリー・ヘップバーンのお薦め作品

『麗しのサブリナ』
『昼下りの情事』
『ティファニーで朝食を』
『暗くなるまで待って』
『いつも2人で』

◎グレゴリー・ペックのお薦め作品

『白い恐怖』
『紳士協定』
『アラバマ物語』
『マッケンナの黄金』
『オーメン』

◎ウィリアム・ワイラーのお薦め作品

『孔雀夫人』
『我等の生涯の最良の年』
『黄昏』
『ベン・ハー』
『コレクター』

◎ダルトン・トランボのお薦め作品

『スパルタカス』
『栄光への脱出』
『いそしぎ』
『ジョニーは戦場へ行った』
『パピヨン』

目次・章扉デザイン　岩瀬 聡

本書は二〇〇七年七月に集英社より単行本として、二〇一〇年六月に集英社文庫として、二〇一四年八月に新潮文庫として刊行されました。

映《えい》画《が》篇《へん》

金《かね》城《しろ》一《かず》紀《き》

令和2年 9月25日 初版発行
令和6年 5月15日 5版発行

発行者●山下直久

発行●株式会社KADOKAWA
〒102-8177 東京都千代田区富士見2-13-3
電話 0570-002-301(ナビダイヤル)

角川文庫 22325

印刷所●株式会社KADOKAWA
製本所●株式会社KADOKAWA

表紙画●和田三造

ISBN 978-4-04-109200-2 C0193

JASRAC 出 2006950-405

角川文庫発刊に際して

角川源義

第二次世界大戦の敗北は、軍事力の敗北であった以上に、私たちの若い文化力の敗退であった。私たちの文化が戦争に対して如何に無力であり、単なるあだ花に過ぎなかったかを、私たちは身を以て体験し痛感した。西洋近代文化の摂取にとって、明治以後八十年の歳月は決して短かすぎたとは言えない。にもかかわらず、近代文化の伝統を確立し、自由な批判と柔軟な良識に富む文化層として自らを形成することに私たちは失敗して来た。そしてこれは、各層への文化の普及滲透を任務とする出版人の責任でもあった。

一九四五年以来、私たちは再び振出しに戻り、第一歩から踏み出すことを余儀なくされた。これは大きな不幸ではあるが、反面、これまでの混沌・未熟・歪曲の中にあった我が国の文化に秩序と確たる基礎を齎らすためには絶好の機会でもある。角川書店は、このような祖国の文化的危機にあたり、微力をも顧みず再建の礎石たるべき抱負と決意とをもって出発したが、ここに創立以来の念願を果すべく角川文庫を発刊する。これまで刊行されたあらゆる全集叢書文庫類の長所と短所とを検討し、古今東西の不朽の典籍を、良心的編集のもとに、廉価に、そして書架にふさわしい美本として、多くのひとびとに提供しようとする。しかし私たちは徒らに百科全書的な知識のジレッタントを作ることを目的とせず、あくまで祖国の文化に秩序と再建への道を示し、この文庫を角川書店の栄ある事業として、今後永久に継続発展せしめ、学芸と教養との殿堂として大成せんことを期したい。多くの読書子の愛情ある忠言と支持とによって、この希望と抱負とを完遂せしめられんことを願う。

一九四九年五月三日

角川文庫ベストセラー

ALONE TOGETHER　本多孝好

「私が殺した女性の、娘さんを守って欲しいのです」。三年前に医大を辞めた僕に、教授が切り出した依頼。それが物語の始まりだった――。人と人はどこまで分かりあえるのか？　瑞々しさに満ちた長編小説。

FINE DAYS　本多孝好

余命いくばくもない父から、35年前に別れた元恋人を捜すように頼まれた僕。彼女が住んでいたアパートで待っていたのは、若き日の父と恋人だった……新世代の圧倒的共感を呼んだ、著者初の恋愛小説。

at Home　本多孝好

母は結婚詐欺師、父は泥棒。傍から見ればいびつに見える家族も、実は一つの絆でつながっている。ある日、詐欺を目論んだ母親が誘拐され、身代金を要求された。父親と僕は母親奪還に動き出すが……。

dele《ディーリー》　本多孝好

依頼人の死後、その人が使っていたデジタルデバイスから、指定されたデータを削除（＝dele）する。そんな仕事をする祐太郎と圭司は様々な事件に遭遇する。残されたデータの謎と真実、込められた想いとは。

dele2《ディーリー》　本多孝好

「死後、誰にも見られたくないデータを、故人に代わってデジタルデバイスから削除する」。そんな仕事の手伝いを続けていた祐太郎。だがある日の依頼が、祐太郎の妹の死とつながりがあることを知り――。